SF

ゾーイの物語

老人と宇宙《そら》4

ジョン・スコルジー
内田昌之訳

早川書房
6751

ZOE'S TALE
by
John Scalzi

Translated by
Masayuki Uchida
First published 2010 in Japan by
HAYAKAWA PUBLISHING, INC.
This book is published in Japan by
arrangement with
ETHAN ELLENBERG LITERARY AGENCY
through THE ENGLISH AGENCY (JAPAN) LTD.

カレン・マイズナーとアン・KG・マーフィーに
そしてとりわけ、アシーナに

ゾーイの物語　老人と宇宙《そら》4

プロローグ

あたしはパパのPDAを差しあげて、部屋にいる二千人の人たちといっしょにカウントダウンをはじめた。

「五！　四！　三！　二！　一！」

物音が消えた。みんなが、それこそひとり残らず、マジェラン号の公共エリアのあちこちに設置されたモニタに目をむけたから。さっきまで星空を映していたスクリーンは真っ黒になっていたけど、だれもが息をころして、これから起こることを待っていた。

世界があらわれた。緑と青の。

みんな大騒ぎになった。

なぜって、あれはあたしたちの世界だから。あれはロアノーク、あたしたちの新しい家。

あそこに着陸するのも、あそこに植民地をつくるのも、あそこで暮らしはじめるのも、ぜんぶあたしたちが最初。ロアノークをめざす二千人の植民者たちは、それをはじめて見た瞬間をお祝いして、公共エリアでぎゅう詰めになり、抱きあったりキスしたり〈ほたるのひかり〉を歌ったりしていた。だって、新しい世界へやってきたときには、やっぱりこの歌しかないでしょ？　新しい世界、新しいはじまり、新しい年、新しい生活。なにもかも新しい。あたしは親友のグレッチェンを抱きしめ、カウントダウンのときに使ったマイクにむかってふたりで大声でわめき、バカみたいにぴょんぴょん跳びはねた。

　あたしたちが跳びはねるのをやめたとき、耳もとでささやき声がした。「すごくきれいだ」エンゾの声だ。

　あたしはそのかっこいい美形の男の子に顔をむけた。本気でボーイフレンドにしようかと思ってる相手だ。エンゾはもう完璧――きれいな顔をしてるのに、そのことにぜんぜん気づいてないように見える。なにしろ、この一週間、よりにもよってことばであたしの気を惹《ひ》こうとしていたのだ。ことばで！　十代の男の子なんて女の子がそばにいたらまともに口がきけなくなるのに、そういうのとは縁がないみたい。

　努力はえらいと思う。きれいだとささやいたときに、惑星じゃなくてあたしを見ていたのもえらいと思う。六メートルほど離れたところにいる両親に目をやると、到着を祝ってキスしていた。いい考えだと思ったから、エンゾの頭のうしろへ手をのばし、ぐいと引き寄せてその唇にキスした。ふたりのファーストキス。新しい世界、新しい生活、新しいボーイフレンド。

ことばにならない。あたしはすっかりまわりの雰囲気にのまれていた。

エンゾは文句もつけずに、息ができるようになったところでいった。「〝ああ、すばらしき新世界よ、こういう人たちがいるとは！〟」

あたしはエンゾの首に両腕をまわしたままほほえみかけた。「このときのためにとっておいたのね」

「そうかも。きみにすてきなファーストキスの瞬間をあげたかったんだ」

ほらね。たいていの十六歳の男の子は、おっぱいに突進するための口実としてキスを使う。エンゾはシェイクスピアを引用するための口実として使う。女の子としてはそっちのほうがマシ。

「ほれぼれしちゃう」もういちどエンゾにキスして、ふざけ半分に押しやってから、両親のもとへ駆け寄って、いちゃついているなかに割ってはいり、あたしにも注意をむけてもらおうとした。ふたりはコロニーのリーダーで、もうじき息をつく暇もないほど忙しくなる。いまのうちにすこしでも楽しい時間をすごしておくほうがいい。いっしょに抱きあって笑っていたら、グレッチェンがあたしを両親から引き離した。

「見てこれ」グレッチェンは自分のＰＤＡをあたしの鼻先に突きだした。そこには、あたしとエンゾがキスしている場面のビデオが映しだされていた。

「なんてことすんの」

「すごいね。あんたがエンゾの顔を丸呑みしようとしているみたい」

「やめて」

「見える？　ほら」グレッチェンがボタンをつつくと、ビデオがスローモーションになった。「ここのところ。あんたがエンゾに咬《か》みつこうとしてる。彼の唇がチョコレートでできてるみたいに」

あたしは笑うまいと必死にこらえた。その点についてはグレッチェンのいうとおりだったから。「ちょっと貸して」片手でグレッチェンからPDAをひったくり、ファイルを削除して、また返した。「はい。ありがと」

「ひどい」グレッチェンはぼそりといって、PDAを受け取った。

「他人のプライバシーを侵害したらどうなるか、いい教訓になったでしょ？」

「はいはい」

「よろしい。もちろん、あたしに見せるまえに知り合い全員に転送してあったのよね？」

「たぶんね」グレッチェンは手を口に当てて、目を大きく見ひらいた。

「悪党」あたしは感心していった。

「ありがとう」グレッチェンはひざを曲げておじぎをした。

「忘れないで、あたしはあなたの家を知ってるのよ」

「これから先ずっとね」グレッチェンはいった。あたしたちは恥ずかしくなるくらい女の子っぽくキャーッと叫んで、もういちど抱きあった。同じ二千人といっしょにずっと暮らすのはすごく退屈かもしれないけど、グレッチェンがいればだいじょうぶ。

体をほどき、ほかにお祝いをする相手はいないかとあたりを見まわした。エンゾがうろうろしてるけど、彼はかしこいからあたしがいずれもどるとわかるはず。ふと見ると、両親の助手をつとめているサヴィトリ・グントゥパーリが、すごく真剣な顔でパパとなにか話していた。サヴィトリは頭がよくて有能ですごくいたずらっぽいところもあるんだけど、いつも仕事をしている。あたしはふたりのあいだに割りこんでハグを要求した。なんだか抱きあってばっかり。でもね、新世界を最初に目にする瞬間というのはいちどきりしかないんだから。

「ゾーイ」パパがいった。「PDAを返してくれるかい？」

パパのPDAを借りていたのは、マジェラン号がフェニックス星系からロアノークへスキップする正確な時刻がセットしてあって、それをジャンプのまえのカウントダウンで使わせてもらったから。もちろん、自分のPDAはポケットにある。あたしとエンゾのキスシーンのビデオは、まちがいなくそっちの受信ボックスにはいってるし、友だちみんなのPDAの受信ボックスにもはいってるはず。忘れずに計略を練ってグレッチェンに仕返ししないと。楽しい、容赦ない仕返し。ほかの人にも見てもらわなくちゃ。農場の動物も使いたい。でも、とりあえずは、パパにPDAを返して、頬にすばやくキスし、エンゾのところへ引き返した。

「さてと」エンゾがにっこり笑った。うわ、そっけない口ぶりだとますますチャーミング。あたしの脳の理性ある部分は、のぼせてるとなんでも実際よりよく見えるんだよと教えてくれていた。でも、理性なき部分のほう（要するに、ほとんどぜんぶ）は、理性ある部分にむかってくそくらえといっていた。

「さてと」あたしは同じ台詞《せりふ》でこたえた。比べるとちっともチャーミングじゃなかったけど、彼は気づかなかったみたい。

「マグディと話していたんだ」とエンゾ。

「ふーん」

「マグディはそんなに悪いやつじゃないよ」

「そうね、〝そんなに悪くない〟ってことは〝悪い〟ってことだものね」

「マジェラン号のクルーと話をしたといってた」エンゾは強引に（チャーミングに）話を進めた。「クルーが使う展望ラウンジは、ふだんはだれもいないらしい。そこからながめる惑星は最高だってさ」

エンゾの肩越しに目をやると、マグディが身ぶり手ぶりをまぜながら熱心にグレッチェンと話していた（ひとりで勝手に話しているという見方もある）。「マグディが見たがっているのは惑星じゃないと思う」

エンゾもちらりとふりかえった。「そうかもな。でも、公平を期すためにいっておくと、見られまいと熱心に努力したりしない人はいるからね」

あたしは片方の眉をあげた。それはいえてるけど、グレッチェンはなによりもたわむれあっているのが好きなのだ。「あなたはどうなの？　あなたはなにが見たいの？」

エンゾはにっこり笑って、なだめるように両手をあげた。「ゾーイ。きみとはまだキスをしたばかりだ。先へ進むまえに、もうすこしそのあたりを追求したいな」

「うわ、うまいことというのね。その台詞はどんな女の子にも効き目があるの？」

「こんなことをいったのはきみが最初だよ。だから、効き目はきみが教えてくれないと」

あたしは顔を赤らめてエンゾを抱きしめた。「いまのところは、いい感じ」

「よかった。それに、ほら、きみにはボディガードがついてるじゃないか。あいつらの射撃練習の的にはなりたくないからね」

「ええっ？」あたしはショックを受けたふりをした。「まさかヒッコリーとディッコリーをこわがっているんじゃないよね？　ここに来てもいないのに」

実をいうと、エンゾにはヒッコリーとディッコリーをこわがるだけのちゃんとした理由がある。あのふたりはすでにエンゾのことをなんとなく疑っていて、彼があたしになにかバカなことをしたらよろこんでエアロックからほうりだすつもりでいる。とはいえ、いまのところエンゾにそんなことを伝える理由はない。経験にもとづくルール――彼氏との関係がまだ浅いときには、わざわざビビらせたりしないこと。

どのみち、ヒッコリーとディッコリーはこのお祝いには参加していない。自分たちがいるとふつうの人は緊張してしまうことを自覚しているから。

「実はきみの両親のことを考えていたんだ」エンゾがいった。「もっとも、いなくなってしまったみたいだけど」

エンゾは、数分まえまでジョンとジェーンが立っていたあたりへ頭をふった。いまはふたりとも姿を消していた。サヴィトリが急に用事でもできたみたいに公共エリアを出ていくのが見えた。

「どこへ行ったんだろ」あたしはぼそりとつぶやいた。

「あのふたりはコロニーのリーダーだからね。もう仕事にとりかかっているのかも」

「そうかな」ジョンやジェーンが姿を消すときには、あたしに行き先を告げていくのがふつうだった。それが礼儀というもの。あたしはPDAでふたりに連絡をとりたいという衝動をこらえた。

「それで、展望ラウンジのことなんだけど」エンゾが目先の話題に話をもどした。「きみものぞいてみるかい？」

「クルー用のデッキにあるんでしょ。問題になったりしない？」

「なるかもね。だけど、彼らになにができる？　なにか罰をあたえるのか？　最悪でも出ていけといわれるだけだよ。それまでは最高のながめを楽しめる」

「わかった。でも、マグディが両手をぐにゃぐにゃ動かしはじめたりしたら、あたしは帰る。見る必要がないものってあるから」

エンゾは声をあげて笑った。「文句はないよ」

あたしはエンゾにすこし身を寄せた。この新しいボーイフレンドはなかなかよさそう。

もうしばらく友だちやその家族といっしょにお祝いを楽しんだ。会場内の騒ぎがだいぶおちついたところで、マグディとグレッチェンのあとについてマジェラン号の船内を進み、クルー用の展望ラウンジへとむかった。あたしはクルー専用エリアへ忍びこむのはむずかしいかもしれないと思っていた。ところが、それはいとも簡単だったし、入口から出てきたクルーのひとりはあたしたちのためにドアを押さえてくれた。

「マジェラン号ではセキュリティは重視されていないのね」グレッチェンがそういってあたしとエンゾをふりかえり、つながれた手を見て、そっと笑みを浮かべた。たしかに悪党だけど、グレッチェンはあたしの幸せをよろこんでくれる。

展望ラウンジは予定どおりの場所にあったけど、マグディのふらちなもくろみにとっては残念なことに、だれもいないというわけじゃなかった。マジェラン号の四人のクルーがテーブルにむかってすわり、なにやら熱心に話しこんでいた。マグディにちらりと目をやると、まるでフォークをのみこんだような顔をしていた。かなり笑える。かわいそうなマグディ。これじゃ欲求不満のかたまりになっちゃう。

「見て」エンゾは、まだ手を握ったまま、あたしを大きな展望窓のところへ引っぱっていった。ロアノークが視界にひろがっていた。目のさめるような緑色で、船のうしろにある太陽からの光をいっぱいにあびている。モニタに映っていたやつよりもずっとすごい。自分の目で見るだけでこんなにちがうなんて。

たぶん、あたしがいままでに見たなかでいちばんきれいなものだった。ロアノーク。あたしたちの世界。

「場所がちがう」左側のテーブルから会話のきれはしがかすかに聞こえてくる。

あたしはテーブルへ目をむけた。四人のクルーはすっかり話に夢中になって身を寄せあっていたために、体のほとんどが椅子じゃなくてテーブルの上にのっかっていた。ひとりはこちらに背をむけていたけど、ほかの三人の姿は見ることができた。男がふたりに女がひとり。そろって深刻な顔をしている。

あたしには人の話に聞き耳を立てる癖がある。気づかれさえしなければ悪い癖でもない。気づかれないコツは、どこかよそへ注意をむけているように見せかけること。あたしはエンゾから手を離し、展望ラウンジの窓へ一歩近づいた。これでテーブルにはすこし近くなるし、エンゾが耳もとでささやく甘ったるい空虚な台詞を聞かずにすむ。あたしはうわべだけはロアノークに夢中なふりをつづけた。

「ただのミスとは思えない」ひとりのクルーがいった。「そもそも、あの船長がミスなんかするはずがない。その気になれば小石をめぐる軌道にマジェラン号を乗せることだってできるのに」

こちらへ背中をむけているクルーがなにか低い声でいったけど、よく聞こえなかった。

「そんなバカな」最初のクルーがいった。「実際、この二十年に何隻の船が行方不明になった？　この五十年ならどうだ？　もう迷ったりするやつなんかいやしないよ」

「なにを考えているんだい？」

あたしはとびあがり、それにおどろいてエンゾもとびあがった。「ごめん」エンゾはあたしの怒りの目を見ていった。あたしは唇に指をあてて彼を黙らせてから、いまは背後にあるテーブルのほうを目でしめした。エンゾはそちらをちらりと見て、「なに？」と口を動かした。あたしは首を小さく横にふって、これ以上じゃまをするなと伝えた。エンゾは妙な目であたしを見た。あたしはエンゾの手をとって、彼のことを怒っているわけじゃないと態度でしめしてから、テーブルのほうへ注意をもどした。

「――おちついて。まだなにもわかっていないんだから」べつの声がいった。たぶん、ひとりだけいる女だろう。「ほかにだれがこのことを知っているの？」

こちらへ背をむけているクルーが、またなにかつぶやいた。

「よかった。その状態を維持しないとね」女がいう。「うちの部署でなにか聞いたら締めつけを厳しくするつもりだけど、わたしたち全員が同じようにしないと効果はないわ」

「それじゃクルーが話すのを止めることはできない」べつのだれかがいった。

「でも、噂がひろがるのを遅らせることはできるし、ほんとうはなにが起きたのかがわかるまでならそれで充分でしょ」

またもやつぶやき。

「ただ、それがほんとうなら、もっと大きな問題が出てくるんじゃない？」突然、女の声にはっきりとした緊張があらわれた。あたしは小さく身をふるわせた。エンゾが、つないだ手を通じてそれを感じとり、心配そうにあたしを見た。あたしはエンゾを思いきり抱きしめた。おかげで会話のつづきが聞けなくなったけど、そのときはとにかくそうしたかった。優先順位が変わっていた。

がたがたと椅子の引かれる音がした。ふりかえると、四人のクルー——あきらかに士官たちだった——は、すでにドアへとむかっていた。あたしはエンゾから体を離し、いちばん近くにいるクルーを呼び止めようとした。さっきまであたしに背をむけていた人だ。肩をぽんと叩くと、男はふりかえり、あたしを見てすごくおどろいた顔をした。

「きみはだれだ？」男がいった。

「マジェラン号になにか起きているんですか？」あたしはたずねた。情報を手に入れる最善の方法は、たとえば、こちらの素性に関する問いかけに気をそらされないこと。

男は苦虫をかみつぶしたような顔になった。文章で読んだことはあったけど、現実に見たのはこのときがはじめて。「われわれの話を聞いていたんだな」

「船が迷子になったんですか？　ここがどこかわかっているんですか？　船になにか異常が起きているんですか？」

男が一歩あとずさった——質問をほんとうにぶつけられたみたいに。あたしは一歩踏みだして追い打ちをかけるべきだった。

でも、そうはしなかった。男は体勢を立て直し、あたしのうしろにいるエンゾとグレッチェンとマグディに目をむけた。みんなこちらを見つめている。男はあたしたちが何者であるかに気づき、しゃんと背すじをのばした。

「こどもはここにいてはいけない。出ていきなさい。さもないと、船の警備兵にきみたちをほうりだしてもらうことになる。それぞれの家族のもとへ帰るんだ」男はきびすを返して立ち去ろうとした。

あたしはもういちど男に追いすがった。「待ってください」呼びかけたけど、男は無視してラウンジから出ていった。

「なんのつもりだよ？」マグディが部屋の反対側からあたしにいった。「おまえがそこらへんのクルーを怒らせたせいで面倒に巻きこまれるのはごめんだぜ」

マグディをにらみつけてから、もういちど窓の外へ目をむけた。ロアノークはまだそこに青と緑の姿を浮かべていた。でも、急にきれいに見えなくなっていた。急になじみがなくなっていた。急に不吉なものになっていた。

エンゾがあたしの肩に手を置いた。「どうしたんだ、ゾーイ?」

あたしは窓の外を見つめつづけた。「あたしたち迷子になってるんだと思う」

「どうして?」グレッチェンがあたしのそばへやってきていた。「あの人たちはなにを話していたの?」

「ぜんぶは聞こえなかった。でも、ここは本来の目的地じゃないといってるように聞こえた」あたしは惑星を指さした。「あれはロアノークじゃないって」

「そんなバカな」とマグディ。

「もちろんバカげてるよ。だからって事実じゃないってことにはならない」あたしはPDAをポケットから抜きだしてパパに連絡をとってみた。応答はない。ママのほうも試してみた。

応答はない。

「グレッチェン、あなたのパパに連絡をとってくれない?」グレッチェンのパパは、あたしの両親が率いるコロニー評議会のメンバーだ。

「応答がないわ」しばらくしてグレッチェンがいった。

「よくないことが起きているとはかぎらないよ」エンゾがいった。「新しい惑星へスキップしたばかりなんだ。それで忙しいのかもしれない」

「まだお祝いしているのかもな」とマグディ。

グレッチェンがマグディの頭の上のほうをぴしゃりと叩いた。「ほんとにガキなんだから」マグディは側頭部をなでて口をつぐんだ。今夜はなにもかも彼の計画どおりにはいかないらしい。グレッチェンはあたしに顔をむけた。「わたしたちはなにをするべきだと思う？」

「わからない。さっきの人たちはクルーが話をひろめないようにするとかいってた。ということは、一部のクルーは事情を知っているのかも。植民者に話が伝わるまでそれほどかからないはず」

「もう植民者には伝わってるよ」とエンゾ。「ぼくたちは植民者だからね」

「だれかに話したいね」とグレッチェン。「少なくとも、あんたの両親とわたしのパパには知らせないと」

あたしはちらりとPDAを見おろした。「もう知ってるような気がする」

「たしかめないと」グレッチェンのことばに、あたしたちは展望ラウンジを出てそれぞれの両親をさがしにいった。

両親は見つからなかった。みんな評議会の会議に出ていたのだ。あたしはヒッコリーとディッコリーを見つけた。というか、むこうがあたしを見つけた。

「ぼくは行ったほうがよさそうだな」エンゾがそういったのは、ヒッコリーとディッコリーにまる一分ほどまばたきひとつせずに見つめられたあとのことだった。べつにおどしていたわけじゃない。あのふたりはそもそもまばたきをしないのだ。あたしはエンゾの頬に軽くキスした。エンゾとマグディは去った。

「いろんなとこで話を聞いてみるね」グレッチェンがいった。「みんながなにを知っているかたしかめてみる」

「わかった。あたしもそうする」あたしはPDAを差しあげた。「なにかわかったら知らせて」グレッチェンも去った。

あたしはヒッコリーとディッコリーに顔をむけた。「あなたたち。さっきまでは自分の部屋にいたのに」

「われわれはあなたをさがしに来た」ふたりのうちで話し手をつとめるヒッコリーがいった。ディッコリーも話せるんだけど、そのときはいつもびっくりさせられる。

「どうして？　あたしはこれまで完璧に安全だった。フェニックス・ステーションを離れてからは完璧に安全だった。マジェラン号には危険がまったくないから。あなたたちがこの旅のあいだに活躍したことといえば、エンゾを死ぬほどこわがらせたことくらい。どうしていまになってあたしをさがしに来たの？」

「状況が変わった」とヒッコリー。

「どういう意味？」

そのときPDAが振動した。グレッチェンからだ。

「早かったね」あたしはいった。

「たったいまマイカと出くわしたの」とグレッチェン。「彼女のお兄さんが、あるクルーから信じられないような話を聞いたみたい」

おとなの植民者たちは、なにも知らないか、口をしっかり閉じていたのかもしれないけど、ロアノークの十代の噂の輪はフル稼働していた。一時間たったころ、あたしたちはこれだけの〝情報〟を集めていた——

ロアノークへのスキップの過程で、マジェラン号は恒星に近づきすぎて銀河の外へほうりだされてしまった。

船内で反乱が起きて、無能だという理由でゼイン船長を副長が解任した。

ゼイン船長が反乱を起こした副長をブリッジで射殺して、彼に協力する者はだれであろうと射殺すると宣告した。

コンピュータシステムがスキップの直前に故障して、船がどこにいるのかわからなくなっている。

エイリアンの宇宙船がマジェラン号を攻撃し、いまは近くに浮かんで、とどめを刺すかどうか決めようとしている。

ロアノークは人間には有毒な世界で、着陸したら死ぬことになる。マジェラン号は機関室で炉心溶融が発生していて、それがどういう意味であるにせよ、爆発寸前になっている。

エコテロリストがマジェラン号のコンピュータシステムに侵入し、人間がこれ以上惑星を汚染しないように、べつの方角へ送りだした。

ちょっと待った、侵入したのは植民者くずれの宙賊で、自分たちの物資が底を尽きかけているから、マジェラン号の物資を盗もうとたくらんでいるのだ。

ちょっと待った、物資を盗んで植民者を惑星に置き去りにしようとしているのは、反乱を起こしたクルーたちだ。

ちょっと待った、ほんとうは反逆者のクルーでも宙賊でもエコテロリストでもなく、どこかのバカなプログラマーがコードを書きまちがえたせいで、船の居場所がわからなくなっているのだ。

ちょっと待った、これは通常の運用手順であって、なにも問題は起きていないのだから、クルーをわずらわせるのはやめて仕事にとりかかろう。

なんとか状況をはっきりさせたかった。ほとんどの噂がでたらめだとわかっていた。とはいえ、さまざまなでたらめやナンセンスの下にひそんでいるものも同じように重要だった。混乱と不安がマジェラン号のクルーのあいだにひろがって、そこから、あたしたち植民者にまでひろがっていた。その動きは急速で、たくさんの嘘を生みだしていた。嘘をつこうとしているのではなく、なにかを理解しようとしているのだ。実際に起きたなにかを。起きてはいけなかったなにかを。

こうした混乱のあいだずっと、ママやパパからも、グレッチェンのパパからも、コロニー評議会のメンバーからも、声明はいっさいなかった。評議会のメンバーは、突然、全員が会議に召集されていた。

新世界到着のお祝いが終わって人けのなくなっていた公共エリアに、ふたたび植民者たちが集まりはじめていた。こんどはお祝いのためじゃない。みんな混乱していて、表情には不安と緊張があり、なかには怒りはじめているように見える人もいた。

「大騒ぎになりそうね」再会するなり、グレッチェンが不安を口にした。

「どんな調子？」あたしはいった。

グレッチェンは肩をすくめた。「なにかが起きているのはまちがいない。みんなピリピリしてる。おかげでわたしもピリピリしてる」

「キレないでよ。あたしがキレたときに抑えてくれる人がいなくなるから」

「じゃあ、あんたのためにがんばるか」グレッチェンは、おおげさにくるりと目をまわしてみせた。「でもまあ、おかげでマグディを撃退する必要はなくなったね」

「どんな状況でも明るい面を見つけられるあなたが好きよ」

「ありがと。そっちはどう？」

「正直に？」あたしがいうと、グレッチェンはうなずいた。「死ぬほどおびえてる」

「よかった。わたしひとりじゃなくて」グレッチェンは親指と人差し指をあげて、そのあいだにほんのわずかなすきまをつくった。「この一時間は、あとこれくらいでチビりそうだった」

あたしは一歩あとずさった。グレッチェンが声をあげて笑った。

船内のインターコムが作動した。「こちらはゼイン船長」男の声がいった。「これは乗客とクルーのための共通メッセージです。クルーは全員、十分後の二三三〇船内時に、各部署の会議室へ集合。乗客のみなさんは、十分後の二三三〇船内時に、公共エリアへ集合してください。これは強制集合です。コロニーのリーダーたちから説明があります」インターコムは切れた。

「行こう」あたしはグレッチェンに呼びかけて、演壇を指さした。ふたりで新世界への到着までのカウントダウンをした場所だ。「いい場所を確保しないと」

「ここは大混雑になりそうだものね」

あたしはヒッコリーとディッコリーを指さした。「あのふたりがついてくるから。みんないくらでも場所をあけてくれるよ」グレッチェンは目をあげてふたりを見た。いっしょにいられてすごくうれしいという顔じゃなかった。

数分後、評議会のメンバーたちが公共エリアのわきのドアからぞろぞろとはいってきて、演壇へむかった。グレッチェンとあたしが最前列に立ち、そのうしろにヒッコリーとディッコリーがならぶと、どの方向にも最低一・五メートルの空間があいた。エイリアンのボディガードは専用の緩衝地帯をつくりあげていた。

耳もとでささやく声がした。「やあ」エンゾの声だ。

あたしはエンゾに目をむけてにっこりした。「あなたはここへ来ないかと思ってた」

「これは植民者全員の会議だよ」

「この会場じゃなくて、あたしのそばへ」

「ああ。いちかばちかきみのボディガードに刺されないことに賭けてみた」

「来てくれてよかった」あたしはエンゾの手をとった。

壇上で、コロニーのリーダーでありあたしのパパでもあるジョン・ペリーが、まえへ進みでて、お祝いのときから設置されたままのマイクを取りあげた。

あたしのパパについて知っておくべきことはつぎのとおり。パパは頭がよくて、どんなことでもうまくこなして、たいていのときは、いまにも笑いだしそうな目をしている。パパはたいていのものごとに笑えるところを見つける。たいていのものごとを笑えるものにしてしまう。

マイクを手にしてあたしを見たとき、パパの目は暗く、重苦しく、いままでになく真剣だった。その目を見たとたん、パパは外見がどんなに若くても、ほんとうはすごく年をとっているんだと思い知らされた。いくらものごとを明るく見ることができるとしても、これまでにいちどならず難題に直面してきた人なのだ。

そしていま、パパはまたもやそういう難題に直面している。こんどは、あたしたちといっしょに。あたしたちみんなのために。

ほかのみんなはパパが口をひらいて説明をしたらすぐに知ることになるけど、あたしはその瞬間に悟った——自分たちがほんとうはどんな状況に置かれているかを。

あたしたちは迷子になったんだ。

第一部

1

空飛ぶ円盤がうちのおもてに着陸して、そこから小さな緑色の男が出てきた。

興味を引かれたのは空飛ぶ円盤のほうだった。緑色の男たちは、あたしがまえにいたところではそんなに珍しくなかった。コロニー防衛軍《CDF》の兵士はみんな緑色をしている。戦闘を助けるための遺伝子操作の一環だ。皮膚に葉緑素があると、とびきりのエイリアン退治のために必要な追加エネルギーを手に入れることができる。

あたしが住んでいるハックルベリーでは、コロニー防衛軍の兵士はめったに見かけない。すでに一人前のコロニーで、この二十年は本格的な攻撃を受けたことはない。でも、コロニー連合は植民者にＣＤＦについてあまりくわしく教えようとはしないから、あたしはたいていの人より彼らのことをよく知っている。

でも空飛ぶ円盤は、ねえ。それは小説の世界。ニュー・ゴアは農村だ。あるのはトラクターやコンバインや動物が引く荷車。それと、郊外で暮らす人びとがこの地方の中心都市へ出かけるときに使う車輪で走る公共バス。空を飛ぶ輸送機関はほんとうに珍しい。ひとり乗りの小さいやつがうちの芝生に着陸するなんて、とても日常的なできごととはいえない。

「わたしとディッコリーが出迎えに行くか？」ヒッコリーがたずねた。家のなかから見物していると、緑色の男が円盤から出てきた。

あたしはヒッコリーに目をむけた。「ほんとにあの人が危険だと思う？　うちを攻撃するつもりなら、上空を飛びすぎながら岩を落とすだけでよかったのに」

「わたしはつねに用心をおこたらない」ヒッコリーはあえていわなかったけど、その用心には、あたしにかかわりがあるときは、という条件がくっついている。ヒッコリーはとてもやさしくて、しかも被害妄想ぎみ。

「それより第一次防衛線を試してみようよ」あたしは網戸のところへ歩いていった。犬のババールがそこにいて、前足を網戸にかけ、自分にそれを押すのではなく引っぱるための親指または頭脳をあたえてくれなかった遺伝的運命を呪っていた。あたしがドアをあけてやると、ババールは毛むくじゃらの熱追尾式ミサイルみたいに飛びだしていった。緑色の男は勇敢にも片膝をついてババールを旧友のように迎え、お返しに犬のよだれまみれにされていた。

「溶けやすい人じゃなくてよかった」あたしはヒッコリーにいった。

「ババールはあまり優秀な番犬ではないな」ヒッコリーは犬とたわむれる緑色の男を監視しながらいった。

「うん、だめだね。でも、なにかすごく湿ったものがほしいときは、ババールがすぐに全身びしょぬれにしてくれるよ」

「後学のためにおぼえておこう」ヒッコリーは、あたしの皮肉に対処することを目的としたあたりさわりのない口調でいった。

「そうして」あたしはまた網戸をあけた。「いまは家のなかにいて、おねがい」

「あなたがそういうのなら、ゾーイ」

「ありがと」そういって、あたしはポーチへ出た。

そのころには、緑色の男はポーチの階段までたどり着き、ババールがそのうしろで跳ねまわっていた。「気に入ったよ、きみの犬」男はあたしにいった。

「そのようね。犬のほうはそこそこみたいだけど」

「なぜわかるのかね？」

「あなたは全身がよだれまみれじゃないもの」

男は声をあげて笑った。「このつぎはもっとがんばるとしよう」

「タオルを持ってくるのを忘れないで」

緑色の男は身ぶりで家をしめした。「これはペリー少佐の家かね？」

「だといいんだけど。彼の持ち物はみんなここにあるから」

これには二秒ほどの沈黙が返ってきた。

そう、じつをいうと、あたしはすごい皮肉屋なの。きいてくれてありがとう。パパと長年いっしょに暮らしてきたせい。パパは自分のことをウィットに富んでると思ってる。あたしはそのへんはよくわからないけど、おかげで、けっこう大胆にやり返したり気のきいた台詞《せりふ》を吐いたりする。ゆるいロブがきたら、よろこんでスマッシュしてあげるわけ。あたしはそういうのはかわいいし愛嬌があると思ってる。パパも同じ考え。でも少数派かもしれない。とりあえず、相手の反応をながめるのはおもしろい。気がきいてると思う人もいる。そうは思わない人もいる。

緑色のお客さんは〝そうは思わない〟グループに属しているらしく、いきなり話題を変えてきた。「申し訳ない。きみがだれなのかわからないようだ」

「あたしはゾーイ。ペリー少佐の娘よ。セーガン中尉の娘でもある」

「ああ、そうか。すまない。もっと若いのかと思っていたよ」

「まえはね」

「ペリー少佐の娘だと気づいてしかるべきだったな。目が似ている」

がまんしなさい——と頭のなかの礼儀正しい部分がいった。がまんして。聞き流すの。

「ありがとう。あたし養子なの」

緑色のお客さんはしばらくその場で立ちすくみ、うっかり足を踏みこんでしまった人たちがとる行動をとった。ぴたりと動きを止めて、顔に笑みをはりつけ、脳みそをすり切れるほど働かせてこの大失敗をとりつくろう方法を見つけようとしている。そばへ寄ったら、前頭葉が再起動しようとしてカチカチ、カチカチ鳴っているのが聞こえそう。

ほらね、いじわるだったでしょ――と頭のなかの礼儀正しい部分がいった。

でも、ちょっと待って。パパを〝ペリー少佐〟と呼ぶということは、この人はパパが八年まえに除隊したことを知っているはず。CDFの兵士はこどもをつくれない。それは戦闘に特化するための遺伝子操作のひとつで、まちがってこどもができることはないわけだから、最初にこどもをつくるチャンスは、除隊する直前に新しいふつうの肉体に入れられてからということになる。そのあとに、まる九ヵ月の妊娠期間というやつがある。十五歳のころのあたしは歳のわりに小柄だったかもしれないけど、どう考えても七歳には見えなかったはず。

正直いって、ああいう状況で気を悪くするといっても限度があると思う。おとなだったら初歩の算数くらいできてあたりまえなのに。

とはいえ、お客さんをいつまでも窮地に追いこんでおくわけにはいかない。「パパのことを〝ペリー少佐〟って呼んだよね。軍隊にいたころからの知り合い？」

「そうだ」男は会話がふたたび進みはじめたのでよろこんでいた。「だが、ずいぶんまえのことだからな。はたしてペリー少佐とわかるかどうか」

「見た目は同じだと思うよ。肌の色はちがうかもしれないけど」

男はくすくすと笑った。「だろうな。緑色だと人びとに溶けこむのがすこしばかりむずかしくなる」

「パパはここにすっかり溶けこんでいるわけじゃないと思う」口にしたとたん、こんないいかたじゃ誤解されかねないと気づいた。

案の定、お客さんはたちまち誤解した。「うまくやっていないのかね？」彼は上体をかがめてババールをなでた。

「そうじゃないの。ハックルベリーで暮らしているのは、地球のインドから移住してきた人たちか、その人たちの子孫がほとんど。パパが生まれ育ったところとは文化がちがうというだけ」

「なるほど。ペリー少佐のことだから住民とはうまくやっているんだろうな。彼はそういう男だ。だからこそ、ここでの仕事を引き受けたんだろうし」あたしのパパの仕事は監査官で、村人たちが政府の官僚組織を突破するのを手助けしている。「ただ、彼はここを気に入っているのかなと思ってね」

「どういう意味？」

「ペリー少佐が宇宙を離れた暮らしをどんなふうに楽しんでいるのかと思ったんだ。それだけのことだよ」男はあたしに目をもどした。

頭の奥のほうでなにかがひらめいた。突然、ふたりのさりげないおしゃべりが、あまりさりげないものには思えなくなってきた。この緑色のお客さんは、ただあいさつをするために立ち寄ったわけじゃないらしい。

「パパは気に入ってると思う」あたしはよけいなことをいわないようにした。「どうして？」

「ただの好奇心だよ」男はまたババールの頭をなでた。あたしは犬を呼び寄せたいという衝動を抑えつけた。「だれもが軍隊の生活から一般市民の生活へ問題なく移れるわけじゃないからね」あたりを見まわす。「ここの暮らしはとても静かに見える。かなり大きな変化だ」

「パパはすごく気に入ってると思う」あたしはもういちど、ひとつひとつのことばに力をこめていった。緑色のお客さんがものすごく抜けていないかぎり、話題を変えるべきだと気づくはずだった。

「それはよかった。きみはどうだね？　ここが気に入ってるのかな？」

口をあけて返事をしかけてから、すぐにまた閉じた。なぜって、その、ひとつ問題があったから。

人類のコロニーで暮らすという考えは、現実よりもずっと刺激的に思える。事情を知らない人たちは、コロニーの住民はつねに惑星から惑星へ渡り歩いていて、ひとつの惑星で暮らし、べつの惑星で仕事をし、またべつの惑星で休暇を楽しむと思っている。レジャー惑星バケーショナリアとかね。悲しいことに、現実はずっと退屈。たいていの植民者はひとつの惑星で一生をすごし、宇宙のそれ以外の部分を目にすることはない。

惑星から惑星へ移動するのは不可能というわけじゃないけど、それにはふつう理由がある。貿易船のクルーとして果物や編み籠を輸送するとか、コロニー連合で職を得て恒星間の官僚として輝かしいキャリアをスタートするとか。スポーツ選手なら四年にいちどコロニーオリンピックがある。有名なミュージシャンや俳優がコロニーをめぐる大がかりなツアーを敢行することもある。

でも、ほとんどの場合は、ある惑星で生まれたら、その惑星で暮らして、その惑星で死ぬ。幽霊はその惑星上をうろついて子孫を悩ませる。あたしにはそれのどこがいけないのかわからない——だって、たいていの人は日々の暮らしで家から二十キロメートル以上離れることはめったにないでしょ？　宇宙へ飛びだそうとする人たちにしても、自分の暮らす惑星はほとんど見ていない。自分の惑星すらまともに見てまわっていないのに、どうしてほかの惑星を見ていないと文句をつけられるんだろう。

でも、ほんとにおもしろい惑星を見るのは役に立つ。

念のためにいっておくけど、あたしはハックルベリーが大好き。あたしたちが住んでいる小さな村、ニュー・ゴアも大好き。こどものうちは、都会を離れた農業主体の土地で暮らすのはとても楽しい。そこにあるのは、ヤギやニワトリがいる農場と、小麦やソルガムの畑と、収穫の祝いに冬祭。八歳や九歳のこどもならだれだって、ことばじゃあらわせないほどの楽しみをいくらでも見つけだせる。でも、十代にはいると、これからどんな人生を送りたいかをあれこれ考えるようになって、自分にあたえられた選択肢に目をむけるようになる。すると、農場やヤギやニワトリ——生まれてからずっと付き合っていてこの先もずっと付き合っていく人びと——が、充実した人生を送るうえで最高の選択肢とはいえないような気がしてくる。もちろん、まわりはなにも変わっていない。そこがだいじなところ。変わったのは自分のほうなのだ。

こういう十代のささやかな苦悩は、有史以来、既知の宇宙のあらゆる小さな町で育った十代の若者たちに共通するものだというのはわかってる。でも、コロニーの〝大都市〟であるミズーリ・シティでさえ、堆肥《たいひ》の山を観察するていどの謎とおどろきしかないのだから、もっとほかのものを望むのはむちゃな話とはいえない。

ミズーリ・シティになにか悪いところがあるといってるわけじゃない（堆肥にもなにも悪いところはない——必要なものなんだから）。むしろ、大きな都市、あるいは大きなおそろしい宇宙へ出かけたあとで、また帰ってくる場所というほうがいいかも。ママについてひとついえるのは、ハックルベリーが大好きだということ。でも、ここへ来るまえには、ママは特殊部隊の兵士だった。そこでどんなものを見てどんなことをしたかについてはあまり話してくれないけど、個人的な体験からあたしもちょっとだけは知っている。ずっとああいう生活をするというのは想像もできない。ママはもう宇宙を充分に見てしまったんだと思う。

あたしだってハックルベリーへ来るまえには宇宙の一部を見ていた。ただ、ジェーンとはちがって——ママとはちがって——人生に望むものがすべてハックルベリーにあるとまではいえない。

でも、この緑色の男にそんな話をしたいかというとよくわからなかった。急に疑いの気持ちのほうが大きくなっていたからだ。空から落ちてきた緑色の男から、あたし自身も含めた家族の精神状態についてあれこれ質問をされたら、なにが起きているのか不安になるのはあたりまえ。しかも、ふと気がついてみると、あたしは男の名前をちゃんと聞いていなかった。あたしの家族の暮らしについて踏みこんだ質問をしておきながら、自己紹介すらしないなんて。

ひょっとしたら、単に忘れているだけかもしれないけど——なにしろ、これは正式な面会じゃない——頭のなかで警報が鳴り響いていたので、あたしは緑色の男にこれ以上ただで情報をあげるのはやめることにした。

緑色の男がこちらをじっと見つめて返事を待っていた。あたしはできるだけあいまいに肩をすくめてみせた。あたしは十五歳だった。肩をすくめるにはちょうどいい年齢。

男はすこし身を引いた。「きみのパパは家にいないようだね」

「まだね」あたしはPDAをチェックして、それを男に見せた。「パパの勤務時間は数分まえに終わってる。パパもママも家にむかって歩いているところだと思う」

「なるほど。きみのママはここの治安官なんだろう？」

「そうよ」あたしはこたえた。ジェーン・セーガン、辺境で治安を守る女。辺境はよけいか。ママにぴったり。「ママのことも知ってるの？」特殊部隊はふつうの兵士とはぜんぜん別物なのに。

「評判だけはね」男の口ぶりには、またもや計算されたさりげなさがあった。

みなさん、ここで助言をひとつ――さりげなさをよそおって失敗したときほどあからさまになることはない。緑色のお客さんは思いっきり失敗していて、あたしはちまちま情報をさぐられるのにうんざりしてきた。

「散歩に出かけようかな。ママとパパはもう帰ってくるころだから。あなたが来ていることを伝えるわ」

「わたしもいっしょに行こう」緑色の男がいった。

「だいじょうぶ」あたしは男をポーチへあげて、そこに置いてあるブランコへとうながした。「長旅だったんでしょ。すわってくつろいで」

「わかった。きみがいないあいだわたしがここにいても気にならないのなら」これはたぶんジョークだったんだと思う。

あたしはにっこり笑った。「へいきよ。お相手がいるから」

「犬を残していくのかね」男は腰をおろした。

「もっといいやつ。友だちをふたり残していくわ」あたしは家のなかにいるヒッコリーとディッコリーに声をかけ、ドアから離れてお客さんをながめた。ふたりが出てきたときの表情を見逃すわけにはいかない。

男はパンツをびしょびしょにしたりはしなかった。

いろいろ考え合わせると、それはたいしたことだった。オービン族は——ヒッコリーとディッコリーのこと——蜘蛛とキリンを足して二で割ったものにかぎりなく近い姿をしていて、人間の脳の一部に排泄警報を出させてしまう。しばらくすれば慣れるけど、重要なのはしばらくかかるということ。

「こっちがヒッコリー」あたしは左側に立っているほうを指さし、つぎに右側に立っているほうを指さした。「こっちがディッコリー。ふたりはオービン族なの」

「ああ、知ってるよ」お客さんの声は、とても小さな動物が、二頭のとても大きな肉食獣に追いつめられるのはべつにたいしたことじゃないと強がっているみたいだった。「ええと。そうか。友だちというのはそのふたりのことなんだね」

「最高の友だちよ」あたしは適度に頭の軽そうな口調でまくしたてた。「ふたりはお客さんをもてなすのが大好きなの。あたしが両親をさがしに行っているあいだ、よろこんであなたのお相手をしてくれるはず。そうよね？」あたしはヒッコリーとディッコリーに呼びかけた。

「ああ」ふたりは声をそろえてこたえた。ヒッコリーとディッコリーはもともと単調な話しかたをする。それがステレオになると、ますますぶきみな――だけど楽しい！――効果があった。

「お客さんにあいさつして」

「こんにちは」ふたりはいった。またもやステレオで。

「ああ」緑色の男はいった。「どうも」

「よかった、これでみんな友だちね」あたしはポーチをおりた。ババールも緑色の友だちのそばを離れて追ってきた。「じゃあ、行ってくる」

「ほんとにいっしょに行かなくていいのかね？」緑色の男がいった。「わたしはかまわないんだが」

「気にしないで。あなたにはなにがあっても腰をあげないでいてほしいから」あたしはさりげなくヒッコリーとディッコリーに目をやった――ふたりが彼をステーキにする必要が生じなかったら残念だといわんばかりに。

「そうか」緑色の男はブランコに腰を据えた。ほのめかしは通じたらしい。ほらね、計算されたさりげなさというのはこうやって使うわけ。

「そうよ」あたしはババールを連れて、両親をさがしに小道をくだりはじめた。

2

寝室の窓から屋根に這いだして、ヒッコリーをふりかえった。「その双眼鏡を取ってくれる？」あたしがいうと、それは双眼鏡を差しだしてから——

（オービン族は〝それ〟であって、〝彼〟や〝彼女〟じゃない。両性具有——つまり、みんなが男性と女性の生殖器を持っているの。どうぞ笑って。待ってるから。さあ、気がすんだ？　よかった）

——あたしといっしょに窓の外へ這いだしてきた。たぶん見たことがないと思うからいっておくけど、オービン族が体をひろげて窓をとおり抜ける様子はなかなかの見もの。すごく優雅で、人間のどんな動きとも似たところがない。宇宙にはエイリアンがいる。ふたりはまさにエイリアン。

屋根に出てきたのはヒッコリーのほう。ディッコリーは家の外で見張りにつき、万が一あたしが足を踏みはずしたり急に絶望に襲われたりして、屋根から落ちたり飛びおりたりしたときにそなえている。これはあたしが窓の外に出たときのふたりの基本配置——ひとりがあたしについて、もうひとりが地上で待機。どっちの行動もあからさますぎる。あたしがまだ小さかったころは、パパかママが玄関を飛びだして屋根の真下をうろつくディッコリーを見かけるたびに、二階にいるあたしに部屋へもどれと怒鳴ったものだった。偏執的なエイリアンの友だちにはマイナス面もある。

念のためいっておくけど、あたしは屋根から落ちたことはない。

いや、いちどだけある。十歳のときのこと。でも、あれはしかたのない状況だったから、勘定にははいらない。

とにかく、今回はジョンやジェーンに部屋へもどれと怒鳴られる心配はなかった。あたしが十代にはいったときに、そういうのはもうなくなった。そもそも、今回はあのふたりのために屋根へ出ているんだから。

「あそこだ」あたしはヒッコリーのために指さしてあげた。ママとパパと緑色のお客さんは、数百メートル離れたソルガム畑のまんなかに立っていた。双眼鏡を目に当てると、それはただのしみからちゃんとした人の姿に変わった。緑色の男はこちらに背をむけていたけど、なにかしゃべっているらしく、ジョンとジェーンが熱心に見つめていた。ジェーンは手の足もとでなにかが動いたと思ったら、ひょいとババールの頭がのぞいた。ジェーンは手をのばして犬をかいてやった。

「あの人はなにを話しているのかなあ」あたしはいった。

「彼らは遠すぎる」ヒッコリーがいった。

あたしはヒッコリーに顔をむけて、冗談はやめてとかなんとかいおうとした。そのとき、ふたりが首に巻いている意識の首輪が目にとまった。それはヒッコリーとディッコリーに知覚力を――自分が何者であるかという概念とともに――あたえているだけじゃなく、ふたりの感覚を強化していて、その能力の大半はあたしをトラブルから遠ざけるために使われているのだった。

そもそも、ヒッコリーとディッコリーがここにいるのは、その意識の首輪のせいだった。あたしのとうさん――生物学上の父親――が、オービン族のために開発してあげたものなのだ。それをいうなら、あたしがここにいるのもこのふたりのおかげだ。つまり、いままでもここにいるということ。生きて。

でも、そんなことを深く考えたりはしなかった。

「それが役に立つんじゃないかと思ったんだけど」あたしは首輪を指さした。

ヒッコリーはそっと首輪にふれた。「この首輪にはいろいろな機能がある。数百メートル離れた穀物畑のまんなかにいる人びとの会話を聞けるようにするというのは、そのなかに含まれていない」

「ほんとに役立たずね」

ヒッコリーはうなずいた。「あなたがそういうのなら」いつもどおりのあたりさわりのない返事。

「からかいがいがないなあ」

「申し訳ない」

ここで重要なのは、ヒッコリーがほんとうに申し訳なく思っているということ。自分という存在のほとんどを首に巻いた機械に頼っていたら、ユーモアや皮肉を理解するのはなかなかむずかしい。人工自我を生じさせるには想像以上の集中力を要求される。そのうえでバランスのとれた皮肉の感覚まで望むのはいささかむりがある。

あたしは手をのばしてヒッコリーをハグした。それはおかしなことだった。ヒッコリーとディッコリーがここにいるのはあたしのため。あたしを知り、あたしから学び、あたしを守り、必要とあらばあたしのために死ぬ。それなのに、あたしはふたりを守ってあげたいという気持ちになり、ふたりのためにすこし悲しみさえおぼえていた。あたしのとうさん——生物学上の父親——は、オービン族に意識をあたえた。種の歴史がはじまって以来、彼らがずっとさがしもとめていた意識を。

でも、その意識はオービン族にとって楽なものじゃなかった。

ヒッコリーはあたしのハグを受け入れ、おずおずと頭にふれてきた。あたしが急に感情をあらわにすると、こいつはしりごみすることがある。オービン族が相手のときはひかえめな態度をとるようにしないと。感情的になりすぎると、彼らの意識を混乱させてしまいかねない。あたしの気持ちのたかぶりに敏感なのだ。というわけで、あたしは身を引いて、ふたたび両親のほうへ双眼鏡をむけた。こんどはジョンがなにかしゃべっていて、お得意のちょっとゆがんだ笑みを浮かべていた。お客さんがなにかしゃべりはじめると、その笑みは消えた。

「あの人、だれなのかな」あたしはいった。

「彼はサミュエル・リビッキー将軍」とヒッコリー。

これを聞いて、あたしはまたふりかえった。「どうして知ってるの?」

「あなたの家族をたずねてくる者について調べるのはわれわれの仕事だ」ヒッコリーはまた首輪にふれた。「あの男が着陸した瞬間に照会してみた。彼に関する情報はわれわれのデータベースにはいっていた。あなたたちの防衛軍と植民局とのパイプ役だ。あなたたちの新しいコロニーの保護を担当している」

「ハックルベリーは新しいコロニーじゃないよ」そのとおり。あたしたちがやってきたときには、すでに植民がはじまって五、六十年たっていた。それだけあれば、新しいコロニーが直面するいろんなおっかない問題は片付いているし、人口も増えて、侵略者によって惑星上から一掃されるようなこともなくなっている。たぶん。「あたしの両親にどんな用事があるんだと思う?」

「われわれにはわからない」とヒッコリー。

「ジョンとジェーンを待っていたとき、あの人はあなたになにかいわなかった？」

「いわなかった。彼はひとりで静かにしていた」

「まあ、むりないか。あなたを見てすっかりチビってたのかも」

「彼は排泄物を残さなかった」

あたしは鼻を鳴らした。「ときどき、あなたたちにユーモアが欠如しているという話が疑わしくなるわ。彼はあなたのことがこわくてなにもいえなかったといってるの」

「そのためにあなたはわれわれを彼のもとに残したのだと思ったが」

「まあ、そうね。でも、あの人が将軍だと知っていたら、そこまでつらい思いをさせなかったかも」あたしは両親を指さした。「あたしがあの人の頭を混乱させたら楽しいだろうと思ったせいで、パパやママが面倒なことになってなければいいけど」

「彼ほどの地位にある者がはるばるここまでやってきて、あなたのせいで考えを変えたりはしないと思う」

気のきいた逆襲の台詞が頭のなかにずらりと浮かび、使ってくれと手招きしていた。あたしはぜんぶ無視した。「なにか重要な任務でここへ来たんだと思う？」

「彼は将軍だ。そしてここにいる」

あたしはもういちど双眼鏡をのぞいてみた。リビッキー将軍と判明した人物は、すこしジェーンにむきを変えたらしく、その顔がいくらかはっきり見えるようになっていた。

かってなにかしゃべっていたけど、すぐに顔を動かしてジョンになにかいった。あたしはしばらくママをながめていた。こわばった顔をしている。なにが起きているにせよ、あまりうれしいことじゃないらしい。

ママが頭をちょっとまわして、急にまっすぐあたしのほうを見た。あたしが見ているのを知っているみたいに。

「どうしてあんなことができるんだろ？」あたしはつぶやいた。

特殊部隊にいたころ、ジェーンの肉体はふつうの兵士よりもさらに大幅な遺伝子改造がほどこされていた。でも、パパと同じように、除隊したときにはふつうの人間の肉体に入れられた。もう超人じゃない。おそろしく観察力が鋭いだけ。それはほとんど同じことかもしれない。こどものときはなにをやっても見逃してもらえなかった。

ママがリビッキー将軍に注意をもどした。将軍はまたママにむかって話していた。あたしはヒッコリーを見あげた。「あたしが知りたいのは、なぜソルガム畑のなかで話しているのかってことなんだけど」

「リビッキー将軍があなたの両親に、内密に話のできる場所はないかとたずねたのだ。特にディッコリーとわたしには聞かれたくない様子だった」

「将軍といっしょにいたときに記録してたの？」

ヒッコリーとディッコリーの首輪には記録装置が組みこまれていて、音声と映像と感情のデータを記録している。その記録はほかのオービン族へ送られて、あたしとすごす貴重な時間がどんなものか、だれでも体験できるようになっている。へんな感じがする？　うん。侵入されているみたい？　そういうときもあるけど、ふつうはだいじょうぶ。そのことをあれこれ考えはじめて、ひとつのエイリアン種族全体がヒッコリーとディッコリーの目をとおしてあたしの思春期を体験しているという事実にあえて注目したりしないかぎりは。初潮を何十億もの両性具有生物と同時に体験するなんてありえない。たぶん全員が初体験だったと思う。

「将軍といっしょのときには記録していなかった」とヒッコリー。

「そう、よかった」

「いまは記録している」

「ああ。うーん、その必要はあるのかな」あたしは両親のほうへ手をふった。「パパとママを面倒なことに巻きこみたくないの」

「これはオービン族とあなたたちの政府との協定によって認められている。あなたから許可があったものをすべて記録し、われわれの体験をすべて報告することを認められている。われわれの政府は、わたしとディッコリーがデータベースの照会をおこなった瞬間に、リビッキー将軍がやってきたことを知った。もしもリビッキー将軍がこの訪問を秘密にしておきたいのなら、あなたの両親とはべつの場所で会ったはずだ」

自分の人生のかなりの部分が協定によって支配されているという事実については深く考えないことにした。「あなたたちがここにいることを将軍が知っていたとは思えない。あなたたちをけしかけたときびっくりしてたもの」

「将軍がわれわれの存在やオービン族とコロニー連合との協定についてなにも知らないとしても、それはわれわれの問題ではない」

「そうでしょうね」あたしはちょっといらいらしてきた。

「記録を止めてほしいか？」ヒッコリーがたずねた。声がわずかにふるえている。あたしが不用意にいらだちをあらわにしたら、ヒッコリーを感情の奔流に突き落とすことになりかねない。そのあとにくるのは屋根の上での一時的な神経衰弱。うれしくない。ヒッコリーは地面へころげおちて、蛇みたいに細い首がポキンと折れてしまうかも。

「かまわないよ」あたしは本音を抑えてなだめるような声をだそうとした。「どのみちもう手遅れだし」ヒッコリーは見るからにほっとしていた。あたしはため息をこらえて自分の靴を見おろした。

「彼らが家へもどってくる」ヒッコリーがそういって、あたしの両親がいるほうへ手をふった。あたしはその手の先へ目をやった。両親とリビッキー将軍はたしかにこちらへ引き返しはじめていた。家のなかへもどろうかと思ったけど、そのとき、ママがまたあたしをまっすぐ見つめているのに気づいた。やっぱりさっきも見ていたんだ。あたしたちがずっと屋根にいたことを知っている可能性はかなり高い。

パパは歩いているあいだいちども顔をあげなかった。もの思いに沈んでいる。ああいう状態のとき、パパはまわりで世界が崩壊しかけているみたいになる。そのとき対処している問題がすっかり片付くまで、ほかのことが見えなくなるのだ。今夜はあまりパパの姿を見ることはなさそう。

ソルガム畑を離れると、リビッキー将軍が立ち止まってパパと握手をかわした。ママは手が届くところまで近づこうとしなかった。それから、将軍はフローターへむかって歩きだした。三人を追って畑に出ていたババールが、もういちどだけなでてもらおうと将軍にむかって駆けだした。フローターにたどり着いた将軍から望みのものを手に入れると、ババールはとことこと家へもどってきた。フローターが将軍を乗せようとドアをあけた。

将軍は足を止め、まっすぐあたしを見て、手をふった。気がついたときには、あたしも手をふり返していた。

「やるわね」あたしはひとりつぶやいた。フローターは、リビッキー将軍を乗せて空へ舞いあがり、もと来たところへ引き返していった。

あたしたちにどんな用事があったの、将軍？　胸のうちでそう問いかけてから、〝あたしたち〟と考えた自分にびっくりした。でも、それは理にかなっていた。将軍があたしの両親になにをもとめたにせよ、あたしもそこに含まれているのだ。

3

「あなたはここが気に入ってる?」ジェーンが話しかけてきた。あたしたちは夕食をすませてお皿を洗っていた。「ハックルベリーでの暮らし、ということだけど」

「きょうそれをきかれたのは二度目だよ」そうこたえながら、あたしはジェーンからお皿を受け取ってそれをふいた。

ジェーンはこれを聞いてちょっと眉をあげた。「リビッキー将軍にきかれたのね」

「うん」

「それで、なんてこたえたの?」

「すごく気に入ってるって」ふき終えたお皿を食器棚に入れて、つぎのお皿を待つ。

ジェーンはお皿をつかんで離さない。「ほんとにそうなの?」

あたしはため息をついた。ほんのちょっとだけ芝居がかって。「わかった、降参。いったいどうなってるの? ママもパパも夕食のときはゾンビみたいだった。ふたりともずっと考えこんでたから気づいてなかったけど、あたしはママたちからうなり声以上の反応を引きだすために夕食の時間のほとんどを使っていたのよ。あれに比べたらババールのほうがまだ話し上手だった」

「ごめんなさい、ゾーイ」

「もういいよ。でも、なにが起きているのかはやっぱり知りたい」あたしはジェーンの手を指さして、まだお皿を待っていることを伝えた。

ジェーンがお皿をよこした。「リビッキー将軍に、ふたりで新しいコロニーのリーダーになるよう頼まれたの」

こんどはあたしがお皿を手にかたまる番だった。「新しいコロニー」

「そう」

「きっと〝よその惑星の〟新しいコロニーよね」

「そう」

「うわあ」

「そう」ジェーンはひとつの単語をおおいに活用するすべを知っている。

「なぜ将軍はパパとママに頼んだの？」あたしはお皿ふきを再開した。「気を悪くしないでね。でも、ママはちっぽけな村の治安官だし、パパは同じ村の監査官。差がありすぎるような気がする」

「気を悪くなんかしない。あたしたちも同じ疑問をもったから。リビッキー将軍は、軍隊での経験が役に立つというの。ジョンは少佐であたしは中尉だった。それ以外の必要な経験についても、新しいコロニーに足をおろすまでには身につくだろうって。なぜあたしたちなのかというと、そこがふつうのコロニーとはちがうから。植民者たちは地球の出身じゃなくて、コロニー連合でもっとも古くからある十の惑星の出身なの。植民者がつくるコロニー。はじめての試みというわけ」

「植民者を出している惑星はどれも、ほかの惑星にリーダーの役割をまかせたくない」あたしは思いきっていってみた。

ジェーンはにっこりした。「そのとおり。あたしたちは妥協候補なの。いちばん文句をつけにくい解決策」

「なるほどね。なんであれ、もとめられるのはすてき」あたしたちはしばらく無言で皿洗いをつづけた。

「まだ質問にこたえてないわよ」ジェーンがやっと口をひらいた。「あなたはここが気に入ってるの？　ハックルベリーにとどまりたい？」

「あたしにも投票権があるの？」

「当然よ。もしもこの申し出を受けたら、新しいコロニーを軌道に乗せるまで、最低でも数標準年はハックルベリーを離れることになる。でも、現実には、二度とここへもどってくることはないと思う。あたしたち三人とも」

「〝もしも〟って」あたしはちょっとおどろいた。「まだ返事をしてないんだ」

「ソルガム畑のまんなかで決められるようなことじゃないわ」そういって、ジェーンはあたしをまっすぐ見つめた。「あっさりイエスとはいえない。決めるのはむずかしい。午後はずっと情報集めをして、コロニー連合がその新規コロニーのためにどんな計画を立てているのか調べていた。それに、ここでの暮らしのことも考えなくちゃいけない。あたしと、ジョンと、あなたの暮らし」

あたしはにっと笑った。「ここに暮らしなんてあったっけ？」ジョークのつもり。

ジェーンはぴしゃりといった。「まじめに聞きなさい」あたしは真顔にもどった。「あなたはすでに人生の半分をここですごしてきた。友だちもいる。この土地のこともわかっている。その気になれば、ここには未来がある。ここでずっと暮らすこともできる。気楽に投げ捨てられるようなものじゃない」シンクに両手を突っこみ、洗剤の泡に隠れたお皿をさがす。

あたしはジェーンに目をむけた。声がへんな感じ。あたしだけの話じゃないんだ。「ママにもここでの暮らしがある」

「そう。あたしはここが気に入ってる。おとなりさんも友だちも気に入ってる。治安官という立場も気に入ってる。ここでの暮らしが合ってるの」ジェーンは洗い終えた深皿をあたしによこした。「ここへ来るまで、あたしの人生には特殊部隊しかなかった。ずっと船に乗っていて。ちゃんと暮らした世界はここが最初なの。あたしにとってはたいせつな場所なのよ」

「じゃあ、どうして悩むの？　行きたくないのなら、行くべきじゃないでしょ」

「行かないとはいってない。ここでの暮らしがあるといっただけ。そのふたつは同じことじゃない。行くべき理由もちゃんとあるの。それに、決めるのはあたしだけじゃない」

あたしは深皿をふいて食器棚に入れた。「パパはどうしたいのかな？」

「まだあたしにはなにもいってこない」

「それがどういうことかはわかるでしょ。パパはやりたくないことをぐずぐず考えたりはしない。時間をかけて考えてるなら、たぶんそうしたいんだよ」

「わかってる」ママは平皿をすすいでいた。「ジョンはどうしたいかをあたしに伝える方法をさがしている。あたしたちがどうしたいかを最初に伝えれば、彼を楽にしてあげることができる」

「なるほど」

「だから、あなたにここが気に入ってるかときいたの」

キッチンのカウンターをふきながら考えてみた。「ここは気に入ってるよ。でも、ここで一生をすごしたいかどうかはわからない」

「どうして？」

「ここにはあまりたくさんのものがないでしょ?」ニュー・ゴアのほうへ手をふる。「人生の選択肢はかぎられてる。農民か、農民か、商店主か、農民。あとはパパやママみたいに政府の仕事があるくらい」

「新しいコロニーへ行っても選択肢は変わらない。第一次植民者の生活はロマンチックなものじゃないのよ、ゾーイ。かんじんなのは生きのびて第二次植民者のために準備をすること。つまり農民か建設作業員ね。すでに埋まっているいくつかの特別な役割をのぞくと、ほかの仕事は多くない」

「それはそうだけど、少なくとも新しい場所へ行くわけでしょ。そこでは新世界を建設することになる。ここでは古い世界を維持するだけ。正直になってよ、ママ。このあたりはけっこうのんびりしてる。ママにとって大きな事件といえば殴りあいのケンカ。パパのいちばん重要な仕事といえばヤギをめぐる争いの仲裁」

「もっとたいへんなこともあるのよ」

「べつに戦争をはじめたいわけじゃないけどね」これもジョーク。

またもや、ママはあたしをたしなめた。「まっさらなコロニー世界なのよ。攻撃を受ける危険性はどこよりも高い。住民は少ないしコロニー防衛軍からの支援も最低限。あなただってよく知ってるでしょう」

びっくりして、思わず目をぱちくりさせた。たしかによく知ってる。まだ幼かったころ

——ジョンとジェーンの養子になるまえ——あたしの住んでいたオーマという惑星（といっても軌道上の宇宙ステーション）は攻撃を受けた。ジェーンがその話を持ちだすことはめったにない。そのことを思いだしてあたしがどんな気持ちになるか知ってるから。「新しいコロニーでもそういうことが起こると思ってるの？」

ジェーンはあたしがなにを考えたか察したみたいだった。「いいえ、思ってない。これはとても異例なこと。いろいろな面で試験的なコロニーなの。なんとしても成功させようと政治的圧力もかかっている。つまり、なによりもまず、防御がしっかりしているということ。たいていの新規コロニーよりはちゃんと守られると思う」

「よかった」

「ただ、それでも攻撃はありうる。ジョンとあたしはコーラルでいっしょに戦った。人類が最初期に入植した惑星のひとつだったのに、まだ攻撃を受けていた。どんなコロニーも安全とはいいきれないの。危険はそれだけじゃない。その土地の病原体や捕食者によってコロニーが全滅することもある。悪天候で作物がやられることもある。植民者自身のそなえができていないこともある。コロニー建設は——あたしたちがここでやっているのとはちがう、ほんとうのコロニー建設は——きつい、地道な作業なの。一部の植民者がそれに耐えきれず、コロニー全体を道連れにすることもある。無能なリーダーがまちがった決定をくだすことだってあるし」

「その最後のやつは心配いらないね」あたしは雰囲気を明るくしようとした。

ジェーンは乗ってこなかった。「あたしがいいたいのは、つねにリスクはあるということ。かならず。それもたくさん。この仕事を引き受けるなら、そうしたリスクにしっかりと気をくばらなくちゃいけないの」

まさにジェーンだった。ヒッコリーとディッコリーみたいにユーモアのセンスが欠落しているわけじゃない——ちゃんとジョークにも反応してくれる。それでも、あたしがいままでに出会ったなかでトップクラスのまじめな人であることに変わりはない。なにか重要なことで念を押したいと思ったとき、ジェーンはしっかりとそれをやり遂げる。

すぐれた資質にはちがいないけど、その瞬間、あたしはひどく居心地が悪くなってしまった。まさにそれがジェーンの狙いにちがいなかった。

「ママ、だいじょうぶだよ。リスクがあるのはわかってる。いろんなことがうまくいかないかもしれないのもわかってる。簡単じゃないのもわかってる」あたしは待った。

「それでも」ジェーンは期待どおりのきっかけをくれた。

「それでも、ママとパパがコロニーのリーダーになるなら、リスクをおかすだけの価値はあると思う。だって、あたしはふたりを信頼しているから。うまくやれないと思っているなら、そもそも仕事を引き受けないでしょ。それに、あたしを必要以上に危険な目にあわせるはずもない。ママとパパがやると決めたら、あたしはいっしょに行きたい。絶対に行きたい」

ふと気がつくと、あたしはしゃべりながら手を胸もとへあげて、そこにある小さなペンダントにそっとふれていた。ジェーンにもらった、翡翠《ひすい》の象。あたしはちょっと恥ずかしくなって手をおろした。

「それに、なにはともあれ、新しいコロニーの建設なら退屈はしないよね」あたしはいったけど、締めとしてはちょっと弱かった。

ママはにっこり笑い、シンクの栓を抜いて手をふいた。それから、一歩近づいてあたしの頭のてっぺんにキスした。あたしは背が低くて、ママは背が高いから、そうするのが自然なかたちだった。「あなたのパパにはもう何時間か悩ませておいてあげましょう。そのあとで、あたしたちの考えを伝えておくから」

「ありがとう、ママ」

「夕食のことはごめんなさい。ジョンはときどき考えごとに気をとられてしまうし、あたしはジョンが気をとられているということに気をとられてしまうから」

「わかってる。ママがさっさとパパをひっぱたいて目をさまさせというべきだと思うな」

「後学のためにリストに載せておくわ」ジェーンはもういちどすばやくキスしてから身を引いた。「さあ、宿題をすませなさい。まだこの惑星を離れるわけじゃないんだから」そしてキッチンから出ていった。

4

翡翠の象について話しておこう。

あたしのかあさんの名前——生物学上の母親の名前——は、シェリル・ブーティン。あたしが五歳のときに亡くなった。友だちとハイキングに出かけて転落死したのだ。かあさんにまつわる記憶は、みなさんの予想するとおり。五歳児の精神に残っていたぼやけた断片が、数少ないたいせつな写真やビデオによって補完されている。もっと小さかったときでも、いまよりそんなに鮮明というわけじゃなかった。五歳というのは母親を亡くすにはつらい年齢で、どんな人だったかをおぼえておくのはむずかしい。

ひとつおぼえているのは、四歳の誕生日にかあさんから象のババールのぬいぐるみをもらったこと。その日、あたしはぐあいが悪くて一日じゅうベッドに寝ていた。ちっとも楽しくなくて、みんなにその気持ちをぶつけていた。なぜって、そういう四歳児だったから。かあさんはババールのぬいぐるみでびっくりさせてから、あたしと身を寄せあい、ババールのお話を読んでくれた——あたしがかあさんの膝枕で眠りにつくまで。いまでも、それがいちばん鮮明なかあさんの思い出だ。かあさんがどんな姿をしていたかはおぼえていないけど、低くあたたかく響く声や、膝枕でうとうとしていたときのおなかのやわらかさや、頭をなでてくれた手のことはおぼえている。かあさんの感触や、かあさんからあたえられる愛とやすらぎも。

かあさんがいないのは寂しい。いまでもそう。いまこの瞬間も。

かあさんが亡くなったあと、あたしはどこへ行くにもババールを連れていった。彼は亡き母への架け橋であり、もう手にはいらないあの愛とやすらぎへの架け橋でもあった。ババールと離れるというのは、かあさんのなごりと離れるということ。あたしは五歳だった。自分なりのやりかたで喪失感を埋めようとしていたのだ。おかげで内にこもらずにすんだと思う。まえにもいったけど、五歳というのは母親を亡くすにはつらい年齢。うっかりしていると自分を見失いやすい年齢でもある。

かあさんの葬儀からすこしたって、あたしはとうさんといっしょに生まれ故郷のフェニックスを離れ、惑星オーマの軌道上にある宇宙ステーション、コヴェルへ引っ越した。とうさんはそこで研究をつづけていたけど、ときどき出張でコヴェルを離れることがあった。そういうとき、あたしは友だちのケイ・グリーンとその両親の家へあずけられた。あるとき、出張に出かけようとしていたとうさんは、急いでいたせいであたしの荷物にババールを入れるのを忘れてしまった。そのことに気づいたとき（長くはかからなかった）、あたしはパニックを起こして泣きだした。あたしをなだめるために、そしてあたしへの愛のために、とうさんはかわりにセレストのぬいぐるみを連れて帰ると約束した。だからそれまでがんばってくれと。あたしががんばるとこたえると、とうさんはあたしにキスして、ケイと遊んでおいでといった。あたしはいわれたとおりにした。

とうさんが出かけていたあいだに、宇宙ステーションは攻撃を受けた。とうさんと再会できたのはずいぶんたってからのことだった。とうさんは約束をおぼえていて、あたしにセレストを連れてきてくれた。再会したとうさんが最初にしたことがそれだった。

いまでもセレストはうちにいる。でもババールはいない。

いろいろあって、あたしは孤児になった。ジョンとジェーンの養子になり、ふたりのことを〝パパ〟や〝ママ〟と呼んでるけど、〝とうさん〟や〝かあさん〟とは呼ばない。そっちのほうはあたしの最初の両親、チャールズとシェリル・ブーティンのためにとってある。ジョンとジェーンはちゃんとわかってくれた。あたしがそういう区別をしても気にしていない。

ハックルベリーへ引っ越すまえに――ほんとに直前に――ジェーンとあたしは、フェニックスの首都であるフェニックス・シティのショッピングモールへ出かけた。アイスクリームを買おうとしていたときに、おもちゃ屋のまえをとおりかかったので、あたしはその店に駆けこんでジェーンとかくれんぼをした。楽しかったのはぬいぐるみの動物がならぶ通路にはいりこんで、ババールとばったり出くわすまでだった。もちろん、あたしのババールじゃない。でも、すごくよく似ていたので、あたしは立ち止まって見つめることしかできなくなってしまった。

ジェーンは背後から近づいてきたから、あたしの顔は見えていなかった。「見て、ババールよ。セレストのお相手にひとつ買ったらどうかな」ジェーンは手をのばしてぬいぐるみを取りあげた。

あたしは悲鳴をあげてぬいぐるみをジェーンの手から叩き落とし、店の外へ駆けだした。ジェーンは追いかけてきて、すすり泣くあたしを胸もとへ抱きかかえ、そっと頭をなでてくれた――かあさんがあたしの誕生日にババールのお話を読んでくれたときにそうしていたように。あたしは泣きたいだけ泣いてから、かあさんにもらったババールのことをジェーンに話した。

ジェーンはあたしがべつのババールをほしがらない理由をわかってくれた。新しいババールを手に入れるのは正しくなかった。かあさんの思い出の上になにかをのせるのは正しくなかった。べつのババールでかあさんからもらったババールの身代わりになるというふりをするのは正しくなかった。ぬいぐるみのせいじゃない。ぬいぐるみにまつわるすべてのせいだった。

あたしはジェーンに、ババールやそこで起きたできごとについてジョンには話さないでと頼んだ。新しいママのまえで自制心をなくしただけでもつらいのに、新しいパパまでそこに巻きこみたくなかった。ジェーンは約束して、あたしを抱きしめてくれた。それから、ふたりでアイスクリームを買いにいき、あたしはバナナスプリットを食べすぎてあやうく吐きそうになった。それは八歳の少女の精神にとってはいいことだった。ほんとに、たいへんな一日だった。

一週間後、ジェーンとあたしはCDFSアメリゴ・ヴェスプーチ号の展望デッキに立ち、ハックルベリーと呼ばれる青と緑の惑星を見おろしていた。あたしたちが残りの生涯をすごす、というか、そうなるはずの世界だった。ジョンは、シャトルでミズーリ・シティへ降下するまえにと、最後の用事を片付けにいっていた。そこへおりてから、新しい家があるニュー・ゴアへむかうのだ。ジェーンとあたしは手をつないで、地表に見えるいろいろなものを指さし合い、静止軌道からミズーリ・シティが見えないかと目をこらした。さすがに見えなかったけど、だいたいの見当はついた。

「あなたにあげたいものがあるの」ミズーリ・シティはあのへんだろうと結論が出たところで、ジェーンがあたしにいった。「ハックルベリーにおりるまえに渡しておきたかったから」

「子犬だといいな」あたしは数週間まえからそういう希望をほのめかしていた。

ジェーンは声をあげて笑った。「子犬はむりよ！　とにかく、ちゃんと新しい家におちつくまでは。わかった？」

「うん、わかった」あたしはがっかりした。

「じつはね、これなの」ジェーンはポケットに手を入れて銀の鎖を引っぱりだした。端っこに薄い緑色のペンダントがついていた。

あたしは鎖を受け取り、そのペンダントを見つめた。「象だ」

「そうよ」ジェーンは膝をついてあたしと正面からむきあった。「フェニックスを発《た》つ直前に買ったの。お店で見つけてあなたのことを思いだしたから」

「ババールのことね」

「そう。でも、理由はほかにもある。ハックルベリーに住んでいる人たちは、ほとんどが地球のインドという国の出身で、その多くはヒンドゥーという宗教の信者なの。彼らが信じているガネーシャという神さまは、頭が象の姿をしているのよ。ガネーシャは学問の神さまで、あなたはとても頭がいい。しかも始まりの神さまでもあって、それもぴったりくるでしょ」

「あたしたちもここで新しい生活をはじめるから」

「そういうこと」ジェーンはペンダントとネックレスをあたしから受け取り、銀の鎖をあたしの首にかけて、うしろで金具を留めた。「〝象はけっして忘れない〟ということわざもあるの。聞いたことある？」あたしはうなずいた。「ジョンもあたしもあなたの親であることを誇りに思っているのよ、ゾーイ。あなたがあたしたちの人生の一部になって、これからの人生であたしたちを手助けしてくれるのがとてもうれしい。でも、あなたにおかあさんとおとうさんのことを忘れてほしいとは思っていない」

ジェーンは身を引き、ペンダントにそっとふれた。「これはあたしたちがどれほどあなたを愛しているかのしるし。でも、それと同時に、あなたのおかあさんとおとうさんがどれほどあなたを愛していたかのしるしにもなってほしい。あなたはふた組の両親に愛されているのよ、ゾーイ。いまあたしたちといっしょにいるからといって、最初の両親のことを忘れないで」

「忘れないよ。約束する」

「これをあなたにあげる最後の理由は、流れを引き継ぎたいということ。あなたのおかあさんもおとうさんもあなたに象をあげたでしょ。あたしもひとつあげたかったの。気に入ってくれるといいんだけど」

「すごくいいよ」あたしはジェーンの胸にとびこんだ。ジェーンはあたしをしっかりと受け止めてくれた。しばらく抱きあって、あたしはちょっとだけ泣いた。まだ八歳だったから、それくらいのことはしてもよかった。

ようやくジェーンから体を離したあと、あたしはもういちどペンダントを見た。「これはなにでできているの？」

「翡翠よ」

「なにか意味があるの？」

「そうね、あたしが翡翠をきれいだと思ってるってことかな」

「パパもあたしに象をくれる？」八歳の少女は、すぐに収集モードに切り替わることができるのだ。

「わからない。あなたにおねがいされたから、ジョンにはなにも話してないの。象のことは知らないと思う」

「自分で考えつくかも」

「そうかもね」ジェーンは立ちあがり、ふたたびあたしの手をとった。あたしたちはあらためてハックルベリーを見おろした。

それから十日ほどたって、ハックルベリーへの引っ越しがすんだころ、ドアからはいってきたパパは、小さくてもぞもぞするものを両手でかかえていた。

ううん、それは象じゃなかった。考えればわかるでしょ。それは子犬だったの。

あたしはおおよろこびでキャーッと叫び――だからね、そのときは八歳だったから許されたの――ジョンから子犬を受け取った。子犬はすぐにあたしの顔をなめようとした。

「アフターブ・チェンゲルペットが、ちょうど母犬から子犬たちを乳離れさせたところだったから、そのうちの一匹に住む家をあたえようと思ってね」パパはいった。「まあ、ほしければの話だけどね。きみがそういう生き物に特別な熱意をしめしたという記憶はないし。いつでも返せるんだから」

「絶対だめ」あたしは子犬になめられながらいった。

「いいだろう。ただし、きみが責任をもって飼うんだよ。餌をあげて、運動をさせて、ちゃんと世話をするんだ」

「わかった」

「去勢もして、カレッジの学費も払うんだ」

「え?」

「ジョン」すわってなにかを読んでいたママが口をはさんできた。

「最後のふたつは気にしなくていい」とパパ。「しかし、名前はつけないとな」

あたしは両腕をぐっとのばして、しげしげと子犬をながめた、そいつは離れてもまだあたしをなめようとしていた。尻尾をふる勢いで体がぐらぐらゆれている。「犬につけるいい名前ってどんなの?」

「スポット。レックス。ファイド。チャンプ。このへんはありきたりだな。ふつうはもっとおぼえやすい名前にする。わたしがこどものときに飼っていた犬は、とうさんから〝靴の破壊者シヴァ〟と呼ばれていた。しかし、もとインド人の暮らす村ではふさわしい名前とは思えないな。なにかほかのやつがいいだろう」パパはあたしの象のペンダントを指さした。「最近は象がお気に入りみたいじゃないか。セレストもいるし。子犬はババールと名付けたらどうかな？」

パパのうしろで、ジェーンが読んでいたものから顔をあげてあたしを見た。おもちゃ屋での一件を思いだして、あたしがどんな反応をするかうかがっていたのだ。

あたしはいきなり笑いだした。

「それはイエスということだな」パパがしばらくしていった。

「気に入ったわ」あたしは子犬をぎゅっと抱きしめてから、もういちど両腕をのばして呼びかけた。「はじめまして、ババール」

ババールはうれしそうに小さく吠えて、あたしのシャツ一面におしっこをひっかけた。

翡翠の象にまつわるお話はここまで。

5

ドアをトントンと叩く音がした。九歳のときに、ヒッコリーをあたしの秘密クラブの秘密のメンバーに加えたときから使わせている叩き方だ。ディッコリーのほうはぜんぜんべつの秘密クラブの秘密のメンバーにした。ママも、パパも、ババールも同じ。九歳のころのあたしは、秘密クラブがなによりだいじだったらしい。いまとなってはその秘密クラブの名前すらおぼえていない。でも、あたしの寝室のドアが閉じているとき、ヒッコリーはあいかわらずそのノックを使っている。

「どうぞ」あたしは寝室の窓のそばに立っていた。

ヒッコリーがはいってきた。「ここは暗い」

「遅い時刻になって明かりを消しているとそうなるのよ」

「あなたが歩きまわっている音を聞いた。なにか必要なものはないか見にきた」

「コップ一杯のあたたかいミルクとか？　だいじょうぶよ、ヒッコリー。ありがとう」

「ではもどるとしよう」ヒッコリーは部屋を出ようとした。

「待って。ちょっとこっちへ来て。ほら」

ヒッコリーは窓辺にいるあたしのとなりへやってきた。あたしの指先をたどって、家のまえの小道にいるふたつの人影に目をむける。ママとパパだ。「セーガン中尉はしばらくまえからあそこにいる。ペリー少佐は数分まえにそこに加わった」

「知ってる。パパが出ていくのを見た」その一時間ほどまえには、ママが出ていく物音もしていた。あたしは網戸のスプリングがきしむ音を聞いてベッドを抜けだしたのだ。どのみち眠ってはいなかった。ハックルベリーを離れて新しい世界へ入植するという考えで頭がいっぱいになっていたので、そのあともうろうろと歩きまわっていた。ここを離れるという事実がだんだんと身にしみていた。思っていた以上に神経がたかぶっていた。

「新しいコロニーのことを知ってるの？」あたしはヒッコリーにたずねた。

「知っている。今夜、セーガン中尉から情報を受け取った。ディッコリーはわれわれの政府にさらなる情報を要請した」

「あなたはなぜママとパパを階級で呼ぶの？」そのとき、あたしの脳は気分転換をもとめていて、それはちょうどいい話題だった。「どうしてほかのみんなと同じように〝ジェーン〟と〝ジョン〟と呼ばないの？」

「ふさわしくないからだ。なれなれしすぎる」

「もう七年もいっしょに暮らしているんだから。すこしくらいなれなれしくなる危険をおかしてもいいんじゃない」

「あなたが彼らを〝ジョン〟と〝ジェーン〟と呼べというのなら、そのとおりにする」

「好きなように呼んで。ふたりをファーストネームで呼びたいのなら、そうしてかまわないよといってるだけ」

「おぼえておこう」ヒッコリーはいった。習慣はすぐには変わりそうになかった。

「あなたもいっしょに来るんでしょ？」あたしは話題を変えた。「新しいコロニーへ」ヒッコリーとディッコリーがいっしょに来ないとは思いもしなかった。考えてみると、あまり賢明な推測とはいえなかったかもしれない。

「協定では認められている。あなたの決断しだいだ」

「もちろんいっしょに来てほしいよ。あなたたちふたりを連れていかないくらいなら、いっそババールを残していくほうがましだもの」

「あなたの犬と同じカテゴリに分類されて幸せだ」

「いいかたがまずかったみたいね」

ヒッコリーは片手をあげた。「いや、わかっている。あなたはディッコリーとわたしをペットみたいなものだといっているわけではない。あなたはババールが世帯の一部だといっている。彼抜きではここを離れるつもりはないと」

「ババールはただの世帯の一部じゃないわ。家族なの。よだれだらけで、ちょっとにぶい家族。でも家族にはちがいない。あなたたちもそう。風変わりで、エイリアンで、ときどき押しつけがましい家族。でも家族よ」

「ありがとう、ゾーイ」

「どういたしまして」あたしは急に恥ずかしくなった。きょうは、ヒッコリーとの会話がどうも妙なぐあいになる。「だからこそ、どうしてあたしの両親を階級で呼ぶのかときいたの。ふつうの家族はそういうことはしないから」

「われわれがほんとうにあなたの家族の一員だとしたら、それはもはやふつうの家族ではないだろう。従って、われわれがふつうのことをいうのはむずかしいのだ」

あたしは鼻を鳴らした。「まあ、そのとおりね」ちょっと考えこむ。「あなたの名前はなんていうの、ヒッコリー」

「ヒッコリー?」

「そうじゃなくて、あたしたちと暮らすようになる以前の名前。あたしがヒッコリーと名付けるまえだって、なにか名前はあったはずでしょ。ディッコリーだってそう」

「それはちがう。あなたは忘れている。あなたの生物学上の父親があらわれるまで、オービン族に意識はなかった。自我もなければ、自分のことを自分や他者に対して表現する必要もなかった」

「ふたり以上いると、なにをするにもややこしそうね。〝おい、おまえ〟といったらどこまでいくのやら」

「作業を支援するための識別子はあった。それは名前とはちがう。ディッコリーとわたしに名前をつけたとき、あなたはわれわれにほんとうの名前をつけた。われわれは名前を持った最初のオービン族となったのだ」

「あのとき知っていたらなあ」あたしはその事実を頭におさめてからいった。「そうすれば童謡から名前をとったりはしなかったのに」

「わたしは自分の名前が気に入っている。ほかのオービン族たちのあいだでも人気があるのだ。〝ヒッコリー〟も〝ディッコリー〟も」

「ほかにもオービン族のヒッコリーがいるわけ」

「もちろん。いまでは数百万人に達している」

これに対して気のきいた返答をするのはむり。あたしは両親に注意をもどした。あいかわらず小道に立って、身を寄せあっていた。

「ふたりは愛しあっているのだな」ヒッコリーがあたしの視線をたどっていった。

あたしはちらりとヒッコリーに目をむけた。「こういう会話の流れは予想していなかったけど、まあいいわ」

「それでちがいが生まれるのだな。おたがいに対する話しかたにおいて。意思疎通のやりかたにおいて」

「そうみたいね」

じつをいえば、ヒッコリーの所見はひかえめすぎる。ジョンとジェーンはただ愛しあっているだけじゃない。その熱々《あつあつ》ぶりは、十代の娘にとっては胸を打たれると同時に気恥ずかしくなるほど。なぜ胸を打たれるかといえば、だれだって両親が心の底から愛しあっているのはうれしいから。なぜ気恥ずかしいかといえば、それはまあ、親なんだから。バカみたいに熱をあげているところをあんまり見せないでほしい。

ふたりはいろいろなかたちでそれを表現していた。パパのほうがあからさまだけど、ママのほうが思いは強いような気がする。パパはまえにも結婚していた。最初の妻は地球で亡くなった。パパの心の一部はまだそちらにある。でも、ジェーンの心を手に入れている人はほかにはいない。ジョンはそれをすべて、というか、配偶者に属するぶんについてはすべて手に入れている。もっとも、どう考えたって、あのふたりがおたがいのためにやらないことなんかないと思う。

「だからふたりはあそこにいるの。つまり、家の外にね。おたがいを愛しているから」

「なぜそうなる?」ヒッコリーがたずねた。

「あなたが自分でいったじゃない。意思疎通のやりかたにちがいが生まれるって」あたしはもういちどふたりを指さした。「パパはここを離れて新しいコロニーを指揮したがってる。さもなければ、あっさりことわっていたはず。それがパパの流儀だから。一日じゅうふさぎこんでぼんやりしていたのは、自分が行きたがったら面倒なことになるとわかっていたせい。だって、ジェーンはここが大好きだから」

「あなたやペリー少佐よりも」

「そうねえ。ここはジェーンが結婚した場所。家族を手に入れた場所。ハックルベリーはジェーンの故郷なの。ママが許してくれなかったら、パパはことわるしかない。だからママは、あそこであしているわけ」

ヒッコリーはあたしの両親のシルエットをのぞき見た。「家のなかでも伝えられそうなものだが」

あたしは首を横にふった。「ほら、ママは上をむいてるでしょ。パパが出てくるまえも、同じことをしていたの。あそこに立って星を見あげていた。あたしたちの新しい惑星がめぐる星をさがしているのかも。でも、ほんとはハックルベリーにお別れをしているの。パパはママがそうするのを見届けなくちゃいけない。ママはそれがわかってる。外に出ている理由のひとつはそれ。この惑星を離れる準備ができたとパパに伝えること。パパの準備ができているから、ママの準備もできていると」

「あなたはいま、外に出ている理由のひとつといった。ほかの理由は？」

「ほかの理由？」あたしがいうと、ヒッコリーはうなずいた。「ああ。そうね。ママは自分のためにもお別れをしなくちゃいけないの。パパのためだけにそうしているわけじゃないから」あたしはジェーンを見つめた。「ママの多くの部分はここでつくられた。あたしたちは二度とここへもどらないかもしれない。家を離れるのはつらいことなの。ママにとっては。なんとか踏ん切りをつける方法をさがしているんだと思う。それはお別れをいうことからはじまるわけ」

「あなたは？　あなたはお別れをいう必要があるのか？」

あたしはちょっと考えこんだ。「よくわからない。おかしいね。あたしはもう四つの惑星で暮らしてきた。というか、三つの惑星とひとつの宇宙ステーションで。ここがいちばん長いから、ほかのところよりは故郷といえると思う。ここのあれこれを失うのは寂しい。友だちと別れるのも寂しい。でも、それ以上に……わくわくしてる。ぜひやりたいの。新しい世界でコロニーをつくりたい。そこへ出かけたい。わくわくして、ぴりぴりして、ちょっとこわい。わかる？」

ヒッコリーはなにもいわなかった。窓の外では、ママがパパからすこし離れて、パパが家のほうへ引き返しかけた。パパが足を止めて、ママにむきなおった。ママが手を差しのべた。パパは近づいてその手をとった。ふたりはいっしょに小道をくだりはじめた。

「さよなら、ハックルベリー」あたしはぽつりとつぶやいた。散歩をする両親はそのままにして、窓辺から離れた。

6

「どうして退屈できるのかわかりませんね」サヴィトリがあたしにいった。あたしたちは展望デッキの手すりに寄りかかり、フェニックス・ステーションからマジェラン号をながめていた。「こんなにすごいところなのに」

あたしはサヴィトリにわざとらしい疑いの目をむけた。「あなたはだれなの？　サヴィトリ・グントゥパーリになにをしたの？」

「なにをいってるのかわかりませんね」サヴィトリは平然としていた。

「あたしの知ってるサヴィトリは皮肉っぽくて辛辣。あなたは女学生みたいに感傷的。つまり、あなたはサヴィトリじゃない。おそるべき、にっくきエイリアンが変装してるにちがいないわ」

「異議を申し立てます。あなたは女学生ですが、めったに感傷的になることはありません。知り合って何年にもなりますが、あなたが感傷的なできごとにかかわったのは見たおぼえがありません。あなたはほぼ完全に感傷とは無縁です」

「じゃあ、あなたは女学生よりも感傷的なのね。もっとひどいじゃない。それで幸せならいいんだけど」

「幸せですよ。気づいてくれてありがとう」

「ふーんだ」あたしは効果を高めるために目をくるりと上にむけてから、あらためてむっつりと展望デッキの手すりに寄りかかった。

ほんとうにサヴィトリにいらだっているわけじゃなかった。彼女には興奮するだけの理由が充分にある。生まれてからずっとハックルベリーで暮らしていて、やっとほかの場所へやってきたのだ。フェニックス・ステーションは、コロニー連合全体の母星である惑星フェニックスの軌道上に浮かぶ宇宙ステーションで、人類史上最大の建造物でもある。サヴィトリは、あたしと知り合ってからずっと——つまり、ハックルベリーのニュー・ゴアであたしのパパの助手になってからずっと——全体的に小生意気な雰囲気をかもしだしていた。それもあって、あたしは彼女にあこがれ、師とあがめてきたのだ。だれにだってお手本は必要でしょ。

ところが、ハックルベリーを飛びたってからというもの、サヴィトリはついに宇宙のほかの部分を見ることができたという興奮にとりつかれていた。なにを見ても無防備におおよろこびしてしまい、いまはフェニックス・ステーションにドッキングしていて、いずれあたしたちをロアノークへはこんでくれるマジェラン号を、わざわざ早起きして見物に来るほどだった。あたしとしても、サヴィトリがあらゆるものに興奮しているのはうれしいことだったので、チャンスがあるたびに容赦なくからかうネタにしていた。いずれしっぺ返しがあるとは思う――サヴィトリは、小生意気というのがどんなものかあたしにたっぷり教えてくれたけど、なにもかも教えてくれたわけじゃない――でも、いまのところ、それはあたしにとって数少ない娯楽のひとつだった。

聞いて。フェニックス・ステーションは広大で、にぎやかだけど、まともな仕事がないかぎり――あるいは、サヴィトリみたいにど田舎から出てきたばかりでないかぎり――そこではなにも起きていない。遊園地とはちがって、役所やドックや軍の本部が組み合わさった巨大な施設がぎっしりと詰めこまれているだけ。外へ出て新鮮な空気を吸おうとしたら命を落とす――あるのは新鮮な空気じゃなくて、肺を破裂させる真空――という事実をべつにすれば、どこにでもある、巨大で、個性のない、死ぬほど退屈な市民会館みたいなもの。そこは楽しむための場所じゃない――少なくとも、あたしが興味をひかれるような種類の楽しみがある場所じゃない。ひょっとしたらなにか申請することはあるかも。そうすれば刺激になる。

サヴィトリは、ここはハックルベリーではないという事実にやたら興奮しているだけじゃなく、ジョンとジェーンのためにせっせと働いてもいた。フェニックス・ステーションに到着してからというもの、あの三人はほぼすべての時間をついやして、ロアノークのことを大急ぎで調べたり、いっしょに出かける植民者たちについて学んだり、マジェラン号への備品や機材の積みこみを監督したりしていた。べつに目新しいことじゃないけど、おかげであたしはやることがなく、相手をしてくれる人もいなかった。ヒッコリーやディッコリーやババールにさえあまり相手をしてもらえなかった。ヒッコリーとディッコリーはパパからフェニックス・ステーションにいるあいだはおとなしくしていろといわれていたし、犬はステーション内を走ることは基本的に許されていなかった。ババールが用を足すときにはペーパータオルを敷かなくちゃいけなかった。最初の晩、そうやってババールのために準備をととのえたとき、彼は冗談でしょうという顔であたしを見あげた。ごめんね、相棒。いいからおしっこしなさい。

サヴィトリとすごす時間がとれたのだって、泣き言をいったり罪の意識をあおったりしていっしょに昼休みをとってくれるよう説得したからでしかない。しかも、サヴィトリはPDAを持参して、ランチの半分の時間は積荷目録のチェックにあてていた。彼女はそんなことにまで興奮していた。あたしはサヴィトリに、あなたは病気じゃないかと思うといった。

「退屈させてごめんなさい」現実にもどって、サヴィトリはいった。「ご両親にそれとなくほのめかしたらどうですか」

「もうやったわ。パパはすこしマシになった。あたしをフェニックスへ連れていってくれるって。最後の買い物をしたりとか、ほかにもいろいろ」ほかのいろいろのほうが、出かける第一の理由だったけど、その話はサヴィトリにはしたくなかった。それくらいふさぎこんでいたのだ。

「まだ同じ年頃の植民者と会っていないのですか?」サヴィトリがたずねた。

あたしは肩をすくめた。「何人か見かけた」

「でも、話してはいないんですね」

「あんまり」

「あなたは内気だから」

「皮肉っぽいところはもどってきたね」

「退屈していることには同情します。しかし、そこに安住しているのだとしたら話はべつです」サヴィトリは展望デッキを見まわした。わずかとはいえほかにも人がいて、すわったり、なにかを読んだり、ステーションにドッキングしている宇宙船を見物したりしていた。「あの子はどうです?」サヴィトリが指さしたのは、窓の外をながめているあたしと同じ年頃の少女だった。

あたしはちらりと目をやった。「どうって?」

「あなたと同じくらい退屈しているように見えますよ」

「見た目はあてにならない」

「たしかめてみましょう」サヴィトリは、あたしが止める間もなく、その少女に呼びかけていた。「そこのあなた」

「はい？」少女がいった。

「ここにいるわたしの友人は、自分こそがステーション内でもっとも退屈な十代の少女だと思っています」サヴィトリはあたしを指さしながらいった。穴があったらはいりたかった。「それについて、なにかいうことがあるんじゃないですか」

「そうね」少女はしばらく考えてからいった。「自慢じゃないけど、わたしの退屈ぶりはずば抜けているわよ」

「ほら、わたしは気に入りましたよ」サヴィトリはあたしにそういってから、少女を手招きした。「こちらはゾーイ」とあたしを紹介する。

「自分で話せるよ」あたしはサヴィトリにいった。

「わたしはグレッチェン」少女はわたしにむかって手を差しだした。

「こんちは」あたしはその手をとった。

「あんたの退屈ぶりに興味があるから、もっと話を聞きたいわ」

うん。あたしも気に入った。

サヴィトリがにっこりした。「さて、あなたたちふたりは互角のようですから、わたしはもう行きますね。土壌改良剤のコンテナをチェックしなければいけないので」彼女はあたしに軽くキスして、グレッチェンに手をふり、立ち去った。

「土壌改良剤？」サヴィトリを見送ったあとで、グレッチェンがいった。

「長い話になるの」

「時間だけはたっぷりあるよ」

「サヴィトリは、新しいコロニーを率いるあたしの両親の助手をしているの」あたしはマジェラン号を指さした。「あれがあたしたちの乗る船。サヴィトリの仕事のひとつは、積荷目録に載っているものすべてが確実に船に積みこまれるようにすること。いまは土壌改良剤に取り組んでいるみたい」

「あんたの両親はジョン・ペリーとジェーン・セーガンなのね」

あたしはグレッチェンをまじまじと見つめた。「そうよ。どうして知ってるの？」

「うちのパパがふたりのことをたくさん話しているから」グレッチェンはマジェラン号のほうへ手をふった。「あんたの両親が率いるコロニー。あれはパパのアイディアなの。パパはコロニー連合議会のイアリ代表で、何年もまえから、地球から来た人たちだけじゃなく既存のコロニーの住民も入植できるようにするべきだと主張していた。植民局もようやく賛成してくれてね――それなのに、コロニーの指揮権をパパじゃなくてあんたの両親にあたえてしまった。政治上の妥協だといわれたそうよ」

「あなたのパパはそのことをどう思ったの？」

「うーん、わたしたちまだ会ったばかりでしょ。あんたがどういう種類のことばに耐えられるかわからないから」

「ああ。うん、それはきついね」

「パパがあんたの両親を憎んでいるとは思わない」グレッチェンはあわてていった。「そういうんじゃないの。ただ、あれだけのことをしたんだから、自分がコロニーのリーダーになるべきだと思っていたわけ。〝がっかり〟なんてことばじゃぜんぜん足りない。とはいえ、パパがあんたの両親のことを好きだというつもりもない。ふたりが選ばれたときには、ファイルを手に入れて、それを読みながら一日じゅうぶつぶついってた」

「がっかりさせてごめんなさい」あたしは頭のなかで、グレッチェンは友人候補からはずすしかないのかなと考えていた。あのバカバカしい〝家と家との戦争〟という筋書き。いっしょにロアノークへ行く、はじめて出会った同じ年頃の少女。なのに、早くもべつべつの陣営にいるなんて。

そのとき、グレッチェンがこういった。「そうねえ。すこしおかしいんじゃないかと思うこともあったわ。パパは自分をモーゼになぞらえていたのよ。〝おお、わたしは同胞たちを約束の地まで導いてきたのに、みずからはそこへはいれないのか〟」――ここで、彼女は手を小さく動かしてことばを強調してみせた――「あのとき、これは過剰反応だってわかったの。だって、わたしたちも行くんだから。それに、パパはあんたの両親に助言する評議会の一員なの。だから、グチグチいうなといってやった」

あたしは目をぱちくりさせた。「ほんとにそういったの？」

「ううん、ちがう。実際にはこういったの——子犬を蹴飛ばしたらパパよりもたくさんクンクン鳴くかなあって」グレッチェンは肩をすくめた。「そういうしかないのよ。パパだって、ときには自分で乗り越えなくちゃ」

「あなたとあたしは最高の親友になれると思う」

「そう？」グレッチェンはにやりと笑った。「どうかなあ。勤務時間は？」

「勤務時間は最低。給料はもっとひどい」

「むごいあつかいを受ける？」

「夜ごと、泣き疲れて寝入ることになるわね」

「パンの耳くらい食べさせてもらえる？」

「ありえない。パンの耳は犬たちにあげるんだから」

「うん、いいね。合格だよ。わたしたちはきっと親友になれる」

「よかった。またひとつ人生にかかわる決断が片付いた」

「そうだね」といって、グレッチェンは手すりから身を離した。「さ、行こう。こういう態度を自分たちだけでむだにするなんてもったいない。指さして笑うものをなにか見つけなくちゃ」

その後、フェニックス・ステーションはずっとおもしろい場所になった。

7

パパに惑星フェニックスへ連れていってもらったときのこと——あたしは自分のお墓をたずねていった。

もちろん、これには説明がいる。

あたしは生まれてから四年間をフェニックスですごした。そのとき暮らしていた場所の近くに、墓地がある。その墓地には墓石があって、その墓石には三つの名前が彫りこまれている。シェリル・ブーティン、チャールズ・ブーティン、ゾーイ・ブーティン。

かあさんの名前があるのは、ほんとうにそこに埋葬されているから。お葬式でかあさんをつつんだ布が地面の下へおさめられるのを見たのをおぼえてる。

とうさんの名前があるのは、長いあいだそこに死体があると思われていたから。でもそうじゃない。とうさんの遺体はアリストという惑星にある。とうさんとあたしがオービン族といっしょにしばらく住んでいたところ。だけど、ここには、あたしのとうさんとそっくりで同じ遺伝子をもつ人が埋葬されている。どうしてそうなったかは、すごくややこしい話になる。

あたしの名前があるのは、とうさんが、あたしとアリストで暮らすまでのしばらくのあいだ、コヴェルが攻撃されたときにあたしが死んだと思いこんでいたから。もちろん死体はなかった──あたしは生きていたんだから。ただ、とうさんはそれを知らなかった。あたしの名前と生没年を墓石に彫りこんだあとで、やっとあたしが生きていることを知らされたの。

まあ、そういうわけ。三人の名前、ふたりの遺体、ひとりのお墓。この宇宙で、あたしの生物学上の家族が、どういうかたちであれ存在しているたったひとつの場所。

見方によっては、あたしは孤児になる。それも徹底的な。かあさんもとうさんもひとりっ子だったし、ふたりの両親はあたしが生まれるまえに亡くなった。フェニックスのどこかにまたいとこがいる可能性はあるけど、会ったことはないし、たとえいるとしてもなにを話せばいいかわからない。だって、なんていうの？「こんちは、あたしとあなたは遺伝子構成の四パーセントが共通しているのよ。友だちにならない？」

結局のところ、あたしはこの血統の最後のひとりで、ブーティン家の最後の一員ということになる。いつかこどもをつくろうと思わないかぎりは。うん、そういう手はある。でも、その件はとりあえず置いておこう。

見方によっては孤児。でも、べつの見方をすれば……

まず第一に、あたしのパパがうしろに立って、膝をついて自分の名前が彫られた墓石をながめているあたしを見守っていた。ほかの養子がどうなのかは知らないけど、ジョンとジェーンとすごしてきたあいだ、たいせつにされていないとか、愛されていないとか、ふたりの子じゃないとか感じたことはいちどもなかった。「だいっきらい」と「いいからほっといて」を平日には六回、日曜日には十回は口にしていたような気がする思春期前半のころでさえ。あたしだったらまちがいなく自分をバス停に捨てていたと思う。

ジョンの話だと、地球で暮らしていたころには息子がいたらしい。その息子には男の子がいて、だいたいあたしと同じ年齢だから、理屈からいえばあたしは叔母さんということになる。けっこうおもしろい。天涯孤独の身からだれかの叔母さんに変わるというのは楽しいトリックだ。あたしがそういったら、パパは「きみは多くのものを含んでいる」といって、笑顔で何時間も歩きまわっていた。結局、それについてはあとでとうさんに説明してもらった。このウォルト・ホイットマンという人は、なかなかものがわかっている。

第二に、あたしの横にはヒッコリーとディッコリーがいて、感情エネルギーに反応して体をひくつかせたりふるわせたりしていた。それはあたしのとうさんのお墓に来ていたから。たとえ、とうさんがほんとはそこにいなくて、今後もけっして埋葬されることはないとしても、そんなことは問題じゃなかった。ふたりが高揚していたのは、お墓が象徴するもののせいだったから。いってみれば、とうさんを通じて、あたしはオービン族の養子にもなっているわけだけど、それはだれかの娘になるとか叔母さんになるとかいった関係とはちがう。女神というほうがいくらか近い。まるごとひとつの種族の女神。

いや、どうかな。それだとうぬぼれすぎに聞こえるかも。むしろ、守護聖人とか、種族的偶像とか、マスコットとかそういったやつ。ことばであらわすのはむずかしい。たいていのときは自分の頭を整理するのだってむずかしいくらい。べつに王座についてるというわけじゃない。あたしの知ってるたいていの女神は、宿題なんかないし、犬のウンチを片付けたりすることもない。偶像になるというのがこういうことなら、日常的なレベルではとりたてて刺激的とはいえない。

そのいっぽうで、こういう事実もある。ヒッコリーとディッコリーがあたしといっしょに住んで、ともに日々をすごしているのは、人類と和平協定をむすんだときに、オービン族の政府がそれを要求したから。実をいうと、あたしはふたつの知的種族のあいだで協定の一条項になっているのだ。あなただったらどうする？

いちどだけそれを利用しようとしたことはある。もっと小さかったころ、ジェーンにむかって、あたしは協定のもとで特別な地位に置かれているんだから、今夜だけはもっと遅くまで起きていてかまわないのだと主張したのだ。あれはなかなか冴えた思いつきだった。ジェーンの返事はこうだった。千ページにおよぶ協定書を引っぱりだしてきて――うちにコピーがあるなんて知りもしなかった――あたしがいつでも好き勝手にしていいと書いてある部分を見つけなさいといったのだ。あたしはどすどすとヒッコリーとディッコリーのところへもどり、あたしの好きにさせるようママにいいなさいと要求した。ヒッコリーは、まず要請書を送って政府に指示をあおがなければならず、それには数日かかるので、そのころにはあたしはベッドにはいっているはずだとこたえた。あのときはじめて、あたしは官僚機構の横暴というものを経験したのだった。

要するに、あたしはオービン族とつながっている。あのお墓のまえにいたときでさえ、ヒッコリーとディッコリーは、あたしのとうさんがオービン族のために開発した意識の首輪にその様子を記録していた。あとでほかのオービン族に送信するために。すべてのオービン族が、いっしょにそこに立って、あたしが自分と両親のお墓のまえで膝をつき、指でそれぞれの名前をなぞるのを見守るのだ。

あたしはつながっている。ジョンとジェーンにつながっている。ヒッコリーとディッコリーとすべてのオービン族につながっている。でも、それだけいろいろなつながりを感じているのに――いろいろなつながりを持っているのに――ときどき、自分がひとりぼっちで、ふわふわとどこにもつながっていないような気がしてしまう。このくらいの年頃はそういうものかもしれない。だれだって疎外感をおぼえることはある。自分を見つけるためには、プラグが抜けたような気分を味わう必要があるのかもしれない。みんなこういうのを体験しているのかもしれない。

とはいえ、あのお墓のまえで、自分のお墓のまえで、あたしはまさにそういう気持ちになっていた。

あのお墓にはまえにも行ったことがあった。最初は、かあさんが埋葬されたとき。その数年後には、ジェーンに連れられて、かあさんととうさんにお別れをいうために。〝あたしのことを知ってる人はみんないなくなっちゃった〟とあたしはジェーンにいった。〝みんないなくなっちゃう〟そうしたら、ジェーンがあたしのそばに来て、彼女とジョンといっしょに、新しいコロニーで暮らさないかとたずねた。ジェーンとジョンをあたしの新しい家族にしてくれないかと。

あたしは首にかけた翡翠の象にさわってジェーンのことを思いだし、にっこり笑った。

あたしはだれ？　あたしの同胞ってだれ？　あたしはだれにつながっているの？　簡単にこたえられる質問もあれば、こたえようのない質問もある。あたしは家族とオービン族につながっているけど、ときどきだれにもつながらなくなってしまう。あたしは娘であり、女神でもあり、ときどき自分がだれでなにを望んでいるのかわからなくなってしまう少女でもある。こういうことを考えると頭がごちゃごちゃになって頭痛がしてくる。ひとりでここにいられたらよかったのに。ジョンがいてくれてうれしい。新しい友だちのグレッチェンと会って、皮肉っぽいやりとりをして大笑いしたい。マジェラン号の自分の船室に行って、明かりを消して、犬を抱きしめて、泣きたい。このバカげた墓地をさっさと離れたい。二度ともどってこられないに決まっているから、ずっとここを離れたくない。あたしの家族に、もう逝《い》ってしまった家族に会えるのは、これが最後なのだから。

ときどきわからなくなってしまう。あたしの人生がややこしいのか、それとも、あたしがいろいろ考えすぎているだけなのか。

お墓のまえで膝をつき、もうしばらく頭をひねって、なんとか方法を見つけようとした。かあさんととうさんに最後のお別れをしながらそのそばにいて、お墓にとどまりながらそこを立ち去って、娘と女神と自分の望みがわからない少女にいっぺんになって、みんなとつながりながら自分をたもつ方法を。

それにはしばらくかかった。

8

「あなたは悲しそうに見える」ヒッコリーがいった。

あたしたちはシャトルでフェニックス・ステーションへもどろうとしているところだった。ディッコリーはヒッコリーのとなりにすわっていて、いつものように無表情。

「悲しいよ」あたしはいった。「とうさんとかあさんがいればいいのにな」ちらりとジョンに目をやると、彼はシャトルのまえのほうで、操縦士のクラウド中尉といっしょにすわっていた。「あと、こんなふうに移ったり離れたり出かけたりがしんどくなってきてるみたい。ごめん」

「謝罪の必要はない」とヒッコリー。「今回の旅行はわれわれにとってもストレスが多かった」

「それはよかった」あたしはふたりのエイリアンに顔をもどした。「不幸は道連れをほしがるからね」

「あなたが望むなら、われわれはよろこんであなたを励ます努力をしよう」

「へえ」これはいままでにないパターン。「どうやってするの？」

「われわれはあなたに物語を聞かせることができる」

「どんな物語？」

「ディッコリーとわたしで取り組んできた物語だ」

「あなたたちが書いたの？」あたしは疑うような口ぶりを隠しもしなかった。

「そんなにおどろくことだろうか？」

「当然でしょ。あなたたちにそんな才能があるなんて知らなかった」

「オービン族には独自の物語はない。あなたがわれわれに物語を読ませたときに、あなたをとおしてそれを学んだのだ」

しばらくきょとんとして、ようやく思いだした。もっと幼かったころ、あたしがヒッコリーとディッコリーに、寝るまえに物語を読んでとせがんだのだ。その実験は惨憺《さんたん》たる失敗に終わった。意識の首輪をつけていたときでさえ、ふたりはどうしても物語を読むことができなかった。リズムがまるでなってなかった——そこにこめられた感情を表現するすべを知らなかったとしか説明のしようがない。単語を読むのはだいじょうぶ。ただ、物語がだめだった。

「じゃあ、それからずっと物語を読んできたのね」

「ときどきだ」とヒッコリー。「おとぎ話に神話。もっとも興味をひかれているのは神話だ。神々と創造の物語だから。ディッコリーとわたしはオービン族のために創世神話をつくろうと決めた。そうすればわれわれ独自の物語ができる」

「その物語を話したいというのね」

「それであなたが元気になると思うなら」

「うーん、それは幸せな創世神話？」

「われわれにとってはそうだ。あなたもひとつの役割を演じている」

「だったら、いますぐ聞いてみたいな」

ヒッコリーはディッコリーとオービン族の言語ですばやく打ち合わせをした。「短いバージョンにしよう」

「長いバージョンもあるの？　すごく興味をそそられる」

「シャトルの残りの飛行時間では長いバージョンには足りないのだ。またフェニックスへおりなければならなくなる。そしてまだのぼってきて。それからまたおりて」

「短いほうでいいや」

「わかった」ヒッコリーは語りはじめた。「むかしむかし――」

「ほんとに？　むかしむかし？」

「〝むかしむかし〟のなにがいけないのだ？　あなたたちの物語や神話の多くはそのようにはじまっている。ふさわしいと思ったのだが」

「なにもいけないことはないよ。ただ、ちょっと古めかしいだけ」
「あなたがいうなら変えるとしよう」
「いいよ。ごめん、ヒッコリー、じゃまをしちゃったね。最初からはじめて」
「わかった。むかしむかし……」

むかしむかし、とある大きなガス惑星の衛星に住んでいる生物がいました。その生物には名前はなく、自分たちが衛星に住んでいることも知らず、その衛星がガス惑星のまわりをめぐっていることも知らず、惑星がなんであるかも知らず、そもそも知っているといえるかたちではなにひとつ知りませんでした。彼らはただの獣で、意識をもたず、生まれて暮らして死ぬだけで、考えることもなく、考えるという概念も知らずに生涯をすごしていたのです。

ある日、といっても生物たちは日という概念を知らなかったのですが、ガス惑星をめぐる衛星に訪問者がありました。その訪問者たちはコンスー族でしたが、生物たちはそんなことは知りませんでした。コンスー族がそう自称していたとはいえ、生物たちは賢くなかったので、彼らが自分たちをなんと呼んでいるか質問することもできず、ものには名前をつけられるということも知らなかったのです。

コンスー族がその衛星にやってきたのは調査のためで、彼らは衛星についてあらゆることを記録していきました。大気、陸地と海の形、陸上や空中や水中に住む生命体の形態と行動。そして、この意識をもたない生物と出会ったとき、コンスー族は彼らの生態に興味をいだき、彼らがどのようにして生まれ、暮らし、死ぬのかを調べました。

しばらく観察をつづけたあと、コンスー族はその生物を変化させようと決心し、自分たちはもっているけれどその生物はもっていないあるものをあたえました——知能です。彼らは生物から遺伝子を取りだし、それを改造して、彼らの脳が成長とともに知能を発達させるようにしました。経験や歳月をかけた進化だけではけっして得られないほどの知能を。コンスー族は生物たちのごく一部にこうした改造をほどこし、衛星上にもどしたので、たくさんの世代がすぎるうちに、その生物はみんなが知能をもつようになりました。

コンスー族は、生物に知能をあたえたあと、衛星上にはとどまらず、自分たちのことを生物に知らせることもなく旅立ち、生物からは見えないけれど、生物のことを監視できる機械を空に残していきました。そのため、とても長いあいだ、生物たちはコンスー族のことも、彼らが自分たちになにをしたかも知ることはありませんでした。

知能を手に入れた生物たちは、とても長い歳月をかけて数を増やし、多くのことを学びました。道具を作ること、ことばを使うこと、共通の目的にむかって働くこと、土地を耕すこと、金属を採掘すること、科学を創造すること。しかし、どれだけ繁栄して知識を得ても、彼らはあらゆる知的生物のなかで自分たちだけが特殊な存在だということを知りませんでした。なぜなら、ほかにも知的生物がいることを知らなかったからです。

　ある日、生物が知能を手に入れたあとで、べつの知的種族が衛星をおとずれました。コンスー族のことはすでに忘れられていましたが、それ以来の訪問者でした。この新しい人びとは自分たちをアーザ族と呼び、ひとりひとりのアーザ族に名前がありました。アーザ族はおどろきました。その衛星に住む生物たちは、知能を有して道具や都市をつくっているにもかかわらず、種族としての呼び名がなく、ひとりひとりも名前をもっていなかったのです。

　生物たちは、アーザ族を通じて、自分たちがなぜ特殊なのかを知りました。全宇宙のなかで彼らだけが、意識をもたない種族だったのです。彼らは考えることも推論することもできましたが、ほかのすべての知的生物がみずからを知るようには、自分たちを知ることができませんでした。惑星の衛星上で生きて栄えて成長しているにもかかわらず、彼らには個としての自意識が欠落していたのです。

　この事実を知ったあと、それぞれの個体はそんな感情とは無縁だったものの、種としての生物全体には、自分たちがもっていないものに対する渇望が芽生えました――自分たちが個としてもっていないことを集団として知っている、意識というものに対する渇望。そのときはじめて、生物はみずからに名前をつけ、〝オービン〟と自称するようになりました。彼らの言語では〝欠落している者〟という意味になりますが、翻訳するなら〝恵まれない者〟とか〝才なき者〟とするほうが適切でしょう。彼らはこうして種族全体には名前をつけましたが、ひとりひとりには名前をあたえませんでした。

アーザ族は、みずからをオービンと呼ぶ生物に同情し、空に浮かぶ機械のことを教えました。それは、とてつもない知能と計り知れない意図をもつ、コンスー族が残していったものでした。アーザ族がオービン族の研究をして、彼らの遺伝子が不自然なのを発見したために、オービン族はみずからの創造者について知ることになったのです。

オービン族はアーザ族に、なぜ自分たちにこんなことをしたのかたずねたいからコンスー族のもとへ連れていってくれと頼みましたが、アーザ族はそれをことわりました。コンスー族がほかの種族と会うのは戦うときだけですから、オービン族をコンスー族のもとへ連れていったら自分たちがどんな目にあうか心配だったのです。

そこで、オービン族は戦うすべを学ばなければならないと決心しました。アーザ族とは、自分たちに親切にしてくれて同情もしてくれて平和に去っていったので戦うことはありませんでしたが、そこにベレスティアというべつの種族があらわれました。彼らはオービン族が住む衛星をコロニーにしようと考えていたのですが、平和に共存することはできないのでオービン族を皆殺しにするつもりでした。オービン族はベレスティア族と戦って、衛星におり立った敵はすべて殺し、その過程で自分たちの強みをひとつ見つけました。オービン族は自分というものを知らないために、死をおそれることがなく、ほかの種族がひどく恐怖をおぼえるような状況でもこわがらずにいられたのです。

オービン族はベレスティア族を倒し、彼らの武器とテクノロジーから学びました。やがて、オービン族がみずからの衛星を離れて他の衛星へ入植し、その数を増やすと、ほかの種族が戦争をしかけてくるようになり、オービン族はほかの種族とも戦争をするようになりました。

多くの歳月が流れたあと、オービン族はいよいよコンスー族と対面する準備ができたと考えて、コンスー族の住んでいる場所を見つけだし、彼らと会うために出発しました。オービン族は強くて果敢でしたが、彼らはコンスー族の力を知らなかったのです。コンスー族はあっさりオービン族を一蹴して、呼びかけたり攻撃してきたりするオービン族はひとり残らず殺しましたが、それは何万という数にのぼりました。

やがて、コンスー族はみずからが創造した生物に興味をいだき、全オービン族の半数がコンスー族の生け贄《いけにえ》となるのなら、三つだけ質問にこたえようと提案しました。これは厳しい取引でした。個々のオービン族はみずからの死を意識しませんが、それだけの生け贄を差しだしたら種族にとっては大きな痛手となります。なぜなら、オービン族はすでに知的種族のなかに多くの敵をつくっていて、もしも彼らが弱体化したら、そうした敵がまちがいなく襲いかかってくるはずだったのです。しかし、オービン族はこたえを痛切にもとめていました。そこで、全オービン族の半数が、みずからをコンスー族に差しだし、それそれがいる場所でさまざまなやりかたで自殺しました。

コンスー族はこれに満足し、わたしたちの三つの質問にこたえました。第一に、コンスー族はオービン族に知能をあたえた。第二に、コンスー族がオービン族に意識をあたえることもできたのにそうしなかったのは、意識をもたない種族がどんなものか見てみたかったから。第三に、コンスー族はオービン族にこれから意識をあたえるつもりはないし、二度と質問を許すこともない。それ以来、コンスー族はオービン族が彼らに話しかけることを二度と許しませんでした。オービン族がくりかえし送りこんだ外交使節団はすべて殺されました。

オービン族は多くの種族との戦いに多くの歳月を費やして力をとりもどし、ほかの種族からは、オービン族との戦いは死を意味するといわれるようになりました。オービン族が手をゆるめたり慈悲や哀れみや恐怖をしめしたりすることがないのは、彼ら自身がそういうものを知らないからです。長いあいだそういう状況がつづきました。

ある日、ララエィ族と呼ばれる種族が人類のコロニーとその宇宙ステーションを攻撃して、手当たりしだいに人間を殺しました。ところが、ララエィ族がその任務を完了するまえに、オービン族が彼らに攻撃をしかけました。オービン族もそのコロニー世界をほしがっていたのです。ララエィ族は最初の攻撃で弱体化していたので、打ち負かされ、殺されました。オービン族はコロニーとその宇宙ステーションを手に入れました。その宇宙ステーションは科学基地でしたから、オービン族はそこにある記録を調べて有益なテクノロジーを見つけようとしました。

そしてオービン族は発見しました。チャールズ・ブーティンという名の人間の科学者が、人体の外部に意識を保管する手段について研究を進めていました。意識が保管される機械は、人類がコンスー族から盗んだテクノロジーをもとにしていたのです。研究は完成しておらず、そのテクノロジーは、宇宙ステーションを占拠したオービン族にも、同行していたオービン族の科学者にも理解できないものでした。オービン族は宇宙ステーションの生存者のなかでチャールズ・ブーティンをさがしましたが、発見できませんでした。襲撃のとき、ブーティンは宇宙ステーションを離れていたのです。

それでも、オービン族はチャールズ・ブーティンの娘であるゾーイが宇宙ステーションにいることを突き止めました。オービン族はその少女をステーションから連れだし、それ以外の人間はすべて殺しました。オービン族は少女を安全な場所に監禁し、チャールズ・ブーティンに娘が生きていることを伝え、自分たちに意識をあたえてくれるならぶじに返してやろうと提案しました。しかし、チャールズ・ブーティンは怒っていました。オービン族に対してではなく、娘を見殺しにした（と彼が思いこんでいた）人類に対して。そして、オービン族に意識をあたえる見返りに、オービン族が人類に戦争をしかけて打ち負かすことを要求しました。オービン族は自力ではそれができなかったので、ほかのふたつの種族――彼らが攻撃をしかけたばかりのラエィ族と、人類の同盟種族だったエネーシャ族――と手を組み、人類に攻撃をしかけました。

チャールズ・ブーティンはこれに満足し、オービン族と娘に合流して、オービン族のための意識の開発に取り組みました。その作業が完成するまえに、人類はオービン族とララエィ族とエネーシャ族が同盟を組んでいることを知り、攻撃をかけました。同盟は崩壊し、エネーシャ族は人類の策略によってララエィ族に宣戦布告することになりました。チャールズ・ブーティンは殺され、その娘のゾーイは人類によってオービン族から奪い去られました。個々のオービン族はなにも感じなかったのですが、種族全体は絶望に打ちひしがれました。オービン族に意識をあたえることに同意したときから、チャールズ・ブーティンは彼らにとってかけがえのない友人となっていました。なにしろ、偉大なるコンスー族でさえしてくれない約束をしてくれたのです――オービン族に自意識をあたえると。ブーティンが死んだとき、彼らの希望も死にました。ブーティンの娘は彼のものであり、それゆえ、オービン族にとってもたいせつな存在でしたから、彼女を失ったことは絶望をさらに強めたのです。

その後、人類がオービン族にメッセージを送ってきて、人類と同盟を結んでエネーシャ族に宣戦布告するなら、ブーティンの研究を継続すると申し出ました。エネーシャ族はララエィ族を打ち負かしたあとで、オービン族と手を組んで人類に対抗していたのです。オービン族はこの申し出を受け入れましたが、ひとつ条件をつけました。オービン族が意識を手に入れたら、二名の同胞をゾーイ・ブーティンのもとへ送りこみ、その知識をすべてのオービン族と共有することを認めてほしい。ゾーイは、オービン族の友人であり英雄でもあったチャールズ・ブーティンの忘れ形見なのだから、と。

こうして、オービン族と人類は同盟を結び、オービン族はエネーシャ族を攻撃してこれを打ち負かしました。創造から数千世代をへてようやく、オービン族はチャールズ・ブーティンによって意識をあたえられたのです。オービン族が選んだ二名の同胞は、ゾーイ・ブーティンの付き添い兼保護者となり、彼女の新しい家族とともに彼女の人生を共有することになりました。ふたりと出会ったとき、過去にオービン族と暮らしたことのあったゾーイはすこしもおそれず、彼らに名前をつけました――ヒッコリーとディッコリーと。ふたりは名前をもつ最初のオービン族となったのです。ふたりはよろこび、自分たちがよろこんでいることを自覚しました。チャールズ・ブーティンがふたりとすべてのオービン族にくれた贈り物のおかげで。

それから先、彼らはずっと幸せに暮らしました。

ヒッコリーがなにかいったけど、あたしは聞いていなかった。「なに？」

「よくわからないのだ、〝それから先、彼らはずっと幸せに暮らしました〟が適切なエンディングかどうか」ヒッコリーはそこで口をつぐみ、あたしをまじまじと見つめた。「泣いているのか」

「ごめん。思いだしていたの。あたしが登場した部分のことを」

「まちがっていたのか」

「ちがうの」あたしはヒッコリーを安心させようと手をあげた。「なにもまちがってはいなかった。ただね、あなたの話に出てくる様子と、あたしがおぼえている様子がすこしだけ……」顔から涙をぬぐい、ぴったりしたことばをさがす。「すこしだけちがっているの。それだけのこと」

「この神話が気に入らなかったのか」

「気に入ったよ。すごく気に入った。ただ、思いだすとつらいことがあってね。あたしたちにはときどきあることなの」

「すまない、ゾーイ、あなたを悲しませてしまった」ヒッコリーの声には悲しげな響きがあった。「あなたを励ましたかったのに」

あたしは座席から立ちあがり、ヒッコリーとディッコリーに近づいてふたりいっぺんに抱きしめた。「わかってるよ。がんばってくれてとてもうれしい」

9

「ほら、見て」グレッチェンがいった。「十代の男の子たちが、なにかバカなことをやろうとしてる」

「なにいってんの」あたしはいった。「そんなことあるわけないよ」でも、目はそちらへむけた。

たしかに、マジェラン号の公共エリアのむこうのほうで、ふた手に分かれた十代の少年たちが、おれたちゃロクでもねえことでケンカするんだぜ、という目つきでにらみあっていた。みんないまにも歯をむいてうなりだしそうだったけど、ひとりだけは、特にケンカしたくてうずうずしてる少年をなんとか説得しようとしているように見えた。

「脳みそがありそうなのがひとりいるよ」とあたし。

「八人いてひとりだけ」とグレッチェン。「すばらしい割合とはいえないね。それに、ほんとに脳みそがあるならさっさとわきへよけてるはず」

「だよねえ。十代の男の子に十代の女の子の仕事はむりだもの」

グレッチェンはにやりと笑った。「あたしたち精神融合モードにはいってる？」

「そのこたえは知ってると思うけど」

「じっくり計画を練りたい？　それとも即興で？」

「計画を練ってたら、だれかが歯をなくしそう」

「いえてる」グレッチェンは立ちあがり、少年たちのほうへ歩きだした。

二十秒後、少年たちは、争いのまんなかにグレッチェンがいるのに気づいてぎょっとした。「あんたのせいで賭けに負けそうなんだけど」グレッチェンは、とりわけ攻撃的なひとりにむかっていった。

その少年はちょっとグレッチェンを見つめて、この予期せぬ闖入者《ちんにゅうしゃ》の出現でごちゃごちゃになった頭を整理しようとしていた。「ああ？」

「だからね、あんたのせいで賭けに負けそうなの」グレッチェンはあたしのほうへぐいと親指をふった。「そこにいるゾーイとね、マジェラン号が宇宙ステーションを離れるまではだれもケンカはしないって賭けをしたの。家族ごと船から蹴りだされるようなまねをするバカがいるわけないって」

「しかも出発の二時間まえにね」あたしはいった。

「そうそう」とグレッチェン。「だって、そんなことをするにはどれほどの愚か者になればいいわけ？」

「十代の男の子っていう愚か者でしょ」

「なるほど。ところで――あんたの名前は？」

「ああ？」少年はまたいった。

「あんたの名前よ。あんたのとうさんとかあさんが、あんたのせいで船から蹴りだされたときに腹を立てて怒鳴るときの名前」

少年は仲間を見まわした。「マグディ」そうこたえてから、なにかいおうとするみたいに口をあけた。

「あのね、マグディ、わたしは人間性というやつを信頼してるの。たとえ相手が十代の男性でも」グレッチェンはマグディがいおうとしたことばを押しのけて話をつづけた。「いくら十代の男の子だとはいっても、ゼイン船長にわざわざ口実をあたえて、いまのうちに自分たちを船から蹴りださせるほど頭が悪いはずはないと信じてるのよ。いったん出発したら、船長にできるのは監禁室へ閉じこめることくらい。でも、いまなら、クルーに命じて家族もろとも入出庫ベイから叩きだせる。あんたはわたしたちが手をふってお別れするのを見送るだけ。もちろん、わたしはそんな信じられないほどのバカはいないといったわ。でも、友だちのゾーイはちがう意見なの。あんたなんていったっけ、ゾーイ？」

「十代の男の子はぶらさげたばかりの睾丸でしかものを考えられないって」あたしはそういいながら、さっき仲間を説得しようとしていた少年を見つめた。「それに、おかしなにおいもするし」

少年はにやりと笑った。あたしたちがなにを狙っているか気づいたらしい。あたしは笑みを返さなかった。グレッチェンの名演をだいなしにしたくない。

「わたしは自分が正しくてゾーイがまちがってると確信したから賭けをしたわけ」グレッチェンがいう。「そこまでバカなやつはいないというほうに、マジェラン号で出されるデザートぜんぶを賭けたの。すごく重大な賭けなのよ」

「グレッチェンはデザートが大好きだから」とあたし。

「それはたしかね」

「もうデザート中毒」

「なのに、あんたはわたしからデザートを取りあげようとしてる」グレッチェンはマグディの胸をつついた。「そんなの認められない」

マグディがつっかかっていた相手の少年が鼻で笑った。グレッチェンがくるりとそちらをふりむくと、少年はびびってあとずさりした。「なんであんたが笑えるのか理解できない。あんたの家族だって同じように船からほうりだされるのよ」

「そいつがはじめたんだ」少年はいった。

グレッチェンはおおげさに目をぱちくりさせた。「〝そいつがはじめた〟？　ねえゾーイ、聞きまちがいだといって」

「むりね。ほんとにそういったから」

「五歳をすぎた人がそんなことをなにかの論理的根拠にするなんてありえない」グレッチェンはその少年を辛辣な目でながめた。

「人間性への信頼はどこへいったの?」あたしはたずねた。

「失いつつあるかもしれない」

「デザートぜんぶといっしょにね」

「あててみようか」グレッチェンは目のまえにいる少年たちのグループにむかって手をさっとふった。「あんたたち、みんな同じ惑星の出身でしょ」ふりかえり、もうひとつのグループをながめる。「で、あんたたちはべつの惑星の出身」少年たちは居心地が悪そうにもじもじした。当たりだったらしい。「それで、船に乗ってまず最初に、自分とはちがう場所に住んでいた人たちを相手にケンカをふっかけた」

「これから先ずっといっしょに暮らす人たちにはそういう態度をとるのが賢明だから」とあたし。

「新規植民者のための説明資料にはそんなこと載ってなかったけどなあ」

「おかしいよね」

「ほんとに」グレッチェンは口をつぐんだ。

いっとき沈黙がおりた。

「で？」グレッチェンがいう。

「ああ？」マグディがいった。お気に入りの台詞らしい。

「ここでケンカするの、しないの？　もしもわたしが賭けに負けるなら、いまがいちばんいいタイミングなんだけど」

「そうそう」とあたし。「もうじきランチの時間。デザートが呼んでるよ」

「だからさっさとはじめるか解散するかして」グレッチェンはそういってあとずさった。

少年たちは、ケンカの目的がどこかの少女がカップケーキを手に入れられるかどうかというつまらないレベルまで落ちてしまったことに気づき、解散して、それぞれのグループが相手とはちがう方向へ立ち去っていった。ひとりだけ正気だった少年は、友だちといっしょに遠ざかりながら、ちらりとあたしをふりかえっていた。

「おもしろかった」グレッチェンがいった。

「うん、連中がまたケンカをはじめようと思うまではね。毎回デザートでコケにするわけにはいかないし。十の世界から来た植民者たちが集まっているのよ。十代の男の子たちによるバカげたケンカ騒ぎは百とおりある」

「でも、キョート出身の植民者はコロニー派メノナイトで、平和主義者だから。十代の男の子たちによるバカげたケンカ騒ぎの組み合わせは八十一とおりしかないよ」

「なのに、こっちはふたりしかいない。分が悪すぎる。ところで、どうしてキョートの人たちのことを知ってるの？」

「とうさんが、まだ自分でコロニーを指揮すると思っていたときに、すべての植民者とその出身惑星に関する報告書をわたしに読ませたの。わたしを副官にするつもりだといってた。だって、それこそわたしが自分の時間にやりたいと思っていたことだから」

「でも、いろいろ役に立つね」

グレッチェンはブーンと鳴りだしたPDAを抜きだし、スクリーンをのぞいた。「噂をすればなんとやら」あたしにスクリーンを見せる。「とうさんが呼んでるみたい」

「じゃあ、どうぞ副官をつとめてきて」

グレッチェンは目をくるりと上にむけた。「ありがと。出発のときは集まる？　そうすればいっしょにランチに行けるよ。そのころにはあんたが賭けに負けてるけどね。デザートはいただき」

「あたしのデザートにさわったら、おそろしい死に方をすることになるよ」あたしがいうと、グレッチェンは笑い声をあげながら去っていった。

自分のPDAを取りだして、ジョンかジェーンからのメッセージがないか確認した。ジェーンからのがひとつ。ヒッコリーとディッコリーがなにかの用事であたしをさがしているとのことだった。あのふたりはあたしが船内にいることを知っているし、PDAであたしと連絡をとる方法も知っている。あたしがPDAを持たずにどこかへ行ったというわけでもない。連絡してみようかと思ったけど、遅かれ早かれむこうがあたしを見つけるはず。PDAをしまって顔をあげたら、さっきの正気の少年が目のまえに立っていた。

「やあ」少年はいった。

「うん」あたしはいった。なんて口先なめらかなんだろう。

「ごめん、こっそり忍び寄るつもりはなかったんだけど」

「いいよ」あたしはちょっとうろたえていった。

少年が手を突きだしてきた。「エンゾだ。きみはゾーイだよね」

「うん」あたしは少年の手をとって握手した。

「やあ」エンゾはいった。

「やあ」あたしはいった。

「やあ」といってから、エンゾはふりだしにもどっているのに気づいたみたいだった。あたしはにっこりした。

そのあと、えーと、およそ四千七百万秒のぎこちない沈黙がつづいた。ほんとは一秒か二秒だったけど、アインシュタインのいうとおり、ある種の事象については時間が引きのばされることがある。

「さっきはありがとう」エンゾがやっと口をひらいた。「ほら、ケンカを止めてくれて」

「どういたしまして。あなたのじゃまをしたのに、気を悪くしてなくてよかった」

「どっちみち、ぼくはあんまりうまくやれてなかったからね。マグディは感情的になると
なかなか引き下がらないんだ」
「いったいなんだったの？」
「バカみたいでね」
「それは知ってる」といってから、悪くとられたかなと心配になった。エンゾはにっこり
笑った。エンゾに得点一。「つまり、原因のことだけど」
「マグディはすごく皮肉っぽくて、しかも声がでかい。さっきの連中とすれちがったとき
に、着ているものをけなすようなことをいったんだ。むこうのひとりが怒って、みんなで
からんできた」
「じゃあ、ファッションのことで乱闘になりかけたわけ」
「だからバカみたいなんだよ。でも、わかるだろ。感情的になると、冷静にものを考えら
れなくなるんだ」
「でも、あなたは冷静に考えていた」
「それがぼくの役目だから。マグディがみんなをトラブルに巻きこんで、ぼくがみんなを
脱出させる」
「じゃあ、けっこうまえからの知り合いなんだ」
「マグディは小さいころからの親友だ。ダメなやつじゃないんだよ、ほんとに。ときどき

自分がなにをしているか考えなくなるだけで」

「あなたが面倒を見てあげてるのね」

「おたがいさまだよ。ぼくはケンカは得意じゃない。大勢のやつらにつけこまれていたはずだ——マグディがそいつらの頭にパンチを叩きこんでいなかったら」

「どうしてケンカが得意じゃないの？」

「ケンカがすこしは好きじゃないといけないからね」エンゾは、これでは自分の男らしさに疑問符がつき、十代の男性クラブから蹴りだされてしまうと気づいたようだった。「誤解しないでくれよ、マグディがいなくたって自分の身くらい守れる。ただ、ぼくたちはいいチームなんだ」

「あなたがその頭脳ってことね」

「そうかも」エンゾは、自分のことばかり話していて、あたしのことをなにひとつ聞きだしていないことに気づいたみたいだった。「きみとあの友だちは？　どっちが頭脳になるんだ？」

「グレッチェンとあたしはどっちも頭脳方面ではひけをとらないと思う」

「ちょっとおっかないな」

「ちょっとくらいこわいのは悪いことじゃないよ」

「まあ、それはしっかり見せてもらったよ」エンゾはちょうどいいくらいのさりげなさでいった。あたしは顔を赤くしないようがんばった。「それで、あのさ、ゾーイ――」エンゾはいいかけて、あたしの肩越しになにかへ目をむけた。目がまんまるになった。

「あててみようか」あたしはエンゾにいった。「ものすごくおそろしげなエイリアンがふたり、あたしのすぐうしろにいるんでしょ」

「どうしてわかったんだ?」エンゾはしばらくしていった。

「だって、あなたのそれがふつうの反応だから」あたしはヒッコリーとディッコリーをちらりとふりかえった。「ちょっと待ってて」あたしが声をかけると、ふたりは一歩あとずさった。

「知り合いなの?」とエンゾ。

「あたしのボディガードみたいなものね」

「ボディガードが必要なのか?」

「ちょっとこみいってるの」

「これでわかったよ。きみとあの友だちがどっちも頭脳の役目をしているわけが」

「心配しないで」あたしはヒッコリーとディッコリーをふりかえった。「新しい友だちのエンゾよ。あいさつして」

「こんにちは」ふたりはいつものおそろしく単調な声でいった。

「ああ」とエンゾ。

「ふたりともまるっきり無害だから。あなたがあたしとって危険な存在だと判断されないかぎりは」

「そう判断されたらどうなるんだ？」

「よくわからないの。たぶん、あなたがたくさんのとても小さな立方体に変わったりするんじゃないかと思う」

エンゾはあたしをまじまじと見つめた。「気を悪くしないでほしいんだけど、きみのことがすこしこわくなってきた」

あたしはにっこりした。「だいじょうぶよ」そういって手をとると、エンゾはびっくりしたみたいだった。「あなたと友だちになりたい」

エンゾの顔ではおもしろい葛藤が演じられていた。あたしに手をとってもらえたよろこびと、あまり露骨によろこんだら即座に立方体に変えられるんじゃないかという不安。それはとてもキュートだった。エンゾはすごくキュートだった。

合図でもあったように、ヒッコリーが音をたてて身じろぎした。

ため息。「ヒッコリーとディッコリーと話をしないと」あたしはエンゾにいった。「失礼してかまわないかな？」

「もちろん」エンゾはあたしの手を放した。

「またあとで会える？」

「そうねがいたいね」エンゾはそういったあと、脳からすこし熱心すぎるといわれたような顔をした。黙ってて、バカな脳みそさん。熱心なのはいいことなんだから。エンゾはあとずさりして離れていった。あたしはすこしだけ彼を見送った。

それからヒッコリーとディッコリーにむきなおった。「だいじな用事なんでしょうね」

「あれはだれだ？」ヒッコリーがたずねる。

「あれはエンゾ。さっきいったでしょ。男の子よ。それもキュートな」

「彼は不純な意図をもっているのか？」

「はあ？」あたしは信じられないという声でいった。「不純な意図？　本気でいってるわけ？　ちがうよ。知り合って二十分くらいしかたっていないんだから。いくら十代の男の子だって、そんなにすぐは盛りあがったりしない」

「われわれが聞いた話とはちがうな」

「だれから？」

「ペリー少佐だ。彼もかつては十代の少年だったといっていた」

「ああ、もうっ。パパが十代のホルモンのかたまりだったというイメージが頭にこびりついちゃった。セラピーでも受けないと消えそうにないよ」

「以前、十代の少年について、仲裁してくれとわれわれに頼んだではないか」

「あれは特別な状況だったでしょ」

たしかにそうだった。ハックルベリーを離れる直前、両親がロアノークの惑星調査に出かけているあいだに、暗黙の了解で友だちのためにお別れパーティをひらいたとき、アニル・ラミーシュが勝手にあたしの寝室に忍びこんで裸になり、それを見つかると、お別れのプレゼントに彼の童貞をくれるといったのだ。まあ、正確にはそうはいわなかった。彼は〝童貞〟のところはけっして口にしようとしなかった。

どっちにしても、そんなプレゼントはほしくなかったから、包みはもうあいちゃってい たけど、ヒッコリーとディッコリーに外へ連れだしてくれるよう頼んだ。アニルは悲鳴をあげ、寝室の窓から飛びだして屋根を這いおりると、裸で家まで駆けもどった。あれはなかなかの見ものだった。翌日、あたしは彼の服を家まで届けてあげた。

かわいそうなアニル。悪い人じゃなかった。かんちがいして期待しちゃっただけ。

「もしもエンゾが問題になるようなら、ちゃんとあなたたちに伝える。それまでは、彼のことはほうっておいてあげて」

「おおせのままに」ヒッコリーはいった。すっかり納得している口ぶりじゃなかった。

「あたしに話したいことってなんなの？」

「オービン政府からあなたに知らせが届いている。招待だ」

「なんの招待？」

「われわれの世界をおとずれて、惑星やコロニーをめぐってもらいたいのだ。あなたはもう付き添いなしで旅行ができる年齢になっているし、われわれの記録のおかげで、オービン族はだれもがあなたのことを幼いときから知っているが、じかに会いたいという思いは強い。われわれの政府はあなたがこの要請に応じるかどうかたずねている」

「いつごろ？」

「ただちに」

あたしはふたりを見つめた。「いますぐってこと？　あと二時間もしないうちにロアノークへむけて出発するのよ」

「われわれもついさっき招待を受け取ったところなのだ。到着しだいすぐに、あなたをさがしに来た」

「もっとあとにできないの？」

「われわれの政府から、ロアノークへ出発するまえにきいてくれと頼まれた。いったんロアノークで地歩をかためたら、あなたはそんな長期間にわたって家を離れることを望まないかもしれない」

「どれくらいの期間？」

「日程表をあなたのPDAに送ってある」

「あなたにきいているの」

「ツアー全体はあなたたちの標準月で十三カ月になる。あなたの許しがあるなら、さらに延長することも可能だ」

「つまり、家族や友人と離れて最低でも一年、ひょっとしたらもっと長期間、あたしひとりでオービン族の世界をまわるかどうかを、二時間以内に決めろというのね」

「そうだ。もちろんわたしとディッコリーはあなたに同行する」

「でも、ほかに人間はいないと」

「あなたが望むなら何人か見つけることはできる」

「そうなの？　それはうれしい」

「了解した」

「皮肉をいってるのよ、ヒッコリー」あたしはいらいらしてきた。「返事はノーよ。あなたはたった二時間で人生が変わるほどの決断をしろといってるのよ。そんなのまるっきりバカげてる」

「要請のタイミングが最善でないことは理解している」

「そうは思えないな。急だということはわかってると思うけど、失礼だということまで理解しているとは思えない」

ヒッコリーはわずかに身をちぢめた。「失礼なことをするつもりはなかった」

あたしはなにかをへし折りそうになったけど、思いとどまり、頭のなかで数をかぞえはじめた。あたしの脳の理性的な部分が、あたしが過剰反応の領域にむかっていると知らせてくれたから。ヒッコリーとディッコリーの招待はたしかにぎりぎりだけど、そのために彼らの頭を食いちぎるのは筋がとおらない、この要請のなにかがあたしの神経を逆なでしたのだ。

一分ほど考えたらわかってきた。ヒッコリーとディッコリーは、知っているすべての人びとを、出会ったばかりのすべての人びとを残して、一年のあいだひとりぼっちになれといっている。あたしはまえにもそういう経験をしていた。ずっとまえ、オービン族の手でコヴェルから連れだされて、とうさんがあたしを取り返す方法を見つけてくれるのを待っていたときに。昔のことだし状況もちがうけど、あのときの寂しさや人間と会いたいという気持ちはよくおぼえている。ヒッコリーとディッコリーのことは大好きだし、ふたりは家族の一員だ。でも、彼らにはあたしが必要としていて人間との接触で手に入れられるものをあたえることはできない。

それに、あたしは村のみんなにお別れをいってきたばかりだし、そのまえには、家族や友人たちと、たいていは永遠のお別れをしていた――同年代の人と比べるとはるかにたくさんのお別れをしてきたのだ。いまは、グレッチェンとは出会ったばかりだし、エンゾにはまちがいなく興味をひかれている。ちゃんと知り合いもしないうちに、あのふたりにお別れをいいたくはない。

あたしはヒッコリーとディッコリーに目をむけた。あたしについてたくさんのことを知っているくせに、今回の要請がなぜあたしにこういう影響をあたえたのか理解できていない。ふたりのせいじゃない、と脳の理性的な部分がいった。そのとおり。だからこそあたしの脳の理性的な部分なのだ。その部分をいつも気に入っているとはいえないけど、こういうときにはたいてい役に立つ。

「ごめんなさい、ヒッコリー」あたしはようやく口をひらいた。「あなたを怒鳴るつもりはなかったの。どうかあたしの謝罪を受け入れて」

「もちろんだ」そういって、ヒッコリーはちぢめていた体をもとにもどした。

「でもね、たとえあたしが行きたいと思っても、じっくり考えようとしたら二時間じゃぜんぜん足りないの。このことをジョンかジェーンに話した？」

「あなたのところへ来るのが最善だと思ったのだ。あなたの行きたいという気持ちは、あのふたりの決断に影響をあたえるはずだ」

あたしはにっこりした。「あなたが考えているほどじゃないと思うな。あなたはあたしがオービン族の世界へ一年間出かけられる年齢になってると思うかもしれないけど、パパはその点についてちがう意見をもっているはず。みんなが出かけているあいだに例のお別れパーティをひらかせてもらったときも、ジェーンとサヴィトリがパパを説得するのにまる二日かかったのよ。あたしが一年間出かけることについて、パパが二時間の制限つきでうんというと思ってるの？　楽観的すぎるよ」

「われわれの政府にとってはとても重要なことなのだ」ディッコリーがいった。これはおどろきだった。ディッコリーは、例の単調なあいさつをするとき以外はめったに口をきかない。ディッコリーがやむにやまれず話に割りこんできたという事実そのものが、多くのことを語っていた。

「わかるよ」わたしはいった。「でも、それにしたって急すぎる。いますぐそんな決断はできない。とにかくできないの。あなたたちの政府には、招待を受けたことはとても光栄だし、いつの日かぜひオービン族の世界をめぐってみたいと伝えて。これは本心よ。でも、こんなふうにはむりなの。それに、あたしはロアノークへ行きたいし」

ヒッコリーとディッコリーはいっとき黙りこんだ。「ペリー少佐とセーガン中尉がわれわれの招待のことを聞いて同意してくれれば、あなたも説得できるかもしれない」

ああ、いらつく。「いったいどういう意味？　最初はパパとママを説得するためにあたしにイエスといわせようとしてたのに、こんどは逆のやりかたをしようっていうの？　あなたはあたしに質問したのよ、ヒッコリー。あたしの返事はノーなの。両親に頼めばあたしの気を変えられると思っているんだとしたら、あなたは十代の人間というものを理解していないし、あたしのこともまるで理解していない。たとえ両親がイエスといったとしても、まあ、そんなことはありえないよね。だって、ふたりが最初にするのは、あたしの考えをたずねることだから。そうしたら、あたしはあなたにいったことを両親に伝える。いまいったとおりのことを」

また短い沈黙がおりた。あたしはヒッコリーとディッコリーを間近から見て、彼らが感情面で疲れきったときにときどき見せるふるえやひきつりをさがした。ふたりとも岩のように安定していた。「よくわかった」ヒッコリーがいった。「あなたの決定を政府に伝えるとしよう」

「またべつの機会なら考えてみるといってね、一年後とか」そのころになれば、グレッチェンを説得していっしょに出かけられるかもしれない。それにエンゾも。夢みたいな話だけど。

「伝えよう」ヒッコリーはそういうと、ディッコリーとともに軽く会釈して去っていった。

あたしはまわりを見まわした。公共エリアにいる何人かの人たちが、去っていくヒッコリーとディッコリーをながめていた。ほかの人たちは妙な顔であたしを見ていた。たぶん、エイリアンをペットにしている女の子を見たことがないんだろう。

ため息。PDAを取りだしてグレッチェンに連絡しようとしたけど、彼女のアドレスにアクセスする直前に手を止めた。そのときのあたしは、ひとりでいたくないという気持ちはあったものの、それと同じくらい休息を必要としていた。なにかが起きていて、それがなんなのかを突き止めなくちゃいけない。なんであれ、それはあたしを不安にさせていたから。

ＰＤＡをポケットにもどし、ヒッコリーとディッコリーがたったいま話したことを思いだしながら、あたしは考えをめぐらせた。

10

その日の夕食のあと、ＰＤＡに二件のメッセージが届いた。ひとつ目はグレッチェンからだった。〈例のマグディとかいうやつが、わたしの連絡先を突き止めてデートに誘ってきた。自分をものすごくコケにしてくれる女の子が好きみたい。いいよって返事した。彼、けっこうキュートだから。門限破っても気にしないでね〉これには笑った。

もうひとつは、どうやってかあたしのＰＤＡのアドレスを突き止めたエンゾからだった。グレッチェンがからんでいるような気がする。題名は〈出会ったばかりの少女への詩、正確にいえば俳句、その題名はいまや詩そのものよりもかなり長くなっている、ああ、なんという運命のいたずら〉内容はこうだった――

少女の名はゾーイ
そのほほえみは夏のそよ風のよう
どうかぼくを立方体にしないで。

あたしは大笑いした。ババールがあたしを見あげて、期待をこめて尻尾をぱたぱたとふった。あらゆる幸せは自分への餌が増えることにつながると思っているらしい。残り物のベーコンをひときれあげた。つまりこの子が正しかったということ。頭のいい犬だ、ババールは。

マジェラン号がフェニックス・ステーションを出発したあと、コロニーのリーダーたちは、公共エリアであやうく乱闘騒ぎが起きるところだったのを知った。あたしが夕食のあとで教えてあげたから。ジョンとジェーンは意味ありげな視線をかわしてから、話題を変えた。まったくことなる十種類の文化をもつ、まったくことなる十種類の人間集団をひとつにまとめるという問題は、とっくに話題になっていたらしく、いまふたりはその未成年バージョンに直面しているのだった。

ジョンとジェーンならなんとかするだろうと思っていたけど、その解決策はまったく予想外のものだった。

「ドッジボール」あたしは朝食の席でパパにいった。「若者みんなにドッジボールをさせるつもりなの？」

「みんなじゃない」パパはいった。「そうでもしないと退屈さのあまり愚かで無意味なケンカをはじめてしまう連中だけだ」パパはコーヒーケーキをぱくついていて、ババールが近くで落下物を監視していた。ジェーンとサヴィトリは仕事に出かけていた。この三人組ではあのふたりが頭脳担当なのだ。「ドッジボールが好きじゃないのか？」

「好きだよ。ただ、パパがどうしてそれで問題の解決になると思ったのかわからなくて」

パパはコーヒーケーキをおろし、両手をぱんぱんと払うと、指を折ってポイントをかぞえあげはじめた。「第一に、ここにはその設備があってスペース的にもちょうどいい。マジェラン号でフットボールやクリケットをするのはむずかしいからね。第二に、チームでやるスポーツだから、大勢の若者を参加させることができる。第三に、ややこしいスポーツじゃないから、基本ルールを全員に説明するのに多くの時間をかける必要がない。第四に、体を激しく動かすスポーツだから、少年たちがエネルギーをいくらか燃やす役に立つ。第五に、きみがきのう話していたような愚かな少年たちが楽しめるくらいには暴力的だし、かといって、だれかが実際に怪我をするほど暴力的なわけじゃない」

「まだポイントがあるの？」

「いや。もう指が尽きた」パパはあらためてコーヒーケーキを取りあげた。

「男の子たちは友だちどうしでチームをつくることになるよ。そうしたら、それぞれの世界の若者が仲間内でかたまるという問題はなくならない」

「まったく同感だ。しかし、わたしもバカじゃない。ジェーンだってそうだ。そのための計画があるんだよ」

計画というのはこうだ。競技に参加登録をした人は、自分でチームを選ぶんじゃなくて、いずれかのチームに割り当てられる。各チームへの割り振りは完全にランダムにおこなわれているわけじゃなさそうだった。グレッチェンといっしょにチームのリストを見たとき、彼女が、同じ世界の出身者がふたり以上いるチームはほぼ皆無だということに気づいたのだ。エンゾとマグディでさえべつべつのチームになっていた。同じ〝チーム〟にいるのはキョート出身の若者たちだけ。コロニー派メノナイトである彼らは、競技スポーツへの参加はできないので、かわりにレフェリーをつとめることになっていた。

グレッチェンとあたしはどのチームにも登録しなかった。自分たちをリーグの理事に任命しても、だれにも文句はいわれなかった。まえに野生の少年たちの群れを強烈にコケにした話がひろまっているらしく、あたしたちは恐怖と畏敬の目で見られていた。イアリ出身の友だちからそのことを教えられたとき、グレッチェンは「すっごくいい気分」とこたえた。あたしたちはシリーズの最初の試合を観戦していた。レパーズと戦っているのはマイティ・レッド・ボールズで、競技に使う備品から名付けたみたいだった。あたしはそのチーム名は気に入らなかった。

「そういえば、ゆうべのデートはどうだったの？」あたしはいった。

「ちょっとしつこかったかな」とグレッチェン。

「ヒッコリーとディッコリーにマグディと話をさせようか？」

「ううん、だいじょうぶ。それに、あんたのエイリアンの友だちにはぞっとする。気を悪くしないでね」

「気にしないよ。ほんとは感じのいいやつらなんだけどね」

「あなたのボディガードでしょ。感じがいいなんておかしいよ。まわりの人たちをこわがらせて当然なんだから。実際そうしてるし。あのふたりがずっとあんたにくっついてなくてよかった。だれもわたしたちと話をしてくれなくなっちゃう」

そういえば、きのうオービン族の惑星へ出かける話をしてから、ヒッコリーとディッコリーの姿を見ていなかった。ふたりの心を傷つけてしまったんだろうか。あとでどうしているかたしかめてみないと。

「ほら、あんたのボーイフレンドがレパーズのやつをひとりやっつけたよ」グレッチェンが、試合をしているエンゾを指さした。

「ボーイフレンドじゃないよ。マグディがあなたのボーイフレンドじゃないように」

「彼もマグディなみにしつこいの？」

「なんて質問なんだか。よくそんなことときけるね。ものすごく不愉快」

「イエスってことね」

「ちがう。エンゾは完璧に紳士だから。詩を送ってくれたほど」

「嘘でしょ」グレッチェンがいったので、あたしはPDAを渡した。グレッチェンは内容を見てから返してよこした。「あんたの相手は詩人。わたしの相手はしつこいガキ。不公平だよ。交換しない？」

「ありえない。まあ、エンゾはボーイフレンドじゃないけど」

グレッチェンはエンゾのほうへ顎をふった。「それについて本人にきいてみた？」

エンゾに目をやると、彼はドッジボールのコートを動きまわりながら何度もあたしのほうを盗み見ていた。あたしが見ているのに気づくと、にっこり笑ってうなずき、そのとたん、ドッジボールの強烈な一発をまともに耳に受けてばったり倒れこんだ。

あたしは爆笑した。

「わー、ひどい」とグレッチェン。「ボーイフレンドの痛みを笑うなんて」

「知ってるよ！　あたしはすっごい悪人なの！」笑いすぎてひっくり返りそうになった。

「あんたは彼にふさわしくないね」グレッチェンは苦々しくいった。「彼の詩にもふさわしくない。どっちもわたしに譲って」

「ありえない」あたしがそういって顔をあげると、目のまえにエンゾが立っていた。思わず手で口を押さえた。

「手遅れだよ」エンゾはいった。当然、その台詞はさらにあたしの笑いを誘った。

「ゾーイはあんたの痛みを笑いものにしてるのよ」グレッチェンがエンゾにいった。「ひどいよね、笑いものにするなんて」

「ああ、ほんとに、ごめんなさい」あたしは笑いながらいって、特に考えもなしにエンゾを抱きしめた。

「ゾーイは自分の邪悪さからあなたの目をそらそうとしてる」グレッチェンが警告する。

「うまくいってるよ」エンゾがいった。

「あっそ。せっかくゾーイの邪悪さについて警告してあげたのに」グレッチェンはすごく芝居がかったしぐさで試合に注意をもどし、ときどきあたしのほうを見てはにやにやしていた。

あたしはエンゾから体を離した。「ほんとは邪悪じゃないのよ」

「そうだな、他人の痛みをおもしろがるだけで」

「あなたは歩いてコートを出てたから。そんなに痛くないはずだと思って」

「きみには見えない痛みがあるんだよ。存在の痛みが」

「へえ。ドッジボールで存在の痛みを味わえるんだとしたら、それはやりかたをまちがえているだけじゃないかな」

「きみはスポーツの哲学的深遠さを正しく評価していないと思う」エンゾのことばに、あたしはまたくすくす笑いだした。「やめてくれ」エンゾはおだやかにいった。「ここは真剣に話しているんだから」

「あんまり真剣にならないでほしいなあ」あたしはもうすこしくすくす笑った。「ランチをいっしょにどう？」

「よろこんで。一分くれたらこのドッジボールをエウスタキオ管から抜きだすから」

ふつうの会話で〝エウスタキオ管〟ということばが使われるのを聞いたのははじめてだった。あの瞬間、あたしはちょっとだけエンゾに恋したのかもしれなかった。

「きょうはあなたたちをあまり見かけなかった」あたしは船室にいるヒッコリーとディッコリーにいった。

「われわれの存在があなたの同胞の植民者たちの多くに不快感をあたえているのはわかっている」ヒッコリーがいった。ふたりが腰かけているスツールは、彼らの体のかたちに合わせて設計されていた。それ以外、部屋はがらんとしていた。オービン族は意識を手に入れて、最近は物語をつむぐほうにも挑戦しているけど、インテリアデザインはまだまだ謎の領域だった。「目につかないところにいるのが最善だと判断されたのだ」

「だれが判断したの？」

「ペリー少佐だ」ヒッコリーはいって、あたしが口をひらくまえに付け加えた。「われわれはそれに同意した」

「あなたたちふたりはいっしょに暮らすことになるのよ。あたしたちみんなと。植民者だってあなたたちに慣れなくちゃ」

「それは同感だし、いずれはそういう時間もできるだろう。だが、とりあえずは、あなたの同胞たちにおたがいになじむ時間をあたえるほうがいいと思ったのだ」あたしが口をひらこうとすると、ヒッコリーがつづけた。「当面、あなたはわれわれの不在から恩恵を受けるのでは？」

ヒッコリーとディッコリーがずっとそばにいたらほかの若者たちが寄ってこないというグレッチェンのことばを思いだして、あたしはちょっと恥ずかしくなった。「あたしがあなたたちを迷惑がっているなんて思ってほしくない」

「われわれはそんなことは思っていない。どうかそんなふうに考えないでほしい。ロアノークに到着したら、われわれは自分たちのつとめを再開する。あなたのことを知る時間が増えれば、人びとはよりわれわれを受け入れやすくなるだろう」

「それでも、あたしのためにここにいなくちゃいけないなんて思ってほしくない。こんなところに一週間も閉じこめられたら、あたしなら頭がおかしくなるもの」

「われわれにとっては困難なことではない。ふたたび必要になるときまで意識を切り離しておくのだ。そうすれば時間は飛ぶようにすぎていく」

「それはかぎりなくジョークに近いよ」

「あなたがそういうなら」

あたしはにっこりした。「でも、それがここにいる唯一の理由なら――」

「唯一の理由とはいっていない」ヒッコリーが口をはさんだ。それはめったにないことだった。「われわれはこの時間を使って準備をしている」

「ロアノークでの生活にそなえて？」

「そうだ。それと、現地に到着してからあなたにもっともよく尽くすために」

「いままでどおりでいいと思うけど」

「ひょっとすると、あなたは過小評価しているかもしれない。ロアノークでの生活がこれまでの生活とどれほどことなっていて、われわれのあなたに対する責任がどのようなものになるかについて」

「いままでとちがうのはわかってるよ。確実にきつくなるはず」

「それを聞いて安心した。確実にきつくなるのだから」

「あなたたちがここでずっと計画を練らなくちゃいけないほど？」

「そうだ」ヒッコリーはいった。先があるかと思ってちょっと待ってみたけど、返事はそれだけだった。

「あたしになにかしてほしいことはない？　なにか手伝えることはない？」

間があった。あたしはヒッコリーをじっと見つめた。長く付き合ってきたおかげで、けっこう気持ちを読みとれるようになっていたのだ。特におかしなところや不自然なところはなかった。いつものヒッコリーだった。

「ない」ヒッコリーはようやくこたえた。「あなたにはこれまでどおりにしてもらいたい。新しい人びとと出会って。友だちをつくって。このひとときを楽しんでほしい。ロアノークに到着したら、いまほどは楽しめなくなるはずだから」

「でも、あなたたちはあたしが楽しむのを見逃すことになるよ。いつもはそばにいて記録していたのに」

「今回くらいわれわれ抜きでもやっていけるだろう」これもジョークに近かった。あたしがもういちどにっこり笑ってヒッコリーとディッコリーをハグしたとき、PDAが振動をはじめた。グレッチェンからだった。

「あんたのボーイフレンドはほんとにドッジボールがへただね」とグレッチェン。「たったいま鼻にまともにくらったところ。あんたがそばにいて大笑いしてくれないと、痛い思いをしても楽しくないってさ。だから、出てきてかわいそうな少年の痛みをやわらげてあげて。倍増させてもいいよ。どっちでも役には立ちそう」

11

マジェラン号におけるゾーイの生活について知っておくべきこと。

第一に、ジョンとジェーンによる十代の少年たちが殺しあいをはじめないようにするための作戦は魔法のように効果を発揮した。あたしはパパがなにか気のきいたことをしたのだとしぶしぶ認めざるをえなくなり、パパはそのことを必要以上に楽しんでいた。ドッジボールの各チームはそれ自体が小さなグループとなって、出身コロニーごとにかたまっていた若者たちのグループとは対照的な存在となった。みんなが部族的忠誠心をチームのほうへ切り替えたら、それはそれで問題になったかもしれない。グループ間のバカげた対立がべつのかたちに変わるだけのことになってしまうから。でも、若者たちは自分の故郷の友人たちにもまだ忠誠心を感じていて、ドッジボールで敵になるチームには少なくともひとりはそういう相手がいた。おかげで全員が親しみをもてたし、そうでなくても、全員がケンカの衝動を克服するまでのあいだ、とりわけ攻撃的で愚かな一部の若者たちを抑えつけることができた。

とにかく、あいかわらず上機嫌なパパはそう説明してくれた。あたしたちはいっしょにドッジボールの試合を観戦していた。「こうして、わたしたちは人と人とをつなぐ繊細な糸を織りあげたわけだ」

「やれやれ」あたしたちといっしょにすわっているサヴィトリがいった。「反吐《へど》がでそうなうぬぼれっぷりですね」

「自分が思いつかなかったから嫉妬しているだけだろう」パパがサヴィトリにいった。

「思いつきましたよ。少なくとも一部分は。あなたもおぼえているはずですが、この計画の立案についてはわたしとジェーンが協力したんです。あなたはぜんぶ自分の手柄にしていますけど」

「なんてあさましい嘘をつくんだ」

「ボール」サヴィトリがいって、あたしたちはいっせいに首をすくめた。狙いをそれたボールが観客のなかへ飛びこんできた。

だれが思いついたにせよ、ドッジボール作戦にはもうひとつの効用があった。トーナメントの二日目以降、各チームが独自のテーマソングを用意しはじめた。チームのメンバーがそれぞれの音楽コレクションをあさって神経をたかぶらせる曲を見つけたのだ。ここでほんとうのカルチャーギャップが発生した。ある世界で人気のあった音楽は、べつの世界ではまったく聞かれていなかった。カートゥーム出身の若者たちはチャンゴ＝ソーカをよく聞いていたり、ルース出身の若者たちはグラウンドサンプにはまっていたりとかそういったぐあい。どれもビートはいかしてるし、その気になれば踊れるけど、人にぎらぎらした目でなにかを語らせようと思ったら、自分のお気に入りの音楽のほうが相手のそれよりもイケてるとほのめかすだけでいい。人びとはさっさとPDAを取りだして、自分の言い分を証明するための曲を登録しはじめた。

こうしてマジェラン音楽大戦争がはじまった。だれもがそれぞれのPDAをネットワークにつないで、お気に入りの音楽で熱心にプレイリストをつくり、自分の音楽こそ議論の余地なく史上最高の音楽であると主張しはじめた。あたしはあっというまにさまざまな種類の音楽にさらされた。チャンゴ＝ソーカやグラウンドサンプだけじゃなく、キル＝ドリル、ドローン、ハプロイド、ハッピー・ダンス（聞いてみたら反語的な命名だった）、スメア、ヌエヴォポップ、トーン、クラシック・トーン、イアリ・ストンプ、ドゥーワ・カペラ、シェイカー、それに、ワルツとされているけど四分の三拍子どころかそもそも拍子がわからないクレイジーなしろもの。あたしはそれらすべてに公平に耳をかたむけてから、それぞれの支持者たちに、ハックルベリー・サウンドを聞いたことのない人はかわいそうだと告げて、自分のプレイリストを送信した。

「おまえんところじゃ猫を絞め殺して音楽をつくっているのか」マグディがそういったのは、あたしのお気に入りの〈デリーの朝〉という曲を、あたしやグレッチェンやエンゾといっしょに聞いたあとのことだった。

「あれはシタールよ、この猿頭」あたしはいった。

「〝シタール〟はハックルベリーでは〝絞め殺された猫〟のことなんだな」

あたしはエンゾに顔をむけた。「なにかいってやって」

「猫を絞め殺しているという説には同意するしかないなあ」とエンゾ。

あたしはエンゾの腕をひっぱたいた。「あなたは友だちだと思ってたのに」

「友だちだった。でも、きみが猫をどんなふうにあつかうか知ってしまったからね」

「聞けよ！」マグディがいった。ミックスされた音のあいだからシタールの調べが立ちあがり、曲のブリッジのところで感動的にふっと途絶えた。「まさにこの瞬間に猫が死んだんだ。認めろって、ゾーイ」

「グレッチェン？」あたしは最後に残った親友に目をむけた。彼女は無教養な俗物どもからいつもあたしを守ってくれる。

グレッチェンはあたしに目をむけ、「かわいそうな猫」というなり、声をあげて笑いだした。すると、マグディがPDAをつかみあげて、おそろしい雑音みたいなシェイカーを流しはじめた。

念のためにいっておくけど、〈デリーの朝〉は猫が絞め殺されているようには聞こえない。ぜんぜんちがう。みんなが音痴なだけ。特にマグディが。

音痴であろうとなかろうと、あたしたち四人はたくさんの時間をいっしょにすごすようになっていた。エンゾとあたしはゆっくりと楽しみながらおたがいの品定めをつづけていたし、グレッチェンとマグディは、おたがいに興味をもったり、ことばで相手をどれだけ深く切り裂けるか試したりを交互にくりかえしていた。でも、こういうことがどんなふうに進むかはみなさんご存じのとおり。ひとりがもうひとりに引きつけられたり、その逆になったり。たぶんホルモンが重要な役割を果たしているんじゃないかな。花ひらく思春期の好例、というのがいちばん的確な表現だと思う。ふたりとも、ぼけっと見つめ合ったり軽くおさわりをしたりするために相手のいろんなところをがまんしていたみたいで、公平にいって、それはマグディからの完全な一方通行というわけでもなかった。グレッチェンの報告が信用できるとすればの話だけど。

エンゾとあたしのほうは、まあ、こんなふうな調子だった——

「つくったものがあるの」あたしは自分のPDAをエンゾに渡した。

「PDAをつくってくれたのか」とエンゾ。「ずっとひとつほしかったんだ」

「バカ」もちろんエンゾはPDAを持っていた。だれだって持ってる。それなしじゃ十代はやってられない。「そうじゃなくて、映像ファイルをクリックして」

エンゾはいわれたとおりにして、ちょっとそれを観賞してから、首をかしげた。「これ、ぼくがドッジボールを頭にぶつけられた場面ばっかり集めてあるの？」

「まさか。頭以外の場所にぶつけられた場面もあるよ」あたしはPDAを受け取り、ビデオプレイヤーの早送り用ラインに指をすべらせた。「ほら、見て」あたしがエンゾに見せたのは、その日に撮影した、彼が股間にボールを受けた場面だった。

「うわ、最低だな」

「痛みに苦しみながらくずれ落ちるところがキュートだね」

「そう思ってくれてうれしいよ」エンゾはあきらかにあたしほど熱心じゃなかった。

「もういちど見てみようよ。こんどはスローモーションで」

「やめとこう。つらい記憶なんだ。そのへんのものはいつか使う予定があるから」

顔に血がのぼってくるのを感じたので、皮肉な口調でそれを抑えつけた。「かわいそうなエンゾ。かわいそうなキーキー声のエンゾ」

「きみの思いやりには圧倒されるよ。ぼくがいじめられているのを見るのが好きなんだな。かわりになにか助言をくれてもいいんだよ」

「もっと速く動いて。あまりたくさんボールをぶつけられないようにする」

「ほんとに役に立つなあ」

「ほら」あたしはPDAのボタンを押した。「これであなたのほうへ登録できた。いつでも楽しめるよ」

「なんていえばいいのかわからないよ」

「あたしにもなにかないの？」

「じつをいうと」エンゾは自分のPDAを取りだし、なにやら打ちこんでから、あたしによこした。スクリーンには新しい詩が表示されていた。あたしはそれを読んだ。

「とってもすてき」あたしはいった。ほんとにきれいな詩だったけど、ここでエンゾにべたべたする気にはなれなかった。彼が下のほうに一撃をくらったビデオを見せたばかりだったから。

「うん、まあね」エンゾはPDAをあたしから取りもどした。「さっきのビデオを見るまえに書いたんだ。それだけはおぼえておいて」PDAのスクリーンをつつく。「ほら。これできみのほうに登録できた。いつでも楽しめるよ」

「そうする」あたしはこたえた。本気だった。

「よかった。なにしろ、それでさんざんいじめられたからね」

「詩のせいで？」あたしがいうと、エンゾはうなずいた。「だれに？」

「もちろんマグディだよ。ぼくがきみのためにそれを書いているのを見つけて、さんざんひやかしてくれた」

「マグディの考える詩なんてスケベなやつだけでしょ」

「あいつは頭は悪くないよ」

「そうはいってない。ただ下品なだけ」

「でも、ぼくの親友だよ。いったいどうするつもりなんだ」

「あなたがマグディを弁護するのはえらいと思う。でも、あなたがあたしに詩を書いていることをひやかすような人は、お尻を蹴飛ばしてやるつもり」

エンゾはにやりとした。「きみが？　それともきみのボディガードが？」

「自分でなんとかできるよ。ただし、グレッチェンには協力してもらうかも」

「グレッチェンなら協力してくれると思う」

「〝思う〟はよけいだね」

「じゃあ、ぼくはきみのために詩を書きつづけるほうがよさそうだね」

「よかった」あたしはエンゾの頬をそっと叩いた。「いまのうちに話し合えて」

エンゾは約束を守ってくれた。一日に二度、新しい詩が届いた。ほとんどは楽しくて笑えるやつだったけど、ほんのちょっとだけ見栄っぱりに思えたのは、彼がいろいろな形式で詩を送ってきたから。俳句、ソネット、六行六連詩《セスティーナ》、それに、呼び名はわからないけどなにかの形式だということはわかるやつ。

もちろん、詩はぜんぶグレッチェンに見せてあげた。彼女は感心するまいとすごくがんばっていた。ドッジボールの試合を観戦しながらひとつ読んだあとで、グレッチェンはいった。「これは韻律がおかしい」

サヴィトリがいっしょに観戦していた。「わたしならそれだけで別れますね」

「おかしくないよ。どっちみちエンゾはボーイフレンドじゃないし」

「男の子が毎日詩を送ってくるのに、ボーイフレンドじゃないっていうの？」とグレッチェン。

「もしもボーイフレンドだったら、もう詩なんか送ってきませんよ」とサヴィトリ。

グレッチェンはひたいをぴしゃりと叩いた。「なるほど。そういうことか」

「返して」あたしはPDAを取りもどした。「ほんとに皮肉屋なんだから」

「そんなことをいうのはセスティーナにはまっているからです」とサヴィトリ。

「韻律はおかしいけど」とグレッチェン。

「黙って、ふたりとも」あたしはPDAをひっくり返して試合の録画をはじめた。エンゾのチームはドラゴンズを相手にリーグの準々決勝を戦っていた。「あなたたちの辛辣なことばのせいで、エンゾが叩きのめされるのをじっくり見られないじゃない」

「だれが皮肉屋なんだろうね」グレッチェンがいった。

大きなパシッという音とともに、ドッジボールがエンゾの顔をつぶしてあまり見栄えのよくないかたちに変えた。エンゾは両手で自分の顔をつかみ、大声で悪態をついて、がくっと膝をついた。

「ほらきた」あたしはいった。

「気の毒に」サヴィトリがいった。

「死ぬことはないでしょ」グレッチェンがいって、あたしに顔をむけた。「いまの録画してたのね」

「かならずハイライト集に入れるから」とあたし。

「まえにもいったけど、あんたはエンゾにふさわしくない」

「ちょっと待って。エンゾがあたしに詩を書いて、あたしがエンゾの肉体面の不器用さを記録する。ふたりはそういう関係なんだから」

「彼はボーイフレンドではないといっていたじゃないですか」とサヴィトリ。

「ボーイフレンドじゃないよ」あたしはいまの恥ずかしい映像を〝エンゾ〟ファイルに保存した。「だからといって無関係というわけじゃない」PDAをしまって、近づいてくるエンゾを出迎えた。まだ顔を押さえている。

「いまの録画したのか」エンゾがいった。あたしはグレッチェンとサヴィトリに顔をむけて、ほらね、というように笑みを浮かべた。ふたりはそろって天をあおいだ。

マジェラン号がフェニックス・ステーションを出発し、大きな重力井戸から充分に離れてロアノークへスキップできるようになるまで、およそ一週間あった。あたしはその時間の大半を、ドッジボールを観戦したり、音楽を聞いたり、新しい友だちとおしゃべりしたり、エンゾにボールが当たる場面を録画したりしてすごした。でも、そういうさまざまな活動のあいまに、あたしたちが残りの生涯をすごすことになる世界についてちょっとだけ学んでもいた。

一部はすでに知っていた。ロアノークはクラス6の惑星で、ということは（これについては、PDAがネットワークにアクセスできればどこでも入手可能な『コロニー連合植民局規定書』で再確認している）地球標準の重力、大気、気温、自転との誤差は一五パーセント以内におさまっているけど、生態系は人間とまったく互換性がない——要するに、そこでなにかを食べたら、即座に死ななかったとしても胃がからっぽになるまで吐くことになる。

（これを知って、惑星のクラスがいくつあるのかちょっと興味をひかれた。調べてみたら、ぜんぶで十八あって、そのうちの十二については少なくとも人間の居住は可能とされていた。とはいえ、きみが乗っているのはクラス12の惑星へむかう植民船だといわれたら、さっさと脱出ポッドを見つけるか宇宙船のクルーに志願するかしたほうがいい。できることならそんな世界には足を踏み入れたくない。ただし、体重が二・五倍に増えて、うまくすれば被曝で死ぬまえにアンモニアの充満した大気で窒息できるという状況が好きなら話はべつ。その場合は、まあ、故郷へようこそ）

あなたが種コロニーの一員だとしたら、クラス6の惑星ではいったいなにをするのだろう？　ハックルベリーでジェーンがいっていたことは正しかった。とにかく働くのだ。備蓄食料は自力で収穫物を手に入れるまでのぶんしかない――でも、食べ物を育てるまえに、土壌を改良して人間（と、家畜の大半を占める地球産のほかの生物）の食用になる作物を育てられるようにしなくちゃいけない。さもないと、大地に含まれる互換性のない栄養素で命を落とすことになる。さらに、毒物検査をおこなって危険なものかどうかをたしかめるまでは、いまいった家畜（あるいはペット、幼児、訓練期間中に注意散漫だった軽率なおとなたち）が、惑星上にあるものを勝手に食べないよう気をくばる必要がある。用意された植民者用の物資を見ると、これが口でいうよりずっとむずかしいことがわかる。家畜は理性ある行動をとってくれないし、それは幼児や一部のおとなも同じだから。

さて、土壌の改良をすませて、動物たちや頭のにぶい人間たちを有毒な環境からぶじに守ったとしよう。つぎは、命をかける勢いで作物を植えて、植えて、植えまくる――なぜなら、ほんとうに命がかかっているから。この点を痛感させるために、植民者の訓練用資料には、植えつけに失敗して、惑星の冬を越したあとですっかり痩せてしまった（あるいはもっとひどいことになった）ぶきみな植民者たちの写真が満載されている。コロニー連合は救出には来てくれない――失敗したらそれまでで、ときには代償として自分の命を支払うことになる。

作物を植えて、育てて、収穫をすませたら、また最初からはじめて、それをくりかえしていく――そのあいだに、基幹施設の建設作業もつづけなくちゃいけない。なぜなら、種コロニーのおもな役割のひとつは、標準年で二年後にやってくる、より大規模な植民者グループのために惑星を準備しておくことだから。おそらく、地上におりたその植民者たちは、あなたたちが築きあげたものを見まわしたあと、こういうだろう。「ふーん、コロニー建設ってのはそんなにきつくなさそうだな」そして、あなたは彼らにパンチをお見舞いする。

そのあいだずっと、あなたの頭の隅にはこんな思いがひそんでいる――コロニーは新しいときほど攻撃を受けやすい。人類が、その生態系によって命を落とす危険があるクラス6の惑星や、それ以外のほとんどすべてによっても命を落とす危険があるクラス12の惑星にまで入植するのは理由がある。宇宙には、人類と同じように住みかをもとめている知的種族がたくさんいて、だれもがなるべく多くの惑星を手に入れたいと考えているから。もしもだれかが先にそこにいたら？　それでもなんとか対処しなくちゃいけない。

あたしはこれについてはよく知っている。ジョンやジェーンも。

だけど、ほかの人たちは――あたしと同年代でも、もっと年上でも――ほんとに理解しているのかなと思う。クラス6の惑星であろうとなかろうと、土壌が改良されていようといまいと、作物が植えられていようといまいと、植民者がやり遂げたことなんてほとんど意味をもたなくなってしまうのだ――どこかの宇宙船が空にあらわれて、そのなかにぎっしり乗りこんでいる生物が、惑星を手に入れるために、じゃまなあなたたちを排除しようと決めてしまったら。たぶん、実際にそれが起きるまでは、理解できるようなことじゃないんだろう。

あるいは、みんながそのことを考えようとしないのは、自分たちではどうしようもないことだからかもしれない。あたしたちは兵士じゃなくて植民者なのだ。植民者になるというのは、そのリスクを受け入れるということ。いったんリスクを受け入れたら、必要に迫られるまでそのことは考えないのが正解かもしれない。

マジェラン号ですごした一週間は、たしかにそんな必要には迫られなかった。だれもが楽しんでいた――正直いって、すこし楽しみすぎなほど。それがコロニーでの生活について典型的とはいえない印象をあたえているような気がしてならなかった。あたしはそのことをパパに話してみた。ちょうどドッジボールのトーナメントの決勝戦がおこなわれているところだった。ドラゴンズが、マグディの所属するこれまで無敗のスライム・モールズに、ゴム製の赤い鉄槌をばんばん打ちおろしていた。あたしは大満足だった。チームが連勝をつづけているせいでマグディの態度が鼻持ちならなくなっていたのだ。あいつはすこし謙虚さを学ばないと。

「もちろん、これは典型的とはいえない」パパがいった。「ロアノークに着いてもドッジボールをする時間があると思っているのかい？」

「ドッジボールのことだけじゃないよ」あたしはいった。

「わかってるさ。だが心配する必要はない。ひとつお話をしてあげよう」

「わあ、すっごい。お話だあ」

「そう皮肉をいうな。わたしが最初に地球を離れてコロニー防衛軍に入隊したとき、新兵たちはこんなふうな一週間をすごした。新しい肉体をあたえられ――リビッキー将軍はいまでもそうだが、例の緑色のやつだ――まる一週間はそれで楽しむよう命じられた」

「トラブルを招くには最高の方法みたいだけど」

「そうかもしれない。だが、それにはふたつの大きな目的があった。ひとつは、新しい肉体になにができるかを知ること。もうひとつは、戦争にいくまえにすこしばかり楽しんで友人をつくること。嵐のまえにささやかな平穏をもらったわけだ」

「じゃあ、みんなにこの一週間をくれたのは、岩塩鉱山へ送りこむまえにすこし楽しませるためだったのね」

「岩塩鉱山ではないが、過酷な現場にはちがいない」パパはドッジボールのコートで張り切っている若者たちを身ぶりでしめした。「きみの新しい友だちはまだ実感していないと思うが、いったん着陸したら、彼らは仕事を割り当てられることになる。これは種コロニーなんだ。全員の手が必要になる」

「ハックルベリーを離れるまえにちゃんと教育を受けておいてよかったみたいね」

「いやいや、きみは学校へは行くんだよ。そこはまちがいない。ただ仕事もするというだけだ。きみの友人たちもみんな」

「ものすごく不公平だよ。仕事も学校もなんて」

「あまり同情は期待しないでくれ。きみたちがすわって教科書を読んでいるときに、わたしたちは汗を流してせっせと働いているんだから」

「〝わたしたち〟って？　あなたはコロニーのリーダーでしょ。管理するだけのはず」

「ニュー・ゴアで監査官をつとめていたときも畑仕事はしていた」

あたしは鼻を鳴らした。「それはつまり、穀物の種の代金を払って、チャウドリー・シュージャートに刈り入れをさせるってことね」

「話がずれているな。わたしがいいたいのは、ロアノークに着いたらみんな大忙しになるということだ。しんどいときに頼りになるのは友人たちだ。わたしもCDFではそうだった。この一週間できみは新しい友だちをつくっただろう？」

「うん」

「ロアノークでの生活をその友だち抜きではじめたいと思うかい？」

グレッチェンとエンゾとついでにマグディのことを考えた。「ありえないね」

「だったら、この一週間は当初の目的をはたしたということだ。わたしたちはべつべつの世界からやってきた植民者から単一のコロニーへ、赤の他人から友人へと変わろうとしている。これからはみんながおたがいを必要とするからね。ともに働くのにより良い状況が生まれようとしている。それこそが、一週間のお楽しみがもたらす実益というわけだ」

「なるほど。そういうふうにして人と人とをつなぐ繊細な糸を織りあげたんだね」

「ふむ、いいかい」パパは、きみの巧みな引用にはちゃんと気づいているよという目つきでいった。「だからこそわたしが指揮をとっているんだよ」

「そうなの？」

「とにかく、自分にはそういいきかせている」

ドラゴンズがスライム・モールズの最後のひとりを倒してお祝いをはじめた。観戦していた植民者たちもいっしょになって歓声をあげ、この夜のほんとうに大きなイベントにそなえて気分を盛りあげていた。ロアノークへのスキップがおこなわれるまで、すでに三十分を切っていた。

パパが立ちあがった。「そろそろ行かないと。ドラゴンズに賞を授与するための準備があるんでね。それにしても残念だな。スライム・モールズを応援していたのに。名前が気に入ってたんだ」

「失望をがんばって乗り越えてね」

「努力するよ。きみはスキップまでここに残るのかい？」

「本気できいてるの？　みんなスキップまで残るに決まってるよ。なにひとつ見逃したくないもの」

「そうか。目をあけて変化に直面するのはいいことだ」

「そんなにすごく変わると思ってるの?」

パパはあたしの頭のてっぺんにキスして、ぎゅっと抱きしめた。「かわいこちゃん、すごく変わることはわかっているんだよ。わからないのは、そのあとでさらにどれくらい大きな変化があるかということだ」

「じきにわかるんだよね」

「ああ。およそ二十五分後に」そういって、パパは指さした。「ほら、ママとサヴィトリが来た。いっしょに新世界を迎えるとしようじゃないか」

第二部

12

ガタン、それからドシン、そしてウィーン。シャトルのリフターとエンジンが停止した。それでおしまい。あたしたちはロアノークに着陸した。はじめてわが家への第一歩をしるしたのだ。

「このにおいはなに？」グレッチェンが鼻にしわを寄せた。

あたしはくんくんと嗅いでみて、同じように鼻にしわを寄せた。「操縦士が、使い古したソックスの山にシャトルを着陸させたみたいね」それから、なにかに興奮しているらしいババールをなだめた。このにおいが気に入ったのかも。

「これが惑星よ」アンナ・フォークスがいった。マジェラン号のクルーのひとりで、貨物をはこぶために何度か惑星へおりていた。コロニーのベースキャンプは植民者たちを迎える準備がほぼととのっていた。グレッチェンとあたしは、コロニーのリーダーたちのこどものので、ほかのみんなといっしょに家畜運搬シャトルに乗りこむかわりに、最後の貨物シャトルの一機でおりることを許された。あたしたちの両親は何日もまえに惑星におりて、荷下ろしの指揮をとっていた。「教えておいてあげる。においはこれでもけっこうましなほうなのよ。森から風が吹くと、ほんとにひどいことになるから」

「どうして?」あたしはいった。「そのときはどんなにおいになるの?」

「知り合い全員があなたの靴にゲロを吐いたような感じ」フォークスはこたえた。

「最高ね」とグレッチェン。

貨物シャトルの大きな扉がガラガラとひらいた。貨物ベイの空気がロアノークの空へそっと流れだした。とたんに、そのにおいが押し寄せてきた。

フォークスがあたしたちにほほえみかけた。「楽しんでね、お嬢さんたち。残りの生涯、あなたたちは毎日このにおいを嗅ぐんだから」

「あんただってそうでしょ」グレッチェンがフォークスにいった。

フォークスは足を止めてにっこりした。「あと数分で貨物コンテナの搬出をはじめるから。さっさとここを出て離れていたほうがいいわよ。あなたたちのたいせつな自我がコンテナにつぶされちゃったら悲しいものね」フォークスはくるりときびすを返し、貨物担当のクルーたちのほうへ歩きだした。

「やっちゃったね」あたしはグレッチェンにいった。「いまの彼女に、ここから動けないって思い知らせるのは賢明じゃないと思う」

グレッチェンは肩をすくめた。「自業自得よ」といって、扉へむかって歩きだす。

あたしは頬の内側をかんで、なにもいうまいとこらえた。ここ数日はだれもがピリピリしていた。自分が迷子になったと知ったらだれだってそうなる。


ロアノークへスキップしたその日、パパはあたしたちが迷子になったことをこんなふうにして知らせた。

「すでに噂がひろまっていることは知っているが、まずいわせてほしい——わたしたちは安全だ」パパが植民者たちにむかっていった。ほんの数時間まえにロアノークへのスキップにそなえてみんなでカウントダウンをした演壇の上に立っていた。「マジェラン号は安全だ。いま現在、わたしたちはいかなる危険にもさらされていない」

あたしたちのまわりにいる人びとは目に見えてほっとしていた。どれだけの人が〝いま現在〟をちゃんと聞きとったんだろう。ジョンがわざわざそういったのには理由があるような気がした。

そのとおりだった。「しかし、わたしたちがいるのは事前に説明を受けていた場所ではない。コロニー連合はわたしたちが考えていたのとはべつの惑星へマジェラン号を送りこんだ。なぜかというと、コンクラーベと呼ばれるエイリアン種族の同盟組織が、人類のコロニー建設を、必要とあらば武力によって、阻止しようとしていることが判明したからだ。わたしたちがスキップすれば、そのコンクラーベが待ちかまえているのは確実だった。そこで、わたしたちはべつの場所へ送りこまれた。まったくべつの惑星へ。わたしたちはいま、ほんもののロアノークの軌道上にいる。

いま現在、わたしたちは危険にさらされていない。しかし、コンクラーベはわたしたちをさがしている。もしも発見したら、わたしたちをここから排除しようとするはずだ――おそらくは武力によって。排除できない場合は、コロニーそのものを破壊するだろう。いまは安全だとはいえ、あなたたちに嘘をつくつもりはない。わたしたちは狩り立てられているのだ」

「連れて帰ってくれ！」だれかが叫んだ。同意のつぶやきがひろがった。

「帰ることはできない」パパはつづけた。「コロニー防衛軍の遠隔操作により、ゼイン船長はマジェラン号の制御システムから締めだされてしまった。船長とそのクルーもわたしたちのコロニーに加わることになる。わたしたちがロアノークへおりて物資の運搬も完了したら、マジェラン号は破壊される。帰ることはできないのだ。だれひとり」

部屋に怒りの叫びと議論の声があふれかえった。パパはどうにか人びとを鎮《しず》めた。「だれもこのことは知らなかった。わたしも知らなかった。ジェーンも知らなかった。各コロニーの代表者たちも知らなかった。もちろんゼイン船長も知らなかった。この件については全員がひとしく知らされていなかったのだ。コロニー連合とコロニー防衛軍は、なんらかの理由により、わたしたちをフェニックスへ連れもどすよりここに置いておくほうが安全だと判断した。賛成であろうと反対であろうと、わたしたちはこの状況に対処するしかない」

「いったいなにをするんだ?」群衆のなかからべつの声がいった。

パパは声が聞こえてきたほうへ目をむけた。「わたしたちがここで本来するべきだったことをする。コロニーを建設するんだ。わかってほしい――わたしたちはみんな、最初から危険があることは承知していた。種コロニーが危険な場所だということはだれでも知っている。たとえコンクラーベに狙われることがなかったとしても、ほかの種族の標的となって攻撃を受ける可能性はある。それはなにも変わっていない。変わったのは、だれがなんのためにわたしたちをさがしているかを、コロニー連合があらかじめ知っていたという点だ。おかげで、彼らはとりあえずわたしたちの安全を確保できた。長い目で見ても利点はある。これで、どうすれば発見されずにいられるかがわかった。わたしたちはみずからの安全を確保する方法を知っているわけだ」

群衆がさらにざわめいた。あたしのすぐ右どなりで、ひとりの女性が質問した。「それで、いったいどうやって安全を確保するの?」

「その件については各コロニーの代表が説明する。各自PDAを確認してほしい。マジェラン号のどこに行けば、自分がもといた世界の代表者と会えるかわかるはずだ。彼らがなにをするべきかを説明して、それから質問にこたえてくれる。ただし、ひとつだけはっきりいっておきたい。これには全員の協力が必要になる。全員の犠牲が必要になる。この世界でコロニーを建設するという仕事はけっして楽にはならない。ずっときついものになるはずだ。それでも、わたしたちならやり遂げられる」

そういったときのパパの声の力強さは、群衆のなかにいる多くの人びとをおどろかせたみたいだった。

「もとめられているのはむずかしいことだが、不可能ではない。みなで力を合わせればできる。おたがいを頼ることを知っていればできる。出身がどこであろうと、いまは全員がロアノーク人なのだ。望んでこんな状況になったわけではない。だが、やり遂げなければならない。わたしたちならできる。やらなくちゃいけない。ともに力を合わせて」

あたしはシャトルから踏みだして、新世界の大地に足をおろした。地面のぬかるみがブーツの甲の部分をじわじわとおおっていく。「ひどいなあ」あたしは歩きだした。泥に両足が吸いこまれそうになる。あまりいやなことは連想しないようにしないと。ババールがシャトルからはずむように飛びだして、そこらをクンクン嗅ぎはじめた。少なくとも、ババールは幸せだった。

まわりでは、マジェラン号のクルーが作業に取り組んでいた。ひと足先に着陸したシャトルが積荷をおろしている。後続のシャトルがすこし離れたところへ着陸しようとしていた。標準サイズの貨物コンテナがあたりに散らばっていた。ふつうなら、中身がおろされたコンテナは再利用のためにシャトルへもどされて、むだにはならない。今回は、コンテナをマジェラン号へもどす理由がなかった。宇宙船は帰還せず、これらのコンテナにふたたび物資が積まれることはない。それどころか、一部のコンテナについては物資がおろされることさえないのだ。ロアノークの置かれた新たな状況により手間をかける意味がなくなってしまったから。

でも、だからといってコンテナに使い道がないということにはならない。使い道はたしかにある。あたしから二百メートルほど離れたところに、コンテナをずらりとならべたフェンスがつくられていた。そのフェンスの内側に、あたしたちの新しい一時的な住まいがある。小さな村で、すでにクロアタンと名付けられていて、そこに二千五百名の植民者全員――と、最近は怒りっぽいマジェラン号のクルー――が閉じこめられることになる。パパとママとほかのコロニーのリーダーたちが新しい惑星の調査をすませて、そこで生きていくためになにをするべきかを見きわめるまでのあいだ。

マジェラン号の数名のクルーがひとつのコンテナをフェンスのところへ移動させていた。リフトでコンテナを目的の場所まではこび、電源を切って数ミリの高さからドスンと地面へ落とす。これだけ離れていても地面の震動が伝わってきた。コンテナの中身がなんであれ、それは重いものらしい。もはや使えなくなった耕作用の設備かも。

グレッチェンはずいぶん先へ行っていた。走って追いつこうかと思ったけど、そのとき、新しく設置されたコンテナのむこうからジェーンが姿をあらわし、マジェラン号のクルーのひとりに話しかけた。あたしはそちらへむかうことにした。

犠牲が必要だとパパがいったとき、それは短期的にはふたつのことを意味していた。第一に、ロアノークとそれ以外のコロニー連合とのあいだで交信は許されない。ロアノークからコロニー連合の方角へなにかを送り返したら、たとえそれがデータの詰まったスキップドローンだとしても、居所がばれてしまう。ロアノークへなにかを送っても同じこと。つまり、あたしたちは完全に孤立していた。助けもなく、補給品もなく、あとに残してきた友だちや愛する人からの便りすらない。ひとりぼっちだ。

はじめは、それほど重要なこととは思えなかった。だって、あたしたちは植民者になったときに過去の人生を置き去りにしていた。いっしょに来られなかった人びととはお別れをすませていたし、大半の植民者は、たとえそれらの人びとにふたたび会うことがあるとしても、ずっと先になるとわかっていた。とはいえ、つながりが完全に切れたわけではなかった。スキップドローンは毎日コロニー連合から送りだされることになっていて、手紙やニュースや情報をコロニー連合へ持ち帰るはずだった。スキップドローンは毎日到着することにもなっていて、郵便物やニュースやドラマや歌や小説などによって、あたしたちがまだ人類世界の一員であることを実感させてくれるはずだった——たとえ、コロニーに閉じこめられてトウモロコシを植えていても。

もうそんなものはない。すべてなくなってしまった。まず思いつくのは新しい小説も音楽もドラマもないということ。出発まえになにかのドラマやバンドにはまっていて、今後も追いかけたいと思っていたら最悪だ。でも、そのあとで気づく。ほんとうに重要なのは、これから先、あとに残してきた人びとの暮らしがなにもわからないことだと。かわいい甥っ子がはじめて歩くところを見ることはない。祖母が亡くなったとしても知ることはない。親友の結婚式のビデオを見ることも、べつの友だちが書いて必死に売りこんでいる小説を読むことも、かつて大好きだった場所にいまでも大好きな人たちがいる写真を見ることもない。すべてが、たぶん永遠に、失われてしまう。

そのことに気づいたとき、人びとは強いショックを受けた。さらにショックだったのは、自分たちが気にかけていた大勢の人びとがここで起きていることをなにも知らないという事実だった。コロニー連合が、コンクラーベとやらをあざむくために植民者たちに行き先を教えなかったのだとすれば、同じようにあざむいたほかの人たちにも植民者の居所を教えるはずがない。知り合いはみんな、植民者たちが遭難したと思っているのだ。殺されたと思っている人もいるだろう。この点については、ジョンとジェーンとあたしはあまり気に病むことはなかった——おたがいが家族であり、ほかに家族はいない——けど、ほかの人たちには、いまでも彼らのことを嘆き悲しむだれかがいる。サヴィトリのおかあさんとおばあさんはまだ生きている。自分が家族に死んだと思われていると気づいたときのサヴィトリの表情を見て、あたしは思わず駆け寄ってハグした。

オービン族があたしたちの失踪に対してどういう反応を見せたかは考えたくもなかった。コロニー連合の駐在大使が、オービン族の訪問を受けたときにパンツを汚さなかったことを祈るしかない。

第二の犠牲はもっときつかった。

「着いたのね」ジェーンが近づいていくあたしを見ていった。手をのばして、ぴょんぴょんとそばへやってきたババールをなでる。

「そうみたい」あたしはいった。「いつもこんなふうなの?」

「たとえば?」

「ぬかるんでて。雨が多くて。寒くて。気分悪い」

「ここではまだ春のはじめなの。もうしばらくこんな気候がつづくわ。だんだんよくなっていくと思う」

「そう思う？」

「そう期待してる。でも、わからないの。この惑星に関する手もとの情報はほんのわずか。コロニー連合はここで通常の調査をすませていなかったみたい。衛星を軌道上に置いて天候や気候を追跡するわけにもいかないし。だから、だんだんよくなると期待するしかない。わかればありがたいけど、いまは期待するしかない。グレッチェンはどこ？」

あたしはグレッチェンが去っていったほうへ顎をふった。「おとうさんをさがしているんだと思う」

「うまくやってるの？　いっしょにいないなんて珍しいじゃない」

「だいじょうぶ。ここ数日はみんなピリピリしてる。あたしたちもそうなのかも」

「ほかの友だちは？」

あたしは肩をすくめた。「ここ二日ほど、エンゾとはあまり会ってない。ここに取り残されちゃったことでかなりおちこんでるみたい。マグディでさえ彼を元気づけることができないの。二度会いにいったんだけど、エンゾはあまり話したがらないし、あたしもそんな元気なわけじゃないから。でも、詩は送ってくれるの。紙に書いて。マグディに届けさせるのよ。マグディはすごくいやがってるけど」

ジェーンはにっこりした。「エンゾはすてきな男の子ね」

「わかってる。でも、ボーイフレンドって決めるのに最高のタイミングだったとはいえないみたい」

「まあ、あなたがいったとおり、ここ数日はみんなピリピリしてるから。だんだんよくなるわよ」

「だといいけど」ほんとによくなってほしかった。あたしだってみんなに負けないくらい憂鬱《ゆううつ》でふさぎこんでいたけど、どうしたって限界はあるし、いまはだんだんとそこに近づいていた。「パパはどこ？　それに、ヒッコリーとディッコリーは？」オービン族のふたりは、シャトルの第一陣でママやパパといっしょに地上へおりていた。マジェラン号では船室にこもっていたし、ここ数日は完全に離れていたので、あたしはふたりに会えないのが寂しくなりはじめていた。

「ヒッコリーとディッコリーには周辺エリアの調査に出かけてもらった」ジェーンがいった。「あのふたりはあたしたちが状況を把握するのを手伝っているの。それなら時間がむだにならないし、とりあえず植民者たちのほとんどから離れていられるでしょ。いまはみんなエイリアンに対してあまり友好的な気分にはなれないと思うし、だれかがあのふたりにケンカをふっかけるのは阻止したいから」

あたしはうなずいた。ヒッコリーやディッコリーにケンカをふっかけたら、その人は少なくともどこかが壊れてしまう。そうなったら、たとえ彼らが正しくても（あるいは、まさに彼らが正しいために）、ますます人気が落ちることになる。ママとパパがとりあえずふたりを人目につかないところへ送りだしたのは賢明な判断だろう。

「あなたのパパはマンフレッド・トルヒーヨといっしょにいるわ」ジェーンがいったのはグレッチェンのおとうさんのことだった。「ふたりで仮住まいの村のレイアウトを考えているの。ローマ軍団のキャンプをもとにしているそうよ」

「西ゴート族の襲撃にそなえてるんだ」

「どんなものが襲撃してくるかはわからない」ジェーンの事務的な口調は、これっぽっちも励ましにはならなかった。「グレッチェンもふたりといっしょにいるはず。キャンプにはいればすぐに見つかるから」

「グレッチェンのPDAに問い合わせればもっと簡単に見つかるのに」

「そうね。だけど、もうそういうことはできないの。かわりに目を使って」ジェーンはあたしのこめかみにすばやくキスしてから、マジェラン号のクルーと話すために歩み去った。あたしはため息をつき、パパを見つけるためにキャンプへむかった。


第二の犠牲。コンピュータを内蔵したものはいっさい使用してはならない。それはつまり、手持ちのほとんどの機器が使えないということだった。

理由は電波にあった。電子機器はどれも電波でほかの電子機器と交信している。ほんのちょっとの無線送信でも、だれかが熱心にさがしていたら発見されてしまう。そして、だれかが熱心にさがしているのは確実だった。といって、通信機能をオフにするだけでは充分じゃない。機器と機器とが電波を使って交信しているだけじゃなく、それぞれの機器の内部で部品と部品が交信しているのだ。

あたしたちの電子機器は、どうしてもあたしたちがここにいる証拠を送信してしまうので、どんな周波数が使われているかを知っている人がいたら、電源を入れるための電波を送信するだけで探知されてしまう。とにかく、そういう説明だった。あたしはエンジニアじゃない。わかっているのは、大量の機器がもう使えなくなったということ——単に使えないだけじゃなく、あたしたちにとって危険な存在となったのだ。

ロアノークに着陸してコロニーを設置するためには、危険をおかしてこうした機器を使うしかなかった。電子機器なしでシャトルをおろすのはほぼ不可能。降下じゃなくて、着陸がかなりむずかしい（しかもめんどくさい）。でも、すべてを地上におろしてしまえば、それでおしまい。無線送信は途絶え、貨物コンテナのなかにある、電子装置が組みこまれたものはすべて、そのコンテナのなかにとどまる。ひょっとしたら永遠に。

そこには、データサーバーも、娯楽用モニタも、最新の農耕機械も、科学方面のツールも、医学方面のツールも、キッチンの電気製品も、乗物も、おもちゃも含まれる。もちろんＰＤＡも。

この告知は評判が悪かった。だれもがＰＤＡを持っていて、だれもがそのなかに自分の生活をおさめている。PDAには、伝言メッセージや、メールや、お気に入りのドラマや音楽や読み物が保存されている。それを使って友だちと連絡をとり、いっしょにゲームをする。録音や録画にも使う。大好きなものを、大好きな人たちと共有する。だれにとっても、それは外部に増設された脳みたいなものだった。

それが突然なくなってしまった。植民者たちのPDAは——ひとり当たり一台よりわずかに多かった——すべて集められて機能を停止させられた。隠そうとした人もいた。少なくともひとりの植民者が、収集にあたったマジェラン号のクルーを殴り倒そうとした。ゼイン船長の協力により、その植民者はマジェラン号の監禁室で一夜をすごした。噂によれば、船長が監禁室の温度を下げたために、その植民者は寒さでほとんど眠れぬ夜をすごしたらしい。

その人の気持ちはよくわかる。あたしもPDAを取りあげられて三日たつけど、グレッチェンと話をしようとか、音楽を聞こうとか、エンゾがなにか送ってくれたかどうかたしかめようとか、そういう、PDAを使って日常的におこなっているいろいろなことをしようとするたびに、ありもしないPDAに手をのばしかけては思いとどまっている。みんながこんなに怒りっぽくなっているのは、外部の脳を切り離されてしまったことも原因のひとつじゃないかと思う。自分がどれほどPDAに依存していたかは、そのバカげたしろものがなくなってはじめてわかるのだ。

だれもがPDAを使えなくなったことに憤慨していたけど、あたしの頭の奥にはこんな思いが巣くっていた。みんながPDAのことで大騒ぎする理由のひとつは、そうしていれば、生きのびるために必要なたくさんの機器をまったく使えないという事実を思いださずにすむということなのかもしれない。コンピュータを農耕機械からただ切り離すことはできない。機械の一部になりすぎていて、それなしでは動かないのだ。人間の脳を取りだしておきながら、それでも肉体が機能することを期待するようなもの。みんな問題の深刻さに直面したくないんだと思う。

実際、みんなが生きていけそうな理由はたったひとつ。コロニーに加わっている二百五十名のコロニー派メノナイトだ。宗教上の制約により、彼らは時代遅れの古めかしいテクノロジーを使いつづけてきた。どの機器にもコンピュータは内蔵されていないし、PDAを使ったことがあるのは、彼らのコロニーの代表であるハイラム・ヨーダーだけ（それも、ロアノークのコロニー評議会の他のメンバーと連絡をとるときだけだった、とパパは説明してくれた）。電子機器なしで暮らすのは、彼らにとってはつらい状況ではない。ずっとそうやってきたのだから。そのために、マジェラン号では変わり者とみなされていた——特にあたしたち十代の若者のあいだでは。でも、いまやその生活様式があたしたちを救おうとしていた。

みんながそれで安心したわけじゃなかった。マグディと、彼ほどは目立たないその友人たちは、コロニー派メノナイトの存在こそ、コロニー連合が最初からあたしたちを見捨てるつもりだったことをしめす証拠だと指摘し、そのせいで彼らをきらっているようだった。まるで、自分たちは最初からそれに気づいていて、あたしたちみたいにおどろいてはいないとでもいうように。これであたしたちは確信した――マグディのストレス解消法は、怒りをかきたてて存在しない戦いをいどむこと。旅のはじめに乱闘を起こしかけたのは、たまたまのできごとではなかったのだ。

マグディはストレスがたまると怒る、エンゾは引きこもる。グレッチェンはぶっきらぼうになる。あたしがどうなるかはよくわからない。

「どんよりしてるね」パパがあたしにいった。あたしたちは、新しい仮の住まいになるテントの外に立っていた。

「へえ、あたしはどんよりするのか」あたしはいった。ババールがあたりをうろうろして、自分のなわばりのしるしをつける場所をさがしていた。しかたがない。彼は犬なのだ。

「話が見えないな」パパがいった。あたしは、友だちがどんな態度をとっているかを説明した。「ああ、なるほど。そういうことか。慰めになるかどうかわからないが、もしもわたしに仕事をする以外の時間があったら、やっぱりどんよりしていたと思うよ」

「血は争えないってことかな」

「遺伝子に責任を押しつけることすらできないな」パパはあたりを見まわした。あたしたちのまわりでは、貨物コンテナや、防水シートの下で山積みになったテントや測量用のロープが、新しい街の通りになる場所をふさいでいた。パパはあたしに目をもどした。「きみはここをどう思う？」

「神さまのトイレがあったらこんなふうだと思う」

「ふむ、たしかに、いまはそんな感じだな。しかし、たくさんの労働とすこしの愛があれば、ゴミ捨て穴くらいまでは出世できるはずだ。そうなればすばらしいじゃないか」

あたしは声をあげて笑った。「笑わせないで。せっかくどんよりする練習をしているのに」

「ごめんよ」といったけど、パパはこれっぽっちも悪いと思っていなかった。あたしたちのとなりのテントを指さす。「少なくとも、きみは友だちのそばで暮らせるな。これはトルヒーヨのテントだ。彼とグレッチェンがここに住むことになる」

「よかった」あたしは、グレッチェンとそのおとうさんについて、パパと情報を交換していた。あのふたりは廃棄物の収集・浄化槽を設置するのに最適の場所をさがすために、キャンプ予定地のはずれを流れる細い川を調べに出かけていた。少なくとも最初の数週間は、屋内にトイレはないといわれていた。バケツで用を足すことになる。それを聞いてあたしがどれほどわくわくしたかはことばにもできない。グレッチェンはやれやれという顔で候補地の下見のために引きずられていった。早めに地上へおりたことを後悔していたんだと思う。「ほかの植民者たちはいつごろからやってくるの？」

パパが指さした。「まずはじめに境界のフェンスを設置したいんだ。ここに来てからの二日間、あそこの森からはなにも危険なものは出現していないが、あとで後悔するよりは安全をとりたいからね。今夜、最後のコンテナを貨物ベイから出すことになっている。あしたには境界の壁が完全にできあがって、外部からの侵入をふせげるようになる。だから二日後からだな。三日もあれば全員が地上へおりられるだろう。どうした？　もう退屈したのかい？」

「そうかも」ババールがそばへやってきて、にこにことあたしを見あげた。舌をだらりと垂らし、足には泥をこびりつかせている。後ろ脚で立ちあがってあたしのシャツを泥だらけにしようかどうしようか迷っているらしい。あたしはそんなことは考えるなとせいいっぱい念を送り、うまく伝わりますようにと願った。「いまはマジェラン号にいたって退屈なんだけどね。みんな機嫌がよくないから。なんていうか、植民地建設がこんなふうだとは思ってなかった」

「それはそうだろう。今回はかなり特殊なケースだから」

「だったら、みんなと同じようになりたい」

「もう手遅れだな」パパはテントを身ぶりでしめした。「ジェーンとわたしはテントをかなりじょうずに設置したんだ。狭くてぎゅうぎゅうだが、窮屈でもある。すごく気に入るはずだよ」あたしはまた笑みを浮かべた。「これからマンフレッドと合流してジェーンと話をしなくちゃいけないんだが、そのあとで、みんなでランチをとってすこしは楽しめるかどうか試してみるとしよう。わたしたちがもどるまで、きみはなかにはいってくつろいでいたらいい。少なくとも、吹きさらしの場所でどんよりしている必要はなくなる」

「わかった」あたしはパパの頰に軽くキスした。パパは小川のほうへと歩きだし、あたしはテントにはいった。ババールがあとをついてきた。

「すてきね」あたしはなかを見まわしながらババールにいった。「内装は趣味のいい最新の難民スタイル。あの簡易寝台の飾りつけなんか、もう最高」

ババールはあたしを見あげて犬らしい間のぬけた笑みを浮かべると、寝台のひとつにとびあがってそこに横たわった。

「このバカ犬。せめて足くらいふきなさいよ」ババールは批判をまったく気にかけることなく、あくびをして目を閉じた。

あたしはババールといっしょに寝台にあがり、泥のかたまりを払い落としてから、彼を枕にして横になった。ババールは気にしていないみたいだった。当然だよね、あたしの寝台を半分占領しているんだから。

「さあ、やっと着いたよ。あなたがここを気に入るといいんだけど」

ババールが鼻をくんくんいわせた。そのとおりだね、とあたしは思った。

なにもかも説明してもらったあとでさえ、一部の人びとは、自分たちが人類から切り離されて孤立したという事実を受け入れるのに苦労していた。各コロニーの代表者たちがひらいたグループごとの話し合いでは、かならずだれかがこんなふうにいいだした。パパがみなに信じさせようとしているほど状況がひどいわけがないし、これからも人類の世界と連絡を取り合ったり、せめてPDAを使いつづける方法はあるはずだと。

そこで、各コロニーの代表者たちは、植民者たちひとりひとりのPDAに、これが最後となるファイルを送信した。コンクラーベが撮影して近隣宙域のすべての他種族に送りつけたビデオファイルだった。映像では、コンクラーベのリーダーであるガウ将軍が、小さな居留地を見おろす丘の上に立っていた。はじめてそのビデオを見たときは人間が住んでいるのかと思ったけど、実際はホエイド族という、あたしが聞いたこともない種族の植民者たちの居留地だと説明された。見てわかったのは、彼らの家や建造物があたしたちのそれとよく似ていて、人間のものだといわれても違和感がないことだった。

ガウ将軍はしばらく丘の上にたたずんだままで、いったい居留地のなにを見ているのかと思ったら、その居留地が消失した。コロニーのはるか上空に浮かんでいたという数百隻の宇宙船からふりそそいだ無数の光線らしきものによって、灰と炎に変えられてしまったのだ。ほんの数秒で、コロニーも、そこに住んでいた人びとも消え失せて、あとには立ちのぼる煙の筋だけが残った。

その後は、だれも身を隠すという英断に異議をとなえることはなかった。

あたしはそのコンクラーベの攻撃のビデオを何度見たかわからない。数十回は見たように思われたころ、やってきたパパにPDAを取りあげられてしまった――コロニーのリーダーの娘というだけで特権があたえられるわけじゃない。でも、あたしは攻撃が見たかったわけじゃなかった。というか、その、ビデオを流していたときにあたしがほんとうに見ていたのは攻撃じゃなかった。あたしが見ていたのは、丘の上に立つ、その攻撃を命じた生物の姿だった。コロニーに住むすべての人びとの死の責任を負っていた生物。あたしはこのガウ将軍を見つめていたのだ。命令を出したとき、彼はどんなことを考えていたんだろう？　後悔？　満足？　よろこび？　苦しみ？

罪のない何千という人びとの抹殺を命じるのがどんなふうか想像してみようとした。ありがたいことに、あたしの頭ではとてもじゃないけど想像がつかなかった。この将軍にそれができたということがおそろしかった。彼がそこにいることが。あたしたちを狩り立てていることが。

13

ロアノークに着陸した二週間後、マグディ、エンゾ、グレッチェンといっしょに散歩に出かけた。

「おりる場所に気をつけろよ」マグディがみんなにいった。「このあたりにはでかい岩があるぞ」

「やだなあ」グレッチェンがポケットライト――ここで使える、コンピュータが内蔵されていない昔のLED式のやつ――で地面を照らし、おりる場所をさがしたあと、コンテナでつくられた壁のへりからよさそうなあたりをめがけてとびおりた。すぐに、うめき声と、小さな悪態が聞こえてきた。

「おりる場所に気をつけろといっただろ」マグディが自分のライトでグレッチェンを照らした。

「ライトはやめて、マグディ。ほんとはここに来ちゃいけないんだから。みんなをトラブルに巻きこむつもり?」

「ああ、そうかい。おれといっしょにここにいたりしなけりゃ、おまえのことばにもいくらか道徳的権威ってやつが生まれるんだけどな」マグディはグレッチェンから光をはずして、まだコンテナの壁の上にいるあたしとエンゾのほうへむけた。「おまえたちもいっしょに来るのか?」

「ライトで照らすのはやめてくれないか?」とエンゾ。「パトロール隊に見つかるぞ」

「パトロール隊がいるのはコンテナの壁のむこう側だよ。だからおりろ」マグディはライトをかったら、じきにそんなこともいってられなくなる。だからおりろ」マグディはライトをエンゾの顔の上でちらちらと動かし、ストロボ効果で彼をいらだたせた。エンゾはため息をついてコンテナの壁をすべりおりた。一瞬おいて、こもったドスンという音がした。残されたあたしは、コンテナのてっぺんで急にさらし者になったような気がした。小さな村の周囲に張りめぐらされた防衛線——あたしたちは夜中にその境界の先へ出かけることを禁じられていた。

「おいで」エンゾがあたしにささやきかけた。彼だけは、外出が禁じられていることをおぼえていて、それなりに声をひそめていた。「とびおりるんだ。受け止めるから」

「なにいってるの?」あたしはやはりささやき声でいった。「あたしの靴があなたの目玉に突き刺さるのがオチよ」

「ジョークだよ」

「よかった。ほんとに受け止めたりしないでよ」

「おいおい、ゾーイ」マグディがちっともささやきじゃない声でいった。「もうジャンプしたのか？」

コンテナの壁からとんで、三メートルほどの高さを落下し、着地した拍子にちょっとつまずいた。エンゾがライトをさっとむけて、手を差しだしてきた。あたしはその手をつかみ、目をほそめて彼を見あげて、引き起こしてもらった。それから、自分のライトをマグディがいるあたりへむけた。「ムカつくやつ」

マグディが肩をすくめた。「行こうぜ」といって、壁沿いに目的地へと歩きだす。

数分後、あたしたちは全員でひとつの穴にライトをむけていた。

「やれやれ」グレッチェンがいった。「わたしたちは外出禁止令を破り、夜の見張りにまちがえて撃ち殺される危険をおかしたのよ。地面にあいた穴ひとつのために。つぎの調査旅行の行き先はわたしが選ぶからね、マグディ」

マグディは鼻を鳴らし、膝をついて穴をのぞきこんだ。「おまえがいろんなことにちゃんと注意を払っていたら、この穴が評議会をパニックにおとしいれていることを知ってるはずなのにな。このまえの夜、パトロールが見ていなかったときに、何者かがこの穴を掘った。ここからコロニーへ潜入しようとしたんだ」彼はライトを持ちあげて手近のコンテナを照らし、なにか見つけた。「ほら。コンテナにひっかき傷がついてる。何者かがここをのぼろうとして、うまくいかなかったから下をくぐろうとしたんだ」あたしはいった。

「つまり、いまあたしたちは捕食動物の群れのそばにいるわけね」

「捕食動物とはかぎらない」とマグディ。「穴を掘るのが好きなだけかも」

あたしはライトをもういちど鉤爪のあとにむけた。「そうね、理にかなった仮説だわ」

「昼間のうちに見るわけにはいかなかったの？」グレッチェンがたずねる。「飛びかかってきてわたしたちを食べる相手がちゃんと見えるときに」

マグディはライトをあたしにむけた。「ゾーイのかあさんと保安要員たちが一日じゅうあたりをうろついていたんだ。だれも近づけないように。この穴を掘ったやつはとっくにいなくなってるし」

「なにかがあんたの喉を切り裂いたあとで、あんたがいまいったことを思いださせてあげる」とグレッチェン。

「おちつけよ。ちゃんと準備してきたんだ。どのみち、この穴はほんの手はじめでしかない。おれの親父は保安要員の何人かと友だちなんだ。そのひとりがいってたんだけど、彼らが夜にそなえてコロニーを閉鎖しようとしていたとき、むこうの森のなかに例のデッパラの群れを見かけたらしい。それを見にいこうぜ」

「もどらないと」エンゾがいった。「ぼくたちはここにいちゃいけないんだ。もしも見つかったら、みんなこっぴどく叱られる。デッパラならあした見にいけばいい。太陽がのぼれば、ちゃんと見ることができるし」

「あしたになったら連中は目をさまして餌をあさりはじめる。双眼鏡で見るくらいのことしかできなくなるんだ」マグディはまたあたしにライトをむけた。「ゾーイの両親はおれたちをもう二週間も村に閉じこめている。この惑星上でなにかがみんなに怪我をさせるんじゃないかと心配して」

「殺されるかもしれないのよ」あたしはいった。「そうなったら問題でしょ」

マグディはどうでもいいというように手をふった。「おれがいいたいのは、本気でデッパラを見たいのなら——充分にそばへ近づいてちゃんと見たいのなら——いましかないってことだ。みんな眠ってるし、おれたちが出かけていることはだれも知らない。気づかれるまえに帰ればいいんだ」

「ぼくはやっぱりもどるべきだと思う」エンゾがいった。

「エンゾ、このせいでおまえがガールフレンドといちゃつく貴重な時間を奪われているのはよくわかる。だけどな、いちどくらいはゾーイのおっぱい以外のものを探索してみてもいいんじゃないか」

マグディは手の届く範囲にいなくてとても幸運だった。あたしからも、エンゾからも。

「また最低なやつになってるよ、マグディ」とグレッチェン。

「わかったよ。おまえたちは帰ればいい。あとで会おう。おれはデッパラ見物に行ってくるから」マグディはポケットライトで草（というか、地面をおおう草に似たもの）を照らしながら森へむかって歩きだした。あたしはグレッチェンにライトをむけた。彼女は怒ったように天をあおぎ、マグディを追って歩きだした。すこしたって、エンゾとあたしもあとにつづいた。

象を想像してほしい。それをもうすこし小さくする。耳はとっぱらおう。鼻は短くして先端を触手っぽく変える。脚も引っぱって、体重を支えきれなくなるぎりぎりまで長くのばす。目は四つ。それ以外にもあれこれ妙なものを体にくっつけていくと、象には見えないけど、ほかに思いつくあらゆるものよりは象に似ているものができあがる。

それがデッパラだ。

警報が解除されて本格的な建設作業がはじまるのを待ちながら、みんながコロニーの村に閉じこめられていた二週間のあいだに、デッパラたちは何度か目撃されていた。村の近くの森のなかや、ごくまれではあったけど村と森とのあいだの草原で。デッパラが発見されると、こどもたちはいっせいにコロニーのゲートへ（閉鎖されている夜間にはコンテナの壁のすきまへ）突進し、ぽかんとその生き物をながめて手をふったりする。あたしたち十代の若者たちは、もうすこしさりげない態度でゲートに集まる。みんなデッパラを見たいんだけど、すごく興味をひかれているようには見られたくないのだ。新しい友だちのあいだで築きあげた威信がだいなしになってしまうから。

マグディはデッパラに興味があるようなそぶりはいちども見せたことがなかった。群れが通過するときにグレッチェンに引っぱられてしぶしぶゲートへ行くことはあっても、ほとんどの時間を、同じようにゲートへ連れてこられたという態度を見せたがっているほかの少年たちとのおしゃべりですごしていた。興味がないと証明したかったんだろう。自意識過剰なクールさのなかにさえガキっぽさがただよっている。

目撃されたデッパラがこの地域に定住している群れなのか、それとも、いくつもの群れが移動しているだけなのかという点は議論になっていた。あたしにはどっちの説が正しいのか見当もつかなかった。この惑星に来て二週間しかたっていないのだ。それに、遠くからだと、デッパラはどれもそっくりに見えた。

すぐにわかったことだけど、近くからだと、においがすごかった。

「この惑星にあるものは、みんなウンチのにおいがするの？」グレッチェンがデッパラの群れを見あげながらあたしにささやきかけた。彼らは長い脚で立ったまま眠り、ほんのすこしだけ体をゆらしていた。グレッチェンの問いかけにこたえるように、あたしたちの隠れている場所のいちばん近くにいるデッパラが、とてつもなく大きな音をたてておならをした。あたしたちは喉を詰まらせながらくすくす笑った。

「しーっ」エンゾがいった。彼とマグディは、あたしたちから二メートルほど離れたべつの茂みのうしろでしゃがみこんでいた。デッパラの群れが夜をすごしている空き地のすぐそばだ。ぜんぶで十頭ほどいて、みんな星空の下で眠っておならをしていた。エンゾはこの訪問をあまり楽しんでいないようだった。あやまってデッパラを起こしてしまうのではないかと心配しているらしい。むりからぬ心配ではあった。デッパラの脚は、遠くから見るとひょろっとしていたけど、近くから見ればあたしたちをやすやすと踏みつぶすことができるのはあきらかで、それが十頭も集まっているのだ。もしも彼らが目をさましてパニックを起こしたら、あたしたちは踏みつぶされて挽肉《ひきにく》になりかねない。

おまけに、「おっぱいを探索」といわれたことで、エンゾはまだすこし腹を立てているみたいだった。あたしとエンゾが正式に付き合いはじめてからというもの、マグディはあまり上品とはいえないやりかたでエンゾをいじりまくっていた。毒舌の過激さはそのときのマグディとグレッチェンとの関係に応じて変化する。いまはグレッチェンのほうが愛想をつかしているのかも。ときどき、ふたりの関係がどうなっているかを理解するためにグラフかフローチャートがほしくなる。

またべつのデッパラが盛大にガスをひりだした。

「これ以上ここにいたら窒息しちゃう」あたしはグレッチェンにささやきかけた。グレッチェンはうなずき、ついてきてと身ぶりで合図した。あたしたちはエンゾとマグディがいるところへそろそろと近づいた。

「もう帰らない？」グレッチェンがマグディにささやきかけた。「あんたがこのにおいを楽しんでるのは知ってるけど、ほかのみんなは夕食をのがしそうなの。それに、だいぶ時間がたったから、だれかがわたしたちの居所をさがしはじめるかも」

「もうちょっとだけ」とマグディ。「どれか一頭に近づいてみたいんだ」

「冗談でしょ」

「せっかくここまで来たんだから」

「あんたはときどきほんとにバカなことをするのね。自分でわかってる？　野生動物の群れにただ近づいていってあいさつできるわけないでしょ。殺されるよ」

「いまは眠ってる」

「あんたが群れのなかへ踏みこんでいったら目をさますよ」

「おれだってそこまでバカじゃない」いらだちがつのるにつれて、マグディのささやき声はだんだん大きくなった。いちばん近くにいるデッパラを指さす。「あいつに近づいてみたいだけだ。べつに問題ないさ。心配するなよ」

グレッチェンが反論するまえに、エンゾが手をあげてふたりを黙らせた。「見て」といって、空き地のなかほどを指さす。「一頭が目をさましかけている」

「うわ、もう最高」とグレッチェン。

問題のデッパラは、頭をぶるっとふって、高く持ちあげ、鼻の先端にある触手を大きくひろげた。それを左右にゆらしている。

「なにしてるんだろ?」あたしがたずねると、エンゾは肩をすくめた。あたしと同様、彼もデッパラの専門家ではないのだ。

デッパラが大きく弧を描くように触手をふったとき、あたしはそいつがなにをしているのかに気づいた。なにかのにおいを嗅ぎつけたのだ、そこにあるべきではないなにか。

デッパラが吠えた。象みたいに鼻からじゃなく、口から吠えた。ほかのデッパラたちがいっせいに目をさまして吠え声をあげ、動きはじめた。

あたしはグレッチェンに顔をむけた。やばいよ、と口を動かす。グレッチェンはうなずき、デッパラたちに目をもどした。マグディに目をやると、彼は急に体を小さくちぢめていた。もうそばへ寄りたがってはいないみたい。

いちばん近くにいたデッパラが方向転換をしようとして、あたしたちが隠れている茂みに体をこすれさせた。ズンズン足音をたてて姿勢を変えようとしている。もう逃げるべきだと思ったけど、体が脳を乗っ取ってしまったらしく、両脚がいうことをきかなくなっていた。あたしはその場で凍りつき、茂みのうしろでしゃがみこんだまま、押しつぶされるのを待った。

そんなことにはならなかった。一瞬のちに、そのデッパラは姿を消していた。群れの仲間たちと同じ方向へ走りだしていたのだ。あたしたちから遠ざかる方向へ。

うずくまっていたマグディがぱっと立ちあがり、遠ざかる足音に耳をすませた。「さてと。いったいなにが起きたんだ?」あたしはいった。「あたしたちを見つけたんだと思う」

「こっちのにおいを嗅ぎつけたのはたしかよ」

「バカなことするなっていったでしょ」グレッチェンがマグディにいった。「あんたが近づいたときにやつらが目をさましていたら、わたしたちはあんたの残骸をすくってバケツに集めなくちゃいけなかったのよ」

ふたりは非難の応酬をはじめた。あたしがエンゾに目をやると、彼はデッパラが走り去ったのとは正反対の方角へ顔をむけていた。目を閉じて、なにかに集中しているように見える。

「どうしたの?」あたしはいった。

エンゾは目をあけて、あたしを見てから、顔をむけていた方角を指さした。「風はこっちから吹いている」

「そうなんだ」話が見えなかった。

「狩りに出かけたことはあるかい?」エンゾがたずね、あたしは首を横にふった。「ぼくたちはデッパラの風下にいた。風はぼくたちのにおいをやつらから遠ざけていたんだ」最初に目をさましたデッパラがいたところを指さす。「あのデッパラがぼくたちのにおいを嗅ぎつけたとは思えない」

ピンときた。「そうか。わかってきた」

エンゾはマグディとグレッチェンに顔をむけた。「みんな。ここを離れるんだ。いますぐに」

マグディはポケットライトをエンゾにむけて、なにか皮肉な台詞を吐こうとしたみたいだったけど、そのとき、まるい光のなかに浮かびあがったエンゾの表情に気づいた。「どうした？」

「デッパラはぼくたちのせいで逃げだしたんじゃない。なにかべつのものがいるんだ。デッパラを狩り立てるようなやつが。そいつがこっちへむかっているらしい」

十代の若者たちが森で迷子になって、なにかおそろしいものにすぐうしろから追いかけられていると想像するのは、ホラー作品ではありがちな展開だ。

いまその理由がわかった。もしもあなたが、果てしなく絶望的な、はらわたがひっくりかえりそうな恐怖に襲われたいと思ったら、夜中に、まちがいなく追われているという気配を感じながら、森を出ようと一キロかそこら逃げてみるといい。生きていることをものすごく実感できる。そんなふうに実感してもすこしもうれしくはないけど。

先頭はもちろんマグディ。ただし、彼が帰り道を知っていたからなのか、彼の足が速すぎてほかのみんなが置き去りにされかけていたからなのかは議論の余地があった。グレッチェンとあたしがマグディのあとにつづき、エンゾがしんがりをつとめた。いちど、エンゾの様子を見ようとペースをゆるめたら、彼は気にするなと手をふった。「グレッチェンのそばにいるんだ」そのとき、エンゾがわざとあたしたちのうしろにとどまって、追いかけてくるものの相手をまず自分がしようとしていることに気づいた。家へたどり着こうと必死に走って、アドレナリンが体じゅうにあふれかえっていなければ、あたしはその場でエンゾにキスしていただろう。

「ここを抜けるんだ」マグディがそういって、足もとのでこぼこした自然の小道を指さした。最初に森へはいってきたときに使った小道だ。その道をたどろうと意識を集中したとき、なにかがグレッチェンの背後に割りこんできてあたしをつかまえた。あたしは悲鳴をあげた。

バンという音がして、そのあとに、こもったドスンという音と叫び声がつづいた。

エンゾがあたしをつかまえた相手にとびかかった。一瞬後、エンゾは地面に倒れ、ディッコリーがその喉にナイフを押し当てていた。ナイフをつかんでいるのがだれなのか気づくまで、必要以上に時間がかかった。

「ディッコリー！」あたしは叫んだ。「やめて！」

ディッコリーが動きを止めた。

「その人を放して」あたしはいった。「あたしに危害をくわえたりしないから」ディッコリーはナイフを引っこめてエンゾから離れた。エンゾはおおあわてでディッコリーから離れ、あたしからも離れた。

「ヒッコリー？」あたしは呼びかけた。「だいじょうぶなの？」

行く手からヒッコリーの声が聞こえてきた。「あなたの友人は拳銃を持っていた。わたしが彼の武器を取りあげた」

「こいつはおれを絞め殺そうとしてる！」マグディが叫んだ。

「もしもヒッコリーがあなたを絞め殺そうとしていたら、あなたは口なんかきけない」あたしは叫び返した。「その人を放して、ヒッコリー」

「拳銃はわたしがあずかっている」ヒッコリーがいった。暗闇のなかでマグディがごそごそと立ちあがる音がした。

「それでいいよ」あたしはいった。全員が走るのをやめたいま、まるでだれかが栓を抜いたみたいに、あたしの全身にあふれていたアドレナリンが足の裏から流れだしていた。あたしは倒れないようにしゃがみこんだ。

「いや、よくない」マグディの声がした。彼は暗がりのなかから姿をあらわし、そろそろとあたしに近づいてきた。ディッコリーがあたしとマグディのあいだに割りこんだ。マグディはぴたりと動きを止めた。「あれは親父の拳銃だ。なくなっているのがばれたら、おれは殺される」

「そもそもどうして銃なんか持ってきたの?」グレッチェンがいった。彼女もあたしの立っている場所へもどってきていた。ヒッコリーを背後に従えて。

「準備してきたといっただろ」マグディはそういって、あたしに顔をむけた。「おまえのボディガードたちに、もうすこし注意ぶかく行動しろといっておけよ」彼はヒッコリーを指さした。「あやうくそいつの頭を吹き飛ばすところだった」

「ヒッコリー?」あたしは呼びかけた。

「わたしは深刻な危険にはなかった」ヒッコリーは無表情にいった。なにかべつのことに気をとられているらしい。

「おれの銃を返してくれ」マグディはおどそうとしているみたいだった。でも、声がかすれて失敗した。

「村に帰ったら、ヒッコリーはあなたにおとうさんの銃を返してくれるから」あたしはいった。疲れて頭が痛くなってきた。

「いますぐだ」

「かんべんしてよ、マグディ」あたしは急にひどく疲れて、腹を立てた。「おねがいだから銃なんかの話はやめて。あなたはそれであたしたちのだれかを殺したりしなくて幸運だったのよ。それに、彼らのどちらかを撃たなかったのも幸運だった」――まずディッコリーを、ついでヒッコリーを指し示し――「だって、そんなことがあったら、あなたは死んで、残されたあたしたちは事情を説明しなくちゃいけなかった。だから、バカげた銃のことはもう黙ってて。黙って、さっさと家に帰りましょ」

マグディはあたしをじっと見つめてから、村をめざしてどすどすと暗闇のなかへ踏みこんでいった。エンゾがあたしに妙な目をむけて、友人のあとを追った。

「完璧ね」あたしは両手で左右のこめかみを締めつけた。いまにもやってきそうだったすさまじい頭痛が到来していた。殿堂入りまちがいなしの頭痛だった。

「われわれは村へもどらなければ」ヒッコリーがあたしにいった。

「そう思う?」あたしは立ちあがってつかつかと歩きだし、ヒッコリーとディッコリーから離れて、村へと引き返しはじめた。急にあたしのボディガードふたりと取り残されたグレッチェンは、あたしのすこしうしろをついてきた。

「今夜あったことはジョンとジェーンには一言たりとも伝えないでほしいの」あたしはヒッコリーにいった。ヒッコリーとディッコリーとあたしは、村の公共エリアに立っていた。夜の遅い時間だったので、そこでぶらぶらしている人はふたりしかおらず、そのふたりもヒッコリーとディッコリーの姿を見るとさっさと姿を消した。人びとが彼らに慣れるには二週間では足りなかったらしい。公共エリアにいるのはあたしたちだけになった。

「あなたがそういうのなら」ヒッコリーがいった。

「ありがとう」あたしはまたふたりから離れて歩きだし、両親といっしょに暮らしているテントをめざした。

「あなたは森にいるべきではなかった」ヒッコリーがいった。

あたしは立ち止まった。くるりとヒッコリーにむきなおる。「なんですって？」

「あなたは森にいるべきではなかった。われわれが保護していないかぎり」

「保護ならあった」あたしはいった。脳の一部は、そんなことばが自分の口から出たことが信じられずにいた。

「あなたを保護していたのは拳銃で、それは使い方を知らない者があつかっていた。彼が発砲した銃弾は、彼から三十センチと離れていない地面に当たった。あやうく彼自身の足を撃つところだったのだ。わたしが彼の武器を取りあげたのは、彼がわたしではなく、彼自身に害をおよぼす可能性があったからだ」

「マグディにはかならず伝えておく。でも、そんなことは問題じゃない。あたしがしたいことをするとき、あなたの許可は必要ないのよ、ヒッコリー。あなたとディッコリーはあたしの両親じゃない。あなたたちの協定にも、あなたがあたしに指図できるとは書いてないし」

「あなたには好きなことをする自由がある。だが、あなたは不必要な危険をおかした。森へ出かけたことと、われわれにあなたの意図を伝えなかったことの両方で」

「それでも、あなたたちがついてくるのは止められなかった」あたしの口調は非難しているみたいだった。あたしが非難したい気分だったから。

「そのとおりだ」

「じゃあ、あたしが許可をあたえなかったのに、あなたたちは勝手についてきたのね」

「そうだ」

「二度としないで。あなたにとってプライバシーというのが異質な概念だというのはわかるけど、あなたたちにそばにいてほしくないときもあるの。それは理解できる？　あなたは」——と、ディッコリーを指さし——「今夜、もうすこしであたしのボーイフレンドの喉を切り裂くところだった。あなたが彼を気に入ってないのは知ってるけど、あれはちょっとやりすぎ」

「ディッコリーはエンゾに危害をくわえるつもりはなかった」

「エンゾにはそんなことわからないでしょ」といって、あたしはディッコリーに目をもどした。「それに、もしもエンゾがあなたにいいパンチを入れていたら？　あなたは彼をねじ伏せようとして傷つけたかもしれない。あたしはそんな保護は必要としていない。そんな保護はしてほしくない」

ヒッコリーとディッコリーは無言でたたずみ、あたしの怒りを受け止めていた。ものの数秒で、あたしはその状況にうんざりしてきた。「それで？」

「われわれと出会ったとき、あなたは走って森を出ようとしていた」

「それがなに？　あたしたちはなにかに追われているかもしれないと思っていた。なにかがあたしたちの見ていたデッパラたちをこわがらせて、エンゾはそれが捕食動物かなにかもしれないと考えたの。かんちがいだったけどね。追いかけてくるやつなんかいなかった。さもなければ、そいつらはあたしたちに追いついていたはずだもの——あなたたちがどこからともなく飛びだしてきて、あたしたちを死ぬほどびびらせたときに」

「ちがう」

「ちがう？　あたしたちを死ぬほどびびらせなかったとでも？　それには同意できない」

「ちがう。あなたは追われていたのだ」

「なにをいってるの？　うしろにはなにもいなかったよ」

「彼らは木々の上にいた。上からあなたを追っていた。あなたに先んじていた。われわれはあなたの物音を聞くよりも先に彼らの物音を聞いていた」

体から力が抜けるのを感じた。「彼ら？」

「だからこそ、あなたが近づいてくる音を聞いたとき、われわれはすぐにあなたをつかまえたのだ。あなたを保護するために」

「いったい何者なの？」

「わからない。じっくり観察する時間はなかった。あなたの友人の銃声で逃げていったようだ」

「じゃあ、あたしたちを狩ろうとしていたとはかぎらないんだ。なにかべつの目的があったのかも」

「そうかもしれない」ヒッコリーは、つとめてあたりさわりのない口調でいった。あたしに反対したくないときにこういうふうになるのだ。「何者であれ、彼らはあなたやあなたの仲間たちとペースを合わせて移動していた」

「なんか疲れちゃった」あたしはいった。この件についてはもう考えたくなかったし、もしもこれ以上――木々の上でなにかの生物の群れがあたしたちを追跡していたなんてことを――考えつづけたら、公共エリアのどまんなかで倒れることになりかねなかった。「つづきはあしたにしない？」

「あなたがそういうなら、ゾーイ」

「ありがとう」あたしはテントへむかってのろのろと歩きだした。「それと、両親には伝えないでといったことを忘れないで」

「あなたの両親には伝えない」

「それと、あたしについてこないでといったことも忘れないで」これには返事はなかった。あたしはぐったりとふたりに手をふり、眠りにつくために寝台をめざした。

翌朝、エンゾを彼の家族用テントの外で見つけた。彼は本を読んでいた。

「うわ、ほんものの本じゃない」あたしはいった。「だれを殺して手に入れたの？」

「メノナイトの若いやつから借りたんだ」エンゾは背表紙をあたしに見せた。「『ハックルベリー・フィンの冒険』。聞いたことあるかい？」

「ハックルベリーという惑星からやってきた女の子に『ハックルベリー・フィンの冒険』を知ってるかときくなんて」あたしは信じられないという声をだして、おもしろがっていることを伝えようとした。

うまくいかなかったらしい。「ごめん。ふたつが結びつかなかった」エンゾは読みかけのページをまたひらいた。

「聞いて。あなたにお礼をいいたかったの。ゆうべしてくれたことに対して」

エンゾは本から顔をあげた。「ゆうべ、ぼくはなにもしなかった」

「あなたはグレッチェンとあたしのうしろにいてくれた。あたしたちと追いかけてくるなにかとのあいだにとどまってくれた。感謝していることを伝えたかったの」

エンゾは肩をすくめた。「結局、なにもぼくたちを追いかけていなかったみたいだけどね」あたしはヒッコリーから聞いた話を教えようかと思ったけど、やめておいた。「それに、ほんとになにかがきみをつかまえたとき、そいつはぼくよりまえにいた。だから、実際にはぼくはたいして役に立たなかった」

「うん、そのことはあやまりたかったの。ディッコリーとのこと」どういえばいいのかよくわからなかった。エイリアンのボディガードがあやうくあなたの頭をナイフで切り落としかけてごめんなさいといっても、あまりよろこんでもらえそうになかった。

「気にしなくていいよ」

「気にするよ」

「よせって。きみのボディガードはつとめを果たしただけだ」一瞬、エンゾはさらになにかいいかけたみたいだったけど、すぐに首をかしげてあたしを見つめた。まるで、あたしがやりかけの用事をすませるのを待っているみたいだった——そうすれば、とてもだいじな読書にもどれるから。

そのとき突然、ロアノークにおりてからエンゾがいちども詩を書いてくれていないことに気づいた。

「そう、わかった」あたしは弱々しくいった。「じゃあ、もうすこししたらまた会いに来るかも」

「いいね」エンゾはそういって、あたしに親しげに手をふると、ハックルベリー・フィンの冒険に目をもどした。あたしは自分のテントにもどり、なかにいたババールを見つけて、そばに寄り、ぎゅっと抱きしめた。

「お祝いをして、ババール」あたしはいった。「ボーイフレンドとはじめてのケンカをしちゃったみたい」

ババールはあたしの顔をぺろぺろなめてくれた。すこし気分がよくなった。でも、ほんのすこしだった。

14

「だめだめ、まだ低すぎるよ」あたしはグレッチェンにいった。「半音下がってる。ちょっと高くするかなにかしないと。こんなふうに」あたしは彼女におねがいしているパートを歌ってみせた。

「そのとおり歌ったよ」とグレッチェン。

「ちがう、あなたのはもっと低かった」

「だったら、あんたがまちがった高さで歌っているのよ。わたしはあんたが歌ったとおりの高さで歌ったもの。さあ、歌ってみて」

あたしは咳払いをして、グレッチェンに歌ってほしい高さで歌った。グレッチェンがそれに完璧に合わせた。あたしは歌うのをやめてグレッチェンの歌に耳をすませた。半音下がっていた。

「あれ、へんだな」

「だからいったでしょ」

「あの歌を呼びだすことができれば、あなたにその音を聞いて歌ってもらえるんだけど」

「その歌を呼びだすことができるなら、わたしたちはそもそも歌おうとしてないよ。文明人らしく、ただ聞いているはず」

「いえてる」

「こんなことしてもしょうがないよ。あのね、ゾーイ。コロニー世界へやってくるのがきついことはわかっていたの。そのための心構えはできていた。でも、PDAを取りあげられると知っていたら、わたしはイアリに残っていたかも。かまわないよ、薄っぺらいやつといって」

「薄っぺらいやつ」

「じゃあ、あたしがまちがってるといって。いえるもんなら」

グレッチェンがまちがってるとはいわなかった。気持ちはよくわかる。たしかに、PDAがなくなってつらいと認めるのは薄っぺらい感じがする。だけど、生まれてからずっと、好きなものを――音楽、ドラマ、本、それに友だち――なんでもPDAに呼びだせる暮らしをつづけていたら、それを失ったときにはやっぱりがっくりする。ほんとにがっくりする。〝無人島に漂着して、あるのは打ち合わせるココヤシの実だけ〟というくらいがっくりする。だって、かわりになるものがないから。たしかに、コロニー派メノナイトは印刷された書物をいくらか持ってきているけど、そのほとんどは、聖書と農作業の手引き書と

『ハックルベリー・フィンの冒険』あたりがいちばん新しい〝古典〟ばかり。ポピュラー音楽やエンタテイメントとなると、まあ、彼らとはほとんど無縁の存在。

コロニー派メノナイトの若者たちが、娯楽の禁断症状に苦しむあたしたちを見ておもしろがっているのはよくわかる。あたしにいわせれば、そういうのはあんまりキリスト教徒っぽくない。とはいえ、メノナイトの若者たちはロアノークにおりたからといって人生が劇的に変わったわけじゃない。もしもあたしが彼らの立場にいて、ほかの人たちみんながおもちゃを取りあげられたといってめそめそ嘆いているのを見たら、ちょっとは得意げな顔になるかもしれない。

あたしたちは、なにかが失われた状況に置かれた人びとがすることをした。適応したのだ。ロアノークにおりるまでは本なんて読んだことがなかったけど、いまは『オズの魔法使い』の順番待ちリストに名前をのせている。録画されたドラマやバラエティはないけど、シェイクスピアはけっしてなくなることはない。日曜日から一週間、『十二夜』の朗読劇の上演が予定されている。かなり悲惨なものになるのは確実——読み合わせを何度か聞かせてもらった——だけど、セバスチャン役のエンゾはなかなかうまくやっていたし、正直いって、学校で見たのをべつにすると、シェイクスピアであれなんであれ生で演劇を鑑賞するのはこれがはじめてだ。どっちみち、ほかにすることはなさそうだし。

音楽はというと、まあ、こんなぐあいだった。着陸から二日とたたないうちに、何人かの植民者がギターやアコーディオンやハンドドラムなどの楽器を引っぱりだして、いっしょに演奏をはじめようとした。惨憺たる結果になったのは、みんなほかの人たちの音楽になじみがなかったから。マジェラン号で起きたのと同じことだった。そこで、彼らはおたがいに自分の歌を教え合うようになり、それを歌う人たちが集まってきて、それを聞く人たちも集まってきた。こうして、宇宙のほんの片隅で、だれに目撃されることもないまま、ロアノークのコロニーは〝歌声集会《フーテナニー》〟を再発明した。パパがそう呼んでいたのだ。あたしがバカみたいな名前だといったら、パパもそうだなといってくれたけど、ほかの呼び方――〝どんちゃん騒ぎ《ウィンディン》〟――はもっとひどいんだといった。それについては反論できなかった。

　ロアノークのフーテナナーたち（いまは自分たちでそういってる）はリクエストを受け付けた――ただし、そのためにはリクエストする人がその曲を歌わなくちゃいけない。ミュージシャンたちがその曲を知らない場合は、彼らがそれらしい演奏をでっちあげられるように、少なくとも二回は歌ってあげる必要がある。これでおもしろい展開になった。だれかがお気に入りの曲をアカペラで歌いはじめると、はじめはひとりでも、だんだんと仲間が増えて、そこにはフーテナナーたちの伴奏が加わることもあれば加わらないこともあった。人びとにとっては、すでにアレンジされたお気に入りの曲をかかえて登場することが誇りとなった。そうすれば、聴衆がまともに聞けるようになるまでリハーサルをがまんする必要がなくなるのだ。

こうしたアレンジのなかには、礼儀正しくいうなら、よくできているのもあればそうでないのもあったし、一部の人びとの歌い方はまるでシャワーを浴びせられた猫みたいだった。でも、フーテナニーがはじまってから二カ月がすぎたいま、人びとはコツをつかみはじめていた。アカペラ用のアレンジをした新曲を持って集会にやってくる人も出てきた。最近の集会でいちばん人気がある曲のひとつは〈トラクターを運転させて〉。ある植民者がメノナイトに――コンピュータ制御ではない農耕機械を動かせるのは彼らだけ――マニュアル式トラクターの運転を教わり、穀物の植えつけをまかされるようになって、ほかの人びとにも機械の使い方を教えるようになるという物語。曲の最後ではトラクターが溝に落っこちる。これは実話にもとづいた曲で、メノナイトたちはとてもおもしろがっていた――トラクターが壊れるという代償を支払うにもかかわらず。

トラクターにまつわる歌というのは、あたしたちが以前に聞いていた歌とはかけ離れているけど、あたしたちは以前に住んでいた場所とはあらゆる意味でかけ離れた場所にいるのだから、それでちょうどいいのかもしれない。社会学的観点から考えると、標準年で二十年とか五十年とかすぎて、コロニー連合があたしたちとほかの人類との接触を許可するころ、ロアノークには独自の音楽形式が生まれているだろう。ひょっとしたらロアノーカペラと呼ばれるかも。あるいはフーテノークとか。もっとべつのなにかとか。

でも、いまこの瞬間、あたしがやろうとしているのは、ふたりでつぎの歌声集会に出かけて、フーテナナーたちにわかりやすいようひかえめなアレンジをした〈デリーの朝〉を披露するために、グレッチェンに正しい音程で歌わせることだった。それは無惨な失敗に終わろうとしていた。ひょっとしたらいちばんのお気に入りかもしれない歌でも、隅々までちゃんと知っているわけじゃないということを実感させられたような気分。歌のコピーがはいっているPDAは、もはや使うどころかふれることさえできないから、この問題を解決する方法はどこにもなかった。

ただし。「ひとつ考えがあるの」あたしはグレッチェンにいった。

「あんたが正しい音程で歌う方法を習得するとか？」

「もっといいやつ」

十分後、あたしたちはクロアタンの反対側へ出かけて、村の情報センターのまえに立っていた——惑星全体のなかで、まだ作動する電子装置がある唯一の場所で、あらゆる種類の無線信号を完全にブロックできる構造になっている。それを実現するための材料は、悲しいことにたいへん希少なので、改造した貨物コンテナに利用するのがせいいっぱいだった。良い知らせは、追加分の製造が進んでいること。悪い知らせは、医療用の施設に使うだけしか製造されていないこと。人生はときに最低なものとなる。グレッチェンとあたしは入場エリアにはいった。信号をとおさない物質のせいで真っ暗だ。外側のドアを閉めないと内側のドアをあけられないので、一・五秒ほどのあいだ、どす黒い、のっぺりした死にのみこまれたようになる。あまりお勧めはできない。

内側のドアをあけると、そこにひとりのオタクがいた。彼はあたしたちを見て、すこしおどろいた顔をしてから、拒否の姿勢をあらわにした。

「返事はノーだ」彼はことばでだめ押しをした。

「ちょっと、ベネットさん」あたしはいった。「まだあたしたちの頼みを聞いてもいないでしょ」

「そうだなあ」ジェリー・ベネットはいった。「十代のふたりの少女——ちなみに、ふたりともコロニーのリーダーたちの娘——が、コロニー内でPDAを使える唯一の場所へふらりとはいってきた。ふーむ。PDAを使わせてくれるよう頼みにきたのか？　それとも、ずんぐりむっくりの中年男とおしゃべりを楽しみにきたのか？　それほどむずかしい質問ではないだろう、ミス・ペリー」

「一曲聞きたいだけなの」あたしはいった。「一分だけで、あとは迷惑かけないから」

ベネットはため息をついた。「いいかい、毎日少なくとも数回は、きみたちみたいなのがここへやってきて、映画を見たり音楽を聞いたり本を読んだりするためにPDAを貸してくれという。たった一分でいいんだ、人がいることに気づきもしないはずだ、と。もしもぼくがイエスといったら、ほかの人たちも同じように頼みにくるだろう。そうこうするうちに、人びとがPDAを使う手助けをするのにたくさんの時間をとられすぎて、ミス・ペリーの両親から頼まれた仕事をする時間がなくなってしまう。だから教えてくれ――ぼくはどうすればいい？」

「ドアをロックするとか？」とグレッチェン。

ベネットはグレッチェンをちらりと見た。「とてもおもしろいね」

「あたしの両親のためにどんなことをしているの？」あたしはたずねた。

「コロニー連合当局のすべてのメモやファイルを、じっくりと、辛抱強く探しだして印刷するんだ。ここへ来ていちいちぼくの手をわずらわせなくてすむように。ある意味ではありがたいことだけど、もっと目先の意味では、この三日間ずっとその作業にかかりきりで、さらに四日はかかりそうな勢いだ。しかも、使っているプリンタが定期的に紙詰まりを起こすから、だれかがずっと見張っている必要がある。それがぼくだ。まあそんなわけでね、ミス・ペリー。四年間技術教育を受けて、二十年間プロとして仕事をしてきた結果、ぼくは宇宙のどんづまりでプリンタの番をしている。まったく、人生における最終目標を達成した気分だよ」

あたしは肩をすくめた。「じゃあ、あたしたちにやらせればいい」

「なんだって？」

「あなたのやっているのがプリンタの紙詰まりを見張ることだけなら、あたしたちにだってできる。あなたのために二時間働くから、そのかわり、ここにいるあいだだけはPDAを使わせて。あなたはそれ以外の必要な仕事をすればいい」

「ランチをとりにいってもいいよね」とグレッチェン。「奥さんをびっくりさせて」

ベネットはしばらく黙って考えこんだ。「仕事の手伝いを申し出るか。そういう戦術を試そうとしたやつはいなかったな。じつに卑劣だ」

「なんでも試してみないと」とあたし。

「しかも、いまはランチの時間だ。ちょうど印刷もしている」

「そうね」

「たとえきみがなにかをめちゃくちゃにしたとしても、ぼくにとってはたいした問題じゃない。きみが無能だとしても、きみの両親はぼくを罰したりはしないだろう」

「身内びいきが有利にはたらくね」とあたし。

「なにも問題はなさそうじゃない」とグレッチェン。

「そうそう。あたしたちは有能なプリンタ番になるよ」

「いいだろう」ベネットは作業台の上に手をのばして自分のPDAをつかんだ。「ぼくのPDAを使うといい。使い方はわかるね?」

あたしはベネットをまじまじと見つめた。

「悪かった。よし」ベネットはディスプレイに一連のファイルを呼びだした。「きょう印刷するファイルがこれだ。プリンタはあそこで」――作業台のいちばん奥を身ぶりでしめし――「用紙はその箱にはいってる。それをプリンタにセットして、印刷済みのぶんはプリンタの横に積みあげる。もしも紙詰まりが起きたら、というか、かならず何度か起きるんだが、その用紙を引き抜けば新しいのが供給されるから。印刷途中だった最後のページは自動的に再印刷される。そのあいだに娯楽アーカイブと同期をとればいい。ファイルはぜんぶ一カ所にダウンロードしてある」

「みんなのファイルをダウンロードしたの？」あたしはほんのすこしだけプライバシーを侵害された気がした。

「おちついて。アクセスできるのは共有ファイルだけだ。ＰＤＡを引き渡すまえに、指示されたとおりプライベートなファイルを暗号化してあれば、きみの秘密はちゃんと守られている。それで、音楽ファイルにアクセスしたらスピーカーが作動する。音量はあまり大きくしないように。プリンタの紙詰まりが聞こえなくなるから」

「スピーカーはもう準備してあるの？」グレッチェンがたずねた。

「そうだよ、ミス・トルヒーヨ。信じようが信じまいが、ずんぐりむっくりの中年男でも音楽を聞くのは好きなんだ」

「知ってるわ」とグレッチェン。「パパも大好きだから」

「自信を喪失させてくれるそのコメントを胸に、ぼくは出かけるとしよう。二時間でもどる。たのむからなにも壊さないでくれよ。もしもだれかがやってきてPDAを貸してくれといったら、こたえはノーで、例外はありえないといって」ベネットは出ていった。

「いまのが皮肉だといいんだけど」あたしはいった。

「どうでもいいよ」グレッチェンはPDAに手をのばした。「貸して」

「ちょっと」あたしはPDAを引っこめた。「やるべきことをやらないと」プリンタの準備をととのえて、印刷するファイルを指定してから、〈デリーの朝〉にアクセスした。冒頭の旋律がスピーカーから流れだし、あたしは音楽に身をひたした。あやうく泣きだしそうになった。

「あんたの記憶のいいかげんさはびっくりするほどね」グレッチェンが曲のなかほどで口をはさんだ。

「しーっ。ここが例のパートよ」

グレッチェンはあたしの顔つきを見て、曲が終わるまでじっと黙っていた。

PDAに何カ月もさわれなかっただけに、二時間じゃぜんぜん足りなかった。あたしにいえるのはそれだけ。でも、それだけの時間があったから、グレッチェンといっしょに情報センターを出たとき、快適な熱いバスタブに二時間浸《つ》かったような気分になれた——考えてみると、そういうものにも、あたしたちはもう何カ月も縁がなかった。

「ふたりだけの秘密にしないと」グレッチェンがいった。

「うん。みんながベネットさんを悩ませたりしないようにね」

「ちがうの。ほかのみんなより有利な立場にいられるのがうれしいだけ」

「心の狭い人間でいられる人は多くない。でも、あなたにはそれができるのね」

グレッチェンはうなずいた。「ありがとう、マダム。さてと、わたしはもう家に帰らなくちゃ。暗くなるまえに菜園の雑草取りをするってパパと約束したから」

「土を掘り起こすのを楽しんで」

「ありがと。もしも気分がいいようなら、いつでも手伝ってくれてかまわないよ」

「あたしは自分の邪悪さと格闘してるから」

「それじゃしかたないか」

「でも、夕食のあとで会って練習しようよ。これで例のパートの歌い方がわかったし」

「そうだね。ちゃんと歌えるといいけど」グレッチェンは手をふって自分の家へと歩きだした。あたしはまわりを見まわして、散歩するのにちょうどいい日だなと思った。

そのとおりだった。太陽がのぼって、あたりはまばゆく輝いていた。光をのみこむ情報センターで二時間すごしたあとだけになおさらだ。ロアノークはすっかり春になって、ほんとにきれいだった——たとえ、土地の花々の香りが、腐った肉を下水ソースにひたしたようなにおいだと判明したあとでも（この表現はマグディが考えた。彼はときどきことばを巧みにつなぎあわせることがある)。もっとも、二カ月もたてば、においには気づかなくなる、というか、どうしようもないとあきらめがつく。惑星全体がにおっているのだから、なんとか折り合いをつけるしかない。

でも、きょうが散歩するのにちょうどいい日なのは、わずか二カ月でこの世界が大きく変わったことがいちばんの原因だった。あたしがエンゾやグレッチェンやマグディといっしょに真夜中のジョギングをしてからすこしたって、ジョンとジェーンは人びとがクロアタンを出ることを許可した。植民者たちは郊外へ引っ越し、家を建てて農地を耕し、メノナイトたちの協力と指導のもとで、最初の農作物の植えつけをおこなった。農地ではすでにそれらの作物がぐんぐんのびていた。どれも遺伝子操作で急速に成長するようになっているので、遠くない将来に最初の収穫が得られるはずだ。結局のところ、あたしたちは生きのびることができそうだ。あたしは新しい家や農地のそばを歩きすぎながら、そこで見かけた人びとに手をふった。

やがて、最後の農家をとおりすぎて小高い丘にあがった。むこう側にあるのは、草原と、低木の茂みと、片側へひろがっている森だけ。この丘はいずれ農場の一部となり、さらにいくつもの農場や牧草地がこの小さな谷間を分断することになる。わずか二千人の人びとだけでも風景を変えていけるというのはおかしな感じだった。でも、いまはあたし以外にはだれもいない。ここはあたし専用のスポットで、この土地があるかぎりずっとそうなるはずだった。あたしのもの。あたしひとりのもの。まあ、何度かあたしとエンゾのものになったけど。

あおむけに横たわり、空の雲を見あげて、ひとり笑みを浮かべた。あたしたちは銀河の端っこで身をひそめているかもしれないけど、いま、この瞬間は、なにもかもけっこう順調に思えた。どこにいたって幸せになれるのだ——正しいものの見方ができれば。それと、惑星全体にただよう悪臭を無視する能力があれば。

「ゾーイ」うしろで声がした。

ぱっと起きあがると、ヒッコリーとディッコリーがいた。たったいま丘へのぼってきたところらしい。

「いまはかんべんして」あたしは立ちあがった。

「あなたと話をしたいのだ」とヒッコリー。

「家でもできるでしょ」

「ここのほうがいい。心配ごとがあるのだ」

「心配ごとって?」あたしはふたりを見あげた。なんだか違和感があったけど、その原因に気づくまでしばらくかかった。「なぜ意識モジュールをつけていないの?」

「あなたがだんだん大きな危険をおかすようになっているのが心配なのだ」ヒッコリーは最初の質問にはこたえたけど、二番目の質問にはこたえなかった。「それと、ひろい意味でのあなたの身の安全が」

「つまり、ここにいるから？　おちついてよ、ヒッコリー。いまは真っ昼間だし、ヘントーズさんの農場は丘のすぐむこうにある。悪いことなんか起きるはずがない」

「ここには捕食動物がいる」

「ヨーテのことでしょ」あたしは、クロアタンの近くをうろついていた犬くらいの大きさの捕食動物の名前を出した。「ヨーテならなんとかなるよ」

「彼らは群れで行動する」

「昼間はそんなことない」

「あなたがここへ来るのは昼間だけではない。いつもひとりというわけでもない」

あたしはちょっと赤くなり、ヒッコリーに腹を立てそうになった。でも、ヒッコリーは意識の首輪をつけていなかった。腹を立てたところでなんにもならない。「あたしがプライベートな時間をすごしたがっているときにはついてこないでといったはずよね」あたしはできるだけ淡々といった。

「ついてきたのではない。だが、われわれはバカではない。あなたがどこへ、だれと出かけているかはわかる。あなたは不注意により危険に身をさらしているし、われわれがつねに同行することをもはや許してくれない。われわれはあなたを守ることができない――われわれが望むようにも、われわれに期待されているようにも」

「ここへきてもう何カ月もたつのよ。だれかがなにかに襲われたことなんていちどもないじゃない」

「あの晩、ディッコリーとわたしがあなたを見つけなかったら、あなたは森のなかで襲われていただろう。木の上にいたのはヨーテではなかった。ヨーテは木にのぼることも森のなかを走ることもできない」

「見てのとおり、いまは森のそばにいないでしょ」あたしはならんでいる木々のほうへ手をふった。「あそこになにがいるにせよ、ここへは出てきそうにない。もしも出てきたらとっくに見つけてるはずだから。この話は決着がついたはずよ、ヒッコリー」

「われわれが心配しているのはここの捕食動物だけではない」

「話が見えないんだけど」

「このコロニーは捜索の対象となっている」

「あのビデオを見たのなら、コンクラーベとかいうグループが空からコロニーをふっとばしたのをおぼえてるはず。もしもコンクラーベがあたしたちを見つけたとしたら、たとえあなたでもあたしを守るためにたいしたことはできないと思う」

「われわれが心配しているのはコンクラーベのことではない」

「だったら、あなたたちだけが例外ね」

「このコロニーを捜索するのはコンクラーベだけではない。コンクラーベに気に入られるため、コンクラーべを妨害するため、自分たちのコロニーを手に入れるため、さまざまな勢力が捜索に乗りだすだろう。彼らは空からコロニーをふっとばしたりはしない。ふつうのやりかたで奪おうとする。侵攻と虐殺だ」

「きょうはふたりともどうしちゃったの？」あたしは雰囲気を明るくしようとした。失敗したらしい。「それに、あなたが何者かという問題がある」

「どういう意味？」

「よくわかっているはずだ。あなたはコロニーのリーダーたちの娘というだけの存在ではない。われわれにとって、オービン族にとって重要な存在でもある。それは知られざる事実ではないのだ、ゾーイ。あなたは生まれたときからずっと交渉の材料として使われてきた。オービン族はあなたを利用して、あなたの父親に意識をつくらせようとした。あなたはオービン族とコロニー連合のあいだで結ばれた協定の一条項でもある。このコロニーを攻撃する者は、オービン族との交渉のためにかならずあなたを手に入れようとするはずだ。コンクラーべでさえその気でいるかもしれない。さもなければ、われわれに痛手をあたえるためにあなたを殺すだろう。オービン族のシンボルを殺すわけだ」

「そんなのバカげてる」

「以前にもあったことだ」

「え？」

「あなたがハックルベリーに住んでいたとき、あなたを誘拐あるいは殺そうとする試みが少なくとも六度あった。最後の試みがあったのは、あなたがハックルベリーを離れるほんの数日まえのことだった」

「なのにあたしにはぜんぜん話さなかったわけ？」

「あなたの政府とわれわれの政府が、あなたやあなたの両親に知らせる必要はないと判断したのだ。あなたはこどもだったし、あなたの両親はあなたにできるだけ平凡な人生を送らせたいと願っていた。オービン族はそれを現実にしたいと願っていた。それらの試みはいずれも成功にはほど遠かった。あなたの身に危険がおよぶずっとまえにわれわれが阻止したのだ。いずれの場合も、オービン族政府は、あなたの平和な暮らしをおびやかした種族に対して遺憾の意を表明した」

あたしはぞっとした。オービン族は敵にまわすべき種族ではない。

「そもそもあなたに話すつもりはなかった──そのことでわれわれは服務規程に違反してきた──のだが、このような状況になってはしかたがない。われわれはあなたの身の安全を守るためのシステムから切り離されてしまった。しかも、あなたはどんどん独自の行動をとるようになり、われわれの存在をいやがるようになってきた」

最後のことばにはひっぱたかれたような衝撃があった。「いやがってなんかいない。ただ自分の時間がほしいだけ。それであなたたちが傷ついたのならあやまるよ」

「傷ついてはいない。われわれには責任がある。臨機応変にその責任を果たさなければならない。われわれは状況に適応しようとしているのだ」

「意味がわからない」

「あなたは自分の身を守るすべを学ぶ時期にきている。あなたはわれわれからもっと独立したがっているし、われわれには以前のようにあなたを守るための充分なリソースがない。われわれはずっとあなたに戦い方を教えたいと思っていた。いま、これらふたつの理由により、その訓練をはじめる必要がでてきたのだ」

「戦い方を教えるって、どういう意味？」

「あなたに物理的に身を守る方法を教えるのだ。敵から武器を取りあげる方法。武器の使い方。敵を動けなくさせる方法。必要とあらば敵を殺す方法」

「あたしに人を殺す方法を教えたいわけ」

「必要なことなのだ」

「ジョンとジェーンが許してくれるかどうかわからない」

「ペリー少佐とセーガン中尉はどちらも殺し方を知っている。ふたりとも、軍隊では、みずからが生きのびるために必要なときは他者を殺していた」

「だからといって、あたしが知ることを望んでいるとはかぎらないでしょ。それに、あたしだって知りたいかどうかわからない。あなたたちは責任を果たすために状況に適応する必要があるという。いいよ。どうやって適応するか考えて。でもあたしは、ほかのだれかを殺す方法を学ぶつもりはないの——あなたたちはそれでよりよい仕事をしていると感じられるかもしれないけど、あたしはそんなことをあなたたちにつづけてほしいかどうかさえわからないんだから」

「あなたはわれわれに守ってもらうことを望んでいない。そして、みずからを守る方法を学ぶつもりもない」

「わからないんだってば！」あたしはいらいらして怒鳴った。「いい？　あたしはこういうことぜんぶにうんざりしてるの。自分がなにか特別な存在だから守ってもらう必要があるなんて。教えてあげようか？　ここにいる人たちはみんな守ってもらう必要があるのよ、ヒッコリー。あたしたちはみんな危険にさらされている。いまにも頭の上に数百隻の宇宙船があらわれて、全員殺されるかもしれない。もううんざりなのよ。ときには、なにもかも忘れたいときだってある。ここでまさにそうしていたら、あなたたちがやってきてぜんぶぶち壊してくれたわけ。だからどうもありがとう」

ヒッコリーとディッコリーはなにもいわなかった。意識の首輪をつけていたら、最後の爆発には圧倒されてけいれんを起こしてしまったかもしれない。でも、いまは平然とそこに突っ立っているだけだった。

五つかぞえて、なんとか自制心をとりもどそうとした。「ねえ」声がもうすこし冷静になっていることを期待しながらいう。「考える時間を二日ちょうだい。いい？　いっぺんにあれこれいわれても困る。頭を整理しないと」

ふたりはやはりなにもいわない。

「じゃあね、もう帰るから」あたしはヒッコリーのそばをすり抜けた。

そして、気がついたら地面に倒れていた。

ごろりと体をまわして、とまどいながらヒッコリーを見あげる。「なんなの？」そして立ちあがった。

背後にまわりこんでいたディッコリーが、あたしを土と草の上に荒っぽく突き倒した。

あたしは大急ぎでふたりからあとずさった。「やめて」

ふたりはコンバットナイフを抜いて、あたしに迫ってきた。

うめくように悲鳴をあげてぱっと立ちあがり、全速力で駆けだした。丘のてっぺんをめざして、ヘントーズさんの農場をめざして。でも、オービン族は人間よりも走るのが速い。ディッコリーがあたしを追い抜いて前方へまわりこみ、ナイフをふりかぶった。あたしはあともどりしようとして、あおむけに倒れこんだ。ディッコリーが突進してくる。あたしは悲鳴をあげてごろりとうつぶせになり、のぼってきたばかりの斜面を駆けくだりはじめた。

ヒッコリーが待ちかまえていて、あたしの行く手をふさごうとした。左へフェイントをかけようとしたけど、ヒッコリーはひっかからず、あたしの左の前腕をつかんだ。あたしは右のこぶしでその手を殴った。ヒッコリーはやすやすとそれを受け流し、あたしのこめかみを逆手でぴしゃりと叩きながら、つかんでいた手を放した。あたしは愕然としてよろよろとあとずさった。ヒッコリーは片脚をあたしの脚に巻きつけると、ぐいと上へ跳ね上げて、あたしを完全に地面から持ちあげた。あたしはあおむけに倒れこんで頭から地面に落ちた。脳のなかで白い閃光のような痛みが炸裂し、あとはぼうぜんと横たわることしかできなくなった。

胸にずっしりと重みがかかってきた。ヒッコリーがあたしを膝で押さえつけていた。あたしが必死につかみかかっても、ヒッコリーは長い首で頭を遠くへそらして、まったく意に介さなかった。助けをもとめて声をかぎりに叫んでみたけど、だれにも聞こえないのはわかっていた。それでも叫ばずにはいられなかった。

目をあげると、ディッコリーがそばに立っていた。「おねがい」あたしはいった。ディッコリーは返事をしなかった。なにも感じることができなかった。ようやく、ふたりが意識の首輪をつけずにやってきた理由がわかった。

胸にのったヒッコリーの脚をつかみ、持ちあげようとした。ヒッコリーは脚にさらに重みをかけると、片手でもういちど、気が遠くなるほどの勢いであたしをひっぱたき、ふりあげた反対の手を、おそろしい流れるような動きで頭めがけてふりおろしてきた。あたしは絶叫した。

「あなたは無傷だ」ヒッコリーが唐突にいった。「もう起きてかまわない」

あたしは身をかたくして地面に横たわったまま、ヒッコリーのナイフに目をむけた。頭のすぐそばで地面に突き刺さっているので目の焦点が合わない。それから、両肘をついて体を起こし、ナイフから顔をそむけて、吐いた。

ヒッコリーはあたしがすっかり吐き終えるまで待った。「このことであやまるつもりはない。結果としてあなたがどのような選択をしようとそれを受け入れるつもりだ。これだけは知っておいてほしい。あなたは肉体的には傷ついていない。あざすらできていないだろう。われわれが気をつかったからだ。あのあいだずっと、あなたはわれわれに情けをかけられていた。あなたを狙うやつらはそのような配慮はしない。手加減などしない。思いとどまることもない。あなたのことなどなにも考えない。哀れみをかけることもない。ただあなたを殺そうとする。そして成功するだろう。われわれのことばだけでは信じられないのはわかっていた。証拠を見せなければならなかった」

あたしは立ちあがり、なんとか体をまっすぐに起こして、ふたりのオービン族からよろよろとせいいっぱいあとずさった。「だいきらい。あんたたちなんかだいきらい。二度とあたしに近づかないで」あたしはクロアタンへ引き返しはじめた。両脚がいうことをきくようになるとすぐに、走りだした。

「やあ」グレッチェンが情報センターにはいってきて、内側のドアを密閉した。「ベネットさんからあんたがここにいるって聞いて」

「うん」あたしはいった。「きょうはもうすこしプリンタ番をさせてと頼んだの」

「音楽から離れられなくなった？」グレッチェンは軽口を叩こうとした。

あたしは首を横にふり、そのとき見ていたものをしめした。

「これは機密ファイルだよ、ゾーイ。CDFの情報報告書だもの。だれかに見つかったら面倒なことになる。ベネットさんは二度とあなたをここへ入れてくれなくなるし」

「べつにいいよ」あたしの声がかすれていたので、グレッチェンは不審そうな目であたしを見た。「どれくらいひどい状況なのか知りたかったの。あたしたちから、あたしから、だれがなにを手に入れようとしているのか。見て」PDAを取りあげて、ガウ将軍に関するファイルを呼びだした。コンクラーベのリーダーで、例のビデオでコロニーの破壊を命じたやつだ。「ガウ将軍はあたしたちを見つけしだい殺すつもりでいるのに、あたしたちは彼についてほとんどなにも知らない。どんな理由があればこんなことができるの？　罪のない人びとを殺せるの？　どんな人生を送ったら惑星をまるごと一掃するのがいい考えだと思える立場になれるの？　あたしたちも知るべきだと思わない？　でも知らない。ここにあるのは彼の軍隊における統計的記録だけ」PDAを無造作にテーブルにほうりだし、グレッチェンをぎょっとさせる。「この将軍がなぜあたしを殺したがっているのかを知りたいの。なぜあたしたちみんなを殺したがっているのかを。あなたはどう？」あたしはひたいに手を当てて作業台にくたっと寄りかかった。

「わかった」グレッチェンがしばらくしていった。「あんたはきょうなにがあったかをわたしに話すべきだと思う。だって、きょうの午後に別れたときとは別人みたいだもの」

あたしはちらりとグレッチェンを見て、笑いをおしころし、それからわっと泣きだした。グレッチェンが近づいてきてあたしを抱きしめ、だいぶたってから、あたしはなにもかも彼女に話した。なにもかも。

あたしがすっかりぶちまけると、グレッチェンはじっと黙りこんだ。

「どう思うか、いって」あたしはいった。

「いったら、あんたはわたしをきらいになる」

「バカいわないで。あなたをきらいになるわけがないよ」

「わたしはふたりが正しいと思う。ヒッコリーとディッコリーが」

「あなたなんかきらい」

グレッチェンはそっとあたしをこづいた。「やめて。ふたりがあんたを襲ったのが正しいといってるんじゃない。それはやりすぎ。ただ、悪くとらないでほしいけど、あんたはふつうの女の子じゃないでしょ」

「そんなことない。あたしがほかのみんなとなにかちがうことをした？　これまでにいちどでも？　なにか特別な人らしくふるまってる？　あたしがこういうことを人に話すのを聞いたことがある？」

「みんなはどっちみち知ってるよ」

「そうね。でも、それはあたしのせいじゃない。あたしはふつうでいようとしてる」

「わかった、あんたは完璧にふつうの女の子」

「ありがとう」

「六度も暗殺されかけた完璧にふつうの女の子」

「でも、それはあたしじゃない」あたしは自分の胸をつついた。「それはあたしに関する情報。だれかべつの人の頭にある情報。あたしにとっては問題じゃない」

「死んじゃったら問題でしょ」グレッチェンはそういって、あたしが返事をするまえに手をあげた。「あんたの両親にとっても問題。わたしにとっても問題。エンゾにとっても大問題のはず。それと、数十億のエイリアンにとってもたいへんな問題になりそうね。考えてもみてよ。だれかがあんたを追いかけてきて、惑星を爆撃までするのよ」

「そんなこと考えたくない」

「わかってる。でも、あんたにはもう選択の余地はないと思う。あんたがなにをしようと、あんたが望もうと望むまいと、あんたがそういう人だということは変わらない。あんたにはどうしようもないことなんだから。折り合いをつけるしかない」

「すごく励みになるメッセージをありがとう」

「手助けをしようとしてるんだよ」

ため息。「わかってるよ、グレッチェン。ごめん。八つ当たりして。あたしはただ、自分の人生を他人に左右されるのにうんざりしてるだけ」

「そんなことでどうしてあんたがほかのみんなとちがったりするわけ？」

「ほんとだね。あたしは完璧にふつうの女の子だ。やっと気づかせてくれてありがとう」

「完璧にふつうよ」グレッチェンはうなずいた。「オービン族の女王だというだけで」

「あなたなんかきらい」

グレッチェンはにやりと笑った。


「ミス・トルヒーヨからあなたがわれわれに会いたがっているといわれた」ヒッコリーがいった。ディッコリーと、ふたりのオービン族を連れてきてくれたグレッチェンが、そのとなりに立っていた。あたしたちがいるのは、数日まえにあたしのボディガードたちがあたしを襲った丘の上だった。

「話をはじめるまえに、あたしがいまでもあなたたちにものすごく腹を立てていることは知っておいて」あたしはいった。「あなたたちがあたしを襲ったことをいつか許せるかどうかはわからない——たとえ、あなたたちがそうした理由や、なぜそうしなければいけないと思ったかを理解したとしても。そのことをちゃんと知ってほしい。そのことをちゃんと感じてほしい」あたしはヒッコリーの意識の首輪を指さした。

「感じている」ヒッコリーの声はふるえていた。「充分に感じているから、われわれは意識をふたたび起動させられるかどうか議論した。あのときの記憶はほとんど耐えがたいほどつらい」

あたしはうなずいた。ざまあみろといいたかったけど、そんなのまちがってるし、口にしたら後悔するはず。でも、思いもしないというわけじゃなかった。とにかく、いまのところは。

「あなたたちに謝罪をもとめるつもりはないの。謝罪するつもりがないのはわかってるから。でも、二度とあんなことはしないと約束してほしい」

「約束しよう」

「ありがとう」このふたりがまたあんなことをするとは思えなかった。ああいうことに効果があるのはいちどだけ。でも、問題はそこじゃない。このふたりをもういちど信じられるという実感がほしかった。まだそこまではむりだった。

「訓練を受けるのか？」ヒッコリーがたずねた。

「うん。でも、条件がふたつある」ヒッコリーはじっと待っていた。「ひとつは、グレッチェンがいっしょに訓練を受けること」

「われわれはあなた以外の者を訓練するつもりはなかった」

「そんなの知ったことじゃないわ。グレッチェンはあたしの親友なの。身を守る方法を学ぶなら彼女にもそれを教えたい。それに、気づいているかどうか知らないけど、あなたたちは人間とはぜんぜん格好がちがう。あなたたちだけじゃなくてほかの人間と練習するのは役に立つと思う。これについては交渉の余地はないの。グレッチェンを訓練しないというのなら、あたしも訓練は受けない。これがあたしの選択。これがあたしの条件」

ヒッコリーはグレッチェンに顔をむけた。「訓練を受けるのか？」

「ゾーイが受けるならね」とグレッチェン。「なにしろ、彼女はわたしの親友だから」

ヒッコリーはあたしに目をむけた。「ミス・トルヒーヨにはあなたのようなユーモアのセンスがある」

「ぜんぜん気づかなかった」とあたし。

ヒッコリーはグレッチェンに顔をもどした。「とても厳しい訓練になる」

「わかってる」とグレッチェン。「とにかく、わたしも勘定に入れて」

「もうひとつの条件とは？」ヒッコリーがあたしにたずねた。

「あたしはあなたたちのためにするの。この戦う訓練を。自分ではしたくない。必要だとも思わない。でも、あなたたちは必要だと思ってるし、いままであなたたちがあたしにさせようとしたことはみんな重要なことだった。だからやる。でも、あなたたちにもしてほしいことがある。あたしが望むことを」

「あなたの望むこととは?」

「あなたたちに歌い方を学んでほしいの」あたしはグレッチェンを指さした。「あなたたちはあたしたちに戦い方を教え、あたしたちはあなたたちに歌い方を教える。フーテナニーのために」

「歌う」

「そう、歌うの。人びとはいまでもあなたたちをこわがっている。気を悪くしないでほしいけど、あなたたちはすごく個性ゆたかというわけじゃない。でも、あたしたち四人がフーテナニーで一曲か二曲歌を披露したら、みんなはいまよりずっとあなたたちに親しみやすくなるかもしれない」

「われわれは歌ったことがないのだ」

「でも、物語だって書いたことはなかったでしょ。それでも書いたじゃない。あれと同じようなもの。ただ歌に変わるだけ。そうすれば、グレッチェンとあたしがあなたたちふたりと姿を消しても、なにをしているのかと思われずにすむし。やろうよ、ヒッコリー、きっと楽しいから」

ヒッコリーは疑いをあらわにし、あたしはへんなことを思いついた。ヒッコリーは照れ屋なのかもしれない。思わず笑ってしまいそう。人に十六とおりの殺し方を教えようとしているやつが人前で歌うのをこわがるなんて。

「わたしは歌いたい」ディッコリーがいった。あたしたちはびっくりしてディッコリーを見た。

「しゃべった！」とグレッチェン。

ヒッコリーが自分たちの言語でディッコリーにカチカチとなにかいった。ディッコリーがカチカチとこたえた。ヒッコリーがまたなにかいうと、ディッコリーがすこし強い口調でこたえた。すると、嘘みたいな話だけど、ヒッコリーがため息をついた。

「われわれは歌う」ヒッコリーはいった。

「やったね」

「訓練はあしたからはじめよう」

「わかった。でも、歌の練習はきょうからはじめるよ。いますぐ」

「いますぐ？」

「もちろん。全員そろってるんだから。グレッチェンとふたりで、あなたたちにぴったりの歌を用意してあるの」

15

それからの数ヵ月はとても疲れた。

早朝——体力づくり。

「あなたたちは軟弱だ」ヒッコリーが初日にあたしとグレッチェンにいった。

「とんでもない嘘ね」あたしはいった。

「いいだろう」ヒッコリーは、少なくとも一キロメートルは離れた木々のならぶ森を指さした。「できるだけ速くあの森まで走ってほしい。それから走ってもどる。途中で止まらないように」

あたしたちは走った。帰り着いたときには、肺が気管をむりやりよじのぼって、自分たちを虐待した相手をこらしめようとしているみたいだった。グレッチェンもあたしも草地に倒れこんでぜいぜいとあえいだ。

「あなたたちは軟弱だ」ヒッコリーがまたいった。あたしが反論しなかったのは、そのときまったく口がきけなかったせいだけじゃなかった。「きょうはここまでだ。あしたから本格的に体力づくりをはじめる。ゆっくりと進めていこう」

ヒッコリーとディッコリーは立ち去り、残されたグレッチェンとあたしは、なんとか酸素を体内へ取りこめるようになると、彼らを抹殺する方法をあれこれ想像した。

午前中——学校。農場でせっせと働いていないこどもや若者たちはみんな登校する。本や備品はかぎられているので、何人かでいっしょに使うしかなかった。あたしはグレッチェンとエンゾとマグディと教科書を共有した。これはみんながおたがいと話をしているときにはうまくいったけど、そうでないときはだめだった。

「ふたりとも集中してくれないか？」マグディがあたしたちのまえで両手をふりながらいった。みんなで微積分の問題を解いているところだった。

「やめて」グレッチェンはテーブルにつっぷしていた。その日の朝のトレーニングはきつかった。「ああ、コーヒーが飲みたい」顔をあげてあたしを見る。

「日が暮れるまでにこいつを解けたら御の字だな」とマグディ。

「どうだっていいじゃない」とグレッチェン。「わたしたちはひとりも大学に行くことはなさそうなんだから」

「それでもやらないと」エンゾがいう。

「じゃあ、ふたりでやってよ」グレッチェンは身を乗りだして教科書を少年たちのほうへ押しやった。「これを学ばなくちゃいけないのはわたしやゾーイじゃない。わたしたちはもう知ってるのよ。あんたたちふたりは、いつもわたしたちが解くのを待って、それからなにもかも知っているような顔でうなずくんだから」

「それはちがうな」とマグディ。

「へえ？　そう」とグレッチェン。「証明してよ。わたしを感心させて」

「だれかさんの朝の特訓のせいですこし機嫌が悪いみたいだな」マグディはあざけるようにいった。

「それはどういう意味？」あたしはいった。

「つまりさ、ふたりでなんかはじめてからというもの、おまえたちは授業ではすっかり役立たずになってる。不機嫌グレッチェンがなんかほのめかしてたけど、最近はおれたちふたりがおまえたちふたりを助けてるじゃないか」

「あんたたちが数学でわたしたちを助けてる？」とグレッチェン。「そうは思えない」

「それ以外のぜんぶだよ、かわいこちゃん。先週エンゾがまとめた初期のコロニー連合に関するレポートを忘れたわけじゃないだろ」

「それは〝おれたち〟じゃなくてエンゾでしょ。どうもありがと、エンゾ。これでいいかしら、マグディ？　よかった。じゃあみんな黙ってて」グレッチェンはふたたびテーブルにつっぷした。エンゾとマグディは顔を見合わせた。

「ほら、教科書をよこして」あたしは手をのばした。「あたしがこの問題をやるから」エンゾが教科書をあたしのほうへすべらせた。彼は目を合わせようとはしなかった。

午後——訓練。

「それで、調子はどうなんだ？」ある日の夕方、訓練を終えてよろよろと帰宅するあたしを見つけて、エンゾが声をかけてきた。

「つまり、もう殺せるかっていうこと？」あたしはいった。

「いや、ちがうよ。でも、いわれてみると気になるな。できるの？」

「それは、なにを使ってあなたを殺すかによるね」おちつかない沈黙がつづいた。「いまのはジョークよ」

「ほんとに？」

「きょうは殺し方にとりかかることさえできなかった」あたしは話題を変えた。「いかにすばやく動くかをずっと教わっていた。わかるでしょ。つかまらないために」

「あるいは、なにかに忍び寄るために」

ため息。「ええ、そうよ。なにかに忍び寄るために。なにかを殺すために。だってあたしは殺すのが好きだから。殺して殺して殺しまくる、それがあたし。ナイフ使いのちびっこゾーイ」あたしは足どりを速めた。

エンゾは追いついてきた。「ごめん。ぼくが悪かった」

「ほんとよ」

「ただ、噂の種になってるからさ。きみとグレッチェンがやっていることが」

あたしは立ち止まった。「どんな噂?」

「だって、考えてみなよ。きみとグレッチェンは午後になるとこの世の終わりにそなえて準備をしてる。みんながどんな話をすると思う?」

「そういうのじゃないから」

「わかってるよ」エンゾは手をのばしてあたしの腕にふれた。そういえば、最近はふれあいが少なくなっている。「ぼくだってみんなにそういった。でも、噂を止めることはできない。しかも、きみとグレッチェンだから」

「それが?」

「きみはコロニーのリーダーたちの娘だし、グレッチェンはコロニー評議会で次期リーダーと目《もく》されている男の娘だ。どうしたってきみたちが特別な待遇を受けているように見える。きみだけなら、みんなも納得するんだ。みんな知ってるからね、きみとオービン族との異常なつながりを――」

「異常じゃないよ」

エンゾは無表情にあたしを見つめた。

「まあ、そうかも」

「みんなはきみとオービン族とのつながりを知ってるから、きみだけのことだったら深くは考えない。でもきみたちふたりとなると、みんな不安になるんだよ。ぼくたちの知らないなにかをきみたちが知っているんじゃないかって」

「そんなのバカげてる。グレッチェンはあたしの親友。だからおねがいしたの。ほかのだれかに頼むべきだったとでも？」

「そうすることもできた」

「たとえばだれ？」

「ぼくとか。ほら、きみのボーイフレンドだろ」

「なるほどね。そうすれば噂にならなくてすむと」

「噂にはなるかもしれないし、ならないかもしれない。でも、少なくとも、ぼくはきみとたまには会うことができる」

これにはいい返事を思いつかなかった。だからエンゾにキスした。

「いいかい、きみにいやな思いやうしろめたい思いをさせたいわけじゃない」エンゾはキスのあとでつづけた。「ただ、きみともっと会いたいんだ」

「その発言はいろいろな解釈ができるんだけど」

「純真な解釈からはじめよう。でも、きみが望むなら先へ進んでもいい」

「とにかく、あなたはあたしと毎日会う」会話をすこし巻きもどす。「そして、フーテナニーではかならずいっしょにすごす」

「勉強をいっしょにやるのは、〝いっしょにすごす〟にはかぞえないよ。それと、きみがヒッコリーを仕込んでシタールのソロをまねさせるのを見るのは楽しいけど――」

「それはディッコリーよ。ヒッコリーはドラムの音を担当するの」

エンゾは指をあたしの唇にそっと当てた。「あれはすごく楽しいけど、ぼくはきみとふたりだけですごせるほうがいい」エンゾのキスは、かなり効果的な区切りになった。

「これからどう?」あたしはキスのあとでいった。

「むりなんだ。両親が友だちのところで夕食をとるから、家に帰ってマリアとカサリーナの面倒をみなくちゃいけなくて」

「うわー。キスして、いっしょにすごしたいとかいっておきながら、あたしをほうりだすなんて。最高の仕打ちね」

「でも、あしたの午後はあいてるよ。そのときならいいかも。きみが刺殺の練習をすませたあとで」

「もう刺殺はすませたの。いまは絞殺の練習中」

沈黙。

「ジョークよ」

「ほんとにそうなのかな」

「かわいいね」あたしはもういちどキスした。「またあした」

翌日の訓練は長かった。あたしは夕食を抜いてエンゾの両親の家へむかった。おかあさんの話によれば、エンゾはずっと待っていたけど、結局はマグディのところへ出かけたとのことだった。翌日、あたしたちは学校であまり話をしなかった。

夜——調べもの。

「ジェリー・ベネットと取り決めをしたので、あなたたちは週に二度、夜だけ情報センターを使えることになった」ヒッコリーがいった。

あたしは急にジェリー・ベネットが気の毒になった。聞くところによると、彼はヒッコリーとディッコリーをかなりこわがっているので、彼らがそばに来ないでくれるならどんな頼み事でもきいてしまうのだろう。つぎのフーテナニーにはベネットも招待してあげないと。オービン族をこわがる気持ちをやわらげるには、そいつが聴衆のまえで首をひょこひょこゆらしてタブラドラムみたいな音を出すのを見るのがいちばん。

ヒッコリーが話をつづけた。「そこにいるあいだ、あなたたちには、ほかの知的種族に関するコロニー連合のファイルを調べてもらう」

「なぜわたしたちにほかの種族のことを調べさせたいの？」グレッチェンがたずねた。

「彼らと戦う方法を知るためだ」とヒッコリー。「そして、彼らを殺す方法を」

「コンクラーベには何百という種族が加盟している」あたしはいった。「そのひとつひとつを調べるの？　週にふた晩じゃ足りないと思うけど」

「コンクラーベに加盟していない種族に絞るつもりだ」

グレッチェンとあたしは顔を見合わせた。「でも、わたしたちを殺そうとしているのはそういう種族じゃないのに」グレッチェンがいった。

「あなたを殺そうとしている種族は多い」とヒッコリー。「一部の種族はとりわけ意欲満々だ。たとえばララエィ族だ。彼らは最近エネーシャ族との戦争にやぶれた。エネーシャ族は敵のコロニーのほとんどを支配してから、みずからもオービン族によって打ち負かされた。もはやララエィ族は、既存の種族あるいはコロニーにとって直接の脅威とはならない。だが、もしもあなたがここにいることを知ったら、彼らがなにをするかは考えるまでもない」

あたしはぞっとした。グレッチェンがそれに気づいた。「だいじょうぶ?」

「へいきよ」あたしは必要以上に早口でいった。「まえにララエィ族と会ったことがあるから」グレッチェンはふしぎそうにあたしを見たけど、それ以上なにもいわなかった。

「こちらでリストを用意した」ヒッコリーがいった。「ジェリー・ベネットは、あなたがアクセスできる各種族のファイルをすでに準備している。特に各種族の生理機能に注意してほしい。それはわれわれの目的にとって重要になる」

「彼らと戦う方法を知るのに」

「そのとおり。そして、彼らを殺す方法を知るのに」

こうした調べものを三週間つづけたあと、あたしはリストに載っていないある種族の情報を呼びだしてみた。

「うわ、見た目はおっかないね」グレッチェンが、あたしがしばらく資料を読んでいるのに気づいて、肩越しにのぞきこんできた。

「コンスー族。おっかない連中。以上」あたしはPDAをグレッチェンに渡した。「知られているかぎりもっとも進歩している種族だよ。彼らと比べたら、人間なんか石を打ち合わせているレベル。いまのオービン族をつくりあげたのもコンスー族だし」

「遺伝子操作で？」グレッチェンがたずね、あたしはうなずいた。「じゃあ、こんどやるときは人格を組みこめるかもしれないね。なんでコンスー族のことを調べてるの？」

「ただの好奇心。まえにヒッコリーとディッコリーから話を聞いたことがあるの。オービン族にとっては上位者にもっとも近い存在らしい」

「オービン族の神さまなんだ」

あたしは肩をすくめた。「むしろアリの飼育箱を手にしたこどもって感じかな。アリの飼育箱と虫眼鏡」

「すごそう」グレッチェンはPDAをあたしに返した。「絶対に会いたくないな。彼らがこっちの側にいないかぎり」

「コンスー族はどっちの側にもつかないよ。上にいるから」

「上だってどこかにはちがいないでしょ」

「とにかくこっちじゃないよ」あたしはもともと調べていたファイルをPDAに表示させた。

深夜——そのほかすべて。

「へえ、おどろきね」あたしはエンゾにいった。情報センターでまたもやスリル満点の夕べをすごして家に帰ったら、彼が玄関の階段にすわりこんでいたのだ。「最近はあなたとあまり会ってなかったのに」

「最近のきみはだれともあまり会わないじゃないか」エンゾは立ちあがってあたしを迎えた。「グレッチェンばっかりで。しかも、学習グループが壊れてから、きみはずっとぼくを避けていた」

「避けてなんかいない」

「わざわざ手間をかけてぼくをさがそうとはしなかった」

まあ、それはいえてる。

「あなたを責めるつもりはないよ」あたしは話題をすこし変えた。「マグディがキレたのはあなたのせいじゃないから」

数週間におよぶ悪口の応酬をへて、マグディとグレッチェンの関係はついに有毒レベルまで達した。ふたりで授業中に怒鳴り合いをくりひろげたあげく、マグディがいってはいけないことを口にして教室からどすどすと出ていき、エンゾがそのあとを追った。あたしたちのささやかなグループは終わりを告げた。

「ああ、なにもかもマグディが悪かったんだよ」とエンゾ。「あいつがキレるまでグレッチェンがえんえんとからかいつづけたことはなんの関係もない」

この会話は早くも進んでほしくないふたつの場所へむかおうとしていた。それはいやだったので、あたしの脳の冷静な部分は聞き流して話題を変えろと指示していた。でも、脳にはあまり冷静じゃない部分もあって、そっちが急にいらいらしはじめた。「あなたがうちの玄関でうろうろしてるのは、あたしの親友をけなすためなの？　それとも、ほかになにか立ち寄った理由でもあるの？」

エンゾは口をあけてなにかいおうとしてから、首を横にふった。「なんでもない」それだけいって、彼は歩きはじめた。

あたしはその行く手をさえぎった。「だめよ。ここへ来たのには理由があるはず。ちゃんと話して」

「もう会うのはやめにしないか？」

「それを頼みに来たの？」

「ちがう。そんなことをいいに来たんじゃない。だけど、いまはそう思ってる。マグディとグレッチェンがケンカしてから二週間たつんだよ、ゾーイ。あれはふたりだけの問題なのに、ぼくはあれ以来きみとほとんど顔を合わせることがなかった。ほんとうに避けていないというのなら、きみはすごく巧みにそう見せかけていることになる」

「あれがグレッチェンとマグディだけの問題なら、エンゾが出ていったとき、どうしてあなたもついていったの？」

「マグディはぼくの友だちだ。だれかがなだめなくちゃいけなかった。あいつがどんなふうになるか知ってるだろ？　ぼくはマグディの放熱板なんだから。どうしてそんなことをきくんだ？」

「あれはマグディとグレッチェンだけの問題じゃないといってるの。あたしたちみんなの問題。あなたとあたしとグレッチェンとマグディの。あなたが最後にマグディ抜きでなにかをしたのはいつ？」

「きみとふたりですごしているときにマグディがいたという記憶はないけど」

「いってることはわかるでしょ。あなたはいつもマグディを追いかけて、彼がだれかに殴られたり、首の骨を折ったり、そういうバカなことをするのを止めている」

「ぼくはマグディの子犬じゃない」そういったとき、エンゾはすこしだけ本気で怒っていた。いままでになかったことだ。

　あたしは無視した。「あなたはマグディの友だちで、いちばんの親友。グレッチェンはあたしのいちばんの親友。そのふたりの親友が、おたがいの顔を見ることさえがまんできなくなっている。それがあたしたちにも影響しているのよ。ききたいんだけど、いまあなたはグレッチェンのことをどう思ってる？　あまり好きになれないんじゃない？」

「いい関係だったときもあったけどね」

「そう。なぜかといえば、グレッチェンとあなたの親友がケンカしているから。あたしもマグディについて同じように感じている。マグディがあたしについて同じように感じているのはまちがいない。そして、グレッチェンはあなたに特に親しみをおぼえているわけじゃない。あたしはあなたといっしょにすごしたいけど、ほとんどのとき、あたしたちはセット販売になってる。どちらにもそれぞれの親友がくっついてる。あたしはいまはごたごたするのがいやなの」

「気にしないほうが楽だからな」

「疲れてるからよ、エンゾ」あたしは吐き捨てるようにいった。「わかる？　あたしは疲れてるの。毎朝目をさまして、ベッドから出たらすぐに、ランニングをしたり体力強化をしたりでへとへとになってしまう。あなたたちが目をさましてもいないうちから疲れてるのよ。それから学校へ行く。午後はずっと、体をさんざん痛めつけられながら身を守る方法を学ぶ――どこかのエイリアンがやってきて、あたしたちみんなを殺そうとした場合にそなえて。夜は、宇宙にいる種族ひとつひとつについて資料を読みあさる。おもしろいからじゃなくて、万が一そのひとりを殺さなくちゃいけなくなったときに、弱点を知っていられるようにするため。ほかのことを考える時間はほとんどないのよ、エンゾ。あたしは疲れてるの。

あたしがこの状況を楽しんでると思う？　あなたと会えないのが楽しいと思う？　傷つけたり殺したりする方法を学ぶために自分の時間をぜんぶとられてしまうのよ？　宇宙全体が手ぐすね引いてあたしたちを殺そうとしているという事実を毎日のように思い知らされるのが楽しいと思う？　最後にあなたがそんなことを考えたのはいつ？　最後にマグディがそんなことを考えたのはいつ？　あたしは毎日考えているのよ、エンゾ。自分の時間をぜんぶそれについやしてる。だから、ごたごたを気にしないほうが楽だなんていわないで。あなたにはわからないのよ。ごめんなさい。でもあなたにはわからない」

エンゾはしばらくあたしを見つめてから、手をのばしてあたしの頬をぬぐった。「ぼくに話すことはできたんだよ」

あたしは小さく笑い声をあげた。「時間がなかった」エンゾも笑みを浮かべた。「どっちみち、あなたに心配をかけたくなかったし」

「それにはちょっと手遅れだな」

「ごめんなさい」

「もういいよ」

「きっと忘れない」あたしは自分で顔をぬぐった。「あなたといっしょにすごした時間のこと。たとえそれがマグディとすごした時間を意味するとしても。あなたとちゃんと話をする時間を持てたこと。あなたがドッジボールで負けるのをながめたこと。あなたが詩を送ってくれたこと。なにもかも忘れない。最近はふたりとも相手に対して腹を立てていたのに、それを修復しようとしなくてごめんなさい。ごめんなさい、エンゾ、あなたのこと忘れない」

「ありがとう」

「どういたしまして」

あたしたちはしばらくその場にたたずみ、おたがいを見つめた。

「あなたはあたしと別れるためにここへ来たのね」あたしはようやく口をひらいた。

「ああ」エンゾがこたえた。「そうなんだ。ごめん」

「気にしないで。あたしはすごくいいガールフレンドじゃなかった」

「いや、そうだったよ。きみに時間があったときは」

あたしはまたふるえるような笑い声をたてた。「まあ、それが問題だったわけね」

「ああ」エンゾは、そういわなければならないのが残念でならないようだった。

こうして初恋は終わりを告げ、あたしはベッドにもぐりこんだ。眠れなかった。

太陽がのぼると、あたしはベッドから起きあがり、トレーニングエリアへ出かけて、また最初からやりはじめた。体力づくり。学校。訓練。調べもの。

とても疲れた。

だいたいこんなふうな日々が何カ月もつづくうちに、あたしたちがロアノークへやってきてまる一年がたとうとしていた。

それからいろいろなことが起こりはじめた。急激に。

16

「われわれはジョセフ・ローンをさがしています」ジェーンが、ジョセフの家のそばにある森の入口で、集まった捜索隊の面々にむかっていった。パパはサヴィトリといっしょにそのとなりに立っていたけど、仕切りはジェーンにまかせていた。「彼が行方不明になって二日。同居人のテレーズ・アーリエンの話によれば、デッパラがこの地域へもどってきたことに興奮して、群れの近くに寄ってみるつもりだと語っていたようです。われわれは彼が実際に群れを追い、そのあとで迷子になったか、動物たちによって怪我をさせられたという前提で動いています」

ジェーンは身ぶりで木立をしめした。「四人ずつのグループに分かれてこの一帯の捜索にあたります。グループにいる全員が、同じグループの両側にいるメンバーと音声により連絡を取り合います。右端と左端にいる人は、やはりとなりのグループで端にいる人と音声で連絡を取り合います。数分ごとに声をかけてください。ゆっくりと、慎重に進みます。けっして新たな行方不明者を出さないように。わかりますか？　グループのほかのメンバーの声が聞こえなくなったら、その場で止まって、連絡がつくかどうか確認します。となりの人が呼びかけにこたえなくなったら、立ち止まって連絡のつく相手に警告を発します。くりかえしますが、けっして新たな行方不明者を出さないように——特に、いまはジョセフを見つけようとしているのですから。さて、これでわれわれがだれをさがそうとしているかわかりましたね？」

みんなが頭をうなずかせた。ローンの捜索に参加した百五十名ほどの人びとは彼の友人たちだった。あたしはローンの容姿についてはは漠然としたイメージしかなかったけど、だれかが手をふりながら走ってきて、「助かった、よく見つけてくれたな」といったら、ほぼまちがいなくそれがローンだろう。それに、捜索隊に参加すれば学校を休める。その誘惑は耐えがたい。

「いいでしょう。では」ママがいった。「チーム分けをおこないます」人びとが四人ずつのグループに分かれはじめた。あたしはグレッチェンに顔をむけて、彼女とあたしはヒッコリーとディッコリーとでチームをつくるんだろうなと思った。

「ゾーイ」ママがいった。「あなたはあたしといっしょに来なさい。ヒッコリーとディッコリーを連れて」

「グレッチェンもいっしょじゃだめ？」あたしはいった。

「だめよ。人数が多すぎる。ごめんなさい、グレッチェン」

「だいじょうぶ」グレッチェンはママにそういってから、あたしに顔をむけた。「わたし抜きでなんとか生きのびてね」

「やめて」あたしはいった。「あたしたちは付き合ってるわけじゃないんだから」

グレッチェンはにやりと笑い、ぶらぶらとべつのグループに近づいていった。

数分後、三十五人ぐらいの四人ずつのグループが、五百メートルほどの幅がある森に沿ってずらりとならんだ。ジェーンの合図で、全員が森へ踏みこんでいった。

そのあとは退屈だった。三時間かけて森のなかをゆっくりと歩きながら、ジョセフ・ローンがさまよいこんだ痕跡をさがし、数分ごとにおたがいに呼びかけた。あたしはなにも見つけられず、左どなりにいるママもなにも見つけられず、右どなりにいるヒッコリーもなにも見つけられず、そのまた右にいるディッコリーもなにも見つけられなかった。あまり軽薄なことをいうつもりはないけど、これよりはもうちょっとおもしろいかと思っていた。

「もうじき休憩をとる?」あたしは左のほうへ動いて、視界にはいってきたジェーンにたずねた。

「疲れたの? あなたはずいぶんトレーニングをしているから、森のなかを歩くくらい楽勝かと思った」

あたしはちょっと口をつぐんだ。ヒッコリーとディッコリーとのトレーニングについては、べつに秘密にはしていなかった――あれだけの時間をついやしていたら、隠すのはむずかしい――とはいえ、ママとよく話題にしたことでもなかった。「スタミナの問題じゃない。退屈が問題なの。森の地面に三時間も目を光らせているのよ。いいかげんぐったりしてきた」

ジェーンはうなずいた。「もうじき休憩をとるつもり。あと一時間たってもこのあたりでなにも見つからなかったら、ジョセフの家とは反対側でみんなをもういちど集めて、そっちからさがしてみる」

「ママはあたしがヒッコリーとディッコリーとなにをしてるか気にならないの？　そのことはあんまり話してないのに。ママにも、パパにも」

「最初の数週間は心配だった。あのころのあなたは、あざだらけで帰ってきて、ただいまのあいさつもそこそこに眠りこんでいた」ジェーンはしゃべりながら歩き、あたりに目をくばっていた。「そのせいであなたとエンゾの友情が壊れたのは残念だった。でも、あなたくらいの年齢になれば、自分の時間になにをするかは自分で決められるはず。だから、あたしたちはそれについてどうこういうつもりはないわ」

あたしは〝完全に自分ひとりできめたわけじゃないよ〟といいそうになったけど、ジェーンはしゃべりつづけた。「それに、あたしたちはあれが賢明なことだと思っている。いつかはわからないけど、あたしたちはいずれ発見されるはず。あたしは自分の身を守れるし、ジョンも自分の身は守れる。あたしたちは兵士だったから。あなたが身を守る方法を学んでいるのを見るのはうれしいの。いよいよというときに、それがちがいをもたらすかもしれないから」

あたしは立ち止まった。「なんか、気がめいる話だね」

ジェーンも足を止め、あたしのところへ引き返してきた。「そんなつもりでいったわけじゃないんだけど」

「最後にはあたしがひとりきりになるかもしれないということでしょ。みんながそれぞれに身を守らなくちゃいけないというのは。考えると楽しくないよ」

「そんなつもりでいったわけじゃないの」ジェーンは手をのばして、数年まえにあたしにくれた翡翠の象のペンダントにふれた。「ジョンもあたしも絶対にあなたから離れたりしないわ、ゾーイ。絶対にあなたを見捨てたりはしない。それだけはわかって。それはあたしたちがあなたにした約束。いまいってるのは、あたしたちにはおたがいが必要だということ。自分の身を守るすべを知っていれば、おたがいをもっと助けられる。あなただってあたしたちを助けられる。考えてみて、ゾーイ。あなたになにができるかで、すべてが決まるかもしれないのよ。あたしたちのことも。コロニーのことも。あたしがいってるのはそういうこと」

「そんなことになるとは思えないけどなあ」

「まあ、それは同感ね。少なくとも、そんなことにはなってほしくない」

「ありがと」あたしは顔をしかめていった。

「意味はわかるでしょ」

「わかるよ。ママのいいかたが率直すぎておかしかっただけ」

左側のほうからかすかに悲鳴が聞こえてきた。ジェーンはさっとそちらへ体をむけてから、あたしに顔をもどした。その表情を見れば、母と娘の絆を強めるひとときが唐突に終わりを告げたことはいやでもわかった。「ここにいて。みんなに止まれと伝言を送りなさい。ヒッコリー、いっしょに来て」ふたりは悲鳴の聞こえた方向へ、ほとんどありえないスピードで音もなく走り去った。あたしは急に思い知らされた――たしかに、あたしのママは歴戦の勇士だ。頭ではわかっていた。いまはじめて、あたしはそれを実感する機会を得たのだ。

数分後、ヒッコリーがもどってきて、オービン族の言語でディッコリーになにやらカチカチと声をかけてから、あたしに顔をむけた。

「セーガン中尉が、あなたはディッコリーといっしょにコロニーへもどれといっている」

「どうして？　ジョセフを見つけたの？」

「見つけた」

「ぶじだったの？」

「死んでいた。セーガン中尉は、森に長くとどまっていたら捜索隊が危険にさらされる可能性があると心配している」

「なぜ？　デッパラがいるから？　ジョセフは踏みつぶされたかどうかしたの？」

ヒッコリーはあたしをまっすぐ見つめた。「ゾーイ、あなたは前回森にはいったときに追いかけてきた連中のことをおぼえているはずだ」

あたしはひどい寒けをおぼえた。「うん」

「正体がなんであれ、彼らは移動するデッパラの群れを追っている。今回ここへもどってきた群れも追っていた。そして、森のなかでジョセフ・ローンを見つけたようだ」

「なんてこと。ジェーンに教えないと」

「セーガン中尉はすでに見当をつけている。わたしはこれからペリー少佐のところへ行くから、彼もすぐに知ることになる。すでに対処は進んでいるのだ。中尉はあなたがクロアタンへもどることを望んでいる。わたしもそうだ。ディッコリーがあなたに付き添う。すぐに出発するのだ。それと、この件については、あなたの両親がおおやけにするまでは黙っているほうがいい」ヒッコリーはひょいひょいと遠ざかっていった。あたしはそれを見送ってから、大急ぎで家へ引き返しはじめた。ディッコリーがあたしに歩調を合わせ、あたしたちふたりは音もなく森のなかを進んだ——何度も何度も練習したように。

ジョセフ・ローンの死はすぐにコロニー全体に伝わった。彼がどんなふうに死んだかという点に関する噂はもっと速くひろまった。グレッチェンとあたしはクロアタン公民館のまえですわりこみ、つぎつぎとやってくる噂好きの人たちがそれぞれの解釈を披露するのを見守った。

ジュン・リーとエヴァン・ブラックが最初だった。ふたりともローンの死体を発見したグループに加わっていた。彼らはスポットライトをあびる瞬間を楽しみながら、自分たちがどうやってローンを見つけたか、ローンがどんなふうに襲われていたか、正体不明の襲撃者がどんなふうにローンを食べていたかを、聞く気のある相手みんなに話してまわっていた。一部の人びとは、土地に住む捕食動物であるヨーテの群れがジョセフ・ローンを追いつめて引きずり倒したんじゃないかと考えていたけど、ジュンとエヴァンはそれを一笑に付した。ヨーテならだれでも見たことがある。小さな犬くらいの大きさで、植民者の姿を見るとかならず逃げていくのだ（植民者たちは家畜を襲うヨーテたちを撃ったことがあるので、むりもないことではあった）。ヨーテでは、たとえ群れだろうと、ジョセフをあんな目にあわせることはできないというのがふたりの意見だった。

こうしたむごたらしい噂話がひろまってからすこしして、コロニー評議会の全メンバーが、ローンの遺体がはこびこまれたクロアタンの診療所に集合した。政府に召集がかかったことにより、人びとはほんとうは殺人事件だったのではないかと疑いをいだいた（ここでいう〝政府〟が、みなと同じように鍬《すき》をふるってほとんどの時間をすごしているわずか十二名の人びとだという事実は、この際問題ではなかった）。ローンは最近になって夫を捨てた女性と付き合っていたので、その夫が第一容疑者とみなされた。彼がローンを尾行して森のなかで殺害し、そのあとでヨーテに食われたというわけだ。

この新説は、ジュンとエヴァンを不幸にした――謎の捕食動物という彼らの説のほうがずっと魅力的だった――が、それ以外の人たちはみんな気に入ったようだった。この容疑者がべつの事件でジェーンによって監禁されていたので犯行は不可能だったという不都合な事実は、ほとんどの人びとの注目をのがれてしまったようだった。

グレッチェンとあたしは、殺人の噂はでたらめで、ジュンとエヴァンの説のほうが事実に近いことは知っていたけど、口はしっかり閉じていた。あたしたちが知っている情報を付け加えたところで、人びとの疑いの気持ちが薄れるわけじゃなかった。

「おれは知ってるぜ」マグディが男の友人たちにむかっていった。

あたしはグレッチェンを肘でこづいて、マグディのほうへ頭をふった。グレッチェンはあきれたような顔をして、マグディがそれ以上なにかいうまえに大声で呼びかけた。

「なんだ？」とマグディ。

「あんたバカ？」グレッチェンがいう。

「なあ、おれがなくなって残念だと思うのはまさにこれなんだよ、グレッチェン。おまえの毒舌だ」

「わたしがなくなって残念だと思うのはあんたの脳みそだけどね。そのお友だちにいったいなにをいうつもりなの？」

「おれたちがデッパラを追いかけたときのことを話そうとしてたんだ」

「みんながパニックを起こす理由を増やすのが賢明なことだと思ってるわけね」

「だれもパニックなんか起こしてないさ」

「いまはね」あたしはいった。「でも、あなたがその話をしても、なんの助けにもならないのよ、マグディ」

「みんなは、いったいなにを相手にしているのか知るべきだと思う」

「まだなにを相手にしているかわからないでしょ。実際に見たわけじゃないんだから。あなたがなにかいっても噂がひとつ増えるだけ。いまはあたしの両親や、グレッチェンのおとうさんをはじめとする評議会の人たちにまかせて、なにが起きているのか突き止めてもらうほうがいいよ。あなたのよけいな噂でかえって手間をかけさせたりせずに」

「忠告は肝に銘じておくよ、ゾーイ」マグディは仲間たちのほうへもどりかけた。

「ああそう」グレッチェンがいった。「だったらこれも肝に銘じて。あんたがそこにいるお友だちにあの森でわたしたちを追いかけてきたやつらのことを話すなら、わたしが残りの部分を話してあげる。あんたがパニックを起こしてヒッコリーにむかって銃を撃ったあと、そいつにみっともなくねじ伏せられたことを」

「ほんとにおそまつな射撃だったよね」とあたし。「あやうく自分のつま先をふっとばすところだった」

「いえてる」とグレッチェン。「そこのところを話しても楽しいね」

マグディは目をほそめてあたしたちをにらみつけると、それ以上なにもいわずに仲間たちのほうへどすどすともどっていった。

「うまくいったかな？」あたしはたずねた。

「もちろん」グレッチェンがこたえる。「マグディの自尊心は惑星サイズ。ものすごい時間と労力を注ぎこんで自分を立派にみせているんだよ。わたしたちにそれをだいなしにさせるわけがない」

合図でもあったみたいに、マグディがちらりとグレッチェンをふりかえった。グレッチェンは笑顔で手をふった。マグディはグレッチェンにむかってこっそり中指を立ててから、友だちと話しはじめた。

「ほらね」とグレッチェン。「わかりやすいやつでしょ」

「まえは彼が好きだったのにね」あたしはいった。

「いまでも好きだよ。マグディはすごくキュートだもの。おもしろいし。ただ、もうちょっと現実を直視しないとね、あと一年もしたらけっこうマシになるかも」

「あるいは二年か」

「わたしは楽観的なの。とりあえず、これで新しい噂をひとつつぶせたね」

「あれは噂じゃないよ。あの晩、あたしたちはほんとに追われたんだから。ヒッコリーがそういってた」

「知ってるよ。そいつらは遅かれ早かれ出てくるだろうね。できればかかわりたくないな。パパはわたしがこっそり出かけていたことをいまだに知らないし、さかのぼってでも罰をあたえるタイプの人だから」

「じゃあ、ほんとはパニックを避けようとしてたわけじゃないんだ。自分の悪行がばれないようにしただけで」

「気がとがめるなあ。パニックを避けるというほうがもっともらしいでしょ」

とはいえ、あたしたちはそれほど長くパニックを避けることはできなかった。


パウロ・グティエレスはコロニー評議会のメンバーだったので、ジョセフ・ローンが獣に襲われたのではなく、人間以外の何者かによって殺されたのだと知ることになった。森にはほんとうになにかいるのだ。槍やナイフを作れるだけの知能を持つなにか。気の毒なジョセフ・ローンを食料に変えるだけの知能を持つなにか。

評議会の各メンバーは、あたしの両親から、パニックを避けるためにこの件は伏せておくようにと命じられていた。パウロ・グティエレスはそれを無視した。というか、公然とそれに逆らった。

「この件は国家機密法とかいうやつの制約を受けているから、あんたたちには話せないといわれた」グティエレスは、自分と数人の男たち――全員がライフルを手にしていた――を取り巻く人びとにむかっていった。「そんなのはくそくらえだ。たったいま森にはなにかがいて、おれたちを殺している。やつらは武器を持っている。デッパラの群れを追って移動するといわれてるが、おれはやつらがずっと森にとどまっていて、こっちの様子をうかがい、人間を狩り立てる方法をさぐっているんじゃないかと思う。やつらはジョセフ・ローンを狩り立てて殺した。狩り立てて殺した。おれとここにいる男たちはその仕返しをするつもりだ」そして、グティエレスとその狩猟隊は森へむかって歩きだした。

グティエレスの宣言と彼の狩猟隊の話はあっというまにコロニーにひろまった。あたしがそれを聞いたのは、最新情報をかかえて公民館へ走ってくる若者たちからだった。そのころには、グティエレスとその仲間たちが森へはいってしばらくたっていた。あたしは両親に伝えに行ったけど、ジョンとジェーンはすでに狩猟隊を連れもどすために出かけていた。ふたりはかつて軍隊にいた。苦もなくみんなを連れもどせると思った。

でも、あたしはまちがっていた。ジョンとジェーンは狩猟隊を見つけたけど、連れてもどるまえに、森の生き物たちが彼ら全員に待ち伏せ攻撃をしかけたのだ。グティエレスとその仲間たちは全員殺された。ジェーンはおなかを刺された。ジョンが逃げる生き物たちを追いかけて、森を出たところで追いつくと、そいつらはべつの植民者を襲った。その植民者はハイラム・ヨーダー——コンピュータ制御の農耕機械抜きで作物をつくる方法をあたしたちに教えてコロニーを救ったメノナイトの一員だった。彼は平和主義者なので生き物たちと戦おうとしなかった。どのみち殺されたのだけれど。

わずか二時間のあいだに、六名の植民者が死んで、あたしたちはロアノークに同居人がいることを知った——しかも、その同居人たちは、人間を狩り立てることに慣れはじめていた。

でも、あたしにとってはママのほうが心配だった。

「まだ会えないよ」パパがあたしにいった。「いまドクター・ザオが処置をしている」

「ママはだいじょうぶなの？」

「だいじょうぶだよ。本人が見た目ほどひどくないといってる」

「どれくらいひどく見えるの？」

「かなりひどいな」パパはそういってから、いまのあたしがもとめているのは正直な返答じゃないことに気づいた。「でも、ママは怪我をしたあとでやつらを走って追いかけたんだよ。ほんとにひどい怪我だったら、そんなことができるはずないだろう？　きみのママは自分の体のことをよく知っている。きっと元気になるよ。こうしているいまも治療を受けているんだ。あしたのいまごろ、ママがなにごともなかったように歩きまわっていたとしても、わたしはちっともおどろかないよ」

「あたしに嘘をつく必要ないよ」といったものの、パパがいまいってくれたことは、まさにあたしが聞きたかったことだった。

「嘘なんかついてない。ドクター・ザオの腕前はすばらしいからね。それに、最近のママは傷の治りがすごく早いんだ」

「パパはだいじょうぶなの？」

「わたしはだいぶましだったよ」

パパの抑揚のない疲れた声を聞いて、あたしはこれ以上つっこんだ質問をするのはやめようと決めた。あたしはパパを抱きしめて、しばらくグレッチェンのところへ行ってくるといった。これ以上パパのじゃまをしないために。

バンガローから外へ出たら、もう夜が迫っていた。クロアタンのゲートのほうへ目をやると、植民者たちがそれぞれの農場からぞろぞろともどってくるのが見えた。だれもコロニー村の壁の外で夜をすごしたくはないらしい。まあ、当然だろう。

グレッチェンの家へむかおうとしたら、おどろいたことに、その本人が大急ぎで歩いてくるのが目にはいった。「問題が起きたの」グレッチェンはあたしにいった。

「なに？」

「マグディのバカたれが友だちを引き連れて森へはいったの」

「嘘でしょ。エンゾはいっしょじゃないよね」

「もちろんエンゾもいっしょだよ。いつだってそうじゃない。マグディのあとを追いかけて断崖から落っこちたって説得をつづけるんだから」

17

あたしたち四人は、グレッチェンがマグディとエンゾとそのふたりの友だちを見かけたという場所から森へはいり、できるだけ音をたてずに奥へと進んだ。あたしたちは彼らがたてる物音が聞こえないかと耳をすました——マグディたちは静かに移動する訓練など受けていないのだ。森の生き物が彼らを狩り立てようとした場合、それは彼らにとってすごく不利な要素となる。でも、彼らを追いかけているあたしたちにとってはありがたいことだった。あたしたちは地面の上で友人たちに耳をすまし、木立のあいだに動くものを目でさがした。正体不明の生き物があたしたちを追跡できることはもうわかっていた。こっちもそいつらを追跡できればいいんだけど。

遠くで、なにかがすばやく動いたような、ガサッという音がした。あたしたちはそちらのほうへむかった。グレッチェンとあたしが先に立ち、ヒッコリーとディッコリーがすぐうしろについた。

グレッチェンとあたしは何カ月も訓練を積んで、どうやって動き、どうやって身を守り、どうやって戦い、必要とあらばどうやって殺すかを学んでいた。今夜は、学んだことの一部を実地に活用することになりそうだ。戦うことになるかもしれない。殺すことだってあるかもしれない。

あんまりこわかったので、もしも走るのをやめたら、その場にしゃがみこんでしまって二度と立ちあがれないような気がした。

あたしは立ち止まらなかった。ひたすら走りつづけた。エンゾとマグディをほかのなにかよりも先に見つけるために。彼らを見つけだして救うために。

「グティエレスが出かけたあと、マグディはもうあの夜の話を黙っている意味はなくなったと考えて、友だちにぺらぺらしゃべりだしたの」グレッチェンはあたしにそういっていた。「ほかのみんなが逃げだしたときに、自分だけはそいつらに立ち向かって撃退したという印象をみんなにあたえたわけ」

「バカなやつ」

「あんたの両親が狩猟隊を連れずにもどってきたとき、マグディの友だちが何人か彼のところへやってきて捜索隊を組織しようといいだした。実際には、銃を手に集団で森を歩きまわる口実がほしかっただけ。わたしのパパはその気配を察して止めようとした。五人のおとなが森へはいってもどってこなかったばかりだということを思いださせてやったの。

わたしはそれで終わったと思っていたのに、マグディはわたしのパパがあんたのパパのところへ出かけた隙に、同じ考えを持つバカどもを集めて森へむかったの」

「だれもマグディたちが出かけるのに気づかなかったの？」

「まわりの人たちには、マグディの両親の農場ですこし射撃訓練をするつもりだといったのよ。いまはそういうのに文句をつける人はいないでしょ。農場に着くと、すぐにそこから出発したわけ。マグディの家族はみんなと同じようにこの村へ来てる。だれも彼らが消えたことに気づいていないのよ」

「あなたはどうやって知ったの？　マグディがあなたに話すとは思えないし」

「マグディたちのグループは、仲間をひとりだけあとに残していったの。アイゼイア・ミラーは、いっしょに行くはずだったんだけど、〝射撃訓練〟のためだといってもおとうさんがライフルを貸してくれなかったみたい。わたしはミラーが愚痴をこぼしているのを聞いて、基本的にはおどしてあとの話を聞きだしたの」

「ミラーはほかの人に話したかな？」

「それはないと思う。あらためてよく考えてみて、もめごとにはかかわりたくないと思っているはず。でも、わたしたちはだれかに話さないと」

「そんなことをしたらパニックになる。もう六人も死んでいるんだよ。このうえ四人――それもこどもたち――が森へはいったなんていったら、みんな正気をなくしちゃう。もっと大勢の人たちが銃を手に出かけて、もっと大勢の人たちが死ぬ。例の生き物に襲われるか、神経がピリピリしているせいでおたがいをまちがって撃つかして」

「じゃあどうしたいの？」とグレッチェン。

「あたしたちはこのために訓練を積んできたんだよ、グレッチェン」

グレッチェンは目を大きく見ひらいた。「嘘でしょ。ゾーイ、あんたのことは大好きだけど、それは頭がどうかしてるよ。わたしがまた森へ出かけてその生き物たちの標的になるなんてありえないし、あんたが森へ行くのを許すこともありえない」

「あたしたちだけじゃないよ。ヒッコリーとディッコリーが――」

「ヒッコリーとディッコリーだってあんたは頭がおかしいというに決まってる。何カ月もあんたに身の守り方を教えてきたのに、そのあんたが森に出かけて槍の練習台になろうとしているのをよろこぶとでも？　そうは思えないね」

「じゃあきいてみよう」あたしはいった。

「ミス・グレッチェンのいうとおりだ」ディッコリーといっしょにあたしに呼びだされたヒッコリーがいった。「これはとても悪い考えだ。このような問題に対処すべきなのはペリー少佐とセーガン中尉だろう」

「あたしのパパはコロニー全体のことを心配しなくちゃならない」あたしはいった。「ママは診療所にいて、やつらにつけられた傷を治そうとしている」

「それがなにかを語っているとは思わないの？」グレッチェンがいった。あたしがすこし怒ってきっとにらむと、彼女は片手をあげた。「ごめん、ゾーイ。悪いこといったね。でも考えてみて。あんたのママは特殊部隊の兵士だった。生活のためにいろいろなものと戦っていた。そんな人が診療所でひと晩すごさなくちゃいけないほどひどい傷を負ってもどってきたとすれば、森にいるのはほんとにやばい連中だってことでしょ」

「ほかのだれにできるというの？　ママとパパがふたりだけであの狩猟隊を追ったのには理由があった——ふたりとも戦闘の訓練を受けていてそういうことに経験があったの。ほかの人たちだったら自分が殺されていたはず。今回だってマグディとエンゾを追うのはとてもむり。ほかのだれかがあとを追って森にはいったら、あのふたりやその友だちと同じくらいの危険にさらされることになる。これができるのはあたしたちだけなのよ」

「怒らないで聞いてよ。でも、あんたはやりたくてたまらないように聞こえる。森へ出かけてなにかと戦いたがっているみたい」

「エンゾとマグディを見つけたいの。あたしがしたいのはそれだけ」

「あなたのおとうさんに伝えるべきだと思う」とヒッコリー。

「パパに伝えたら、だめだといわれる。それに、話し合いで時間をむだにすれば、それだけ友だちを見つけるのに時間がかかってしまう」

ヒッコリーとディッコリーは頭を寄せて、しばらく静かにカチカチいっていた。

「これはいい考えではない」ヒッコリーがようやくいった。「しかし、われわれはあなたに協力する」

「グレッチェンは？」あたしはたずねた。

「マグディにそれだけの価値があるかどうか考えているの」とグレッチェン。

「グレッチェン」

「ジョークよ。いまにもチビりそうなときにいうようなやつ」

「ほんとうに森へ出かけるのなら」ヒッコリーがいう。「かならず戦闘があるという前提で行動するべきだ。あなたたちは銃器の訓練を受けてきた。必要とあらば使えるよう準備しておかなければならない」

「わかった」あたしはいった。グレッチェンはうなずいた。

「では準備をするとしよう」とヒッコリー。「なるべく静かに」


自分がなにをしているかすこしはわかっているという自信は、森にはいったとたんに消え失せた。木立のあいだを走っていると、このまえの夜、未知の敵が姿も見せずに追いかけてきたときのことが思いだされた。いまとあのときとのちがいは、訓練を受けて戦いの準備ができているということ。それが感じ方にちがいをもたらすと思っていた。

そんなことはなかった。あたしはこわかった。それもすこしじゃなく。

さっき聞いたガサガサという音が、地上を急速に動いて、あたしたちのほうへまっすぐ近づいてきた。あたしたち四人は足を止めて、身を隠し、迫ってくるなにかにそなえて身がまえた。

ふたりの少年が茂みから飛びだし、あたしとグレッチェンが隠れている場所をまっしぐらにとおりすぎていった。ヒッコリーとディッコリーがとおりすぎるふたりをつかまえた。少年たちは恐怖の叫びをあげ、ヒッコリーとディッコリーは彼らを引き倒した。少年たちの持っていたライフルが地面へふっとんだ。

グレッチェンとあたしは少年たちに駆け寄り、気をおちつかせようとした。人間だということが役に立った。

どちらもエンゾやマグディではなかった。

「ちょっと」あたしは、せいいっぱいなだめるような声を出して、近いほうの少年に呼びかけた。「ねえ、おちついて。もう安全だから。おちついて」グレッチェンがもうひとりの少年に同じことをしていた。ようやく、ふたりがだれなのかわかった。アルバート・ヨーとミシェル・グルーバーだ。アルバートもミシェルも、あたしがずっとまえに〝ややマヌケ〟カテゴリに分類して、必要以上には付き合おうとしなかった少年だった。むこうも同じだったけど。

「アルバート」あたしは近くにいる少年にいった。「エンゾとマグディはどこ?」

ていた。

「こいつをなんとかしてくれ！」アルバートがいった。ディッコリーはまだ少年を拘束し

「ディッコリー」あたしがいうと、ディッコリーは少年を放した。「エンゾとマグディは

どこ？」あたしはもういちどたずねた。

「知らないよ」とアルバート。「はぐれたんだ。木の上にいるやつらがおれたちに歌いか

けてきたから、ミシェルとおれはこわくなって逃げだしたんだ」

「歌いかけてきた？」

「さえずったのか、舌打ちしたのか、なんだか知らないよ。おれたちがやつらをさがして

歩いていたら、木の上からその音が聞こえてきたんだ。こっちが気づきもしないうちに忍

び寄れることを見せつけようとしているみたいだった」

心配になってきた。「ヒッコリー？」あたしは呼びかけた。

「木の上に特別なものはいない」ヒッコリーはこたえた。あたしはすこしほっとした。

「やつらはおれたちを取り囲んだ」アルバートがつづけた。「それで、マグディがやつら

にむかって発砲した。そうしたら歌声がすごく大きくなった。ミシェルとおれはそこから

逃げだした。とにかく走ったんだ。マグディとエンゾがどこへ行ったかは見なかった」

「どれくらいまえのこと？」

「わからない。十分か、十五分か。それくらいだよ」

「あなたたちがどっちから来たのか教えて」あたしがいうと、アルバートは指さした。あたしはうなずいた。「立って。ディッコリーがあなたとミシェルを森の外まで連れていく。そこからなら帰れるでしょ」

「そんなのといっしょにはどこへも行かないぞ」ミシェルがいった。この晩の最初の発言だった。

「わかった、それなら選択肢はふたつある。ここにとどまってそいつらよりも先にあたしたちがもどってくることを祈るか、そいつらに追いつかれるまえに自力で森の外までたどりつけることを祈るか。さもなければ、ディッコリーの助けを借りて生きのびられるかもしれない。選ぶのはあなたよ」あたしのいいかたは必要以上に強制的だったけど、このバカが生きのびるために助けをもとめようとしないのでいらついていたのだ。

「わかったよ」アルバートはいった。

「いいわ」あたしはふたりのライフルをひろって、それをディッコリーに渡した。「このふたりを森の入口まで連れていって。そこに着くまでライフルは返さないこと。できるだけ早くもどってきてあたしたちを見つけて」ディッコリーはうなずき、アルバートとミシェルをせきたてるようにして歩きだした。

「あのふたりは好きになれないな」三人が去ったあとでグレッチェンがいった。

「気持ちはわかるよ」あたしはディッコリーのライフルをヒッコリーに渡した。「行こう。

先を急がないと」

目で見るよりも先に音が聞こえた。実際には、人間よりも可聴域のひろいヒッコリーがそれを聞いた――ピーピー、チュンチュンという鳴き声。「彼らが歌っている」ヒッコリーが静かにいって、グレッチェンとあたしを声のするほうへ導いていった。彼らを見つける直前に、ディッコリーが音もなくもどってきた。ヒッコリーがライフルを渡した。

小さな空き地に、六つの人影が見えた。

最初に見分けがついたのはエンゾとマグディだった。地面に膝をつき、うつむいて、これから起ころうとしているなにかを待っている。光が弱いので表情までは見えなかったけど、顔なんか見なくてもおびえているのはわかった。ふたりの身にどんなことが起きたにせよ、それはまずい方向へ進んでいて、いまふたりはそれが終わるのを待っている。どんなふうに終わるにせよ。

ひざまずいているエンゾの姿を見たとたん、あたしはなぜ彼を愛したのかを急に思いだした。エンゾがそこにいるのはマグディの良き友人でいようとしたから。マグディをトラブルから遠ざけ、それがむりなら、せめて自分もそのトラブルに身を置こうとする。そんなまっとうな人間は、ふつうでも珍しいのに、十代の少年となると奇跡に近い。あたしがここへ来たのは、まだエンゾを愛しているから。あたしたちが学校で〝やあ〟とあいさつする以上の会話を最後にしてから何週間もたっていた——小さな共同体でボーイフレンドと別れたときは、すこし距離をあけないといけない——けど、そんなことは問題じゃなかった。あたしはまだエンゾとつながっている。彼の一部はいまもあたしの胸のうちにとどまっていて、それはあたしが死ぬまでそのままでいるような気がした。

たしかに、場所も時間もこんなことを気づくのにふさわしいとはいえないけど、こういうことは起きるときには起きてしまうのだ。べつに物音をたてるわけじゃないから、なにもまずいことはない。

マグディに目をやったとき、頭に浮かんだのはこんな思いだった——この件がすっかり片付いたら、あいつのケツを思いきり蹴飛ばしてやる。

ほかの四つの人影は……

狼男だ。

ほかに表現のしようがなかった。野獣っぽくて、たくましくて、肉食性で夜行性みたいだけど、その動きを見たり、たてる音を聞いたりすれば、ほかのすべての要素に加えてあきらかに頭脳がそなわっていることがわかる。これまでに目撃されたロアノークの動物たちと同じように目は四つだけど、それをべつにすれば、まるで民間伝承から抜けだしてきたみたい。まさに狼男だ。

三人の狼男はマグディとエンゾをあざけったりつついたりするので大忙しだった。あきらかにふたりをもてあそんでおどかしている。ひとりがマグディから奪ったライフルを持ちあげ、それで彼をつついていた。まだ装塡されているんだろうか。もし暴発したら、マグディや狼男はどうなってしまうんだろう。べつのひとりは槍を手にして、それでときどきエンゾをつついていた。三人ともおたがいにむかってチュンチュン、チッチッとさえずっていた。マグディとエンゾをどうするか話し合っているにちがいない。どんな方法でやるかも含めて。

四人目の狼男はほかの三人から離れて立ち、ちょっとちがう行動をとっていた。狼男のだれかがエンゾやマグディをつつこうとすると、そいつは仲間と人間たちとのあいだに割りこんでやめさせようとしていた。ときには、ほかの狼男に近づいて話しかけ、ことばを強調するためにエンゾとマグディを身ぶりでしめしている。どうやらほかの狼男たちを説得しているらしい。人間たちを解放しようとしている？　そうかもしれない。なんであれ、ほかの狼男たちは聞く耳をもたないようだった。四人目の狼男はそれでも説得をつづけていた。

あたしは急にエンゾのことを思いだした。はじめて会ったとき、彼はマグディがつまらない理由でバカげたケンカをしようとするのを止めようとしていた。あのときはうまくいかなかった。グレッチェンとあたしが割りこんでなんとか止めたのだ。いまも説得はうまくいってないらしい。

ちらりと目をやると、ヒッコリーとディッコリーは視界をさえぎられることなく狼男たちを撃てる場所に陣取っていた。グレッチェンもあたしから離れてライフルの準備をしていた。

あたしたち四人なら狼男たちをぜんぶ倒すことができる。やつらはなにが起きたのか気づく暇もないだろう。すばやい、きれいな、簡単な一撃で、エンゾとマグディを助けだし、村の人たちになにかあったと知られるまえに家へ帰れるだろう。

そうするのが賢明だった。あたしはすばやく位置を変えて銃をかまえ、一分かそこらかけてふるえを抑えてからしっかりと狙いをつけた。

敵はひとりずつ倒すことになる。左端のヒッコリーが三人のグループのなかの最初のやつを、ディッコリーが二番目のやつを、グレッチェンが三番目のやつを倒し、あたしがひとりだけ仲間から離れて立っているやつを倒す。みんなはあたしが発砲するのを待っているはずだった。

ひとりの狼男がまたエンゾをつっこうとした。あたしの狼男は急いで止めようとしたけどまにあわなかった。

そのときわかった。あたしは撃ちたくなかった。殺したくなかった。なぜって、そいつはあたしの友だちを助けようとしていたから。エンゾとマグディを取り返すのにいちばん簡単な方法だというだけでは、そいつを殺す理由にはならなかった。

でも、ほかにどうすればいいのかわからなかった。

三人の狼男がまたさえずりはじめた。はじめはてんでんばらばらだったけど、すぐに音がそろって、ビートが生まれた。ひとりが手にした槍を地面に打ちつけると、三人はおたがいの声に合わせていっしょにリズムを刻み、勝利の凱歌かなにからしきものを歌いはじめた。四人目の狼男の身ぶりがますます激しくなった。あたしは歌が終わったときになにが起こるのかこわくてたまらなかった。

狼男たちは歌いつづけ、歌は終わりへと近づいていった。

そこで、あたしは自分がやるべきことをやった。

歌い返したのだ。

口をあけると、〈デリーの夜〉の最初の一節が流れだした。うまくはなかったし、キーも合ってなかった。それどころか、かなりひどかった——何カ月も練習してフーテナニーで披露したのはまったくのむだだったらしい。そんなことは問題じゃなかった。それはあたしが必要とした効果を発揮していた。狼男たちはすぐさま黙りこんだ。あたしは歌いつづけた。

ちらりとグレッチェンに目をやると、それほど距離がなかったので、彼女の顔に浮かんでいる〝あんた完全に頭がいかれちゃったの？〟という表情を見てとることができた。あたしは〝おねがいだから協力して〟という顔をしてみせた。グレッチェンは顔をこわばらせて、なんともいえない表情を見せると、ライフルをかまえてひとりの狼男をしっかりと照準にとらえ——あたしのメロディに合わせてハモりはじめた。ふたりでかぞえきれないほど練習したように。グレッチェンの助けで、あたしはやっと正しいキーを見つけて合わせることができた。

これで、狼男たちはわたしたちがひとりじゃないことを知った。

グレッチェンの左側で、ディッコリーが歌に加わり、例によってみごとにシタールの調べをまねしてみせた。見ていると笑えるんだけど、目を閉じていると、ほんもののシタールとのちがいを聞き分けるのはむずかしい。あたしはディッコリーのビヨンビヨンという声を聞きながら歌いつづけた。そのディッコリーの左側で、ヒッコリーがようやく歌に参加してきた。長い首を使ってドラムのような音をたて、リズムを見つけると、そのまま流れに乗っていく。

これで、狼男たちはわたしたちの人数が自分たちと同じだと知った。さらに、わたしたちがいつでも彼らを殺せたのに、そうはしなかったということも。

あたしのバカげた作戦は功を奏しつつあった。あとは、つぎにどうするかを考えるだけだった。なにしろ、自分がなにをしているのかよくわかっていなかった。わかっていたのはあの狼男を撃ちたくないということだけ。そいつは、いまや群れの仲間たちから完全に離れて、あたしの声が聞こえてくると思われるほうへ歩きだしていた。

あたしは途中まで出迎えることにした。ライフルをおろし、空き地へ踏みだした。まだ歌いつづけながら。

槍を手にした狼男がそれをかまえようとした。急に喉がからからになった。あたしの狼男はこちらの表情に気づいたらしく、ふりかえって槍を持った狼男を怒鳴りつけた。槍がおろされた。あたしの狼男は知らないことだったけど、彼はたったいま、仲間がグレッチェンの銃弾を頭に受けるのをふせいだのだった。

狼男は顔をもどし、ふたたびあたしにむかって歩きだした。あたしは歌を最後まで歌いきった。そのころには、狼男は目のまえに立っていた。

歌が終わったので、あたしはその場にたたずみ、狼男がつぎになにをするか待った。

狼男はあたしの首を指さした。ジェーンがくれた翡翠の象のペンダントだ。

あたしはペンダントにふれた。「象よ。あなたのデッパラと似てる」

狼男はもういちどペンダントを見つめてから、あたしの顔に視線をもどした。そしてなにかさえずった。

「こんにちは」あたしはこたえた。ほかになにをいえばいいの？

おたがいの値踏みでさらに数分がすぎた。すると、残った三人の狼男のひとりがなにかさえずった。あたしの狼男はなにかさえずり返し、あたしのほうへ頭をかしげた。〝ここでなにかしてくれるとすごく助かるんだけど〟といわんばかりだった。

そこで、あたしはエンゾとマグディを指さした。「そのふたりはあたしのものなの」あたしは、狼男に意志が伝わるように、適切と思われる手ぶりをまじえながらいった。「ふたりを連れて帰りたい」コロニーがある方角を身ぶりでしめす。「そうしたら、あなたたちにはちょっかいを出さない」

狼男はあたしの手ぶりをじっと見ていた。どこまで理解できたかはわからなかった。でも、あたしが話し終えると、狼男はまずエンゾとマグディを、ついであたしを指さし、それからコロニーの方角を指さした。〝これで正しいかどうか確認させてくれ〟とでもいうように。

あたしはうなずき、「そうよ」といってから、すべての手ぶりをもういちどくりかえした。ちゃんと会話になっていた。

いや、そうでもないのかもしれない。なぜなら、そのあとにつづいたのは、狼男によるたてつづけのさえずりと、激しい身ぶり手ぶりだったのだ。ついていこうとしたけど、なにがなんだかさっぱりわからなかった。あたしはなすすべもなく狼男を見つめながら、彼のいいたいことをなんとか理解しようとした。

やがて、狼男はあたしがまったく理解していないことに気づいた。そこで、彼はまずマグディを、ついで仲間の狼男が手にしているライフルを指さした。それから、自分のわき腹を指さし、もっと近くで見てみろとうながした。危険だとは思ったけど、あたしは指示に従い、それまで見逃していたものに気づいた。狼男は怪我をしていた。わき腹に無惨なすじがのびていて、その両側が腫《は》れあがっていた。

マグディのバカたれがこの狼男を撃ったのだ。

かすり傷ではあった。マグディはあいかわらず射撃がへたくそで幸運だったのだ。さもなければとっくに死んでいただろう。でも、かすり傷だって充分にひどいことだ。

あたしは狼男からあとずさり、ちゃんと見たということを伝えた。狼男はエンゾを指さし、あたしを指さし、コロニーの方角を指さした。それから、マグディを指さし、仲間の狼男たちを指さした。いいたいことは明白だった。エンゾは帰ってかまわないが、彼の仲間たちはマグディをとらえておきたがっている。マグディにとって最悪の結果になるのはまちがいなさそうだった。

あたしは首を横にふり、ふたりとも連れて帰りたいということをはっきり伝えた。狼男は、マグディはだめだということを同じくらいはっきり伝えた。あたしたちの交渉は大きな壁にぶつかっていた。

あたしは狼男を上から下までじっくりながめた。ずんぐりして、あたしよりすこしだけ背が高くて、着ているのはベルトで締めた短いスカートみたいなものだけ。単純な石のナイフがベルトからさがっている。地球のクロマニョン人の時代を解説した歴史書でそういうナイフの写真をみたことがある。クロマニョン人でおもしろいのは、せいぜい石を打ちあわせるレベルでしかなかったにもかかわらず、その脳が現代のあたしたちの脳より大きかったということ。穴居人ではあっても、バカではなかった。ちゃんとものを考える能力があったのだ。

「あなたにもクロマニョン人なみの脳があることを祈るしかないね」あたしは狼男にいった。「さもないと面倒なことになる」

狼男はまた首をかしげて、あたしがなにをいっているのか理解しようとした。

あたしは身ぶりでマグディと話したいということを伝えようとした。狼男は気に入らないらしく、仲間たちにむかってなにやらさえずった。仲間たちが興奮した様子でさえずりを返した。それでも、結局は狼男があたしに手をのばしてきた。あたしは狼男に手首をつかまれてマグディのところまで引っぱっていかれた。三人の仲間たちがあたしの背後にひろがり、バカなことをしないよう見張っていた。空き地の外では、ヒッコリーとディッコリーが銃の狙いをつけやすい位置へ移動しているはずだった。まだまだ最悪の展開になる可能性はいくらでも残っていた。

マグディは膝をついたままで、どこを見るでもなく、ただ地面の一点をにらんでいた。

「マグディ」あたしは呼びかけた。

「このクズどもを殺しておれたちをここから連れだしてくれ」マグディは早口で静かにいった。まだあたしを見ようとはしない。「やりかたはわかるはずだ。それができるだけの仲間を連れてきているんだろう」

「マグディ」あたしはもういちどいった。「口をはさまずによく聞いて。彼らはあなたを殺したがっている。エンゾは帰すつもりでいるけど、彼らを撃ったあなたのことを逃がすつもりはないみたい。あたしがなにをいっているか理解できる？」

「いいからやつらを殺せ」

「いいえ。あなたが彼らを追いかけたのよ、マグディ。あなたが彼らを狩り立てた。あなたが彼らを撃った。あたしはあなたが殺されないように努力するつもり。でも、あなたが彼らにちょっかいを出したからという理由で彼らを殺すつもりはない。必要に迫られないかぎりは。ここまでは理解できる？」

「やつらはおれたちを殺すぞ。おまえもおれもエンゾも」

「あたしはそうは思わない。でも、あなたが口を閉じてちゃんとあたしのいうことを聞かなかったら、その可能性は高まるでしょうね」

「いいから撃って――」

「いいかげんにしろ、マグディ」となりにいたエンゾが急に声をあげた。「この惑星じゅうでゾーイただひとりがきみのために命を危険にさらしているというのに、文句をつけることしかできないのか。なんて恩知らずなやつなんだ。さあ、頼むから口を閉じてゾーイの話を聞いてくれ。ぼくはここから生きて出たいんだ」

この爆発に、あたしとマグディと、どっちがよりびっくりしたかはわからない。

「わかった」マグディはしばらくしていった。

「彼らがあなたを殺したがっているのは、あなたが彼らのひとりを撃ったから」あたしはいった。「あたしは彼らを説得してあなたを解放してもらうつもり。あなたはあたしを信じて、あたしの指示に従って、口ごたえや抵抗はいっさいしないで。今回だけは。わかった？」

「ああ」

「いいわ。彼らはあたしのことをあなたたちのリーダーだと思ってる。だから、あたしがあなたの行為に腹を立てていると思わせる必要があるの。あたしは彼らのまえであなたを罰しなければならない。いっとくけど、痛い思いをすることになるよ。すごく」

「それより――」

「マグディ」

「ああ、わかった、なんでもいいよ。さっさとやってくれ」

「わかった。ごめんなさい」あたしはマグディのあばらを蹴飛ばした。思いきり。

マグディはうっと声をあげて地面にばったり倒れた。なにを予想していたにせよ、これは予想外だったらしい。

しばらく地面であえがせておいたあと、あたしはマグディの髪をつかんだ。マグディはあたしの手をつかんで逃げようとした。

「抵抗しないで」あたしはあばらにパンチを叩きこんで念を押した。マグディはすぐに気づいて抵抗をやめた。あたしはマグディの頭をぐいとのけぞらせて、狼男を撃ったことを大声で叱り、まず彼のライフルを、ついで怪我をした狼男を指さし、それを何度かくりかえして意図を伝えようとした。狼男たちはつながりに気づいたらしく、おたがいにさえずりはじめた。

「あやまりなさい」あたしはマグディの頭をつかんだままいった。

マグディは怪我をした狼男に手をのばした。「すまなかった。おまえを撃つことでゾーイにぼこぼこにされると知っていたら、絶対にあんなことはしなかった」

「ありがとう」あたしはマグディの髪を放して、その顔を張り飛ばした。マグディはふたたび倒れた。あたしは狼男に目をむけて、これで足りるかどうかたしかめた。狼男はまだ満足していないみたいだった。

あたしはマグディのそばに立った。「気分はどう？」

「吐きそうだ」

「いいね。それは効果的だと思う。手を貸そうか？」

「だいじょうぶ」マグディは地面にゲロを吐き散らした。狼男たちのあいだから感心したようなさえずりがあがった。

「よし。これで最後よ、マグディ。ここからは本気であたしを信じて」

「もう痛めつけるのはやめてくれ」

「あとちょっとだから。立って」

「むりだと思う」

「だいじょうぶ」あたしはマグディの腕をねじりあげてやる気を起こさせた。マグディは息をのんで立ちあがった。あたしは彼を連れて狼男に近づいた。狼男はあたしたちを興味津々で見つめていた。あたしはまずマグディを、ついで狼男の傷を指さした。それから狼男自身を指さし、マグディのわき腹にさっと切りつける身ぶりをしてから、狼男のナイフを指さした。

狼男はまた首をかしげた。〝ここは絶対にかんちがいがないようにしたいんだが〟といっているみたいだった。

「おたがい公平に」あたしはいった。

「そいつにおれを刺させるつもりか？」マグディは語尾を思いきり高くあげていった。

「あなただって彼を撃ったでしょ」

「そいつはおれを殺すかもしれない」

「あなただって彼を殺していたかもしれない」

「おまえなんかきらいだ。ほんとにほんとにだいきらいだ」

「黙って」あたしは狼男にうなずきかけた。「信じて」とマグディに呼びかける。

狼男がナイフを抜き、仲間たちをふりかえった。全員が大声でさえずり、さっきの勝利の凱歌らしきものを歌いはじめた。それはかまわない。さっきとちがうのは、暴力をふるおうとしているのがあたしの狼男だということ。

狼男はしばらくその場にたたずんで、仲間たちの歌声に身をひたしていた。それから警告なしでいきなりマグディに切りつけた。あんまり速かったので、あたしにはまえへ出る動きじゃなくて、うしろにさがる動きしか見えなかった。マグディが痛みにしゅっと息を吐きだした。あたしが手を放すと、彼はわき腹を押さえて地面に倒れこんだ。あたしはマグディのまえへ行ってその両手をつかんだ。「見せて」マグディは両手をどけると、噴きだす血を予想して早くもたじろいだ。

わき腹にはかすかな赤いすじがついているだけだった。あの狼男は、もっとひどく切り裂くことができると思い知らせるていどに切ってみせたのだ。

「やっぱりね」あたしはいった。

「なにがやっぱりなんだ？」とマグディ。

「あたしが相手をしているのはクロマニョン人だった」

「なにをいってるのかさっぱりだ」

「そのままでいてね。あたしがいうまで起きあがらないで」

「動いてないって。ほんとに」

あたしは立ちあがり、狼男に顔をむけた。そいつはナイフをベルトにもどしていた。マグディを指さし、あたしを指さし、コロニーのある方角を指さした。

「ありがとう」あたしは狼男にむかって軽く頭をさげた。気持ちが伝わりますようにと思いながら。顔をあげると、狼男はまたあたしの翡翠の象を見つめていた。いままで装身具を見たことがないのかもしれないし、単に象がデッパラに似ているせいかもしれない。狼男たちはデッパラの群れを追って移動している。デッパラは彼らのおもな食料源であり、彼らの命そのものなのだ。

あたしはネックレスをはずして狼男に差しだした。狼男はそれを受け取り、そっとペンダントにふれると、くるくるとまわして夜のほのかな光にきらめかせた。うれしそうなクーという声がもれた。それから、狼男はペンダントをあたしに差しだした。

「いいの」あたしは片手をあげて、ペンダントを指さしてから、狼男を指さした。「贈り物よ。あなたにあげるの」狼男はしばらくその場でたたずんでいたあと、なにかささえずった。仲間たちが集まってきた。彼はペンダントを差しあげてみんなに見せた。

「貸して」すこしたってから、あたしは身ぶりでネックレスを渡すよう伝えた。狼男がいわれたとおりにしたので、あたしは——おどろかさないように、そろそろと——彼の首にネックレスをまわして金具を留めた。ペンダントが狼男の胸にふれた。彼はもういちどそれにさわった。

「あのね」あたしはいった。「それはとてもたいせつな人からもらったものなの。あたしを愛してくれた人たちのことを思いだせるようにって。それをあげれば、あたしが愛する人たちを返してくれたあなたに感謝しているということを、あなたにも思いだしてもらえるでしょ。ありがとう」

狼男はまた首をかしげた。

「なにをいってるのかさっぱりわからないでしょうね」あたしはいった。「それでもありがとう」

狼男が腰に手をやってナイフを引き抜いた。それを手のひらに平らにのせてあたしに差しだした。

あたしはナイフを受け取った。「すごい」といって、ほれぼれとながめる。刃のところにはさわらないよう気をつけた。切れ味はすでに見せてもらった。あたしがそれを返そうとしたら、狼男が手だか鉤爪だか前足だかよくわからないものをあげて、あたしがやった身ぶりをまねした。ナイフをくれるというのだ。

「ありがとう」あたしはもういちどいった。狼男はひと声さえずり、仲間たちのほうへ引き返していった。ひとりがマグディのライフルを地面にほうりだすと、彼らはふりかえることなく近くの木立へむかい、信じられないほどのスピードでそこをよじのぼると、あっというまに姿を消した。

「うわあ」あたしはしばらくしてからいった。「ほんとにうまくいったなんて信じられない」

「あんたが信じられないなんて」グレッチェンが隠れがから姿をあらわし、あたしに近づいてきた。「いったいどうしちゃったの？　はるばるこんなところまでやってきたと思ったら、いきなり歌いだしたりして。歌ったのよ。フーテナニーのときみたいに。二度とあんなことはしないからね。絶対に」

「あたしのリードに合わせてくれてありがとう。あたしを信じてくれてありがとう。愛してる」

「わたしも愛してるよ。だからといって、二度とあんなことをするつもりはないから」

「当然だね」

「でも、あんたがマグディをぼこぼこにするのを見られたから、それだけの価値はあったかも」

「ああ、あれはつらくてたまらなかった」

「ほんとに？　ちょっとだけ楽しかったんじゃない？」

「うん、そうかも。ちょっとくらいは」

「おれはここにいるんだぞ」マグディが地面からいった。

「あんたはゾーイに感謝しないと」グレッチェンはそういうと、かがみこんでマグディにキスした。「ほんとにバカな、腹立たしい人ね。あんたが生きていてすごくうれしい。もういちどあんたがこんなことをしたら、わたしがこの手で殺してあげる。できるのは知ってるでしょ」

「知ってるよ」マグディはあたしを指さした。「おまえができなくても、あいつがやるだろうしな。よくわかった」

「よろしい」グレッチェンは立ちあがり、マグディに手を差しだした。「さあ起きて。家までは遠いのよ。わたしたちは一年ぶんの幸運をたったいま使い果たしちゃったような気がするし」

「両親にはなんていうつもりなんだ?」みんなで家へむかって歩いているときに、エンゾがあたしにいった。

「今夜? なにもいわないよ」あたしはいった。「今夜はパパもママも心配ごとが山のようにあるはず。このうえあたしがわざわざ話す必要はないでしょ――ふたりが出かけていたあいだに、さらに二名の植民者を殺そうとした四人の狼男に立ち向かって、歌の力だけでそれを撃退したなんて。爆弾を落とすのは一日か二日あとにするかも。まあ、ほのめかすていどだけど」

「ほのめかす、か。そうはいってもなにかは話すんだろう」

「うん。話さないとね。あの狼男たちがデッパラの群れを追って移動しているんだとしたら、こういう問題が毎年起こることになる——彼らがもどってくるたびに。みんなに教える必要があると思うの。狼男たちは人殺しの野蛮人じゃないから、ほうっておくのがいちばんだって」

「どうしてわかったんだ?」エンゾはしばらくしてたずねた。

「なにが?」

「あの狼男っぽい連中が人殺しの野蛮人じゃないって。きみはマグディを押さえつけてあの狼男に彼を襲わせた。きみはあいつがマグディに死ぬほどの傷を負わせないと考えていた。聞こえたんだよ。あのあとで、きみは〝やっぱりね〟といってた。だからどうしてわかったのかなって」

「わからなかった。でも期待はしてた。あの狼男はずいぶん長いあいだ仲間があなたたちふたりを殺すのを止めていた。それは善良だからというわけじゃないと思う」

「善良な狼男か」

「なんだかわからないけどね。実際には、狼男たちはあたしたちの仲間を殺している。ジョンとジェーンは仲間を奪還するために狼男たちを何人か殺した。どちらも——植民者も狼男も——おたがいを殺すことができると証明している。あたしは、どちらもおたがいを殺さないこともできると証明する必要があると思うの。彼らを撃つかわりに、彼らにむかって歌ったときに、あたしたちはそれを伝えていた。あの狼男にもそれがわかったんだと思う。だから、あの狼男にマグディへの仕返しをさせたときも、本気で傷つけることはないだろうと考えたの。あの狼男は、そんなことをしたらどうなるかちゃんとわかっているんだぞと、あたしたちに教えたがっているみたいだったから」

「それでも大きなリスクをおかしたことに変わりはない」

「ええ、そうよ。でも、ほかの選択肢は、あの狼男とその仲間を殺すか、あいつらにあたしたち全員を殺させるかのどっちかだった。さもなければ、おたがいを全員殺してしまうか。もっとマシなことができるんじゃないかと思ったの。それに、さほど大きなリスクとは思わなかった。あの狼男が仲間たちをあなたたちから遠ざけようとしている姿は、あたしの知っているある人を思いださせたから」

「だれ？」

「あなたよ」

「あー、なるほど。マグディのあとをついてまわって彼をトラブルから守ろうとするのは、今夜が正式に最後になると思う。今後はマグディには自力でやってもらう」

「その考えについては文句のつけようがないね」

「だと思ったよ。マグディがきみをすごくいらつかせることがあるのは知ってる」

「そうね。マグディはほんとに、ほんとにそう。でも、あたしになにができる？」彼はあたしの友だちなのよ」

「マグディはきみのものだからな。ぼくもそうらしいけど」

あたしはエンゾに目をむけた。「そこのところも聞いていたのね」

「信じてくれ、ゾーイ。きみがあらわれてから、ぼくはずっときみの声を聞いていた。きみがいったことは、この命があるかぎりずっと暗唱できそうだ。その命をなくさずにすんだのはきみのおかげだし」

「それと、グレッチェンとヒッコリーとディッコリーのおかげ」

「みんなにもお礼はいうよ。でも、いまはきみに集中したい。ありがとう、ゾーイ・ブーティン＝ペリー。ぼくの命を救ってくれてありがとう」

「どういたしまして。もうやめて。顔が赤くなっちゃう」

「信じられないな。いまは暗すぎて見えないし」

「ほっぺたにさわってみて」

エンゾはさわった。「特に赤くなっているような感じはないな」

「ちゃんとさわってないからよ」

「腕がなまったかな」

「じゃあ、直して」

「わかった」エンゾはそういって、あたしにキスした。

「きみを赤面させるつもりだったのに。泣かせるんじゃなくて」エンゾはキスが終わったあとでいった。

「ごめん」あたしは気をおちつけようとした。「なくしてほんとに寂しかったから。あれを。あたしたちを」

「ぼくのせいだ」

あたしはエンゾの唇に手を当てた。「もうそんなことはどうでもいいの。ほんとよ。ぜんぜん気にしてないの。ただ、あなたを二度と失いたくないだけ」

「ゾーイ」エンゾはあたしの手をとった。「きみはぼくを救った。ぼくを手に入れた。ぼくをわがものにした。ぼくはきみのものだ。きみが自分でそういった」

「いったよ」あたしは認めた。

「じゃあ、これで解決だね」

「わかった」あたしはにっこり笑った。

それからもうすこしキスをした。夜の闇のなか、エンゾの農場のゲートのまえで。

18

コンクラーベとコロニー連合に関するヒッコリーとパパとのやりとりはすごくおもしろかった——ヒッコリーが、ディッコリーとふたりであたしの両親を殺すことをもくろんでいるといいだすまでは。そのあとは、うん。あたしはちょっとおかしくなった。

公平を期すためにいうと、とにかく長い一日だったのだ。

エンゾにおやすみをいってよろよろと家に帰り、かろうじて残った思考力で石のナイフをドレッサーに隠し、ババールの顔なめ攻撃を受け流したあと、服をちゃんとぬぐ間もなく寝台に倒れこんで気を失った。あたしが横になってしばらくして、診療所から帰ってきたジェーンが、あたしのひたいにキスして、ブーツをぬがせてくれたけど、あたしがおぼえているのは、ママが元気になってどんなにうれしいかをもごもごと伝えたことくらいだった。とにかく、頭のなかではそういっていた。口が実際にことばにしたのかどうかは知らない。たぶんしたと思う。そのときのあたしはとても疲れていた。

でも、それからすこしたって、パパがやってきてあたしをそっと揺り起こした。「おいで、かわいこちゃん。きみにしてほしいことがあるんだ」

「朝になったらするよ」あたしはもごもごといった。「誓うから」

「そうじゃないんだ。いますぐしてほしいんだよ」パパの口ぶりはやさしかったけど執拗で、ほんとうに起きなくちゃいけないんだとわかった。あたしは名誉を守るためにぶつぶつ不平をこぼしながら起きあがった。それからバンガローの居間へむかった。パパはあたしをカウチへと導いた。あたしはそこにすわり、いまやっているなにかが終わったらすぐに眠りにもどれるように、意識がなかばぼやけた状態を維持しようとした。パパは自分のデスクにむかって席についた。ママはそのとなりに立っていた。あたしは眠たげな笑みをママにむけたけど、気づいてもらえなかったようだ。あたしと両親とのあいだにはヒッコリーとディッコリーがいた。

パパがヒッコリーに話しかけた。「きみたちは嘘をつけるのか？」

「われわれはまだあなたに嘘をついたことはない」ヒッコリーがこたえた。

あたしの眠い頭でさえ、それが質問のこたえになっていないことはわかった。パパとヒッコリーは嘘が会話にもたらす可能性についてすこし冗談めいたやりとりをかわした（あたしはバカげたことで議論するくらいなら嘘をつくほうがマシだと思ったけど、だれからも意見をもとめられなかった）。それから、パパがあたしにむかって、ヒッコリーとディッコリーにパパの質問にすべて正直にこたえるよういってくれと頼んだ。嘘やはぐらかしは抜きで。

これでようやく、ちゃんと目がさめた。「どうして？　なにが起きてるの？」

「頼むからやってくれ、ゾーイ」パパがいった。

「わかった」あたしはヒッコリーに顔をむけた。「ヒッコリー、あたしのパパの質問に嘘やはぐらかしは抜きでこたえて。いい？」

「あなたの望みのままに」ヒッコリーはいった。

「ディッコリーもよ」

「われわれは正直に質問にこたえよう」

「ありがとう」パパがそういって、あたしに顔をもどした。「もうベッドにもどってかまわないよ」

これにはむっとした。あたしは人間であって、自白剤じゃない。「なにが起きているのか教えてよ」

「きみが心配するようなことじゃないから」

「このふたりに正直に話すよう命令させたくせに、あたしが心配するようなことじゃないと信じろっていうの？」睡眠毒素が体内から抜けるのに時間がかかっていた。こうして話していても、自分が両親に対して、この場で許されている以上にむちゃな態度をとっているのはわかっていた。

それを裏付けるみたいに、ジェーンがちょっと背すじをのばした。「ゾーイ」方針を変えることにした。「それに、あたしがいなくなったら、ふたりが嘘をつかないという保証はなくなるわ」これならすこしは理にかなって聞こえるかもしれない。「ふたりは気持ちの面ではあなたに嘘をつけるのよ。がっかりさせてもかまわないと思ってるから。でも、あたしをがっかりさせるのはいやなの」これがほんとうかどうかはわからなかった。たぶんそうだと思うけど。

パパがヒッコリーに顔をむけた。「いまのはほんとうか？」

「われわれは必要だと思えばあなたに嘘をつく」ヒッコリーがいった。「ゾーイには嘘をつかない」

ここでとても興味深い疑問が生じた。ヒッコリーがそんなことをいったのは、それが事実だったからなのか、それとも、あたしのことばを裏付けるためだったのか？　もしも後者だとしたら、この発言の真理値はどれくらいだったのか？　もうちょっと頭がはっきりしていれば、もっとじっくり考えていたと思う。でも実際には、あたしはうなずいてパパにこういった。「ほらね」

「ここでの話をだれかにひとことでも漏らしたら、きみはこれから一年間ずっと馬小屋ですごすことになるんだよ」とパパ。

「秘密はちゃんと守るわ」あたしは唇に鍵をかける身ぶりをしかけて、どたんばで思い直した。

それは正解だった。なぜかというと、ジェーンが急に近づいてきて、〝あたしはものすごく真剣なのよ〟という顔で目のまえに立ちはだかったのだ。

「待って」ジェーンはいった。「あなたはしっかりと理解しなくちゃいけない。ここで聞いたことはほかのだれにも話してはいけないの。グレッチェンにも。ほかの友だちにも。だれにも。これはゲームじゃないし、楽しい秘密でもない。これはとても深刻なことなのよ、ゾーイ。それだけの心構えができていないのなら、いますぐこの部屋から出ていきなさい。ヒッコリーとディッコリーはあたしたちに嘘をつくかもしれないけど、そのリスクはおかすしかない。さあ、ここでの話をだれにも教えない、だれにも教えてはいけないということはちゃんと理解できたかしら？　はいかいいえでこたえて」

その瞬間、いくつかの思いが頭に浮かんだ。

第一に、こういうとき、あたしはジェーンが兵士としてどれほどおそるべき存在だったかをほんのすこしだけ実感する。女の子にとって最高の母親だということにまちがいはないけれど、こういうモードにはいると、ジェーンはほかのだれにもできないくらい強硬で冷徹で率直になる。ひとことでいえば威嚇的になるのだ。しかも、それはことばだけのことじゃない。あたしは、ジェーンがいまと同じ表情を顔にはりつけて、防衛軍から支給されたライフルを手に戦場をのしのしと歩く姿を想像してみた。考えただけで、体のなかで少なくとも三つの内臓がほんとうに収縮するのを感じた。

第二に、あたしが今夜やったことを知っていたら、ジェーンはあたしの秘密を守る能力についてどんな考えを持つだろう。

第三に、ひょっとしたらジェーンは知っていて、だからこういう話になっているのかもしれない。

考えたとたん、さらにいくつかの内臓が収縮するのを感じた。

ジェーンは石のように冷たい目であたしを見つめたまま、返事を待っていた。

「はい」あたしはいった。「わかったわ、ジェーン。絶対しゃべらない」

「ありがとう、ゾーイ」ジェーンは上体をかがめてあたしの頭のてっぺんにキスした。あっというまに、いつものママにもどっている。あたしにいわせれば、ある意味、それはジェーンのおそろしさをいっそう際立たせていた。

話がついたので、パパはヒッコリーに、コンクラーベというグループについて知っていることをたずねた。ロアノークへジャンプしてからというもの、あたしたちはコンクラーベに見つかるときがくるのを待っていた。そうなったら、コンクラーベはあたしたちのコロニーを破壊する——コロニー連合から送られたビデオのなかでホエイド族のコロニーを破壊していたように。パパが知りたがったのは、コンクラーベに関するヒッコリーの知識と自分の知識とのあいだにずれがあるかどうかということだった。

ヒッコリーは、基本的にはずれがあるとこたえた。オービン族の政府から提供された独自のファイルにより、彼らはコンクラーベについてかなりのことを知っていた。そのファイルには、あたしたちがコロニー連合から教えられた情報とはちがって、コンクラーベがコロニーを排除するときには、破壊するよりも植民者を退去させることを好むという事実がしめされていた。

パパはヒッコリーに、ことなる情報を持っていたのなら、なぜそれをあたしたちに話さなかったのかとたずねた。ヒッコリーは、政府によって話すなと命じられていたのだとこたえた。ヒッコリーもディッコリーも、もしもパパに情報を持っているかと質問されていたら嘘はつかなかっただろうが、そんな質問はいちどもされなかったのだ。パパはヒッコリーとディッコリーがいいのがれをしていると感じたみたいだけど、それ以上の追求はしなかった。

パパはヒッコリーに、あたしたちがコロニー連合から受け取った、コンクラーベがホエイド族のコロニーを破壊したときのビデオを見たかとたずねた。ヒッコリーは自分たちも独自にビデオは手に入れたとこたえた。パパがそのビデオにはどこかちがいがあったかとたずねると、ヒッコリーはあったとこたえた。そちらのほうが長いバージョンで、ホエイド族のコロニーの破壊を命じたガウ将軍が、そのコロニーのリーダーを説得している様子が映しだされていたらしい。コンクラーベは植民者を退去させようとしたのに、ホエイド族のリーダーがコロニーを破壊されるまえに立ち去ることを拒否したのだ。ヒッコリーの説明によれば、ほかのコロニー世界では、植民者たちが退去を望んだ場合、コンクラーベは彼らを惑星上から移送して、故郷の世界へもどるか、コンクラーベに市民として加わるかを選ばせているとのことだった。

ジェーンがコロニーの数をたずねた。ヒッコリーは、彼らが知るかぎりでは十七のコロニーがコンクラーベによって排除されたとこたえた。十のコロニーでは、コンクラーベが植民者をもとの故郷へ送り返した。四つのコロニーでは、植民者はコンクラーベに加わることを選んだ。三つのコロニーだけは、植民者が退去を拒否したために破壊された。コンクラーベは新規コロニーの建設を本気で阻止するつもりでいるけど、コロニー連合があたしたちにいっていたのとはちがって、その意図を明確にするために新規コロニーの住民を皆殺しにするつもりはないらしい。

これは興味深い事実であり、胸騒ぐ事実でもあった。もしもヒッコリーのいうことがほんとうなら――ヒッコリーはあたしに嘘をつかないし、あたしの両親にもあたしの意志に反して嘘をつくことはないのだから、ほんとうに決まっている――コロニー連合がコンクラーベとそのリーダーであるガウ将軍について思いきりかんちがいをしているか、そいつらに発見されたときになにが起こるかについてあたしたちに嘘をついたかのどちらかになる。最初のほうはたしかにありうることだと思う。コロニー連合は、既知のほとんどすべてのエイリアン種族と積極的な敵対関係にあるので、もっと友人が多い場合と比べたら情報収集もむずかしくなっているはずだ。とはいえ、二番目のほうが真実である可能性はずっと高い——政府があたしたちに嘘をついているのだ。

でも、コロニー連合が嘘をついているとしたら、その理由は？　あたしたちに嘘をつくことでどんな得があるの？　あたしたちを宇宙のどこともしれぬ片隅へ追いやり、発見される恐怖におびえながら日々を送らせ——全員の命を危険にさらして？

あたしたちの政府はなにをたくらんでいるの？

そして、コンクラーベはあたしたちを見つけたらほんとうはどうするつもりなの？

自分の考えにのめりこんでしまっていたので、ヒッコリーとディッコリーがコンクラーベによるコロニーの排除に関する詳細なファイルを持っている理由を説明するのを、あやうく聞き逃すところだった。それは、コンクラーベに発見されたときに、コロニーを放棄するようママとパパを説得して、破壊されるのを避けるためなのだ。でも、どうして説得したいんだろう？

「ゾーイがいるから」パパはヒッコリーにたずねた。

「そうだ」とヒッコリー。

「わお」とあたし。これはびっくり。

「静かにしなさい」パパはあたしにいってから、ヒッコリーに注意をもどした。「もしもジェーンとわたしがコロニーを放棄しないと決めたらどうなる?」

「それはいいたくない」とヒッコリー。

「はぐらかさないで、質問にこたえてくれ」

ヒッコリーはこたえるまえにちらりとあたしを見た。「あなたとセーガン中尉を殺すことになる。それと、コロニーの破壊を容認する植民者のリーダー全員を」

パパがこれに対してなにかいって、ヒッコリーもなにかこたえたけど、ほとんど耳にはいらなかった。脳がたったいま聞いたことを処理しようとして、完全に失敗しているみたいだった。あたしがオービン族にとって重要な存在だというのはわかっている。概念としてはずっとわかっていたけど、数カ月まえに、ヒッコリーとディッコリーがそれを強く実感させてくれた――ふたりであたしに襲いかかって狩り立てられる気分を味わわせ、なぜ身を守る方法を学ぶ必要があるかを教えてくれたときに。でも、その重要性をどんなふうに表現しようと、あたしがオービン族にとってすごく重要だから、いざというとき、彼らがあたしを救うためにあたしの両親でも殺すという発想にはつながらなかった。

それをどう考えればいいのかさっぱりわからなかった。どう感じればいいのかもわからなかった。その概念が何度も脳に引っかかりそうになっては、またすべり落ちていく。まるで体外離脱を体験しているみたいだ。あたしはみんなの会話の上をふわふわとただよい、ジェーンが議論に口をはさんで、ヒッコリーにたずねるのを聞いた。こうして計画を認めたいまになっても、ヒッコリーとディッコリーがジェーンとジョンを殺すつもりでいるのかと。あたしのママとパパを殺すつもりでいるのかと。

「あなたたちがコロニーを放棄しないと決めたらそうなるだろう」ヒッコリーがこたえた。

パチンという感じで頭のなかへ引きもどされた。突然、この件に対してどう感じればいいのかはっきりわかった——絶対的な怒りだ。

「そんなのだめよ」叩きつけるようにことばを吐きだした。「どんな状況でも、そんなことはしちゃだめ」おどろいたことに、あたしはそういいながら立ちあがっていた。席を立った記憶はなかった。怒りで体を激しくふるわせていたため、どうやって立っているのかわからないくらいだった。

ヒッコリーとディッコリーはこの怒りにたじろぎ、体をふるわせた。「その命令にだけは従うことができない」ヒッコリーがいった。「あなたは重要すぎるのだ。われわれにとって、すべてのオービン族にとって」

い、い、い、すべてのオービン族にとって。

唾を吐けるならそうしていただろう。

またた。生まれてからずっと、あたしはオービン族に縛られてきた。自分がだれであるかではなく、自分がどういう存在であるかということで。あたしがオービン族に対しても意味によって。あたし自身の人生はそれとはなんの関係もなく、ただ彼らに娯楽を提供しているにすぎない——数十億のオービン族があたしの人生の記録をゆかいなドラマみたいに再生するというかたちで。だれかほかの女の子がチャールズ・ブーティンの娘だったら、オービン族はよろこんでその女の子の人生を見物するだろう。その女の子の養父母がオービン族の計画にとってじゃまになったら、彼らはその人たちを抹殺するだろう。あたし自身がだれかということにはなんの意味もない。重要なのは、あたしがたまたまある男の娘だったということ。オービン族はその男が自分たちにあるものをあたえられると考えていた。彼らはそれを手に入れるために男の娘の人生を取引の材料にした。結局、男はオービン族のためにおこなった研究によって命を落とすことになった。そしていま、オービン族はさらなる生け贄をもとめている。

だから、あたしはヒッコリーとディッコリーに自分の気持ちをぶつけた。「あたしはもう、オービン族のせいでひとりの親をなくしてるのよ」その最後のことばにありったけの感情をこめた。オービン族が、あたしに愛情とやさしさと敬意をもって接してくれたふたりを奪ってゴミのように打ち捨ててしまうことをなんとも思っていないことに対する、怒りを、嫌悪を、恐怖を。

その瞬間、あたしはヒッコリーとディッコリーを憎んだ。それは愛する人に完膚《かんぷ》なきまでに裏切られたときにだけ生まれる憎しみだった。彼らがあたしを愛していると思いこんでいるためにあたしを裏切ろうとしていることが憎かった。

あたしはふたりを憎んだ。

「みんなおちついてくれ」ジョンがいった。「だれも殺されたりなんかしない。そうだろう？　大騒ぎするようなことじゃない。ゾーイ、ヒッコリーとディッコリーはわたしたちを殺さないよ。わたしたちはコロニーを破壊させたりしないからな。単純なことだ。それに、きみの身になにかが起こることもありえない。ヒッコリーもディッコリーもわたしも、きみが重要すぎるという点で意見が一致しているんだから」

あたしは口をあけて返事をしかけてから、泣きだした。両脚の感覚がなくなってしまったみたいだった。ふいにジェーンがあらわれ、あたしを抱き寄せてカウチへすわらせてくれた。あたしは、ずっとまえにあのおもちゃ屋の外でしたように、ジェーンの胸のなかですすり泣きながら、頭のなかを整理しようとした。

パパがヒッコリーとディッコリーに、どのような状況でもあたしを守ることを誓わせているのが聞こえた。ふたりは誓った。あたしはもうふたりの助けや保護はほしくない気分だった。そんな感情がいずれ消えることはわかっていた。いまでさえ、それは一時的な憎しみのせいだとわかっていた。だからといって、あたしがいまも憎しみを感じているという事実が変わるわけではなかった。これから先ずっと、あたしはその思いを胸に生きていくしかないのだ。

パパはヒッコリーを相手にコンクラーベの話をつづけて、排除されたほかのコロニーに関するオービン族のファイルを見せてくれと頼んだ。ヒッコリーは、それには情報センターへ行く必要があるとこたえた。夜はふけてほとんど日付が変わりかけていたのに、パパはいますぐそれを見たいといった。パパはあたしにキスをして、オービン族といっしょに外へ出ていった。ジェーンはすこしだけ部屋に残った。

「もうだいじょうぶそう？」ジェーンがあたしにたずねた。

「きょうはほんとにきつい一日だったの」あたしはいった。「さっさと終わってほしい」

「ヒッコリーのあんなことばを聞かせてごめんなさい。どうしたって冷静に対処することなんかできそうにないものね」

あたしはなんとか笑みを浮かべた。「ママはへいきみたいね。だれかにあなたを殺す予定だといわれたら、あたしならとてもおちついていられないと思う」

「ヒッコリーのいったことはすごく意外だったというわけでもないの」ジェーンはいった。

あたしはびっくりして顔をあげた。「だって、あなたは協定の一条項なのよ。それに、オービン族はおもにあなたをとおして、生きるというのがどんなものであるかを体験しているんだから」

「オービン族だってみんな生きてるよ」

「いいえ。彼らは存在しているだけ。たとえ意識インプラントがあっても、彼らは自分ひとりではなにをすればいいのかほとんどわからない。彼らにとってはあまりにも新しいことだから。オービン族にはそういう経験がまったくないの。彼らがあなたを見ているのは、それが楽しいからじゃない。いかにして生きるかをあなたが教えてくれるから。あなたは彼らに生き方を教えているのよ」

「そんなふうに考えたことはなかった」

「そうでしょうね。あなたはそんなふうに考える必要はないの。自然に生きればいいのよ。あたしたちみんなと同じように」

「オービン族が最後にあたしを見てからもう一年たってる。例外はヒッコリーとディッコリーだけ。もしもあたしがオービン族に生き方を教えているとしたら、この一年間、彼らはなにをしていたのかな」

「みんなあなたを恋しがっているはずよ」ママはもういちどあたしの頭のてっぺんにキスした。「これでわかったでしょ。オービン族があなたを取りもどすためならどんなことでもする理由が。それと、あなたの安全を守るためなら」

うまい返事は見つからなかった。ママは最後にもういちどあたしをぎゅっと抱きしめてから、パパとオービン族に合流するためにドアへむかった。

「どれだけ時間がかかるかわからないから、ベッドへもどる努力をしてね」

「興奮しすぎて眠れそうにないよ」

「すこしでも眠れば、目がさめたときには興奮もおさまっているから」

「ねえ、ママ」あたしはいった。「これだけの興奮をおさめるためには、なにかよっぽどすごいことが起きないとむりだと思う」

19

案の定、すごいことはちゃんと用意されていた。

コロニー連合がやってきたのだ。

シャトルが着陸して小さな緑色の男が姿をあらわした。あたしは見覚えがある光景だなと思った。小さな緑色の男まで同じだった——リビッキー将軍だ。

でも、ちがうところもあった。最初に会ったとき、リビッキー将軍はうちの前庭にいて、あたしとふたりきりだった。今回、シャトルが着陸したのはクロアタンのゲートの真正面にひろがる草地で、かなりの数の植民者が彼の登場を見守ることになった。あたしたちがロアノークへやってきて以来、将軍は最初の訪問者であり、彼の登場はあたしたちがついに追放の身から解放されるのではないかという期待をいだかせるものだった。

リビッキー将軍はシャトルのまえに立ち、集まってきた人びとへ目をむけた。そして手をふった。

ものすごい歓声があがった。それが何分もつづいた。人が手をふるのをだれも見たことがなかったみたいだった。

ようやく、将軍が口をひらいた。「ロアノークの植民者のみなさん。わたしはみなさんに良い知らせを持ってきた。身を隠す日々は終わりを告げたのだ」ふたたび激しい歓声があがった。それがおさまってから、将軍は話をつづけた。「こうして話しているあいだにも、軌道上にいるわたしの宇宙船は通信衛星の設置作業を進めている。じきに、みなさんは故郷の惑星に残してきた友人や愛する人びとにメッセージを送れるようになる。これから先、使用を禁じられていた電子機器や通信機器は、すべてみなさんの手にもどることになる」

こんどは十代の若者たちのあいだから雄叫《おたけ》びがあがった。

「みなさんに多くの犠牲を強いてきたことは承知している。わたしがここへ来たのは、みなさんの犠牲はむだにはならないと伝えるためだ。われわれは、もうじきみなさんをおびやかしていた敵が阻止されると信じている——ただ阻止されるだけではなく、打ち負かされるのだ。みなさんの協力なしではできないことだ。コロニー連合を代表して、わたしからみなさんにお礼をいいたい」

さらに歓声と意味不明な叫び声があがった。将軍は太陽の下でこのひとときを楽しんでいるように見えた。

「これからコロニーのリーダーたちと会って、みなさんをどのようにしてコロニー連合へ復帰させるか話し合わなければならない。一部の作業には時間がかかるかもしれないので、みなさんにはもうすこしだけ辛抱していただきたい。だが、そのまえにひとつだけいっておこう——文明世界へおかえりなさい！」

群衆はもはや狂乱状態だった。あたしは天をあおいでから、いっしょに着陸を見物に来たババールに話しかけた。「一年間も荒れ地ですごしているとこうなるのよ。どんなにつまらないことでも娯楽に見えてくる」ババールはあたしを見あげて舌をだらんと垂らした。あたしと同じ意見らしい。「さあ、行こう」あたしたちは人びとのあいだを抜けて将軍のもとへむかった。あたしがパパのところへ案内することになっているのだ。

リビッキー将軍はあたしよりも先にババールを見つけた。「やあ！」彼はよだれを待ち受けて上体をかがめ、ババールは忠実かつ熱心にその期待にこたえた。いい犬だけど、人を的確に判断するのが得意というわけじゃないのだ。「きみのことはおぼえているぞ」将軍はババールをなでまわしてから、顔をあげてあたしを見た。「きみのこともおぼえているよ」

「こんにちは、将軍」あたしは礼儀正しくいった。人びとはあいかわらずそこらをうろうろしていたけど、その数はどんどん減りはじめていた。だれもがコロニーの隅々まで走って、いま聞いた話を伝えようとしているのだ。

「背がのびたみたいだな」将軍がいった。

「一年たってるからね。あたしは成長期の女の子だし。暗がりにずっと閉じこめられていたとはいえ」

隠しごとをされていたという皮肉は、将軍には通じなかった。「おかあさんからいわれたんだが、きみがわたしをリーダーたちのところへ案内してくれるそうだね。彼らがみずから出迎えに来なかったのは少々おどろきだな」

「ここ数日、あの人たちは大忙しだったから。みんなもだけど」

「では、コロニーの生活はきみが想像していた以上に刺激に満ちているのだな」

「まあそんなところ」あたしは身ぶりで将軍をうながした。「パパはあなたと話をするのをすごく楽しみにしてるのよ。待たせないでね」


あたしは自分のPDAを手にとった。なんだか違和感があった。

グレッチェンもそれに気づいたようだった。「へんな感じ。持ち歩かなくなってずいぶんたつから。どうすればいいのか忘れちゃったみたい」

「情報センターにあったやつを使っていたときはよくおぼえているみたいだったよ」あたしはそういって、この一年のかなりの時間をそこですごしたことをグレッチェンに思いださせた。

「ちがうの。使い方を忘れたといったんじゃないの。これを持ち歩くのがどんな感じだったか忘れちゃったといってるの。そのふたつはべつのことでしょ」

「いつでも返してかまわないんだよ」

「そうはいってない」グレッチェンは急いでいってから、にっこり笑った。「でも、考えちゃうよね。この一年、みんなPDA抜きでなんとかやっていたのに。フーテナニーとか演劇とかいろいろあってさ」自分のPDAを見つめる。「ああいうのはぜんぶなくなっちゃうのかな」

「いまではどれも、あたしたちの、つまりロアノーク人の一部になってると思う」

「そうかも。そう考えるとすてきだね。ほんとにそうかどうか、いずれわかるけど」

「新しい歌を練習してもいいよね。ヒッコリーがいってたけど、ディッコリーはそろそろ新しいのを試したがってるんだって」

「笑える。あんたのボディガードのひとりが音楽マニアになるなんて」

「ディッコリーもロアノーク人だから」

「そうみたい。それも笑える」

あたしのPDAが点滅をはじめた。グレッチェンのPDAでもなにかが起きていた。彼女は自分のに目をやった。「マグディからのメッセージだ。ろくなものじゃなさそう」PDAにふれてぱくんとひらく。「やっぱり」彼女はあたしに画像を見せた。マグディが自分のお尻を撮影した短いビデオを送ってきていた。

「一部の人はほかの人よりも早くふだんの状態にもどるのね」あたしはいった。

「残念ながら」グレッチェンはPDAをつついた。「これでよし。こんどマグディに会ったらお尻を蹴飛ばすっていうのをメモしておいた」あたしのPDAを指さす。「彼はあんたにも送ったの?」

「うん。あけるのはやめておいたほうがよさそう」

「弱虫ね。ところで、あんたがPDAを使って最初におこなう公式行為はなに?」

「あるふたりにメッセージを送るつもり」あたしはいった。「そして三人だけで会いたいと伝える」

「遅れて申し訳ない」ヒッコリーがディッコリーといっしょにあたしの寝室へはいってきた。「ペリー少佐とリビッキー将軍が、われわれが政府と連絡をとれるようにと、データパケットの優先利用権をあたえてくれた。そのデータの準備に時間がかかったのだ」

「なにを送ったの?」

「すべてだ」

「すべて、すべて。あなたたちふたりとあたしがこの一年間にしたことをひとつ残らず」

「そうだ。今回はダイジェストだが、より包括的なレポートをできるだけ早く送るつもりだ。われわれの同胞は、最後に連絡があってから、あなたになにがあったかを知りたくてうずうずしている。あなたが元気でいることを知らせる必要があるのだ」

「ゆうべあったことも含まれるのよね。なにもかも。あなたがあたしの両親を殺す計画についてすごく気楽に語ったことも」

「そうだ。あなたを動揺させて申し訳なかった、ゾーイ。そんなことはしたくなかったのだ。しかし、あなたの両親に真実を語れといわれたことで、われわれには選択の余地がなくなってしまった」

「あたしに対してはどうなの？」

「われわれはつねにあなたに真実を語ってきた」

「そうね、でもぜんぶじゃないでしょ？　あなたはパパに、まだ話していないコンクラーベに関する情報があるといった。でも、あなたはそれをあたしにも話さなかった。あなたはあたしに隠しごとをしていたのよ、ヒッコリー。あなたもディッコリーも」

「あなたは質問しなかった」

「ちょっと、そんないいのがれはやめて。ことば遊びをしているわけじゃないのよ。あなたはあたしたちに隠しごとをしていた。あたしに隠しごとをしていた。そして、考えれば考えるほど、あなたがあたしに話していない情報にもとづいて行動していたことがわかってきた。あなたはあたしとグレッチェンに情報センターでたくさんの種族について調べさせた。そして、たくさんの種族との戦い方を練習させた。そのほとんどがコンクラーベには属していなかった。なぜなら、あなたは知っていたから——もしもコンクラーベが最初にあたしたちを見つけたら、彼らはあらゆる手立てを使ってあたしたちと戦わないよう努力することを」

「そうだ」とヒッコリー。

「あたしはそれを知るべきだったと思わない？　あたしにとって重要なことだったと思わない？　あたしたちみんなにとって？　コロニー全体にとって？」

「申し訳ない、ゾーイ。われわれは政府から命令を受けていたのだ。どうしても必要な状況になるまでは、あなたの両親が知らない情報は明かしてはならないと。そのような状況になるのはコンクラーベが空にあらわれたときだけ。それまでは、われわれは慎重にならざるをえなかった。もしもあなたに話したら、当然あなたは両親に伝えるだろう。そこでわれわれは、あなたからじかに質問されないかぎり、こちらから話題を持ちだすのはやめようと決めたのだ」

「あたしには質問する理由がないでしょ？」

「たしかに。そうしなければならなかったことは残念に思う。だが、ほかに選択肢はなかった」

「ふたりともよく聞いて」あたしはそこまでいって口をつぐんだ。「これも記録しているのよね」

「そうだ。あなたから止められないかぎり、われわれはつねに記録している。記録を止めてほしいのか？」

「いいえ。これはあなたたち全員に聞いてほしいから。第一に、なにがあってもあたしの両親を傷つけることは許さない。絶対に」

「ペリー少佐はすでに、コロニーを破壊されるよりはそれを放棄することを選ぶとわれわれに明言した。それが事実なら、彼やセーガン中尉を傷つける理由はない」

「そんなことはどうでもいいの。なにかべつの機会に、あなたはジョンとジェーンを排除する必要があると判断するかもしれないでしょ？」

「その可能性は低い」

「あたしが翼を生やすよりも可能性が低くたって関係ないのよ、ヒッコリー。あなたがあたしの両親を殺そうと考えるかもしれないなんて思いもしなかった。あたしはまちがっていた。この件では二度とまちがいたくない。だから誓って。けっしてあたしの両親を傷つけないと」

ヒッコリーは自分たちの言語でディッコリーになにか短く語りかけた。「われわれは誓おう」ヒッコリーはいった。

「すべてのオービン族を代表して誓って」

「それはむりだ。われわれが約束できるようなことではない。われわれの力がおよぶことではないのだ。しかし、ディッコリーもわたしもあなたの両親を傷つけることはない。そして、あなたの両親を傷つけようとするすべての敵から彼らを守る。たとえその敵がオービン族でも。これがわれわれの誓いだ、ゾーイ」

最後のところを聞いてヒッコリーを信じる気持ちになった。あたしはジョンとジェーンを守ってくれとはいわなかった。傷つけるなといっただけだ。ヒッコリーが自分から付け加えたのだ。ディッコリーとともに。

「ありがとう」あたしは急に緊張がほぐれたような気がした。その瞬間まで、すわってこういう話をしているだけで自分がどれほど神経をたかぶらせていたかに気づいていなかった。「ふたりともありがとう。どうしてもそれを聞いておく必要があったの」

「どういたしまして、ゾーイ」ヒッコリーがいう。「ほかにわたしたちに聞きたいことはあるか？」

「あなたたちはコンクラーベに関するファイルを持っているのよね」

「そうだ。分析のためにすでにセーガン中尉に渡してある」

それは完璧に理にかなっていた。ジェーンは特殊部隊にいたときに諜報士官をつとめていたのだ。「あたしもそれを見たい。あなたたちが持っている情報すべてを」

「それでは用意しよう。しかし、情報は膨大で、そのすべてが簡単に理解できるわけではない。この情報の処理についてはセーガン中尉のほうがはるかに適任だ」

「ジェーンに渡さずにあたしに渡せといってるんじゃないの。あたしも見たいだけ」

「あなたが望むなら」

「それと、コンクラーベに関してあなたが政府から入手するそれ以外の情報ぜんぶ。ほんとにぜんぶだからね、ヒッコリー。今後は〝じかに質問されなかった〟とかいうたわごとはやめて。それはもうおしまい。わかった？」

「わかった。われわれが入手する情報には不完全なものがあるかもしれないということは理解してほしい。われわれもすべてを知らせてもらえるわけではないのだ」

「わかってる。それでも、あなたたちのほうがたくさん知っているように見えるから。あたしは理解したいのよ。あたしたちがどんなものに直面しているのかを。いや、していたかな」

「なぜ〝していた〟なのだ？」

「きょう、リビッキー将軍がみんなにいっていたもの。コンクラーベはもうじき打ち負かされるって。どうして？　なにかべつの情報があるの？」

「べつの情報はなにもない。しかし、われわれの考えでは、リビッキー将軍が大勢のまえでなにかを公言したというだけでは、彼が真実を語っているということにはならない。ロアノークが完全に危険をのがれたということにもならない」

「でも、それじゃおかしいよ」あたしはPDAをヒッコリーにむかって差しあげた。「これはまた使えるっていわれた。電子機器はみんな使えるようになったって。いままで使うのをやめていたのは、それで居所がばれるからでしょ。また使えるようになったとしたら、見つかる心配をしなくてよくなったはず」

「そのデータについてひとつ興味深い解釈がある」

「べつの解釈ってこと？」

「将軍はコンクラーベが打ち負かされたといったのではなく、そうなると信じているといった。これで正しいか？」

「そうよ」

「では、将軍がいったのは、ロアノークがコンクラーベの敗北に一役買うという意味かもしれない。その場合、あなたたちが電子機器の使用を許されたのは安全になったからではない。あなたたちが餌になったからだ」

「コロニー連合がコンクラーベをここへおびき寄せていると思ってるの？」あたしはしばらく考えてからいった。

「われわれはいかなるかたちであれ意見は述べない。その可能性があるといっているだけだ。それはわれわれの入手したデータとも適合する」

「このことをあたしのパパに伝えた？」

「それはまだだが——」

ヒッコリーはいいかけたけど、あたしはもうドアを飛びだしていた。

「ドアを閉めなさい」パパがいった。

あたしはドアを閉めた。

「このことをだれに話した？」

「ヒッコリーとディッコリーには当然。あとはだれにも話してない」

「だれにも？　グレッチェンにも？」

「うん」グレッチェンは、例のビデオを送りつけてきたマグディを蹴飛ばしに出かけていた。あたしもいっしょに行けばよかったのかもしれない。ヒッコリーとディッコリーを部屋へ呼んだりせずに。

「そうか。では、きみたちはこの件については口を閉じていなければいけない。きみもエイリアンのコンビも」

「ヒッコリーがいったようなことは起こらないと思ってるの？」

パパがあたしをまっすぐ見つめた。またしても、あたしはパパが見た目よりずっと歳をとっていることを思い知らされた。

「起こるだろうな。コロニー連合はコンクラーベのために罠をしかけた。わたしたちが姿を消して一年がたつ。コンクラーベはそのあいだずっとわたしたちをさがしていて、コロニー連合はそのあいだずっと罠の準備をしていた。ようやく準備がととのって、わたしたちは舞台へ引きもどされた。リビッキー将軍の宇宙船が帰還するとき、彼らはわたしたちの居所をわざともらすことになる。その知らせはコンクラーベに伝わる。コンクラーベはここへ船団を送りこんでくる。そしてコロニー連合が船団を撃破する。とにかく、計画はそうなっている」

「うまくいくの？」

「わからない」

「うまくいかなかったらどうなるの？」

パパはかすかに、苦い笑い声をあげた。「うまくいかなかったら、コンクラーベは交渉をするような気分ではなくなるだろうな」

「そんな。みんなに伝えなくちゃ、パパ」

「どうせ伝わっている。これまでも植民者たちに隠しごとをしようとしてきたが、うまくいかなかった」パパは狼男たちのことをいっているようだった。あたしも、今回の件がすっかり片付いたら、狼男たちとの冒険について白状しないと。「とはいえ、またパニックを起こすようなことはしたくない。ここ数日、人びとはそれでなくてもひどく打ちのめされている。コロニー連合の計画については、みんなをひどくこわがらせないように説明する必要がある」

「ほんとはこわがるべきなのに」

「そこが問題だな」パパはまた苦い笑い声をあげてから、あたしを見た。「これは正しくないんだ、ゾーイ。このコロニーは嘘の上に築かれている。ロアノークは最初から、ほんものの、存続可能なコロニーをめざしたものじゃなかった。これはわたしたちの政府がコンクラーベをコケにするために存在している——コロニー建設の禁止を定めたコンクラーベに逆らい、罠をしかける時間をかせぐために。その時間がかせげたいま、わたしたちのコロニーが存在する唯一の理由が消えようとしている。コロニー連合はわたしたちがだれなのかということをまったく気にしていないんだよ、ゾーイ。彼らが気にしているのはわたしたちがどういう存在かということだけだ。彼らにとってなにを意味するか。彼らにとってなんの役に立つか。わたしたちがだれであるかということは問題にならない」

「その感じはよくわかる」

「すまない。話が抽象的なうえに憂鬱になってしまったな」

「抽象的じゃないよ、パパ。ここにいるのは自分の命が協定の一条項になっている女の子だよ。自分がだれなのかということより自分がどういう存在かということを重視されるのがどんなものか、あたしはよく知ってるの」

パパはあたしをハグした。「ここではそんなことはないよ、ゾーイ。わたしたちはきみがきみであるから愛している。もっとも、きみがオービン族の友人たちにさっさとわたしたちを助けろと命じたいというのなら、それはそれでかまわないが」

「ヒッコリーとディッコリーにはパパを殺さないと誓わせたよ。だから、すこしは前進してる」

「ああ、よちよち歩きだが正しい方向へ進んでいる。家族のだれかにナイフで刺される心配をしなくていいというのはありがたい」

「ママがいるけど」

「いいかい、もしもわたしがそこまでジェーンを怒らせたら、彼女はナイフなんていう痛みの少ないものは使ってくれないよ」パパはあたしの頬にキスした。「ヒッコリーがいったことを教えてくれてありがとう。それと、いままでそれをだれにも話さないでくれてありがとう」

「どういたしまして」あたしはドアへむかい、取っ手をまわすまえに立ち止まった。「パパ？　コンクラーベがここへやってくるまでどれくらいかかると思う？」

「長くはないよ、ゾーイ」パパはいった。「けっして長くはない」


実際には、わずか二週間ほどだった。

そのときまでに、あたしたちは準備をととのえた。パパはパニックを起こさずに事実を人びとに伝える方法を見つけて、こう説明した。まだコンクラーベがわれわれを見つける可能性は充分にある。コロニー連合はここでそれを阻止する計画を立てている。それでも危険は残るが、危険はこれまでもあったのであり、われわれとしては頭をはたらかせて準備をするのが最良の防衛策となる、と。植民者たちはいろいろな設計図を呼びだして、防空シェルターやそのほかの防御設備を建設し、しまいこんだままだった掘削機械や建築機械をおおいに活用した。だれもがそれぞれの仕事に集中し、悲観的にならず、できるだけの準備をして、間近に迫った戦争にそなえた。

あたしはヒッコリーとディッコリーからもらった資料を読み、コロニーが排除されるビデオを観賞し、データをあさって、情報を仕入れることに専念した。ヒッコリーとディッコリーがいったとおり、資料は膨大で、その多くはあたしには理解できないフォーマットで記述されていた。ジェーンがどうやってこれだけのものを頭におさめているのかさっぱりわからなかった。とはいえ、理解できたぶんだけからでも、いくつかのことがわかってきた。

第一のポイントは、コンクラーベが巨大だということ。実に四百を超える種族が参加していて、それぞれが新しいコロニー建設のために競い合うのではなく協力するという誓いを立てていた。これはとんでもない試みだった。これまで、宇宙のこのあたりにいる数百の種族は、他種族との戦いをへて惑星を手に入れ、そこへ植民者を送りこみ、新しいコロニーができあがると、あらゆる手段を尽くして自分のコロニーを守り、それ以外のすべての種族を一掃してきた。ところが、コンクラーベの方針によれば、あらゆる種族の生物が同じ惑星で暮らすことになる。競い合うようなことはない。理論上はすばらしいアイディアだ――近隣宙域のすべて種族を殺してまわる必要がなくなる――が、現実に機能するかどうかはわからない。

それが第二のポイントへとつながる。コンクラーベはまだまだ信じられないほど新しい。リーダーのガウ将軍は、組織をまとめ上げるのに二十年以上かけてきたが、そのあいだに何度となく崩壊の危機にさらされてきた。コロニー連合――あたしたち人間――やそのほかいくつかの種族が、莫大なエネルギーをそそぎこんで誕生まえにコンクラーベを分裂させようとしたことも助けにはならなかった。それでも、ガウ将軍はなんとかコンクラーベを創設し、ここ数年は立案から実践へと歩みを進めてきた。

それはコンクラーベに加盟していない種族にとってはおもしろくない話だった。とりわけ、非加盟の種族は新規コロニーを建設してはならないなど、さまざまな布告が出るようになってからは。コンクラーベに反抗するというのは、そこに加盟する全種族に反抗するということだ。一対一の話ではなく、四百対一の話になる。ガウ将軍は人びとにそれを思い知らせた。他種族が布告を無視して設置した新規コロニーの排除をはじめたとき、コンクラーベの船団には、加盟する全種族から一隻ずつの宇宙船が参加していた。あたしは四百隻の戦艦がロアノークの軌道上にいきなり出現する場面を想像して、もしもコロニー連合の計画が成功したら、じきにそれを目《ま》の当たりにすることになるのだと思いだした。だから想像するのはやめておいた。

コンクラーベに戦いをいどむなんてコロニー連合は正気をなくしているんじゃないか――と考えるのは当然のことだけど、それだけ大きな組織だけに、新しさは不利な要素となる。四百の同盟種族のひとつひとつはしばらくまえまでは敵同士だった。それぞれが独自の計画や目標をもって仲間に加わっていたし、だれもがコンクラーベの成功を確信しているというわけではなかった。いざというときには、一部の種族は好きなものをかき集めるつもりでいた。コンクラーベはまだ若すぎて、だれかが適当な圧力をかけたら崩壊してしまうだろう。コロニー連合がロアノークの上空で狙っているのは、まさにそれなのではないかと思われた。

それらすべてをひとつにまとめているのがたったひとりの人物で、それがあたしの学んだ三つ目のポイントだった。このガウ将軍はなかなかおどろくべき人物だった。運よく国家を手に入れて、みずからに〝最高大臣プーバー〟とかなんとかいった肩書きをつけるおそまつな独裁者とはちがっていた。彼はヴレンと呼ばれる種族の将軍で、いくつかの重要な戦闘で勝利をおさめたあと、複数の種族でたやすく生産的に共有することができる資源をめぐって争うのはむだだと考えた。そこでコンクラーベの創設を主張しはじめたら、刑務所にほうりこまれてしまった。トラブルメーカーはどこでもきらわれる。

ガウ将軍を投獄した君主はやがて亡くなり(ガウとは無関係で、自然死だった)、ガウは仕事をあたえられたけど、それをはねつけて、ほかの種族からコンクラーベ創設のための署名を集めはじめた。はじめはヴレン族の協力を得られないという不利な状況で、手もとにあったものといえば、ひとつのアイディアと、ヴレン族が退役させたのを譲り受けたジェントル・スター号という一隻の小型戦艦だけ。資料を読んだかぎりでは、ヴレン族はそれを手切れ金と考えていたようだった——「ほら、これをやるから、いままでありがとう、さっさと消えてくれ、ハガキは送らなくていいぞ」といった調子で。

ところが、ガウ将軍は消えることはなかったし、宇宙にいるすべての種族がひどく憎み合っている以上、彼のアイディアは非常識で非現実的でいかれていて絶対に実現するはずがなかったにもかかわらず、それは実現してしまった。ガウ将軍が実現させたのだ——みずからの手腕と人柄によって多くの種族をひとつにまとめあげることで。読めば読むほど、ガウ将軍というのはほんとうに立派な人物に思えてきた。

とはいえ、ガウ将軍は一般市民である植民者の抹殺を命じた人物でもあった。

たしかに、将軍は植民者たちに移動手段を提供したし、コンクラーベへの加入を勧めさえした。でも、結局のところ、植民者が退去も加入もこばんだときには、彼らを一掃したのだ。パパがヒッコリーとディッコリーにどういおうと、もしもあたしたちがコロニーの放棄を拒否したら、将軍は同じようにあたしたちを一掃するだろう。あるいは、もしもコロニー連合が計画しているコンクラーベ船団への攻撃が失敗に終わったら、将軍はコンクラーベに逆らったコロニー連合に教訓をあたえるため、原則どおりにあたしたちを一掃するだろう。

あたしはガウ将軍が立派な人物なのかどうかよくわからなかった——結局は、あたしやあたしがだいじに思うすべての人びとを殺すのをやめることはないのだとしたら。

それはパズルだった。ガウ将軍はパズルだった。あたしは二週間かけてそれを解こうとした。グレッチェンは、あたしがなにもいわずに閉じこもっていたために、すっかり機嫌を悪くしてしまった。ヒッコリーとディッコリーは、外へ出て訓練をするようあたしをうながさなければならなかった。ジェーンさえ、あたしはもうすこし外へ出るべきじゃないかと考えていた。あまりうるさいことをいわなかったのはエンゾだけだった。よりがもどってからというもの、エンゾはあたしの予定にとても協力的になっていた。あたしはそのことに感謝した。その気持ちを彼にちゃんと伝えた。エンゾもそれに感謝しているようだった。

それから突然、あたしたちには時間がなくなった。ある日の午後、ガウ将軍のジェントル・スター号がコロニーの上空にあらわれて、おしゃべりをする時間をかせぐためにあたしたちの通信衛星を無効化してから、コロニーのリーダーとの面会を要求するメッセージを送ってきた。ジョンはこれに応じるメッセージを送り返した。同じ日の夕刻、太陽が沈むころに、ふたりはコロニーから一キロメートルほど離れた尾根で顔を合わせた。「双眼鏡を貸して」あたしはバンガローの屋根の上でヒッコリーにいった。ヒッコリーはいわれたとおりにした。「ありがと」ディッコリーはあたしたちのすぐ下の地上で待機していた。昔からの習慣はなかなか変えられない。

双眼鏡を使っても、ガウ将軍とパパの姿はちっぽけな点にすぎなかった。あたしはそれでも見つづけた。あたしだけじゃなかった。クロアタンでもまわりの農場でも、人びとが双眼鏡や望遠鏡を手に屋根ですわりこみ、パパと将軍を見守ったり、薄暮の空を見渡してジェントル・スター号をさがしたりしていた。とうとう夜の闇が落ちたとき、あたしは宇宙船を見つけた。ふたつの星のあいだに見えるちっぽけな点。ほかの星とちがって、それはまたたくことなく輝きをはなっていた。

「ほかの船が到着するまでどれくらいかかるのかな?」あたしはヒッコリーにたずねた。

いままでの例では、かならず最初にジェントル・スター号が単独でやってきて、その後、ガウ将軍の命令により、ほかの数百隻の宇宙船が出現する。しぶるコロニーのリーダーに同胞たちを故郷から退去させることを承諾させるための、かなりあからさまな演出だ。あたしはそれを過去のコロニーの退去を映したビデオで見ていた。同じことがここでも起ころうとしていた。

「それほどかからないだろう」とヒッコリー。「いまごろ、ペリー少佐がコロニーの放棄を拒否しているはずだ」

あたしは双眼鏡をおろして、暗がりのなかにいるヒッコリーに目をやった。「あなたは心配していないみたいね。まえにあなたが話していた流れとはちがっているのに」

「ものごとは変わるものだ」

「あたしもそれくらい自信が持てたらいいのに」

「見ろ。すでにはじまっている」

あたしは上を見あげた。新しい星ぼしが空にあらわれはじめていた。最初はひとつずつ、ついで小さなグループで、それからひとかたまりの群れで。あんまりたくさんあらわれるので、ひとつひとつを目で追うのはむりだった。数が四百ということはわかっていた。でも何千もあるように見えた。

「すごい」あたしはこわくなった。心底こわくなった。「あれを見てよ」

「この攻撃をおそれることはない」とヒッコリー。「われわれは計画がうまくいくと信じている」

「計画を知っているの？」あたしは空から目を離せなかった。

「きょうの午後に知った。ペリー少佐がわれわれの政府への礼儀として教えてくれた」

「あたしには話さなかったのね」

「知っていると思ったのだ。あなたはそのことでペリー少佐と話をしていたではないか」

「コロニー連合がコンクラーベの船団を攻撃するという話は聞いたよ。でも、どうやるのかは聞いてない」

「申し訳ない、ゾーイ。あなたに話すべきだった」

「いま話して」あたしがそういったとき、空でなにかがはじまった。

新しい星が新星化しはじめたのだ。

最初はひとつずつ、ついで小さなグループで、それからひとかたまりの群れで。あんまりたくさんの光がまばゆくひろがったので、全体がまじりあって、小さいけれど猛烈な銀河の腕がかたちづくられた。それは美しかった。でも、あたしはそんなおそろしい光景を見たことがなかった。

「反物質爆弾だ」ヒッコリーがいった。「コロニー連合はコンクラーベ船団のすべての宇宙船の身元を調べあげた。任務にあたった特殊部隊の隊員たちは、それぞれの宇宙船の居場所を突き止めて、船がここへジャンプする直前に爆弾を据えつけた。べつの特殊部隊の隊員がここで爆弾を起動した」

「何隻くらいの船に爆弾をしかけたの？」

「すべてだ。ジェントル・スター号以外は」

ヒッコリーに顔をむけようとしたけど、空から目を動かすことができなかった。「そんなの不可能よ」

「いや。不可能ではない。とてつもなく困難ではある。しかし不可能ではない」

ほかの屋根の上やクロアタンの通りから、歓声と叫び声がわきあがった。あたしはようやく空から目をそらし、顔を流れる涙をぬぐった。

ヒッコリーがそれに気づいた。「コンクラーベ船団のために泣いているのか」

「そうよ。あの船に乗っていた人びとのために」

「あの船団はコロニーを破壊するためにやってきたのだ」

「知ってる」

「船団が破壊されたことが残念なのか」

「もっとマシなことを思いつけなかったのが残念。あたしたちと彼らの二者択一にならざるをえなかったことが残念」

「コロニー連合はこれで大勝利をおさめられると信じている。コンクラーベの船団をいちどの戦闘で破壊することで、コンクラーベが崩壊し、その脅威が消えると信じている。彼らがわれわれの政府にそう伝えてきたのだ」

「へえ」

「彼らが正しいといいのだが」

やっとヒッコリーに顔をむけられるようになった。爆発の残像でそこらじゅうに斑点が見えた。「あなたは彼らが正しいと思う？　あなたの政府はそれを信じたの？」

「ゾーイ、あなたがロアノークへむけて出発する直前に、われわれの政府があなたをわれわれの世界へ招待したことをおぼえているだろう」

「おぼえてるよ」

「われわれがあなたを招待したのは、どうしてもあなたに会って、われわれのなかにいるあなたを見たかったからだ。それだけでなく、あなたの政府がコンクラーベとの戦闘をはじめるための計略でロアノークを利用するだろうと考えていたからだ。その計略が成功するかどうかはわからなかったので、われわれは、あなたがわれわれのもとにいるほうが安全だと確信した。あなたの命がここで危険にさらされてきたことに疑いの余地はない――われわれが予想したかたちでも、われわれには予想できなかったかたちでも。われわれがあなたを招待したのは、あなたのことが心配だったからだ。いっていることが理解できるだろうか？」

「できるよ」

「あなたはたずねた――われわれがコロニー連合のいうとおりこれを大勝利と信じるのか、そして、われわれの政府も同じことを信じるのかと。返事はこうだ。われわれの政府はあらためてあなたを招待する。われわれの世界をおとずれ、われわれのなかで安全に旅をしてほしい」

あたしはうなずき、ふたたび空に目をもどした。そこでは星ぼしがまだ新星化をつづけていた。「その旅をいつはじめたいと思っているの？」

「いますぐだ。あるいは、可能なかぎり早く」

あたしは返事をしなかった。空を見あげて、目を閉じて、はじめて祈りをささげた。頭上の宇宙船の乗組員たちのために祈った。眼下の植民者たちのために祈った。ジョンとジェーンのために祈った。グレッチェンとそのおとうさんのために。マグディとエンゾとそれぞれの家族のために。ヒッコリーとディッコリーのために。ガウ将軍のために。みんなのために。

あたしは祈った。

「ゾーイ」ヒッコリーがいった。

「招待してくれてありがとう。辞退するしかないのが残念」

ヒッコリーは黙っていた。

「ありがとう、ヒッコリー」あたしはいった。「ほんとうにありがとう。でも、ここはあたしのいるべき場所だから」

第三部

20

「忘れてたんだろ」

「認めなよ」エンゾがPDAのむこうでいった。「忘れてたんだろ」

「忘れてないよ」あたしは、忘れていなかったと思ってもらえるように声に憤りをこめた。

ほんとは忘れてた。

「わざとらしい憤りが聞こえるな」

「ちぇっ。あたしの嘘を見抜けるようになったのね。ついに」

「ついに？　それはちがうよ。ぼくははじめて会ったときからきみの嘘を見抜けた」

「そうかもね」あたしは認めた。

「どのみち、問題の解決にはならないし。ぼくたちは夕食の席につこうとしている。きみはここにいるはずだった。べつに罪悪感をあおろうとかそういうんじゃないよ」

あたしとエンゾとの関係でまえと変わってきたのはこういうところだった。以前のエンゾなら、あたしをなにかで（もちろん、遅れたことのほかに）非難しているような口調になっていたはず。でも、いまはやさしくてユーモアがあった。たしかにいらついてはいるけど、それは埋め合わせができるかもしれないと思わせるようないらつきかただった。たぶんできるだろう、エンゾがあまり図に乗らなければ。

「ほんとうは罪悪感に苦しんでいるのよ」

「そうか。きみのためにシチューに追加のジャガイモをまるごと一個入れたことを知っているからだな」

「親切ね。ジャガイモまるごと一個なんて」

「それに、双子には自分たちのニンジンをきみへ投げつけてかまわないと約束していたんだ」エンゾがいっているのは自分の幼い妹たちのことだった。「きみがニンジンを大好きなのは知ってるからね。特に、こどもから投げつけられたときは」

「あたしにはそれ以外の食べ方をする人がいるなんて理解できない」

「夕食のあとで、きみのために書いた詩を朗読するつもりだった」

あたしは口をつぐんだ。「それは反則よ。ふたりのウィットあふれるじゃれあいに現実を持ちこむなんて」

「ごめん」

「ほんとなの？　もうずっとあたしのために詩を書いていなかったのに」

「わかってる。またちょっとやってみようかと思って。きみはけっこう気に入ってたし」

「やなやつ。夕食のことを忘れてほんとにうしろめたくなってきた」

「そんなに気にしないで。すごくいい詩ってわけじゃないんだ。韻も踏んでないし」

「まあ、ひと安心ね」あたしはまだ舞いあがっていた。詩をもらえるのはすてき。

「送っておくよ。きみがかわりに読めばいい。そのあと、きみがぼくにやさしくしてくれたら、あらためてぼくが読んであげるから。演劇っぽく」

「あたしがあなたにいじわるだったら？」

「そのときはメロドラマっぽく読むよ。両手をふりまわしたりなんかして」

「そんなことといわれるといじわるになりたくなる」

「おいおい、きみはもう夕食をすっぽかしたんだよ。それだけで手を一度か二度ふりまわす理由になる」

「やなやつ」あたしはいった。エンゾがＰＤＡのむこうで笑っているのが聞こえるような気がした。

「もう切らないと」とエンゾ。「ママがテーブルのしたくをしろといってる」

「あたしに間に合うかどうか試してほしい？」急に、どうしてもエンゾの家に行きたくなった。「やってみてもいいけど」

「コロニーを端から端まで五分で走れるのか？」

「いけるかも」

「ババールならいけるな。でも、あいつはきみより脚が二本多い」

「わかった。かわりにババールを夕食に派遣する」

　エンゾは声をあげて笑った。「どうぞ。いいことを教えてあげようか。きみがふつうのペースでここまで歩いてきたら、デザートには間に合うかもしれない。ママがパイを焼いてるんだ」

「えー、パイかあ。どんなの？」

「たぶん〝ゾーイはどんなパイを食べても気に入る〟パイだと思う」

「うーん。そのパイは好き」

「だろうね。そういう名前だし」

「じゃあ決まりね」

「よし。忘れないでくれよ。そこがきみの問題だからな」

「やなやつ」

「メールをチェックして。詩があるかもしれない」

「手をふりまわすやつを待つことにする」

「それがいいかもな。そのほうが楽しめる。さあ、ママがぼくをレーザー目玉でにらんでる。もう切らないと」

「そうね。またあとで」

「ああ。愛してるよ」最近になって、あたしたちはおたがいにそのことばを口にするようになっていた。なんとなくしっくりくるのだ。

「あたしも愛してる」といって、あたしは回線を切った。

「あんたたちの話を聞いていると吐き気がする」グレッチェンがいった。彼女はあたしが話しているのを聞きながら、ずっとあきれたような顔をしていた。あたしたちはグレッチェンの寝室ですわりこんでいた。

PDAをおろして、枕でグレッチェンをひっぱたいた。「マグディが絶対にそんなこといってくれないから嫉妬してるのね」

「かんべんして」とグレッチェン。「マグディからそんな台詞は聞きたくないという事実はさておき、もしもあいつがわたしにそんなことをいおうとしたら、ことばが口から出もしないうちに頭が爆発すると思う。考えてみると、それはあいつにその台詞をいわせるようしむける最高の理由になるかも」

「あなたたちはほんとにかわいいね。ふたりが祭壇に立って、〝誓います〟という直前に頭が爆発するのが目に見えるよ」

「ゾーイ、もしもわたしがマグディといっしょに祭壇に近づくことがあったら、あんたにはタックルしてわたしを引きずりだす権限をあたえるから」

「うん、いいよ」

「じゃあ、この件は二度と口にしないで」

「現実から目をそむけすぎ」

「少なくとも、わたしは夕食の約束を忘れたりしない」

「状況はもっと悪いよ。エンゾが詩を書いてくれたの。あたしに読んでくれるつもりだったんだって」

「夕食と朗読会をすっぽかしたわけね。あんたは史上最低のガールフレンドだ」

「わかってるよ」あたしはPDAに手をのばした。「その件でエンゾには謝罪文を書くつもり」

「必要以上に卑屈になるといいよ。そのほうがセクシーだから」

「そのコメントを聞くとあなたのことがよくわかるよ、グレッチェン」

あたしがそういったとき、PDAが勝手に起動して、スピーカーが警報音をがなりたて、スクリーンに空襲警報のメッセージが流れだした。グレッチェンの机でも、彼女のPDAが同じ警報音を鳴らして、同じメッセージを流しはじめた。コロニーにあるすべてのPDAで同じことが起きていた。ずっと遠く、メノナイトの農場のあたりでサイレンが鳴っていた。彼らは個人用のテクノロジーを使わないので、そうやって警告しているのだ。

コンクラーベの船団が撃破されて以来はじめて、ロアノークは攻撃を受けていた。ミサイルが飛来しているのだ。

あたしはグレッチェンの部屋のドアへ駆け寄った。「どこへ行くの？」グレッチェンがいった。あたしはそれを無視して外へ出て——人びとがそれぞれの家から飛びだし、隠れる場所をもとめて走っていた——空を見あげた。

「なにしてるの？」グレッチェンが追いついてきた。「シェルターにはいらないと」

「見て」あたしは指さした。

遠くで、まばゆい光の針が空を横切り、あたしたちには見えないなにかに狙いを定めていた。そのとき、目がくらむような閃光がはしった。ロアノークの軌道上にある防衛衛星が攻撃を開始し、あたしたちめがけて飛来するミサイルを一基撃ち落とした。でも、残りのミサイルはそのまま進んでくる。

ミサイルの鋭いボンッという爆発音が届いた。時間のずれはほとんどなかった。

「ねえ、ゾーイってば」グレッチェンがあたしを引っぱりはじめた。「もう行かなくちゃ」

あたしは空を見あげるのをやめて、グレッチェンといっしょに、最近建造された共同シェルターのひとつへ走った。そこはたちまち植民者でいっぱいになろうとしていた。あたしは走りながらヒッコリーとディッコリーを見つけた。ふたりはあたしを見ると、駆け寄ってきてあたしの両わきにつき、いっしょにシェルターへはいった。パニック状態にあっても、人びとはヒッコリーとディッコリーから距離をとった。グレッチェン、ヒッコリー、ディッコリー、およそ五十人ほどの植民者、それとあたしは、シェルターのなかでうずくまり、三メートル以上ある土とコンクリートをとおして、頭上で起きているできごとに耳をすました。

「いったいなにが――」という声があがったとたん、だれかがコロニーを取り巻く貨物コンテナをつまみあげてばらばらに引き裂いているような、言語に絶する強烈な轟音が、鼓膜のすぐそばで鳴り響いた。あたしは大地がゆれるのを感じて地面に倒れ、思わず悲鳴をあげてしまい、それはシェルターにいる全員が同じだったはずだけど、みんなの声をかき消すようにして、これまで聞いたなかでいちばん大きな爆音が響きわたり、その音があんまり大きかったので脳が麻痺して、逆に音がすっかり消え失せ、自分がまだ悲鳴をあげているかどうかは喉のひりつきぐあいで知るしかなくなった。ヒッコリーかディッコリーがあたしをつかんでしっかりと支えてくれた。グレッチェンがもうひとりのオービン族によって同じように支えられているのが見えた。

シェルターの明かりがゆらめいたけど、消えることはなかった。

ようやく、あたしは悲鳴をあげるのをやめた。大地のゆれがおさまり、聴覚に似たものがもどってきて、シェルターにいるほかの人びとが叫んだり祈ったりこどもをなだめたりしている声が聞こえてきた。グレッチェンに目をやると、ぐったりしていた。あたしはデイッコリー（そっちだった）から身をほどき、彼女のそばへ行った。

「だいじょうぶ？」自分の声が遠くから綿をとおしたように聞こえた。グレッチェンはうなずいたけど、あたしを見ようとはしなかった。そこで気づいた。彼女が攻撃を受けたのはこれがはじめてなのだ。

あたしはまわりを見まわした。シェルターにいるほとんどの人がグレッチェンと同じような状態だった。この人たちはいままで攻撃を受けたことがない。全員のなかで、あたしだけが敵の攻撃に対する経験を積んでいる。ここはあたしが仕切らないと。

床にPDAがころがっていた。だれかが落としたらしい。あたしはそれをひろって起動し、表示された内容を読んだ。それから立ちあがり、両手をふって、みんながあたしに目をむけるまで「聞いて！」と叫びつづけた。それなりの数の人びとが、あたしがコロニーのリーダーたちの娘だと気づいて、なにか知っているのかもしれないと思ってくれたようだった。

「PDAに表示された緊急情報によると、攻撃はもう終わったみたい」あたしはこちらへ顔をむけている人たちにむかって呼びかけた。「でも、警報解除になるまではシェルターにいなくちゃだめ。ここにとどまって冷静になるの。怪我をしたり気分が悪くなったりした人はいる？」

「音がよく聞こえない」だれかがいった。

「いまはみんながよく聞こえなくなってると思う。だからあたしも怒鳴ってるの」ジョークのつもりだったけど、だれも気づいてくれそうになかった。「それ以外になにか怪我をした人はいる?」返事をする人も手をあげる人もいなかった。「じゃあ、ここでじっとすわって警報解除を待ちましょう」あたしはPDAを差しあげた。「これはだれの?」だれかが手をあげた。あたしはしばらく貸してくれと頼んだ。

「だれかさんはわたしの知らないところでリーダー訓練を受けたみたいね」グレッチェンが、となりに腰をおろしたあたしにいった。いつものグレッチェンの台詞だったけど、声はとても、とてもふるえていた。

「攻撃を受けたのよ。だれかが事情を知っているようなふりをしないと、みんなパニックになっちゃう。それはまずいから」

「抗議してるわけじゃないよ。感心してるだけ」グレッチェンはPDAを指さした。「メッセージは送れるの? なにが起きているかわかる?」

「むりじゃないかな。緊急システムが通常のメッセージより優先されると思う」PDAの持ち主のアカウントをログオフして、自分のアカウントでログインした。「ほら。エンゾがあたしに詩を送ってくれたといってたけど、まだ受信されていない。登録だけされていて、警報解除になったら送られてくるんだと思う」

「じゃあ、みんながぶじかどうかわからないんだ」

「じきに警報解除になるよ。おとうさんのことが心配なの？」

「うん。あんたは両親のことが心配じゃないの？」

「あのふたりはもと兵士だから。こういうことには経験がある。心配だけど、きっと元気にしてるはず。それに、緊急メッセージを流しているのはジェーンなの。情報が更新されていれば、ジェーンはぶじってこと」PDAがメールの画面からスクロールするメッセージに切り替わった。警報解除になったのだ。「ほらね」

ヒッコリーとディッコリーにシェルターの入口で瓦礫が落ちてきたりしないことを確認してもらった。あたしはPDAをログオフして持ち主に返し、人びとはのろのろと外へ出はじめた。グレッチェンとあたしは最後まで残った。

「足もとに気をつけて」外へ出ようとしたとき、グレッチェンがそういって地面を指さした。ガラスがそこらじゅうに散らばっていた。あたしはあたりを見まわした。家やさまざまな建物はちゃんと立っていたけど、窓はほとんど割れていた。ガラスの破片を片付けるには何日もかかりそうだ。

「とにかく、天気はいいね」あたしはいった。だれも聞いていなかった。そのほうがよかったかもしれない。

グレッチェンに別れを告げて、ヒッコリーとディッコリーといっしょに家へ帰った。ガラスはびっくりするようなところまではいりこんでいて、ババールはシャワー室で小さくなっていた。あたしはババールをなだめて誘いだし、思いきりハグしてあげた。ババールはあたしの顔をなめているうちにどんどん興奮してきた。よしよしとなでておちつかせてやり、ママとパパに連絡しようとPDAに手をのばしたところで、それをグレッチェンの家に置いてきてしまったことに気づいた。あたしはヒッコリーとディッコリーをババールのそばに残し——そのときは、あたしよりも彼のほうがふたりを必要としていた——グレッチェンの家をめざして歩きだした。あとすこしで着くというとき、玄関のドアがばたんとひらいてグレッチェンが飛びだしてきて、あたしを見るとすぐに駆け寄ってきた。片手に自分のPDA、反対の手にあたしのPDAをつかんでいる。

「ゾーイ」そういったとたん、グレッチェンの顔がこわばり、しばらくことばが出てこなくなってしまった。

「ちょっと」あたしはいった。「グレッチェン。グレッチェン。どうしたの？　おとうさんになにかあったの？　おとうさんはだいじょうぶ？」

グレッチェンは首を横にふり、顔をあげてあたしを見た。「パパじゃない。パパはぶじよ。パパじゃない。ゾーイ、たったいまマグディから連絡があったの。なにかがぶつかったって。エンゾの農場にぶつかったって。家はまだ立っているけど、なにか大きなものが庭にあるって。マグディはミサイルの一部じゃないかといってる。エンゾと連絡をとろうとしてるんだけどつながらないって。だれも出ないって。だれも応答しないって。あそこのうちでは、最近、家から離れたところに防空シェルターをつくったらしいの。庭のなかに。マグディは何度も連絡してるんだけど、だれも応答しないの。わたしもエンゾに連絡してみた。ぜんぜんだめなのよ、ゾーイ。回線さえつながらない。何度も試したのに。どうしよう、ゾーイ。どうしよう、どうしよう」

エンゾ・パウロ・グジーノはズォン・グオの出身で、ブルーノとナタリー・グジーノの最初のこどもだった。ブルーノとナタリーは幼なじみで、ふたりを知る人びとは彼らが出会った瞬間から気づいていた——このふたりは残りの生涯をずっといっしょにすごすだろうと。ブルーノとナタリーもこれには反論しなかった。ブルーノとナタリーは、人びとが知るかぎりでは、なにかのことで議論したことはいちどもなく、もちろん口ゲンカなどしたことはなかった。ふたりは若くして結婚した。ズォン・グオは信仰心のあつい社会であり、人びとの結婚はわりあいに早いのだが、そのなかでも早いほうだった。だが、ふたりがいっしょにならないという状況はだれにも想像できなかった。それぞれの両親の承諾を得て、ふたりは結婚した。彼らの故郷の町、ポモーナ・フォールズでは、めったにないほど参列者の多い結婚式だった。それからきっかり九カ月後に、エンゾが生まれた。
エンゾは生まれた瞬間から愛らしかった。いつでもにこにこして、めったにむずかることもなかったけれど、（のちに何度もいわれて、本人がたいへん恥ずかしい思いをしたように）自分のおむつをはずしてその中身を手近の壁になすりつけるという、よく目立つ性癖があった。これはある銀行で深刻な問題を引き起こしたことがあった。トイレのしつけが早いうちにできたのは幸いだった。

エンゾが親友のマグディ・メットワーリと出会ったのは小学校だった。はじめて登校した日、ひとりの三年生がエンゾをいじめようとして地面に突き倒した。マグディは、エンゾがそれまで会ったこともなかったのに、その三年生に飛びかかっていって顔にパンチを叩きこみはじめた。当時のマグディは年齢のわりに小柄だったので、相手を恐怖で（文字どおり）チビらせた以外、深刻なダメージはあたえなかった。最終的に、エンゾがマグディをその三年生から引き離しておちつかせ、全員が校長室経由で家へ帰されるのを阻止したのだった。

エンゾは早いうちからことばに関する方面で才能をあらわし、七歳のときに最初の物語を書いた。題名は「ぼくの家以外のポモーナ・フォールズをぜんぶ食べた、ひどいにおいがするおそろしい靴下」で、洗濯をしていない、ひどいにおいで突然変異を起こした巨大な靴下が、あらゆるものを食べ尽くしながら町を進みはじめ、ヒーローであるエンゾとマグディがそれをくいとめるために、まずパンチでおとなしくさせ、つぎに洗濯せっけんをたくさん入れた水泳プールにほうりこむ。物語の最初の部分（靴下が生まれるにいたった背景）は文が三つだけだった。クライマックスの戦闘シーンは三ページあった。噂によると、マグディ（物語に登場するほうではなく、それを読んだほう）が戦闘シーンをもっと増やせとしつこかったらしい。

エンゾが十歳のときに、母親がふたたび妊娠して、双子のマリアとカサリーナが誕生した。ふたりの胎児を同時におなかにかかえるのがつらかったため、妊娠中はいろいろとたいへんだった。出産もかなりきわどく、ナタリーはいちどならず出血によって気を失いかけた。ナタリーの体がすっかり快復するまで一年以上かかり、そのあいだ、十歳と十一歳のエンゾは両親を手伝って妹たちの世話をし、母親が休息を必要としているときにおむつの替えかたやミルクのあげかたを学んだ。マグディとエンゾがいちどだけまともにケンカをしたのはこのころだった。マグディが母親の手伝いをするエンゾのことをふざけ半分で女々しいやつと呼び、エンゾが彼の口を殴ったのだ。

エンゾが十五歳のとき、グジーノ家とメットワーリ家とほかにふた組の家族がいっしょになって、地球市民ではなくコロニー連合の市民によって建設される最初のコロニーに参加するための共同申請をおこなった。それからの数カ月、エンゾの生活も、彼の家族の生活も隅々まで入念に審査され、エンゾは、たいていの時間はほうっておいてほしい十五歳の少年にできる範囲でおとなしくこれに耐え抜いた。さらに、家族全員がこのコロニーに参加したい理由を説明する文書を提出するようもとめられた。ブルーノ・グジーノは、アメリカの植民地建設時代や、コロニー連合の初期の歴史の大ファンなのだと説明した。自分も歴史の新たな一章にぜひ加わりたいのだと。ナタリー・グジーノは、全員がいっしょに働く世界で家族を育てたいと書いた。マリアとカサリーナは、自分たちが笑顔の月といっしょに宇宙に浮かんでいる絵を描いた。

ますますことばにのめりこんでいたエンゾは、新世界に立つ自分を想像して一篇の詩を書き、「わが赴くは星の群」という題名をつけた。のちに本人が認めたところでは、いちども読んだことはないけれど題名だけはおぼえていた無名のファンタジー冒険小説からとったものらしい。申請書のために書かれたその詩は、地元のマスコミにもれてちょっとしたセンセーションを巻きおこし、最終的にはズォン・グオの植民地建設を応援する公式の非公式テーマソングとなった。それだけのことがあったあとで、エンゾとその家族と共同申請者たちが植民者に選ばれないということは事実上ありえなかった。

十六歳になってまもなく、エンゾはゾーイという名の少女と出会い、理解を超えたなんらかの理由により、恋に落ちた。ゾーイという少女は、たいていのときはものごとがちゃんとわかっているように見えたし、本人もいつだってそれは事実だとよろこんで公言していたけれど、ふたりきりになると、緊張と不安とおそれのせいで、なにかバカな言動に走り、愛しているかもしれないこの少年を突き放そうとするのだということがわかってきた――エンゾ自身が、緊張と不安とおそれのせいで、なにかバカなことをしてしまうように。

ふたりは語らい、ふれあい、抱きあい、キスをして、おたがいに対する緊張や不安やおそれを克服するすべを学んだ。やがて、ふたりは実際にバカな言動によっておたがいを突き放してしまった。ほかにどうすればいいかわからなかったからだ。けれども、それを乗り越えて、ふたたび付き合うようになったときには、自分たちが愛しあっているのかどうか悩んだりはしなかった。なぜなら、愛しあっているとわかっていたから。それをことばでちゃんとたしかめたから。

亡くなった日、エンゾはゾーイと話をして、彼女がエンゾの家族といっしょにとるはずだった夕食をすっぽかしたことをからかい、彼女のために書いた詩を送ると約束した。それから、きみを愛していると伝え、ゾーイからも愛しているといわれた。エンゾはゾーイに詩を送り、家族といっしょに夕食の席についた。緊急警報が流れたとき、グジーノ一家は、父親のブルーノも、母親のナタリーも、双子の娘のマリアとカサリーナも、息子のエンゾもいっしょになって、ブルーノとエンゾが一週間まえにつくったばかりの防空シェルターへはいり、身を寄せあって腰をおろし、おたがいにすがりつきながら、警報解除を待った。

亡くなった日、エンゾは自分が愛されていることを知っていた。母親にも父親にも愛されていたし、その両親は、だれでも知っているとおり、死の瞬間までおたがいを愛することをやめなかった。両親のおたがいに対する愛情は、エンゾや娘たちに対する愛情へと変わった。エンゾは妹たちに愛されていることを知っていた。妹たちが幼かったとき、そして彼自身も幼かったときに世話をした妹たちに。エンゾは親友に愛されていることを知っていた。彼が最後までトラブルから救いだすのをやめなかった、そして最後まで彼をトラブルへ引きこむのをやめなかった親友に。そして、エンゾはゾーイに――あたしに――愛されていることを知っていた。彼はゾーイを愛する人と呼び、ゾーイからも同じことばをもらっていた。

エンゾは、生まれた瞬間から死ぬ瞬間まで、愛に満ちた人生を送った。愛のない人生を送る人は大勢いる。愛をもとめながら。愛を期待しながら。手にしている以上の愛を渇望しながら。失った愛をなつかしみながら。エンゾはいちどもそんな経験をする必要がなかった。これからもない。

エンゾが知っていたのは愛ある人生だけだった。

あたしはそれで充分だったと思うしかない。

そうでなければいけないのだ、もう。

その日はグレッチェンとマグディとエンゾの友だちみんなといっしょにすごした。とても大勢の若者たちが、泣いたり笑ったりエンゾのことを思いだしたりしていたけど、ある時点で、あたしはそれ以上耐えられなくなってしまった。なぜなら、みんながあたしのことをエンゾの未亡人みたいにあつかいはじめていて、あたし自身もそんなふうに感じないこともなかったけど、その気持ちをだれかと分かちあわなければいけないというのはいやだった。その気持ちはあたしだけのものであり、もうしばらくはだれにも渡したくなかった。グレッチェンはあたしがなにかの限界点に達したのを見てとると、彼女の部屋へあたしを送り、すこし休みなさい、あとでまた見にくるからといった。そして、あたしを力いっぱい抱きしめて、こめかみにキスし、愛してるよといって部屋から出ていった。あたしはグレッチェンのベッドに横たわり、なにも考えないようにして、それにおおむね成功したところで、エンゾが書いた詩のことを、あたしに読まれるのを待っているメールのことを思いだした。

グレッチェンはあたしのPDAを机の上に置いていた。あたしはそこへ近づき、PDAを取りあげて、ふたたびベッドにすわりこみ、受信メールの一覧にあるエンゾからのメールを見つけた。スクリーンにふれて画面をもどし、かわりにメニューを呼びだした。〈エンゾのドッジボール〉と題されたフォルダをひらき、ファイルを再生して、エンゾがドッジボールのコートをばたばたと駆けまわり、顔にボールをくらって、信じられないほどこっけいなタイミングで地面にころがるのをながめた。笑いすぎて画面がよく見えなくなってきたので、しばらくPDAをおろして、息を吸ったり吐いたりという単純な行為に集中しなければならなかった。

なんとか息ができるようになると、あたしはPDAを取りあげて、受信メールの一覧を呼びだし、エンゾからのメールをひらいた。

ゾーイへ――

さあどうぞ。とりあえず、ぼくが手をふりまわしているところは想像でがまんしておいて。だけど、すぐに生朗読が待ってるよ！　まあ、いっしょにパイを食べたあとだな。うーん……パイか。

*

きみのもの

きみはいった、ぼくはきみのものだと
それにには同意する
でもどんなふうにきみのものかということは
すこしばかり重要な問題だ。

ぼくはきみのものだけど
所有物じゃないから

注文したり売ったりはできないし
箱に入れて届けたりもできないし
友だちや崇拝者たちに
あとで見せびらかしたりもできない。

ぼくはそんなふうにきみのものであるわけじゃない
きみがそんなふうにしないことも知っている。

ぼくがどんなふうにきみのものであるかを教えよう。

ぼくは指輪のようにきみのものだ
永続するなにかの象徴として。
ぼくは胸の心臓のようにきみのものだ
もうひとつの心臓に合わせて脈打つために。
ぼくは空気のなかのことばのようにきみのものだ
きみの耳に愛を送り届けるために。
ぼくは唇へのキスのようにきみのものだ

その先を期待しながら、ぼくがそこに置く。

そしてなによりも、ぼくがきみのものであるのは
そこに希望をいだいているから
きみがぼくのものであるという希望を。
いま、ぼくはその希望を贈り物のようにきみに見せよう。

指輪のようにぼくのものになって
心臓のように
ことばのように
キスのように
胸にしまった希望のように。

ぼくはこれらすべてのようにきみのものになる
それで終わりじゃない
ぼくたちがこれからふたりで見つける
ふたりだけのもののように。

きみはいった、ぼくはきみのものだと
それには同意する。
きみもぼくのものだといってほしい。
ぼくはきみのことばを待つ
きみのキスを期待する。

＊

きみを愛している。
エンゾ。

あたしも愛してる、エンゾ。あなたを愛してる。
寂しいよ。

21

翌朝、パパが逮捕されたことを知った。

「厳密には逮捕じゃない」パパはうちのキッチンのテーブルで、朝のコーヒーを飲んでいた。「コロニーのリーダーを解任されて、審問を受けるためにフェニックス・ステーションへもどらなければならない。まあ、裁判みたいなものだな。そこでまずい流れになったら、わたしは逮捕されることになる」

「まずい流れになるの？」あたしはたずねた。

「たぶんね。どういう流れになるかわかっていなかったら、ふつうは審問なんかひらかない。いい流れになるようなら、わざわざ審問をひらくような手間はかけない」パパはコーヒーをすすった。

「パパがなにをしたの？」クリームと砂糖がたっぷりはいったあたしのコーヒーは、手つかずのままテーブルにのっていた。あたしはまだエンゾのことでおちこんでいて、こんな展開はかんべんしてほしかった。

「ガウ将軍と彼の船団がわたしたちのしかけた罠に踏みこまないよう、説得しようとしたんだ。じかに顔を合わせたとき、わたしは将軍に船団を呼ばないでくれといった。懇願したというほうが正しいかな。それは命令に反する行為だった。将軍とはどうでもいい話だけをしろといわれていたからね。自分のコロニーを占領しようとしている相手と、どうでもいい話なんかできるわけがないのに。まして、こっちはその相手の船団をまるごと吹き飛ばそうとしていたのに」

「なぜそんなことをしたの？　なぜガウ将軍に逃げ道をあたえようとしたの？」

「わからない。たぶん、自分の両手をあの大勢の乗組員たちの血でよごしたくなかったんだろう」

「爆発させたのはパパじゃなかったのに」

「それは問題じゃないだろう？」パパはカップをおろした。「わたしは計画の一部だった。積極的に計画に参加していた。どうしたって責任はあるんだよ。あの大量の流血を避けるために、自分がほんのすこしでもなにかをしたと思いたかったんだ。たぶん、最終的に全員が殺されるようなことにはならないやりかたがあるんじゃないかと、心のどこかで期待していたんだろうな」

あたしは椅子から立ちあがり、パパをぎゅっと抱きしめた。パパはそれを受け止めてから、ふたたび腰をおろしたあたしを、ちょっとおどろいた顔で見た。「ありがとう。どういうことか教えてもらえるかな」

「あたしとパパが同じような考えなのがうれしかったの。つながっているんだなと思えるから——たとえ生物学的にはちがっても」

「わたしたちの考えかたがよく似ていることはだれも疑ったりしないと思うな。もっとも、わたしがこれからコロニー連合にひどい目にあわされることを考えると、それがきみにとっていいことかどうかはわからないが」

「あたしはいいことだと思う」

「生物学的にどうあれ、わたしたちはどちらも頭がいいから、ものごとがだれにとってもいい方向へ流れることはありえないと知っている。いまはひどい混乱状態だし、わたしたちだってそこからのがれることはできない」

「同感」

「気分はどうだ、ゾーイ？　だいじょうぶなのか？」

あたしは口をあけてしゃべりかけてから、また閉じた。「いまは、あたしの気分がどうかって話だけはしたくないような気がする」

「わかった」パパはそれから自分の話をはじめた。エゴイストだからじゃなくて、パパの話を聞くことであたしが自分の悩み事から気をそらせると知っていたから。あたしは話の内容にあまり頓着することなく、パパのしゃべる声に耳をかたむけた。

翌日、パパは補給船サン・ホアキン号で出発した。マンフレッド・トルヒーヨとそのほか二名の植民者が、ロアノークの政治面および文化面の代表として同行した。まあ、それはおもてむきの話。彼らのほんとうの目的は、ジェーンの説明によれば、ロアノークを含む宇宙でなにが起きていて、だれがあたしたちを攻撃したのかを突き止めること。パパたちがフェニックス・ステーションに到着するまで一週間はかかる。現地で一日かそこらすごしたあと、また一週間かけてもどってくるのだ。つまり、パパ以外の全員がもどってくるまでさらに一週間かかるということ。もしも審問が不利なかたちで進んだら、パパはもどってこないだろう。

あたしたちはそのことを考えないようにした。

三日後、コロニーの住民の大半がグジーノ家の農場に集まり、ブルーノとナタリー、マリア、カサリーナ、エンゾにお別れをした。一家は亡くなったその場所に埋葬された。落下したミサイルの破片をジェーンたちが撤去し、新しく土を入れて一帯のかたちをととのえ、その上に芝を植えた。家族について記した墓標が置かれた。いつの日か、べつの、もっと大きな墓標が置かれるかもしれないけど、いまは小さくて質素なものだった。家族の名前、それぞれの名前、それと生没年。それは、あたしの生物学上の母親が眠っている、あたし自身の家族の墓標を思いださせた。なぜかはわからないけど、あたしはそのことにすこし慰めをおぼえた。

ブルーノ・グジーノのもっとも親しい友人だったマグディの父親が、グジーノ一家について心あたたまる話をした。歌い手のグループがあらわれて、ナタリーが好きだったズォン・グオの賛美歌を二曲披露した。マグディは手短に、つかえながら、親友について語った。彼が腰をおろしたあと、グレッチェンがすすり泣く彼をそっと支えていた。最後に全員が立ちあがって、ある者は祈りをささげ、ある者はじっと黙りこんで、だれもが頭を垂れたまま、なくした友人や愛する人に思いをはせた。人びとが立ち去ったあと、あたしとグレッチェンとマグディだけが、無言で墓標のそばにたたずんでいた。

「あいつはおまえを愛していたんだ」突然、マグディがあたしにいった。

「知ってるよ」あたしはいった。

「ちがう」マグディは、ただ慰めのことばをかけようとしてるわけじゃないということを、なんとかあたしに伝えようとしていた。「なにかが大好きだとか、だれかを気に入ってるとか、そんなことじゃない。あいつはほんとにおまえを愛していたんだよ、ゾーイ。残りの人生をおまえといっしょにすごすつもりでいた。おまえにこれを信じさせられたらいいんだけど」

あたしはPDAを取りだし、エンゾの詩を呼びだして、それをマグディに見せた。「信じてるよ」

マグディは詩を読んでうなずいた。そしてPDAをあたしに返した。「よかった。あいつがおまえにそれを送っていてよかった。おれは、あいつがおまえに詩を送ることをよくからかっていた。そんなの時間をドブに捨てるようなもんだって」

あたしは思わず笑みを浮かべた。

「でも、いまはあいつがおれのいうことに耳を貸さなくてよかったと思う。あいつがそれを送っていてよかった。これでおまえにもわかったもんな。あいつがどれだけおまえを愛していたか」

マグディは最後までいいきらないうちに泣き崩れた。あたしはマグディに近づいて、そっと抱きしめ、好きなだけ泣かせてあげた。

「エンゾはあなたのことも愛していたよ、マグディ」あたしはいった。「あたしと同じくらい。ほかのだれとも同じくらい。あなたはエンゾの最高の友だちだった」

「おれだって愛してた。あいつはおれの兄弟だった。つまり、ほんとの兄弟じゃなかったけど……」マグディの表情が変わりはじめていた。思うように気持ちを伝えられないことにいらだっているのだ。

「いいえ、マグディ。あなたはエンゾのほんとの兄弟だった。あらゆる面で、あなたは彼の兄弟そのものだった。エンゾだってあなたが彼のことをそんなふうに思っているのを知っていた。それであなたのことを愛したのよ」

「ごめん、ゾーイ」マグディは自分の足もとを見おろした。「おまえとエンゾにいつもしんどい思いをさせてごめん。ほんとにごめん」

「ちょっと」あたしはやさしくいった。「やめてよ。あたしたちにしんどい思いをさせるのはあなたの義務だったんでしょ。みんなにしんどい思いをさせるのがあなたの本職じゃない。グレッチェンにきいてみてよ」

「そうだね」グレッチェンも冷たい口ぶりではなかった。「ほんとにそう」

「エンゾはあなたを兄弟だと思っていた」あたしはつづけた。「だからあなたはあたしの兄弟でもある。ずっといっしょにいたんだから。愛してるわ、マグディ」

「おれも愛してるよ、ゾーイ」マグディは静かにそういってから、まっすぐあたしを見つめた。「ありがとう」

「どういたしまして」あたしはマグディをもういちど抱きしめた。「あなたの新しい家族となったいま、あたしにはあなたにありとあらゆる面倒をかける資格ができたということを忘れないで」

「待ちきれないよ」マグディはそういってから、グレッチェンに顔をむけた。「ということは、おまえもおれの妹になるのかな？」

「わたしたちの歴史を考えると、そんな期待はしないほうがいいね」とグレッチェン。

マグディは声をあげて笑うと――いいしるしだ――あたしの頬に軽くキスし、グレッチェンをハグしてから、友人でもあり兄弟でもあった若者の墓所を離れていった。

「彼、だいじょうぶだと思う?」遠ざかるマグディを見送りながら、あたしはグレッチェンにたずねた。

「むりね」とグレッチェン。「とうぶんのあいだは。あんたがエンゾを愛していたのは知ってるよ、ゾーイ。それはよくわかってる。だから、そのことを低く見るようないいかたはしたくないんだけど、エンゾとマグディはひとつの実体の片割れどうしだったの」マグディにむかって顎をしゃくる。「あんたは愛する人を失った。マグディは自分の一部を失った。彼に乗り越えられるかどうかはわからない」

「あなたなら助けてあげられる」

「そうかもね。でも、あんたがどれほどの要求をしているか考えてみて」

あたしは声をあげて笑った。だからあたしはグレッチェンが大好きなのだ。彼女はあたしの知るかぎりだれよりも頭がよくて、頭がいいということにはそれなりの苦労があることも知っている。たしかに、グレッチェンだったら、自分がマグディの失った一部になることで彼を助けてあげられるだろう。でも、そうしたら、これから一生それをつづけなくちゃいけなくなる。グレッチェンならやるだろう――なんだかんだいっても、本気でマグディを愛しているのだから。とはいえ、それが自分にとってなにを意味するかを心配するのは当然のことだ。

「それに」とグレッチェン。「ほかのだれかさんを助けるのがまた終わってないし」

はっと我に返った。「ああ、うん。わかるでしょ。あたしはだいじょうぶ」

「わかるよ。あんたが嘘がへたくそなのもわかる」

「あなたはだませないなあ」

「そりゃそうよ。マグディにとってのエンゾが、あんたにとってのわたしなんだから」

あたしはグレッチェンを抱きしめた。「わかってる」

「いいわ。あんたが忘れたら、いつでもわたしが思いださせてあげるから」

「了解」

あたしたちは体を離し、グレッチェンはあたしをエンゾとその家族のもとに残して去っていった。あたしは長いあいだ彼らといっしょにすわっていた。

四日後、フェニックス・ステーションからのスキップドローンからのパパからのメモが届いた。

〝奇跡だよ。わたしは刑務所へむかっていない。つぎの補給船でもどることになっている。ヒッコリーとディッコリーに、帰ったら話があると伝えておいてくれ。愛してるよ〟

ジェーン宛てのメモもあったけど、なにが書かれていたか教えてもらえなかった。

「パパはどうしてあなたたちと話したいのかな？」あたしはヒッコリーにたずねた。

「わからない」ヒッコリーがこたえた。「このまえ彼とわたしが重要な話をしたのは、あなたの――申し訳ない――友人のエンゾが亡くなった日だ。いつだったか、まだハックルベリーを離れるまえに、わたしはペリー少佐に、オービン族の政府とオービン族の同胞たちには、必要とあらばここロアノークであなたとあなたの家族を助ける準備ができていると伝えたことがある。ペリー少佐はそのときのことを持ちだして、いまでもあの申し出は有効かとたずねた。わたしは現時点では有効だと考えているとこたえた」

「パパがあなたたちの助けをもとめると思う？」

「わからない。それに、このまえペリー少佐と話してから状況は変化している」

「どういう意味？」

「ディッコリーとわたしは、ついに政府から詳細な更新情報を受け取った。そこにはコロニー連合によるコンクラーベ船団の攻撃を分析した資料までが含まれていた。もっとも重要な知らせは、マジェラン号が行方不明になった直後に、コロニー連合がオービン族政府のもとをおとずれて、ロアノークのコロニーを捜索しないでくれと依頼したことだ。さらには、たとえロアノークがコンクラーベやそのほかの種族によって発見されても、支援を申し出ないでくれと」

「コロニー連合は、あなたたちがあたしを探しにくるとわかっていたのね」

「そうだ」

「でも、どうしてあたしたちに手を貸すなといったの？」

「なぜなら、コンクラーベの船団をロアノークへおびき寄せるというコロニー連合の計画の障害になるからだ」

「それはもうはじまったよ。そして終わった。オービン族はもうあたしたちを助けてもかまわないはず」

「コロニー連合はわれわれに、今後もロアノークへの支援あるいは協力はおこなわないでほしいと要求している」

「筋がとおらないよ」

「われわれは承諾したいと考えている」

「でも、それだとあなたたちはあたしも助けられないことになる」

「あなたとロアノークのコロニーとはちがう。コロニー連合はあなたを保護したり助けたりするなとわれわれに要求することはできない。それは両者が結んだ協定に違反する行為であり、コロニー連合としては、特にいまは、そんなことは望んでいない。だが、コロニー連合は協定を狭義に解釈することができるし、実際にそうしてきた。われわれの協定はあなたと関係があるのだ、ゾーイ。程度としてはずっとわずかだが、それはあなたの家族、すなわちペリー少佐とセーガン中尉とも関係がある。だが、ロアノークのコロニーとはなんの関係もない」

「あたしがここに住んでいるあいだは関係あるでしょ。このコロニーはあたしに大きな関係があるんだから。全宇宙のなかであたしがだいじに思う人たちがみんなここにいる。ロアノークはあたしにとって重要なの。あなたたちにとっても重要なはず」

「われわれにとって重要ではないといったのではない」ヒッコリーの声にいままで聞いたことのない響きがあった――非難だ。「ここが多くの理由であなたにとって重要だということを否定するつもりもない。われわれはただ、コロニー連合がオービン族の政府に協定の順守を要求しているといっているだけだ。そして、われわれの政府が、独自の理由により、それに同意したと」

「じゃあ、あたしのパパが助けをもとめても、あなたたちはことわるのね」

「ロアノークがコロニー連合の一世界であるかぎり、われわれは支援をおこなうことはできない」

「つまり、ことわると」

「そうだ。申し訳ない、ゾーイ」

「あなたたちが政府から受け取った情報を見せて」

「それはかまわない。ただ、言語もファイル形式もオービン族のものだから、あなたのPDAが翻訳するにはかなりの時間がかかるだろう」

「かまわないよ」

「では情報を渡そう」

それからしばらくして、あたしはPDAのスクリーンでファイルの変換と翻訳がのろのろと進んでいくのを歯ぎしりをしながらにらんでいた。ヒッコリーとディッコリーに内容をきくほうがずっと簡単だと気づいたけど、あたしはすべてを自分の目でたしかめたかった。どれだけ長くかかろうと。

それはほんとうに長くかかり、あたしがほとんどなにも読まないうちに、パパたちがロアノークへ帰ってきた。

「なにがなんだかさっぱりわからないね」グレッチェンがあたしのPDAに表示された文書を見ていった。「猿かなにかの言語を翻訳したみたい」

「見て」あたしはべつの文書を呼びだした。「これによると、コンクラーベ船団を吹き飛ばしたのは裏目に出てる。計画では、コンクラーベが崩壊してすべての種族が撃ち合いをはじめるはずだった。まあ、コンクラーベは崩壊をはじめてるけど、加盟していた種族はおたがいを攻撃したりはしていない。かわりにコロニー連合の世界を攻撃している。最悪の展開になってるわけ」

「あんたがそう書いてあるというなら、信じるよ。わたしにはどれが動詞なのかさえわからないけど」

あたしはまたべつの文書を呼びだした。「ほら、ここにコンクラーベのリーダーのひとり、ナーブロス・エサーのことが書いてある。彼はコンクラーベではガウ将軍の有力な競争相手なの。ガウ将軍は、船団を壊滅させられたにもかかわらず、コロニー連合への直接攻撃は望んでいない。コンクラーベは充分に強大だから、いままでどおりのやりかたでだいじょうぶだと考えている。でも、このエサーというやつは、コンクラーベはあたしたちを一掃すべきだと考えている。コロニー連合を。特にロアノークの植民者たちを。コンクラーベに楯突いたらどうなるかを教えるために。エサーとガウはコンクラーベの指揮権をめぐって争いをはじめているわけ」

「なるほど。でも、やっぱりこれがなにを意味するのかわからないよ、ゾーイ。もっとおちついて話して。ついていけなくなる」

あたしは口をつぐんで深呼吸した。グレッチェンのいうとおりだ。きのうはコーヒーを飲みながらずっとこの文書を読んでいて、ほとんど一睡もしなかった。会話能力が最高レベルにあるとはいえない。そこで、あらためて説明をはじめた。

「ロアノークのコロニーを設置したいちばんの目的は、戦争を起こすことだったの」

「うまくいったみたいね」

「ちがう。本来の目的はコンクラーベの内部で戦争を起こすことだった。あの船団を吹き飛ばしたのはコンクラーベを内側から分裂させるためだった。そうすれば、このエイリアン種族の巨大同盟による脅威は解消されて、すべての種族がほかの種族と戦うという従来の状態にもどるはずだった。あたしたちは内戦の引き金をひき、彼らが戦っているあいだに好きなだけ世界をかすめとって、みずからの勢力をさらに強める──単独の種族どころか小グループの種族でも戦いをいどむ気がなくなるくらい強く。それが計画だった」

「でも、そういう流れにはならなかったというのね」

「そのとおり。あたしたちは船団を吹き飛ばしてコンクラーベの各種族に戦いをはじめさせたけど、彼らが攻撃をしかけたのはあたしたちだった。あたしたちがコンクラーベをきらっているのは、四百対一で、その一があたしたちだから。まあ、いまでも四百対一には変わりないんだけど、ひとつちがいがあって、コンクラーベがあたしたちとの全面戦争に踏み切るのを阻止していた人物の話にだれも耳を貸さなくなっている」

「ロアノークにいるわたしたちとの戦争」

「みんなだよ。コロニー連合。人類そのもの。あたしたち。いま起きているのはこういうこと。コロニー連合の各世界が攻撃を受けている。いままで攻撃を受けていた新規コロニーだけじゃない。昔からあって、もう何十年も攻撃を受けていなかったコロニーが襲われているの。ガウ将軍がすべての種族を隊列に引きもどさないかぎり、こうした攻撃がやむことはない。状況はどんどんひどくなるばかり」

「あんたは新しい趣味を見つけないと」グレッチェンがあたしにPDAを返した。「いまの趣味はほんとに気がめいる」

「こわがらせるつもりはなかったの。あなたもこういうことを知りたいかと思って」

「わたしに話す必要はないよ。あんたの両親に話さないと。わたしのパパでもいい。どういう対応をとるべきかちゃんとわかっている人に」

「みんなもう知ってるよ。フェニックス・ステーションからもどってきたジョンが、ゆうべジェーンと話しているのを聞いたの。むこうではコロニーが攻撃されていることはだれでも知っている。べつに報告はないんだけど――コロニー連合が情報を封鎖しているから――みんながそのことを噂してるって」

「それでロアノークはどうなるの？」

「わからない。でも、べつにすごいコネがあるわけじゃないから」

「じゃあ、わたしたちはみんな死ぬのね。ふーん。まいったな。ありがと、ゾーイ。教えてもらってほんとうによかった」

「まだそこまでひどくはないよ。あたしの両親が対策を立てている。いずれなにか思いつくはず。全員が死ぬようなことにはならない」

「まあ、少なくともあんたが死ぬことはないでしょうね」

「どういう意味？」

「状況がほんとに厳しくなったら、オービン族がやってきてあんたをここから連れだすはず。もっとも、コロニー連合全体が攻撃を受けているというのが事実なら、あんたが最終的にどこへ行くことになるのかはよくわからないけど。要するに、あんたには逃げ道があるってこと。ほかのわたしたちにはない」

あたしはグレッチェンをまじまじと見つめた。「そんないいかたはひどすぎる。あたしはどこへも行かないよ、グレッチェン」

「どうして？　あんたに逃げ道があることを怒ってるわけじゃないよ、ゾーイ。うらやましいだけ。わたしはいちど攻撃を経験した。たった一発ミサイルが飛んできただけで、まともに爆発もしなかったのに、とんでもない損害が出て、わたしがだいじに思う人とその家族全員が殺された。本格的な攻撃がはじまったら、わたしたちに生きのびるチャンスはないよ」

「あなたは訓練を受けたじゃない」

「だからって、ミサイル相手に一騎打ちはできないでしょ」グレッチェンはむっとしていった。「たしかに、だれかが地上へ部隊を送りこんできたら、わたしだってしばらくはそいつらと戦えるかもしれない。でも、わたしたちがコンクラーベの船団にあんなことをしたあとで、わざわざそんな手間をかけるやつがいると思う？　空からあっさりコロニーを吹き飛ばすに決まってる。あんたがいってたのよ。そいつらはわたしたちを排除したがっている。そして、ここから脱出できる可能性があるのはあんただけ」

「いまもいったとおり、あたしはどこへも行かない」

「よしてよ、ゾーイ。わたしはあんたを愛してる。ほんとに愛してるけど、あんたがそこまでバカだなんて信じられない。脱出のチャンスがあるなら脱出して。わたしはあんたを死なせたくない。あんたのママやパパだってあんたを死なせたくない。オービン族はあんたを死なせないために、ほかのみんなをなぎはらってでも道を切りひらくはず。いいたいことはわかると思うけど」

「わかるよ」あたしはいった。「でも、あなたはわかってない。あたしはたったひとりの生存者なのよ。まえにもあったの。そんなのは生涯にいちどでたくさん。あたしはどこへも行かない」


「ヒッコリーとディッコリーが、きみにロアノークを離れてもらいたがっているんだ」

パパがそういったのは、PDAであたしを居間へ呼びだしたあとのことだった。ヒッコリーとディッコリーはパパのそばに立っていた。なにかの交渉が進んでいたのはまちがいない。あたしにかかわることだというのもまちがいない。パパの口調は明るくて、オービン族になにかを納得させたいと考えているのはあきらかだったし、あたしはそのなにかがよくわかっていた。

「パパとママもいっしょ？」あたしはいった。

「ちがう」パパはこたえた。

これは予想どおり。この先コロニーがどうなるにせよ、ジョンとジェーンはそれを最後まで見届ける。たとえ自分たちが命を落とすことになろうと。それがあるべき姿だと信じているのだ。コロニーのリーダーとして、もと兵士として、人間として。

「じゃあ、絶対にいや」あたしはヒッコリーとディッコリーを見つめてこたえた。

「いっただろ」パパがヒッコリーにいった。

「あなたはゾーイにわれわれと行けといわなかった」とヒッコリー。

「行くんだ、ゾーイ」パパの口ぶりはあまりにも皮肉っぽかったので、ヒッコリーとディッコリーでさえそれは聞き逃しようがなかった。

あたしはあまり礼儀正しいとはいえない返事をした――パパのことばに対して、それからヒッコリーとディッコリーに対して、ついでに、あたしがオービン族にとって特別な存在だという考えそのものに対して。なまいきな気分だったせいでもあり、この話にうんざりしていたせいでもあった。「あたしを守りたいんだったら、あたしのだいじな人たちを守って。このコロニーを守ってよ」

「それはできない」とヒッコリー。「禁じられているのだ」

「じゃあ困ったわね。だってあたしはどこへも行かないから。あなたやほかの人がなにをしようと、それは絶対に変わらない」そして、あたしは劇的に退場した。パパがそれを期待していると思ったからでもあり、その件についていいたいことはぜんぶいったからでもあった。

あたしは自分の部屋へ行って、パパからまた呼びだしがくるのを待った。パパとヒッコリーとディッコリーのあいだでなにが起きているにせよ、それはあたしが部屋をどすどす出たからといって終わるわけじゃなかった。さっきもいったとおり、あたしはそれがなんなのかよくわかっていた。

十分ほどたって、パパがまたあたしを呼びだした。あたしは居間へもどった。ヒッコリーとディッコリーはいなくなっていた。

「すわってくれ、ゾーイ」パパがいった。「きみにやってもらいたいことがある」

「それをしたらロアノークを離れることになるの？」

「そうなる」

「いや」

「ゾーイ」

「いや」あたしはくりかえした。「パパがわからない。十分まえには、あたしがここでヒッコリーとディッコリーのまえに立ってどこへも行かないというのをよろこんで聞いていたのに、こんどは行けというの？　あのふたりになにをいわれて気が変わったの？」

「わたしが彼らにいったんだよ。べつに気が変わったわけじゃない。きみに行ってもらう必要があるんだ、ゾーイ」

「なんのために？　あたしだけ安全でいるあいだに、だいじな人がみんな死ぬのよ？　パパもママもグレッチェンもマグディも。ロアノークが破壊されたあと、あたしだけ生き残れというの？」

「きみに行ってもらうのはロアノークを救うためだ」

「意味がわかんない」

「それはたぶん、わたしが最後まで話すまえに、きみが大演説をくりひろげているせいだと思うよ」

「ちゃかさないで」

パパはため息をついた。「ちゃかしているわけじゃないよ、ゾーイ。いまきみにしてほしいのは、黙ってわたしの話を聞くことだ。できるかい？　そうすれば話はずっと早く片付く。そのあとでいやといえば、少なくとも、きみは見当ちがいではない理由でいやということになる。わかったかな？」

「わかった」

「ありがとう。いいかい。コンクラーベの船団を撃破したせいで、いまコロニー連合全体が攻撃を受けている。すべての世界が襲われているんだ。コロニー防衛軍はそれでなくても手薄だから、状況はさらに悪くなるだろう。はるかに悪く。コロニー連合はすでに、いざというときにどのコロニーを見捨てるかを検討している」

「ロアノークもそこに含まれているのね」

「そうだ。疑いの余地はない。だがそれだけじゃないんだよ。以前は、オービン族にロアノークでわたしたちを助けてくれと頼める可能性があった。きみがここにいるからね。ところが、コロニー連合はオービン族に、わたしたちへの支援をいっさいおこなうなと要請した。オービン族はきみをここから連れだすことはできるが、きみやわたしたちがロアノークを守るのを手伝うことはできない。コロニー連合はオービン族にわたしたちを助けてほしくないんだ」

「どうして？　筋がとおらないよ」

「コロニー連合がロアノークの存続を願っているとしたら筋がとおらないな。だが、べつの見方をしてごらん。ここは地球ではなくコロニー連合から植民者を集めた最初のコロニーだ。ここの住民はもっとも有力で人口の多い十の世界から来ている。もしもロアノークが破壊されたら、その十の世界は喪失感によって大打撃を受ける。ロアノークはそれらの世界で反撃の叫びを呼び起こすんだ。さらにはコロニー連合全体で」

「コロニー連合にとって、あたしたちは生きているより死んでいるほうが価値があるということね」

「わたしたちはコロニーとしてよりもシンボルとして価値がある。ここで暮らして生きのびたいと願っているわたしたちにとっては迷惑な話だ。だが、そのとおり。だからコロニー連合はオービン族がわたしたちに手を貸すのを阻止している。わたしたちがコロニーの切り捨てラインに到達できないのもそのせいだ」

「それは絶対まちがいないの？　フェニックス・ステーションへもどったときにだれかに聞いたとか？」

「ある人物から聞いた。シラード将軍という男だ。ジェーンのかつての指揮官でね。非公式な会見だったが、わたし自身の計算とぴったり符合していた」

「パパはその人を信じたの？　こういっちゃなんだけど、最近のコロニー連合はあたしたちにあんまり正直とはいえないでしょ」

「わたしはシラードとはあまりいい関係にない。きみのママもそうだ。しかし、こたえはイエスだ。わたしはこの件については彼を信じた。いま現在、コロニー連合全体でわたしが本気で信用できるのはシラードだけだ」

「あたしがロアノークを離れることとどんな関係があるの？」

「シラード将軍と会ったときに、もうひとつべつの話を聞いた。やはり非公式だが、情報源はたしかだった。ガウ将軍という、コンクラーベのリーダー――」

「その人のことなら知ってるよ、パパ。あたしだって最近のできごとは追いかけているんだから」

「すまない。シラードによれば、ガウ将軍はみずからの顧問団のひとりから暗殺の標的にされているらしい。その暗殺は近いうち、おそらくはこの数週間以内に実行される」

「シラードはなぜそんなことをパパに話したの？」

「わたしがそれを利用するためだ。たとえコロニー連合がガウ将軍に暗殺計画のことを伝えようとしても——実際は暗殺の成功を願っているだろうから、そんなことはありえないんだが——将軍がそれを正しい情報だと信じる理由はどこにもない。コロニー連合は将軍の船団を吹き飛ばしたばかりだからね。しかし、その情報を伝えるのが、すでに顔を合わせたことのあるわたしだったら、将軍も信じるかもしれない」

「パパはガウ将軍に船団をロアノークへ呼ぶなと懇願したんだものね」

「そうだ。そのおかげで、わたしたちはこれまで最小限の攻撃しか受けていない。ガウ将軍がわたしに、彼自身もコンクラーベも、船団を壊滅させられたことでロアノークに報復はしないと明言したんだ」

「それでも攻撃は受けてるけど」

「あれはコンクラーベそのものの攻撃ではない。ほかのだれかが、わたしたちの防衛力を試しているんだ。だが、もしもガウ将軍が暗殺されたら、彼とともにその約束も消滅する。禁猟期間は終わり、ロアノークはあっというまに攻撃を受けるだろう。ここはコンクラーべが最大の敗北を喫した場所だからね。わたしたちはコンクラーベにとってもシンボルになっているんだ。というわけで、わたしたちはガウ将軍に危険を知らせなければならない。わたしたち自身のために」

「パパがそのことをガウ将軍に話したら、コロニー連合の敵に情報を渡すことになる。パパが裏切り者になっちゃうよ」

パパは苦笑した。「信じてくれ、ゾーイ。わたしはすでに首までトラブルに浸かっているんだよ」笑みが消えた。「たしかに、ガウ将軍はコロニー連合の敵だ。しかし、わたしは彼がロアノークの友人かもしれないと思っている。いま現在、ロアノークはできるだけ多くの友人を必要としていて、その出所までかまってはいられない。かつての友人たちはわたしたちに背をむけようとしている。だからこの新しい友人のもとをうやうやしく訪問するんだ」

「その〝わたしたち〟というのは、あたしのことなのね」

「そうだ。わたしのかわりにこのメッセージを届けてほしい」

「あたしがやる必要はないでしょ。パパだってできる。ママだってできる。どちらかのほうがずっといいはず」

パパは首を横にふった。「ジェーンもわたしもロアノークを離れることはできないんだよ、ゾーイ。コロニー連合はわたしたちを監視している。わたしたちを信用していないんだ。それに、たとえ離れられるとしても、わたしたちは植民者とともにここにとどまらなければならない。わたしたちは彼らのリーダーだ。彼らを見捨てることはできない。植民者の身に起きることは、わたしたちの身にも起きる。約束した以上、なにがあろうと、ここにとどまってコロニーを守る。わかってくれるね」

あたしはうなずいた。

「だからわたしたちは行くことはできない」パパはつづけた。「だが、きみなら行けるんだ、それもこっそりと。オービン族はきみをロアノークから連れだしたがっている。コロニー連合も、オービン族との協定があるからそれは認めているし、わたしとジェーンがここにいるかぎりは文句をつけない。オービン族は、コンクラーベとコロニー連合との戦いにおいては、かたちのうえでは中立だ。コロニー連合の宇宙船ではむりでも、オービン族の宇宙船なら、ガウ将軍の司令部までたどり着ける」

「だったらヒッコリーとディッコリーを行かせればいいよ。でなければ、オービン族に頼んでスキップドローンをガウ将軍のところへ送ってもらうとか」

「それはむりだ。オービン族は、わたしのメッセージを送ることでコロニー連合との関係を危険にさらしたりはしない。彼らがこれを引き受けてくれるのは、きみがロアノークを離れることにわたしが同意したからでしかない。わたしはオービン族を動かせる唯一の切り札を使おうとしているんだよ、ゾーイ。それがきみなんだ。

理由はほかにもある。ガウ将軍には、わたしが彼に届けようとしている情報を正しいと信じていると伝えなければならない。より大がかりなコロニー連合のゲームで、わたしがまたもや駒をつとめているわけではないのだと伝えなければならない。将軍にわたしの誠実さの証《あかし》を届ける必要があるんだ。この情報を送ることでわたしがおかすリスクが、将軍がこの情報を受け取ることでおかすリスクと同等だと証明するなにか。たとえわたしやジェーンが出向いたとしても、ガウ将軍にはわたしたちのことばを信じる理由がない。なぜなら、彼はわたしとジェーンがもと兵士でいまはリーダーだということを知っている。コロニーのためなら進んでみずからを犠牲にすると知っている。だが、それと同時に、将軍はわたしが自分のひとり娘を犠牲にはしないということも知っている。それはジェーンにしても同じことだ。

もうわかっただろう、ゾーイ。これはきみでなければいけないんだ。ほかのだれにもできない。ガウ将軍のもとへたどり着き、メッセージを届けて、それを信じさせることができるのはきみだけだ。わたしでもなく、ジェーンでもなく、ヒッコリーやディッコリーでもない。ほかのだれでもない。きみだけだ。このメッセージが届けば、まだロアノークを救う方法を見つけられるかもしれない。可能性はわずかだ。しかし、いまはそれしかないんだよ」

あたしはしばらくじっとすわりこんで、パパに頼まれたことを頭におさめてから、ようやく口をひらいた。「ヒッコリーとディッコリーは、いったんあたしをロアノークから連れだしたら、もう帰りたがらないと思う。それはパパもわかってるはず」

「よくわかっている」

「パパはあたしに行けという。二度とパパたちと会えないかもしれない状況を受け入れろという。だって、ガウ将軍があたしを信じなかったり、あたしと話をするまえに殺されたり、たとえ信じてもあたしたちを救うためになにもできなかったりしたら、この旅はなんの意味もなくなるのよ。あたしがロアノークを離れてしまうだけで」

「たとえそうだとしても、わたしはなにも文句をいうつもりはない」パパはそういってから、急いで手をあげて、あたしのことばをさえぎった。「しかし、それだけの成果しかないとわかっていたら、わたしはきみにそれをやってくれとは頼まない。きみがロアノークを離れたくないのはわかる。わたしたちや友だちと離れたくないのもわかる。わたしはきみの身に悪いことがおきてほしくない。だが、きみはすでに自分でなんでも決められる年齢でもある。すっかり話を聞いたあとで、なおもロアノークにとどまってやってくるものに直面したいというのなら、わたしはきみを止めるつもりはない。ジェーンだってそうだ。わたしたちは最後まできみといっしょにいる。それはわかるだろう」

「わかるよ」

「だれにとってもリスクはある。ジェーンとわたしがロアノークのコロニー評議会でこの件を話したら——きみたちが出発したらそうするつもりだ——彼らはほぼ確実にわたしたちをコロニーのリーダーから追放するだろう。コロニー連合にこの知らせが届いたら、ジェーンとわたしはほぼまちがいなく反逆罪で逮捕されるだろう。たとえすべてが完璧に進んで、ガウ将軍がきみのメッセージを受け取り、きちんとそれに対応して、さらにはロアノークが攻撃されないよう手を打ってくれたとしても、わたしたちはやはりみずからの行動のむくいを受けなければならない。ジェーンとわたしはそれを受け入れる。ロアノークの安全を守れる可能性があるなら、それだけの価値はあると思うから。きみにとってのリスクはね、ゾーイ、もしもこれを引き受けたら、わたしたちやきみの友だちにとても長いこと、あるいは二度と会えないかもしれないということだ。それは大きなリスクだ。ほんもののリスクだ。きみはそれだけの価値があるかどうか決めなくちゃいけない」

あたしはもうすこし考えてみた。「どれくらい考えていいの？」

「必要なだけ考えてかまわない。ただ、暗殺者たちはなにもせずにぶらぶらしているわけじゃないからね」

あたしはヒッコリーとディッコリーがいたところへ目をやった。「あのふたりがここへ輸送船を呼ぶまでどれくらいかかると思う？」

「冗談をいってるのかい？　彼らがわたしとの話を終えたすぐあとに一隻呼び寄せていなかったら、わたしは帽子を食べてみせるよ」

「帽子なんかかぶってないのに」

「じゃあ、ひとつ買ってそれを食べる」

「あたしは帰ってくるよ。このメッセージをガウ将軍に届けて、それからちゃんとここへ帰ってくる。どうやったらオービン族を説得できるかわからないけど、きっとやり遂げてみせる。約束するよ、パパ」

「よし。ついでに軍隊を買ってきてくれ。それと大砲と。あと戦艦も」

「大砲と、戦艦と、軍隊ね」あたしはチェックリストを読みあげた。「ほかには？　だって、せっかく買い物に出かけるんだから」

「噂によると、わたしは帽子を買いたいらしい」

「帽子ね、わかった」

「粋《いき》なやつにしてくれ」

「なにも約束はしないよ」

「いいだろう。ただし、もしも帽子と軍隊のどっちにしようか迷ったら、軍隊を選ぶんだぞ。それも優秀なやつをな。わたしたちにはそれが必要になる」

「グレッチェンはどこ？」ジェーンがたずねた。あたしたちはオービン族のシャトルの外に立っていた。パパとはもうお別れをすませていた。ヒッコリーとディッコリーがシャトトルのなかであたしを待っていた。

「グレッチェンには出かけることを伝えてないの」あたしはいった。「あとで知ったらすごく怒りそうね」

「グレッチェンに寂しい思いをさせるほど長く出かけているつもりはないから」あたしがそういうと、ママは返事をしなかった。

「メッセージは書いたよ」あたしはしばらくしていった。「あしたの朝届く予定になってるの。出かける理由について、伝えてもかまわないと思ったことを書いておいた。くわしくはあたしのママにきいてって。だから、グレッチェンはママをたずねてくるかも」

「あたしがグレッチェンに話してあげる。なんとかわかってもらえるように」

「ありがと」

「気分はどう？」

「こわいよ。二度とママやパパやグレッチェンと会えないんじゃないかと不安だし。自分がなにかヘマをやらかすんじゃないかと不安だし。たとえヘマをしなくても関係ないんじゃないかと不安だし。この船が着陸してからはずっと、いまにも気絶しそうだし」

ジェーンはあたしを抱きしめてから、ふしぎそうにあたしの首を見た。「翡翠の象のペンダントをしていないの？」

「ああ。話すと長くなるの。グレッチェンに、ママに話すようあたしがいっていたと伝えて。どのみちママは知っておくべきだし」

「なくしたの？」

「なくしてないよ。もうあたしのところにはないだけ」

「そう」

「もう必要ないの。この世界でだれがあたしを愛してくれているか、だれがあたしを愛してくれたかはよくわかってるから」

「よかった。あたしがあなたに伝えようとしていたのは、だれがあなたを愛しているかということだけじゃなく、あなたがだれなのかをおぼえておきなさいということ。あなたにまつわるすべてを。あなたという存在にまつわるすべてを」

「あたしという存在ね」あたしはにやりと笑った。「こういう存在だから、いまあたしは出かけようとしている。はっきりいって、得をする以上に面倒なことが多いよ」

「そうでしょうね。ひとついっておきたいことがあるの、ゾーイ。あたしはあなたをかわいそうだと思っていたことがあった。あなたの人生は、あなたにはコントロールできないことがあまりにも多すぎた。あなたはひとつの種族の全員に見守られながら日々をすごし、その種族はいちばん最初からあなたにさまざまな要求をしていた。あなたがずっと正気をたもっていることに、あたしはいつもおどろいていた」

「まあ、それはね。良き両親が助けになるのよ」

「ありがとう。あたしたちはあなたの人生をなるべくふつうのものにしようと努力してきた。きちんと育ててきたから、これからいうことも理解してもらえると思う。あなたはそういう存在であるために、これまでさまざまな要求を受けてきた。こんどはあなたが逆に要求するの。理解できる？」

「よくわからない」

「あなた自身は、つねにあなたという存在によって隅へ追いやられてきた。それはあなたもわかっているはず」

あたしはうなずいた。そのとおりだった。

「原因のひとつは、あなたがまだ若くて、あなたという存在があなた自身よりもはるかに大きかったこと。ふつうの八歳の子、それどころか十四歳の子でも、あなたのような存在になることがなにを意味するかを理解するのはむずかしい。でも、いまだったら理解できるはず。それを正しく評価して、どうすれば利用できるかわかるはず。夜遅くまで起きているとかいうこと以外に」

思わず笑みが浮かんだ。あたしがベッドにはいる時間をすぎても起きているために協定を利用しようとしたことを、ジェーンがおぼえていたのはおどろきだった。

「この一年、あたしはあなたを観察してきた。あなたがヒッコリーやディッコリーとどんなふうに付き合うかを見てきた。彼らはあなたという存在に多くをもとめて、訓練や実践を強要した。でも、あなたも彼らにより多くをもとめるようになってきた。彼らから受け取ったあの資料とか」

「ママがあのことを知っているとは思わなかった」

「あたしは諜報士官だったのよ。そういうのが本職なの。あたしがいいたいのは、あなたがその力を進んで利用するようになってきたということ。あなたはやっと自分の人生をコントロールできるようになってきた。あなたという存在が、あなた自身によって隅へ追いやられようとしているのよ」

「まだこれからだけどね」

「そのまま進みなさい。あたしたちにはあなたが必要なのよ、ゾーイ。あなたという存在をめいっぱい利用してほしいの。あたしたちを救うために。ロアノークを救うために。そしてあたしたちのもとへ帰ってくるために」

「どうすればいいのかな？」

ジェーンはにっこりした。「さっきいったでしょ。こんどはあなたが逆に要求するの」

「漠然としすぎていて役に立たないよ」

「どうかしら」ジェーンはそういって、あたしの頬にキスした。「ひょっとすると、頭のいいあなたなら自力でこたえを見つけられると信じているのかも」

あたしはママを抱きしめた。

十分後、あたしはロアノークの上空十五キロメートルの地点を上昇し、オービン族の宇宙船をめざしながら、ジェーンにいわれたことについて考えていた。

「いずれわかるが、オービン族の宇宙船はあなたのコロニー連合の宇宙船よりもずっと速く飛行することができる」ヒッコリーがいった。

「そうなんだ」あたしはヒッコリーとディッコリーが荷物を置いてくれたところへぶらぶらと歩いていって、スーツケースをひとつ取りあげた。

「そうだ。エンジンの効率がはるかに高いし、人工重力も高性能だ。ロアノークからスキップ可能な地点まで二日とかからずに到達する。あなたたちの宇宙船では同じ距離を移動するのに五日か六日はかかる」

「すごいね。ガウ将軍に早く会えればそのほうがいいし」あたしはスーツケースのジッパーをひらいた。

「これはわれわれにとってじつに刺激あふれる瞬間だ。あなたがペリー少佐とセーガン中尉といっしょに暮らすようになってから、あなたがほかのオービン族とじかに会うのはこれがはじめてのことだ」

「でも、みんなあたしのことは知ってるでしょ」

「知っている。去年の記録はすべてのオービン族に送られた。未編集版とダイジェスト版の両方で。未編集版は処理にすこし時間がかかるはずだ」

「でしょうね。あったあった」あたしはさがしものを見つけた。あの狼男からもらった石のナイフ。だれも見ていないときにすばやく荷物へ押しこんでおいたのだ。いまのうちにちゃんとあることをたしかめておきたかった。

「石のナイフを持ってきたのか」とヒッコリー。

「そうよ。いくつか計画があるの」

「計画とは？」

「あとで教えてあげる。ところで、ヒッコリー。あたしたちがむかっている宇宙船のことなんだけど。だれか重要人物が乗っているの？」

「乗っている。幼少のときをべつにすれば、あなたがほかのオービン族とじかに会うのはこれがはじめてなので、オービン族統治評議会のメンバーのひとりがあなたを出迎えに来ることになっている。とてもあなたに会いたがっているようだ」

「よかった」あたしはナイフをちらりと見た。「あたしもぜひ会いたいわ」

ヒッコリーはちょっと不安になったみたいだった。

22

「こんどはあたしが逆に要求する」オービン族統治評議会のメンバーがあいさつに来るのを自分の船室で待ちながら、あたしはぶつぶつとつぶやいた。「逆に要求する。逆に要求する」

まちがいなくゲロを吐きそう。

吐いちゃだめよ——と自分にむかってこたえる。まだトイレのありかが見つかっていないんだから。どこへ吐けばいいのかわからない。

とにかくそれだけは事実だった。オービン族の排泄や個人的な衛生処置は人間とはやりかたがちがっていて、同胞といっしょにいるときだと、わたしたちのように慎み深くすませるという発想がない。あたしの船室の片隅には、おそらく洗面所で使うと思われる妙ちきりんな穴と蛇口がならんでいる。でも、実際になんなのかは見当もつかない。シンクだと思って使ったらあとで便器だとわかったなんていうのはかんべん。ババールなら便器で水を飲んでもいいけど、あたしの基準はもっと高いと思いたい。

あと一、二時間したら、これはまちがいなく問題になる。ヒッコリーとディッコリーにきいておかないと。

ふたりがそばにいないのは、あたしが出発したときにまっすぐ船室へ案内するよう頼み、そのあと、評議会のメンバーと会うまえに一時間だけひとりにさせてほしいと頼んだからだ。そのせいで、オービン族の輸送船（効率を重視するオービン族らしく、オービン輸送船８５３２という退屈な名前がついている）のクルーによる歓迎式典かなにかをぶち壊しにしてしまったかもしれないけど、そのことは気にしないようにした。狙いどおりの効果はあったはず。あたしはすこしあつかいにくいやつになると決心していたのだ。そうすれば、これからしなければいけないことがやりやすくなる、と期待して。つまり、ロアノークを救うということが。

パパにはそのための計画があって、あたしはそれを手助けすることになる。でも、あたしも自分なりの計画を考えていた。そのためにあたしがやらなくちゃいけないのは、逆に要求することだけ。

とても、とても、とても大きなことを。

まあ、これがうまくいかなかったら、評議会のメンバーにむかってどこでおしっこをすればいいのか質問できる。それはそれでだいじなことだ。

船室のドアをノックする音がして、そのドアがするりとひらいた。ドアにロックがついていないのは、オービン族どうしのあいだにプライバシーという概念がほとんどないからだ（同じ理由で、ドアにはブザーもついていない）。三人のオービン族が部屋にはいってきた。ヒッコリーとディッコリー、それと初対面の第三のオービン族。

「ようこそ、ゾーイ」第三のオービン族がいった。「オービン族とすごすひとときのはじまりに、われわれはあなたを歓迎する」

「ありがとう」あたしはいった。「あなたが評議会のメンバーなの？」

「そうだ。わたしの名前はドック」

顔が笑ってしまうのを必死でこらえたけど、無惨に失敗した。「あなたの名前はドックっていうのね」

「そうだ」

「それだと〝ヒッコリー・ディッコリー・ドック〟になる」

「そのとおり」

「すごい偶然だね」あたしはなんとか真顔にもどっていった。

「偶然ではない。あなたがヒッコリーとディッコリーに名前をつけたとき、われわれはあなたがそれらの名前を童謡からとったことを学んだ。わたしやほかのオービン族が自分の名前を決めたときには、その童謡から選んだのだ」

「ほかにもヒッコリーやディッコリーがいるのは知ってた。ということは、〝ドック〟という名前のオービン族もあなた以外にいるわけね」

「そうだ」

「じゃあ〝マウス〟とか〝クロック〟も」

「そうだ」

「〝ラン〟や〝アップ〟や〝ザ〟はどうなの？」

「あの童謡のなかのすべての単語は人気のある名前となっている」

「オービン族の〝ザ〟は、自分の名前のもとが定冠詞だと知ってるといいけど」

「われわれはそれぞれの単語の意味を知っている。重要なのはあなたとの関連だ。あなたはこのふたりに〝ヒッコリー〟と〝ディッコリー〟と名付けた。すべてはそれにならったのだ」

十年以上まえにオービン族のふたりに考えなしにつけた名前のせいで、おそるべきエイリアン種族がみんな自分にマヌケな名前をつけているという話で、あたしの思いは横道へそれかけていた。でも、ドックのことばではっと我に返った。新たに意識を手に入れたオービン族は、まだこどもだったあたしのことさえ、自分と同一視し、心に焼きつけて、あたしが好きだった童謡にまで大きな影響を受けたのだ。

いい、いい、いい、いい。

こんどはあたしが逆に要求する。

おなかがぎゅっと締めつけられた。あたしはそれを無視した。

「ヒッコリー」あたしはいった。「あなたとディッコリーはこれを記録しているの？」

「している」ヒッコリーがこたえた。

「すぐに止めて。ドック評議員、あなたはこれを記録している？」

「している。ただし、わたしの個人的な思い出のためだけだ」

「すぐに止めて」あたしがいうと、全員が記録を止めた。

「われわれがあなたに不快感をあたえてしまったのか？」とドック。

「いいえ。でも、あなたたちはこれから起こることを記録に残しておきたくないと思うから」あたしは大きく息を吸った。「オービン族に要求したいことがあるの、評議員」

「なんなのかいってほしい。あなたのために実現の努力をしよう」

「あたしはオービン族に、あたしがロアノークを守るのを手伝うことを要求する」

「残念ながらそのねがいにはこたえられない」

「これはおねがいじゃないの」

「理解できない」

「これはおねがいじゃないといったの。あたしはオービン族に手助けをおねがいしたわけじゃないの、評議員。要求するといったの。そのふたつは別物よ」

「われわれは従うことはできない。コロニー連合から、ロアノークへはいっさいの支援をおこなうなという要請を受けているのだ」

「それはあたしの知ったことじゃない。コロニー連合がなにを望んでいるかは、あたしとはなんの関係もないこと。コロニー連合はあたしのたいせつな人たちを全員死なせようとしている。ロアノークのことを、コロニーとしてよりもシンボルとして役に立つと考えているから。あたしはシンボルうんぬんの話には興味がない。あたしは人びとのことを気にしているの。友だちや家族のことを。彼らは助けを必要としている。あたしはそれをあなたたちが提供することを要求する」

「あなたを支援したら、われわれはコロニー連合との協定を破ることになる」

「あなたたちの協定ね。それがあるから、オービン族はあたしに会うことができる」

「そうだ」ディッコリーがいった。

「あなたたちはあたしを確保している。この宇宙船のなかに。理屈からいえばオービン族の領土のなかに。もうあたしに会うためにコロニー連合の許可は必要ない」

「コロニー連合との協定は、あなたとの面会だけを定めているわけではない」ドックがいった。「われわれが身につけている意識マシンの使用など、数多くの条項が含まれている。われわれはこの協定に違反することはできない、たとえあなたのためでも」

「だったら協定は破らないで」あたしは胸のうちで指を交差させて成功を祈った。オービン族がコロニー連合との協定を破ることはできないとこたえるのはわかっていた。ヒッコリーもまえにそういっていた。ここからがほんとうの勝負どころだ。「あたしはオービン族に、あたしがロアノークを守るのを手伝えと要求しているのよ、評議員。オービン族に自分でやれといっているわけじゃないの」

「残念ながらわたしには理解できない」

「ほかのだれかにあたしの手助けをさせて。協力すればとても感謝されるとほのめかすのよ。必要なあらゆる手立てを使って」

「われわれの関与を隠すことはできない。他の種族にあなたへの協力を強要して、それは干渉にはあたらないと主張しても、コロニー連合はまどわされないだろう」

「だったら、あなたたちでは強要できないとコロニー連合が知っているような相手に頼めばいい」

「あなたからの提案は？」

すごく常軌を逸した行為を意味する昔の言い回しに、〝月を撃つ〟というのがある。

ライフルをかまえたのはあたしだった。

「コンスー族よ」

バーン。あたしのはなった一発は、はるか彼方の月に命中した。

でも、どうしてもやるしかなかった。オービン族はコンスー族にとりつかれていて、それには申し分のない理由があった。自分たちに知能をあたえ、それからずっと無視しつづけている生物に、どうしてとりつかれずにいられる？　コンスー族はオービン族に知能をあたえてからいちどだけ彼らと話をしたことがあったけど、その会話には全オービン族の半数の命という大きな代償が支払われた。あたしはその代償のことをおぼえていた。それを自分のために利用するつもりだった。

「コンスー族はわれわれと話したりしない」ドックがいった。

「話させるのよ」

「どうすればいいのかわからない」

「方法を見つけて。あたしはオービン族がコンスー族にどんな思いをいだいているか知ってるの。コンスー族のことを調べたから。あなたたちのことも調べたから。ヒッコリーとディッコリーがふたつの種族のことを物語にしてくれた。オービン族の最初の創世神話だけど、あれは実話だった。あなたたちがどうやってコンスー族との会話を実現したかを知ってる。もういちど話をしてもらうために、それ以来ずっと努力していることも。あれは事実じゃないといって」

「あれは事実だ」

「いまでもやっぱりそのために努力をつづけているんでしょうね」

「そうだ。ずっと努力している」

「それをいまこそ実現させるのよ」

「たとえわれわれがコンスー族を説得してあなたのために願いを伝えることができたとし

ても、コンスー族があなたを手助けするという保証はどこにもない。コンスー族は計り知れない存在なのだ」

「それはわかってる。でも試してみる価値はある」

「たとえあなたの要求が実現可能だとしても、それには高い代償を支払うことになる。前回われわれがコンスー族と話をしたときに支払った代償を知っているのか？」

「どれだけの代償だったかはよく知ってる。ヒッコリーが教えてくれた。そして、かつてのオービン族が、手に入れたもののためにちゃんと支払いをしたことも知ってる。ひとつ教えて、評議員。あなたたちはあたしの生物学上の父親からなにをもらった？　チャールズ・ブーティンからなにをもらった？」

「彼はわれわれに意識をくれた。あなたも知っていることだ。しかし、それには代償があった。あなたの父親はわれわれに戦争を要求した」

「あなたたちはそれをあたえなかった。あたしのとうさんはあなたたちが支払いをするまえに死んでしまった。あなたたちは彼の贈り物を無料で手に入れたのよ」

「コロニー連合が彼の研究を完成させるために代償を要求した」

「それはあなたたちとコロニー連合との話。あたしのとうさんがやったことや、あなたたちがその支払いをしていないという事実はなにも変わらない。あたしはチャールズ・ブーティンの娘。彼の跡継ぎ。あなたがここにいるという事実そのものが、オービン族が彼にむけるはずだった敬意をあたしにむけていることを物語っている。つまり、あなたたちは彼に支払うべきだったものをあたしに支払わなければならない——少なくとも、いちどの戦争を」

「あなたの父親に支払うべきだったものをあなたに支払うべきだとはいえない」

「じゃあ、あなたたちはあたしになにを支払うべきなの？　あたしがあなたたちのためにしてきたことに対して、あなたたちはなにを支払うべきなの？　あなたの名前は？」

「わたしの名前はドック」

「あなたがその名前を得たのは、あたしがあのふたりにヒッコリーとディッコリーと名付けたことが原因になっている」あたしはふたりの友人を指さした。「それはあなたがあたしから手に入れているものの、いちばんわかりやすい実例でしかない。あたしのとうさんはあなたたちに意識をあげたけど、あなたたちはそれをどうすればいいかわからなかったんでしょ？　だれひとりとして？　意識の使い方を学ぶために、あなたたちはあたしがどんなふうに意識を育てるかを観察した。こどものときも、こうして成長したいまも。評議員、いったい何人のオービン族があたしの人生を観察してきたの？　あたしがやることを見てきたの？　あたしから学んできたの？」

「全員だ。オービン族は全員があなたから学んできた」

「オービン族はその見返りになにを支払ってきた？　ヒッコリーとディッコリーがあたし

のそばで暮らしはじめたときから、あたしがこの宇宙船に乗りこむまでのあいだに、あなたたちはなにを支払ってきた？　あたしはオービン族になにを要求してきた？」

「あなたはわれわれになにも要求しなかった」

あたしはうなずいた。「じゃあ、おさらいしてみるよ。コンスー族はあなたたちに知能をあたえ、あなたたちはなぜそんなことをしたのかを彼らに質問するために全オービン族の半数の命を支払った。あたしのとうさんはあなたたちに意識をあたえ、その代償は戦争だったけど、とうさんが生きていればあなたたちはちゃんと支払うつもりだった。あたしはあなたたちのためにいかにして意識ある存在になるか——いかにして生きるか——の授業を十年間つづけた。その請求書の支払期限がきているのよ、評議員。あたしはどんな代償を要求してる？　宇宙にひろがる全オービン族の半数の命を要求してる？　ちがう。オービン族によその種族に戦争をしかけろと要求してる？　ちがう。家族と友だちを救う手伝いをしてくれと要求しているだけ。オービン族自身がやらなくても、ほかのだれかに手伝ってもらう方法を見つけてくれればいいとさえいってる。評議員、オービン族が過去に受け取ってきたものと支払ってきたものを考えれば、あたしがいまオービン族に要求しているものはすごく安いと思う」

ドックは無言であたしを見つめた。あたしがじっと見つめ返したのは、おもにまばたきのしかたを忘れてしまったからであり、いままばたきをしようとしたら悲鳴をあげてしまいそうだったからでもあった。そのおかげであたしはぞっとするほどおちついて見えたと思う。それくらいはべつにかまわなかった。

「あなたが到着したらスキップドローンを送りだすことになっていた」とドック。「それはまだ送っていない。オービン族のほかの評議員にあなたの要求を伝えるとしよう。わたしはあなたを支持するというつもりだ」

「ありがとう、評議員」

「どうするか決めるまでしばらく時間がかかるかもしれない」

「時間はないの。あたしはこれからガウ将軍と会って、とうさんのメッセージを届けることになっている。オービン族の評議会にあたえられる時間は、あたしがガウ将軍と話し終えるまで。もしも評議会が行動を起こさなかったら、あるいは起こすつもりがないのなら、あなたたちはあたし抜きでガウ将軍のもとを離れることになる」

「あなたはコンクラーべといっしょでは安全ではない」

「もしもあなたたちが拒否した場合、あたしがオービン族のなかにいることに耐えられると思っているの？　何度もいってるでしょ。あたしはおねがいしているんじゃないの。要求しているの。それに従わないときは、オービン族はあたしを失うことになる」

「それを受け入れるのはきわめて困難だ。コロニー連合があなたのコロニーを隠したために、われわれはすでにまる一年あなたを失っていたのだ」

「だったらどうする？　あたしを引きずって船に連れもどす？　あたしを監禁する？　あたしの意志に反して記録をつづける？　あんまり楽しいものにはなりそうにないね。あたしは自分がオービン族にとってどんな存在であるか知っている。あなたたちがあたしをどんなことに利用してきたか知っている。この要求を拒否した場合、あたしはほとんど役に立たなくなると思うよ」

「よくわかった。さて、わたしはこのメッセージを送らなければならない。ゾーイ、あなたと会えて光栄だった。どうか退席を許してほしい」

あたしはうなずいた。ドックは部屋を出ていった。

「ドアを閉めて」あたしはいちばん近くにいるヒッコリーにいった。ヒッコリーはいわれたとおりにした。

「ありがとう」といって、あたしは自分の靴の上にゲロを吐いた。ディッコリーがすぐに近づいてきて、あたしがすっかり倒れるまえに支えてくれた。

「あなたは病気だ」ヒッコリーがいう。

「だいじょうぶ」あたしはそういって、ディッコリーの全身にゲロをぶちまけた。「ああ、ごめん、ディッコリー。ほんとにごめん」

ヒッコリーが近づいてきて、ディッコリーのかわりにあたしを支え、例の奇妙な配管のほうへ導いていった。ヒッコリーが蛇口をひねると、水がぼこぼこと流れだした。

「それはなに？」あたしはたずねた。

「シンクだ」とヒッコリー。

「まちがいないの？」あたしが念を押すと、ヒッコリーはうなずいた。あたしは上体をかがめて顔を洗い、口をゆすいだ。

「気分はどうだ？」ヒッコリーが声をかけてきたのは、あたしができる範囲でなんとか体をきれいにしたあとだった。

「これ以上吐くことはないかって意味なら、それはだいじょうぶだと思う。たとえ吐きたくても、もうなんにも残ってない」

「あなたが嘔吐したのは病気だからだ」

「あたしが嘔吐したのは、たったいまあなたたちのリーダーのひとりを船内の給仕係みたいにあつかったから。あたしにとってはまったく新しい体験だったのよ、ヒッコリー。ほんとに」あたしは嘔吐物にまみれたディッコリーに目をやった。「うまくいくといいんだけど。だって、もういちどあんなことをするはめになったら、あたしの胃袋がテーブルの上に飛びだすかもしれない」そういったとたん、また胸がむかついてきた。教訓――ゲロを吐いたあとは、あまり生々しい台詞は口にしないこと。

「あれは本気だったのか？」とヒッコリー。「ドックにいったことは？」

「ひとこと残らずね」あたしは自分を指さした。「ほら、ヒッコリー。これを見てよ。本気じゃなかったらここまで自分を追いこむと思う？」

「たしかめておきたかったのだ」

「まちがいないよ」

「ゾーイ、われわれはあなたのそばにいる。わたしとディッコリーは。評議会がどのような決定をくだそうと関係はない。もしもあなたがガウ将軍と話したあとでそこにとどまると決めたら、われわれもいっしょに残る」

「ありがとう、ヒッコリー。でも、そんなことをする必要はないよ」

「われわれはする。われわれはあなたを置き去りにはしない。あなたの生涯のほとんどのときを、われわれはあなたとともにすごしてきた。意識を手に入れてからのすべての期間をともにすごしてきたのだ。あなたや、あなたの家族と。あなたはわれわれを家族の一員と呼んだ。いま、あなたはその家族から離れている。二度と会えないかもしれない。われわれはあなたをひとりにはしない。われわれはあなたのそばにいるべきなのだ」

「なんていえばいいのかわからないな」

「あなたのそばにいてかまわないといえばいい」

「わかった。そばにいて。ありがとう。ふたりともありがとう」

「どういたしまして」

「じゃあ、最初の正式な任務として、あたしが着られるものをなにか見つけて。においがひどいことになってきたから。それと、あそこにあるもののなかでどれがトイレなのか教えて。いますぐ知っておかないとたいへんなことになる」

23

なにかにそっとつつかれて目をさました。あたしはそれをぴしゃりと叩いた。「死ね」

「ゾーイ」ヒッコリーがいった。「あなたに客が来ている」

あたしは目をぱちぱちさせながらヒッコリーを見た。その姿は通路からの光でシルエットになっていた。「なにをいってるの？」

「ガウ将軍だ。彼がここに来ている。いま。あなたと話したがっているのだ」

あたしは体を起こした。「冗談でしょ」PDAを取りあげて時刻をたしかめる。

船は十四時間まえにコンクラーベ宙域へ到着して、ガウ将軍が司令部を設置した宇宙ステーションから千キロメートル離れた地点にぽんと実体化した。どれかひとつの惑星をひいきしたくないというのが将軍の考えだった。その宇宙ステーションは、コンクラーベ全域から集まってきた何百隻もの宇宙船にぐるりと囲まれていて、さらに多くのシャトルや貨物機が、宇宙船どうしやステーションとのあいだを行き来していた。人類最大の宇宙ステーションはフェニックス・ステーションで、あんまり大きいために惑星フェニックスの潮の干満に影響をおよぼしている（高感度の機器でやっと計測できるていどとはいえ、影響があるのはたしか）と聞いたことがあるけど、それでもコンクラーベの司令部の片隅におさまりそうだった。

到着後、あたしたちは自分たちの身元を名乗り、暗号化メッセージを送ってガウ将軍への謁見をもとめた。船をとめるための座標を指示され、その後は意図的に無視された。その状態が十時間つづいたあと、あたしはベッドにはいっていた。

「わたしが冗談をいわないことは知っているはずだ」ヒッコリーは戸口へ引き返し、船室の明かりをつけた。あたしはまぶしさにたじろいだ。「さあ、将軍に会いに行こう」

五分後、あたしはたぶん見苦しくないと思われる服に身をつつみ、すこしふらついた足どりで通路を進んでいた。一分ほど歩いたところで、あたしは「あ、しまった」といって、ヒッコリーを通路に残したまま船室へ駆けもどった。一分後にもどったとき、あたしはなにかをつつんだシャツを手にしていた。

「それはなんだ？」ヒッコリーがたずねた。

「贈り物」あたしはこたえた。あたしたちは通路をさらに先へと進んだ。

一分後、あたしは大急ぎで準備された会議室のなかで、ガウ将軍といっしょに立っていた。将軍のまえにあるテーブルは、オービン族の使う座席に囲まれていたけど、それは彼の体にもあたしの体にも合わなかった。あたしはシャツを手にテーブルをはさんで将軍のむかい側に立った。

「わたしは外で待っている」部屋まで案内してくれたヒッコリーがいった。

「ありがとう、ヒッコリー」あたしがいうと、ヒッコリーは出ていった。あたしは将軍に顔をもどし、いくらかぎこちなく「こんにちは」といった。

「きみがゾーイか」ガウ将軍はいった。「オービン族がその命令に従うという人間だな」

将軍のことばはあたしには理解できない言語だった。それは彼の首からさがっている装置によって翻訳されていた。

「そのとおりです」あたしはいった。自分の声が将軍の言語に翻訳されて聞こえた。

「人間の娘がどうやってオービン族の輸送船を徴用してわたしに会いに来るのか、とても興味があったのだ」

「話すと長くなります」

「短縮版で頼む」

「あたしの父が特殊な機械を開発してオービン族に意識をあたえました。オービン族はあたしの父との現存する唯一の接点としてあたしを崇拝しています。それであたしの頼みをきいてくれるんです」

「ひとつの種族をまるごと意のままにできるというのはいいものだろうな」

「あなたならわかっているはずです。四百の種族を手中に収めているんですから」

ガウ将軍が頭でなにかした。あれが笑顔ならいいんだけど。「残念ながら、現時点ではそれについては議論の余地があるな。しかし、おかしいな。きみはロアノークのコロニーで行政官をつとめているジョン・ペリーの娘なのかと思っていたんだが」

「そうです。あたしの父が亡くなったあとで、ジョンとその妻のジェーン・セーガンがあたしを養女にしたんです。あたしの生みの母は、父よりもすこしまえに亡くなっていました。あたしがここへ来たのはその養父母のためです。ただ、申し訳ないんですが」――あたしはなんの用意もできていない自分の姿を身ぶりでしめした――「あなたと、いま、ここで会えるとは思っていませんでした。あたしたちがあなたのところへ出かけていくつもりだったので、準備をする時間もあるはずだったんです」

「オービン族が人間を、それもロアノークから連れてきたと聞いたので、好奇心のあまり待ちきれなくなったのだよ。敵対勢力になにをやっているのかと思わせるのも価値のあることだからな。オービン族大使の訪問を待つのではなく、わたしのほうからオービン族の宇宙船を訪問すれば、きみがいったい何者で、わたしが彼らの知らないどんなことを知っているのかという疑念を生むことになる」

「足をはこんだだけの価値があたしにあるといいんですが」

「たとえそうでなくても、やつらに不安をあたえることはできる。もっとも、きみがどれほど遠くからやってきたかを考えると、おたがいにとって足をはこんだだけの価値があるといいのだがな。きみはすっかり服を着たのか？」

「はい？」予想していた質問はたくさんあったけど、さすがにこれはなかった。

将軍はあたしの手を指さした。「きみは両手でシャツをつかんでいる」

「ああ」あたしはシャツをふたりのあいだのテーブルに置いた。「贈り物です。シャツじゃなくて。そのなかに、あるものがつつんであります。それが贈り物です。あなたに渡すまえになにかべつの入れ物を見つけようと思っていたんですが、あなたの訪問がいきなりだったので。これからは口を閉じて、あなたにまかせるようにします」

将軍はあたしにむかっていぶかしげに見える表情をしてから、手をのばしてシャツの中身を取りだした。あたしが狼男からもらった石のナイフ。ガウ将軍はそれを持ちあげて照明にかざした。「とても興味深い贈り物だ」といって、重さとバランスをたしかめるかのように、ナイフを手のなかで動かしはじめる。「デザインがすばらしい」

「ありがとう」

「あまり現代的な武器とはいえないな」

「はい」

「将軍なら古めかしい武器に関心があるだろうと考えたのかな？」

「じつは、そのナイフには逸話があるんです。ロアノークにはもとから住んでいた知的生物がいます。あたしたちは着陸するまで彼らのことを知りませんでした。しばらくまえに、あたしたちは彼らとはじめて出会い、不幸なできごとが起こりました。彼らの何人かが死に、あたしたちの何人かが死にました。それから、彼らのひとりとあたしたちのひとりが顔を合わせて、殺しあいをするのはやめようと決めて、贈り物を交換しました。そのナイフはそのときの贈り物のひとつです。いまはあなたのものです」

「なかなか興味深い話だ。わたしが思うに、その物語はきみがここにいる理由とかかわりがあるのだろうな」

「それはあなたしだいです。あなたにはただのすてきな石のナイフかもしれません」

「そうは思わないな。ペリー行政官は言外の意味を駆使する人物だ。彼がメッセージを届けるために自分の娘を送りこんだことがなにを意味するかは見逃しようがない。とはいえ、そのような逸話を持つ贈り物を差しだすとは。じつにとらえがたい男だな」

「あたしもそう思います。でも、そのナイフは父からの贈り物ではありません。あたしからの贈り物です」

「なんと」ガウ将軍はおどろいた。「それはますます興味深い。ペリー行政官の発案ではないのか？」

「父はあたしがナイフを持っていたことを知りません。あたしがそれをどうやって手に入れたかということも」

「だが、きみはそのナイフによってわたしにメッセージを伝えようとした。きみの養父のメッセージをおぎなうために」

「あなたがそういうふうにとらえてくれることを期待していました」

ガウ将軍はナイフをおろした。「ペリー行政官からのメッセージを教えてくれ」

「あなたは暗殺されようとしています。とにかく、だれかがそれを狙っています。あなたの近くにいるだれかです。あなたの信頼する顧問団のだれかです。日時や手段はわかりませんが、もうじき実行されることはわかっています。父はこのことを伝えてあなたが身を守れるようにしたかったんです」

「なぜだ？ きみの養父はコロニー連合の役人だ。コンクラーベの船団を壊滅させる計画に関与し、わたしがきみの生まれるまえから築きあげてきたすべてのものを崩壊の危機にさらしている。なぜわたしが敵のことばを信じなければならない？」

「あなたの敵はコロニー連合であって、あたしの父ではありません」

「きみの養父は何万という人びとを殺す手助けをした。コンクラーベの船団は、わたし自身の船以外は全滅したのだ」

「父はあなたに船団をロアノークへ呼ばないでくれと懇願しました」

「彼がとらえがたい男だというのはそういうところなのだ。彼は罠がどのようにしかけられたかを説明しなかった。船団を呼ぶなとわたしに頼んだだけだ。あとすこしだけ情報があれば、数万の命を救えたのに」

「父は自分にできることをしたんです。あなたはあたしたちのコロニーを破壊しようとしていました。父はコロニーを放棄することを許されていませんでした。選択肢が多くなかったことはあなたにもわかるでしょう。父はコロニー連合に呼びだされ、なにか起こるかもしれないとあなたにほのめかしたことで裁判にかけられました。あなたと話をしたというだけで刑務所に送られたかもしれなかったんですよ、将軍。父は自分にできることをしたんです」

「こんども彼が利用されているのではないとどうしてわかる？」

「あなたはさっき、メッセージを届けるためにあたしを送りこんだことがなにを意味するかわかるといったじゃないですか。あたしがここにいることが、父が真実を語っている証拠なんです」

「彼が自分は真実を語っていると信じている、という証拠でしかないだろう。それが真実だとはかぎらない。きみの養父はいちど利用された。二度と利用されることはないといいきれるかね？」

あたしはこれを聞いてかっとなった。「失礼ですが、将軍、あなたは知っておくべきです。あたしを送りこんであなたにこの警告を伝えたことで、父も母もまちがいなくコロニー連合によって裏切り者の烙印を押されるでしょう。ふたりとも刑務所行きです。オービン族にここへ連れてきてもらうための取引の一環として、あたしはロアノークへ帰ることができません。オービン族のもとにとどまらなければいけないんです。なぜなら、オービン族はロアノークが破壊されるのは時間の問題だと信じているから。あなたによって、あるいは、あなたがもはやコントロールできないコンクラーベ内の一派によって。両親とあたしはあなたにこの警告を伝えるためにすべてを賭けています。あたしはもう二度と、両親にも、ほかのロアノークの人びとにも会えないかもしれません。さあ、将軍、もしもあなたに伝えていることに絶対の確信をもっていなかったら、あたしたちがこれだけの犠牲を払うと思いますか？　どうです？」

ガウ将軍はいっとき黙りこんだ。そして——「きみたちがそれほど大きなリスクをおかさなければならなかったことは気の毒に思う」

「それならあたしの父を信じてあげてください。あなたは危険にさらされています、将軍。その危険はあなたが考えている以上に迫っているんです」

「教えてくれ、ゾーイ。ペリー行政官はわたしにこれを伝えることでなにを期待しているのだ？　わたしになにをもとめているのだ？」

「父はあなたに生きていてほしいと思っています。あなたは父に約束しました——あなたがコンクラーベの指揮官でいるかぎり、二度とロアノークを攻撃しないと。あなたが長く生きていればいるほど、あたしたちは長く生きていられるんです」

「だが、それは皮肉な話だな。ロアノークで起きたできごとのせいで、わたしは以前ほどコンクラーベを制御できていない。いまはほかの種族を隊列にとどめておくだけでせいいっぱいだ。しかも、ロアノークをわたしから指揮権を奪うための競争相手とみなしている者がいる。きみは知らないだろうが、ナーブロス・エサーという——」

「もちろん知っています。現時点であなたのもっとも有力な競争相手でしょう。エサーは他種族を説得して自分に従わせようとしています。そして、コロニー連合を破壊したがっています」

「これは失礼。きみがただの使い走りではないということを忘れていた」

「かまいませんよ」

「ナーブロス・エサーはロアノーク襲撃をもくろんでいる。わたしはコンクラーべの指揮権をじわじわと取りもどしているが、エサーもそれなりの種族の支持を取りつけて、ロアノーク攻撃のために遠征隊の資金を捻出した。彼はコロニー連合がロアノークの防衛にまで手がまわらないことを知っているし、現時点でわたしが彼を止められる立場にないこともわかっている。もしもエサーが、わたしが奪えなかったロアノークを手中におさめたら、さらに多くのコンクラーべ種族が彼の支持にまわる可能性がある。そうすればコロニー連合を直接攻撃することもできるだろう」

「じゃあ、あなたはあたしたちを助けられないんですね」

「手もとにある情報を教える以外には、なにもできないな。エサーはいずれロアノークを攻撃するだろう。だが、ペリー行政官がわたしの船団を壊滅させる手伝いをしたせいもあって、わたしにはもはや彼を阻止することはできない。そして、きみたちのコロニー連合もエサーを止めるつもりはなさそうだ」

「なぜそんな話をするんです？」

「きみがここにいるからだ。かんちがいしないでくれ、ゾーイ、わたしはきみの家族の警告に感謝している。だが、ペリー行政官は単なる善意からわたしに警告してくれるほど親切ではあるまい。きみがいったとおり、代償があまりにも大きすぎるからな。きみがここにいるのは、もはやほかに頼るところがないからだろう」

「でも、父のことばを信じてはくれるんですね」

「ああ。残念なことだが。わたしのような地位にいる者はつねに標的になっている。だが、よりによっていま、長年にわたり信頼と友情を寄せてきた者たちまでもが、損得を計算して、わたしを生かしておくより死なせるほうが得策だと判断した。エサーによるロアノーク攻撃よりもまえにわたしの命を狙おうとするのは筋がとおっている。もしもわたしが死んで、エサーがきみたちのコロニーへの復讐を遂げたら、彼がコンクラーベの指揮をとることに異議をとなえる者はいなくなるからな。ペリー行政官が教えてくれたことは、すべてわたしも知っていた。彼はわたしがすでに知っていたことを裏付けただけだ」

「じゃあ、あたしはあなたの役には立たないんですね」あたしはいった。〝そしてあなたもあたしの役には立たないのね〃と思ったけど、口には出さなかった。

「そうはいっていない。わたしがここへ来た理由のひとつは、ほかのだれにもじゃまされることなくきみの話を聞けるからだ。たしかめたかったのだよ、きみが持っているかもしれない情報をなにかに利用できるかを。それがわたしの役に立つかどうかを。きみがわたしの役に立つかどうかを」

「将軍はあたしが話したことを知っていたんですよね」

「そのとおり。だが、きみがどこまで知っているかをほかのだれにも知られずにすむのだよ。ここでなら、なにがあろうと」ガウ将軍は手をのばして石のナイフを取りあげ、あらためてそれをながめた。「正直いって、わたしはうんざりしているのだ――信頼する部下たちのだれがわたしの心臓を刺そうともくろんでいるのかわからないという状況に。わたしを暗殺しようとしている者がだれであれ、そいつらはナーブロス・エサーと手を組んでいるはずだ。それなら、エサーがいつ、どのていどの戦力でロアノークを攻撃するかを知っている可能性が高い。わたしときみが協力すれば、そのふたつを突き止めることができるかもしれない」

「どうやって？」

ガウ将軍はもういちどあたしを見て、頭を笑顔であってほしいかたちに動かした。「ちょっとした政治劇を演じるのだよ。われわれがすべてを知っていると思わせることで、やつらに行動を起こさせるのだ」

あたしはガウ将軍に笑みを返した。「〝芝居こそは王の本性をとらえるいちばんの手段なり〟」

「そのとおり。ただし、われわれがとらえるのは王ではなく反逆者だがね」

「いま引用した文献では、彼は王でもあり反逆者でもあります」

「おもしろい。残念ながらその文献のことは知らないが」

「『ハムレット』というんです。これの作者を好きな友だちがいたので」

「その引用は気に入った。それにきみの友人も」

「ありがとう。あたしも同じ気持ち」

「この部屋にいる諸君のひとりは反逆者だ」ガウ将軍がいった。「わたしはそれがだれか知っている」

すごい――と、あたしは思った。将軍は会議のはじめかたを心得ている。

あたしたちがいるのは将軍の公式顧問室だった。凝った装飾がほどこされていて、事前に将軍から聞いた話だと、異種族の要人をうわべだけ豪華に迎えるときにしか使わないらしい。将軍からおもてむきだけでもこの重要な会議に招かれて、あたしは格別の気分だった。もっと重要なのは、部屋に一段高くなった壇があって、そこに大きな椅子がひとつ置かれていたことだ。高官や顧問やそのスタッフがそこに近づくときは、みんなそれが王座であるかのようにふるまっていた。きょうのガウ将軍の計画で、これが役に立つことになるのだ。

部屋はその壇から半円形にひろがっていた。周辺部には湾曲したカウンターがあり、コンクラーベに加盟している大半の知的種族の背丈におおむね合わせてあった。顧問や高官のスタッフたちはそこに立ち、必要に応じて文書やデータを呼びだして、それぞれの上司がつけているイヤホン（らしきもの）とつながっている小型マイク（らしきもの）に小声で語りかけていた。

上司たち——顧問たちや高官たち——のほうは、壇とカウンターにはさまれたエリアで列をなしていた。ふつうならベンチや椅子（というか、彼らの体型にいちばんよく合うなにか）が準備されていて、用事がすむまでのあいだ体を休められるようになっているらしい。きょうは、全員がそこに立っていた。

あたしはというと、大きな椅子にすわっているガウ将軍の左側、ややななめまえに立っていた。椅子のむかいには小さなテーブルがあり、そこに、あたしが将軍にプレゼントしした（それも二度目）ばかりの石のナイフがのっていた。今回はシャツよりはきちんとしたパッケージで渡した。将軍はあたしが見つけた箱からナイフを取りだし、ほれぼれとながめてから、テーブルに置いていた。

うしろのほうでスタッフたちといっしょに立っているヒッコリーとディッコリーは、将軍が思いついた計画に不満たらたらだった。そのそばにいるガウ将軍の三人の警備担当者たちも、やはりものすごく不満たらたらだった。

まあ、こうして実行に移そうとしているいま、あたしもすごくわくわくしているとはいいがたかった。

「われわれがここに集まったのは、この若い人間の要求を聞くためだと思ったが」ひとりの顧問がいった。背の高いララン族で（つまり、ララン族としても背が高い）、名前はハフト・ソルヴォーラ。彼女のことばは、あたしがオービン族からもらったイヤホンによって翻訳されていた。

「それは見せかけだ」ガウ将軍がいう。「その人間は請願に来たのではなく、諸君のだれがわたしの暗殺をたくらんでいるかという情報を持ってきたのだ」

これは当然のごとく室内に動揺を引き起こした。「そいつは人間だぞ！」ドウェア族のワート・ニヌングがいった。「失礼だが、将軍、人間たちはしばらくまえにコンクラーベの船団を壊滅させた。彼らがあなたのもとへ持ちこむ情報など、ひかえめにいっても、おおいに疑わしい」

「まったく同感だよ、ニヌング」ガウ将軍がいう。「だからこそ、その情報がもたらされたとき、わたしは分別のある者ならだれでもするように、警備担当者に命じて徹底的に情報をチェックさせた。残念ながら、その情報は正しかった。いまわたしは、コンクラーベにかかわるわたしの計画すべてを熟知している顧問たちのひとりが、わたしに対する陰謀をくわだてているという事実に直面しなければならないのだ」

「わからないな」といったのはグラーフ族で、あたしの記憶がたしかなら、名前はラーニン・イル。でも、確実とはいえない。会議がはじまる数時間まえに、ガウ将軍の護衛たちから顧問団に関する資料は受け取っていたけど、準備しなければいけないことがたくさんあったので、目をとおす時間がほとんどなかったのだ。

「なにがわからないのかね、ラーニン？」ガウ将軍がたずねた。

「だれが反逆者かわかっているのなら、なぜあなたの警備担当者たちはそいつらをとらえていないのだ？　あなたを不必要に危険な目にあわせなくてもよかったのに。立場を考えれば、あなたはほんとうに必要なとき以外はリスクをおかすべきではないだろう」

「われわれはだれとも知れぬ殺し屋を相手にしているわけではないのだ、イル。まわりを見たまえ。われわれが知り合ってどれくらいたつ？　この偉大なるコンクラーベを築きあげるために、ひとりひとりがどれだけ苦労してきた？　われわれは配偶者やこどもたちとすごすよりも多くの時間をおたがいとすごしてきた。諸君のなかのひとりがあやふやな反逆罪によって姿を消したりしたら、諸君はそれを受け入れられるのか？　わたしが統制力を失ってスケープゴートをでっちあげたと感じるのではないか？　だめだ、イル。われわれはあまりにも多くのものを分かちあってきた。たとえ暗殺をたくらむ者であろうと、もっとましなあつかいを受けるべきだ」

「では、いったいどうするつもりなのだ？」イルがたずねた。

「この部屋にいる反逆者にみずから名乗り出るよう頼むつもりだ。まちがいを正すならまだ手遅れではない」

「暗殺者に恩赦をあたえようというのかね？」あたしには名前を思いだせない（たとえおぼえていても、あの話しぶりを考えると、あたしにはまともに発音できなかったんじゃないかと思う）種族のだれかがいった。

「ちがう。暗殺者は単独で行動しているわけではない。彼らはわれわれが築きあげたものをおびやかす謀略の一部なのだ」ガウ将軍はあたしを身ぶりでしめした。「ここにいるわたしの人間の友人はいくつかの名前を教えてくれたが、それだけでは充分ではない。コンクラーベの安全のためにはもっと多くのことを知る必要がある。コンクラーベのすべてのメンバーに裏切りはけっして許されないとしめすために、暗殺者にはこれまでにしたことに対する責任をとってもらわなければならない。わたしの提案はこうだ。彼らは公平かつ尊厳をもってあつかわれる。罰を受けるあいだ、彼らにはそれなりに快適な暮らしが約束される。彼らの家族や愛する者は、本人が陰謀に加担していないかぎり、罰を受けることも責任を問われることもない。そして、彼らの犯罪がおおやけにされることはない。この部屋の外にいる者が知るのは、この裏切り者が顧問の職を引退したという事実だけだ。処罰はある。処罰はなければならない。しかし、歴史に残るような処罰ではない」

「この人間がどこで情報を入手したのかを知りたい」ワート・ニヌングがいった。

ガウ将軍はあたしにうなずきかけた。「この情報はコロニー連合の特殊部隊によってもたらされた」

「コンクラーベ船団の破壊において先頭に立ったグループと同じだな」とワート。「さほど信頼できるとは思えない」

「ワート評議員」あたしは口をひらいた。「特殊部隊がどうやってあなたたちの船団に属するすべての宇宙船の居所を突き止めたと思っているんです？　船団が集結するのはコロニーを排除するときだけです。各種族が自由に使っている数万隻の宇宙船のなかから四百隻を特定するというのは、軍の諜報部としては前例のない離れわざでした。それだけのことをやり遂げたあとで、特殊部隊がたったひとつの名前を突き止めるのに苦労すると思いますか？」

ワートがあたしにむかってうなり声をあげた。なんて失礼なんだろう。

「すでにいったように、わたしは情報の内容をチェックした」ガウ将軍がいう。「正確さに疑いの余地はない。それはすでに解決済みの問題なのだ。まだ解決していないのは、暗殺者がどのように正体を明かされることを選ぶかだ。くりかえす。暗殺者はこの部屋にいる。たったいま、われわれのなかに。ただちに名乗り出てほかの謀略に関する情報を提供するなら、そのものに対する処罰は、寛大な、軽い、内密のものとなるだろう。選択肢は諸君の目のまえにあるのだ。古き友として頼む。どうか名乗り出てくれ」

だれも動かなかった。ガウ将軍は顧問たちを順ぐりに、数秒ずつ、目と目を合わせて見つめていった。だれひとり足を踏みだそうとはしなかった。

「よかろう」ガウ将軍はいった。「では、つらい方法をとるしかないな」

「どうするつもりなのだ、将軍？」ソルヴォーラがたずねた。

「簡単だ。わたしが諸君をひとりずつ呼び寄せる。諸君はわたしにおじぎをして、コンクラーベのリーダーとしてのわたしに忠誠を誓う。わたしのほうは、誠実だとわかっている相手に対しては感謝をささげる。裏切り者については、これだけ長くともに働いてきた仲間たちのまえで正体を明かし、逮捕する。処罰は厳しいものとなるだろう。そして、まちがいなくおおやけになる。それが終わるのは暗殺者が死ぬときだ」

「あなたらしくないな、将軍」ソルヴォーラがいった。「あなたはコンクラーベを、独裁者は存在せず、個人への忠誠が要求されることもないという前提で築きあげた。忠誠を誓うべき相手はコンクラーベだと。その理念だと」

「コンクラーベは崩壊しかけているのだ、ハフト。きみもよくわかっているとおり、ナーブロス・エサーとその仲間たちはコンクラーベをみずからの領地のように運営するだろう。

諸君のなかにいるひとりはすでに、エサーの独裁政権のほうが、すべての種族に発言権があるコンクラーベよりも好ましいと判断している。かつては信頼だけで結ばれていた相手に、いまや忠誠をもとめなければならないのは明白だ。こんなことになって申し訳ないと思う。だが、それが現実なのだ」

「もしも忠誠を誓わなかったらどうなる？」

「その場合は反逆者として逮捕される。暗殺者と判明している者とともに」

「あなたはまちがっている。こうして忠誠をもとめることで、あなたはコンクラーベに託したみずからの理想にそむくことになる。わたしが心の底からそう信じていることを知っておいてもらいたい」

「おぼえておこう」

「いいだろう」ソルヴォーラはそういうと、壇のまえに進みでてひざまずいた。「ターセム・ガウ将軍、わたしはコンクラーベのリーダーとしてのあなたに忠誠を誓う」

ガウ将軍があたしを見た。それが合図だった。あたしは首を横にふって、部屋にいるすべての人びとに将軍があたしの確認を待っていることを見せつけた。

「ありがとう、ハフト」ガウ将軍はいった。「さがってよろしい。ワート・ニヌング、まえへ出てくれ」

ニヌングは進みでた。その後の六名の顧問たちも同じだった。残るは三名。

あたしはすごく不安になってきた。ガウ将軍とあたしは、ほんとうは有罪ではない人を告発するところまでこの芝居をつづけたりはしないという点で意見が一致していた。とはいえ、反逆者があらわれることなく最後まで進んでしまったら、あたしたちはふたりともたくさんの釈明をしなければならなくなる。

「ラーニン・イル」ガウ将軍がいった。「まえへ出てくれ」

イルはうなずき、するするとまえに進みでてあたしのそばまで来ると、あたしを思いきり床へ突き飛ばして、ガウ将軍がそばのテーブルに置きっぱなしにしていた石のナイフにとびついた。あたしは床に勢いよく倒れこんで頭をぶつけた。ほかの顧問たちのあいだから悲鳴と警告の叫びがあがった。あたしがごろりと体をまわして顔をあげると、イルがナイフをふりあげて将軍に突き立てようとしていた。

ナイフが手の届くところに置きっぱなしだったのには理由があった。ガウ将軍は反逆者の正体を暴露するといっていた。それがだれなのかについては疑いの余地がないと。その者に対する処罰には死も含まれると。反逆者のほうは、この場で暗殺を実行しても失うものはなにもないと確信していたはずだ。だが、ガウ将軍の顧問たちは、ふだんは殺傷能力のある道具を持ち歩くことはない。彼らは役人であり、筆記用のペンよりも危険なものは必要としない。だが、不注意に置き去りにされた鋭い石のナイフは、死にものぐるいの暗殺者にいちかばちかの行動へ踏み切らせるきっかけになる。将軍の護衛たち（それとヒッコリーとディッコリー）が、将軍のそばではなく部屋の周辺部に配置されていたのもそのためだった。暗殺者に、護衛につかまるまえにひと突きかふた突きはできるだろうという幻想をいだかせる必要があったのだ。

もちろん、将軍だってバカじゃない。ナイフによる攻撃から全身のほとんどを守ることができるボディアーマーを身につけていた。でも、頭と首までは守れない。将軍はその危険をおかす価値はあると考えていたけど、こうして将軍が身を守ろうとする姿を見ていると、あたしたちの計画の最大のミスは、将軍が刺し殺されるのを自力でふせげるだろうと推定したことだとわかった。

イルがナイフをふりおろした。将軍の護衛たちもヒッコリーもディッコリーも間に合いそうになかった。ヒッコリーとディッコリーはあたしに敵の武器を取りあげる方法を叩き こんでいた。問題は、あたしが床に倒れていて、ナイフの一撃をふせげる位置にいないということだった。どのみち、グラーフ族はコンクラーベの加盟種族だ。あたしは彼らの弱点をまったく調べていなかった。

それでも、あおむけになってイルを見あげていたら、思いついたことがあった。

グラーフ族のことはなにも知らなくても、膝がどんなふうに見えるかは知っている。

床の上で体を踏んばり、足のかかとをラーニン・イルのいちばん手近な膝の側面へ思いきり叩きこんだ。膝はへんなふうにねじれてぐにゃっと曲がり、あたしは相手の脚のなかでなにかが折れる感触に吐き気をおぼえた。イルが痛みに悲鳴をあげて脚をつかみ、ナイフを取り落とした。あたしは大急ぎでそいつから離れた。ガウ将軍は椅子からとびだしてイルを床へねじ伏せた。

ヒッコリーとディッコリーがいきなりそばにあらわれて、あたしを壇から引きずりおろした。ガウ将軍が自分にむかって走ってくる護衛たちになにか叫んだ。

「そいつのスタッフを！　スタッフを止めるんだ！」

カウンターへ目をやると、三人のグラーフ族がそれぞれの機器へとびついていた。イルのスタッフはあきらかに暗殺に加担していて、自分たちが発見されたことを共謀者に伝えようとしていた。ガウ将軍の護衛たちは足をすべらせながら止まって、くるりとむきを変え、カウンターにいるイルのスタッフにとびかかっていった。護衛たちは機器を叩き落としたものの、スタッフの少なくともひとりはすでにメッセージを送っていた。それがわかったのは、コンクラーベ司令部のいたるところで警報が鳴りだしたからだった。

宇宙ステーションが攻撃を受けているのだ。

ラーニン・イルがガウ将軍を不器用に攻撃したおよそ一分後、インポ族の戦艦ファー号が、コンクラーベ宇宙ステーションのガウ将軍のオフィスがある部分を狙って六基のミサイルを発射した。ファー号の指揮官はイアルト・ラムルというインポ族だった。のちに判明したところでは、ラムルは、ナーブロス・エサーとラーニン・イルを相手に、ガウ将軍が死んだあとで新しいコンクラーベ船団の指揮をとらせてもらうという取り決めを結んでいた。その後、ラムルは船団を率いてフェニックス・ステーションへむかい、それを破壊してから、リストにある人類のコロニーを順番につぶしていくことになる。ラムルのほうにあたえられた任務は、合図があったときにガウ将軍のオフィスとその旗艦に対してささやかな爆撃をおこなうための準備をしておくことだった。それは、メインイベントであるガウ将軍の暗殺と、ガウ将軍に忠実な種族のおもだった戦艦の撃破を中心とする、より大規模かつ組織的なクーデター計画の一部だった。

ガウ将軍がその顧問たちにむかって、きみたちのなかのひとりが反逆者だと知っていると告げたとき、イルのスタッフのひとりがラムルに暗号化メッセージを送り、すべての計画が狂いはじめていると伝えた。ラムルは独自の暗号化メッセージを、コンクラーベ宇宙ステーションの近辺にいるべつの三隻の戦艦へ送った。それらの戦艦の艦長は、いずれもラムルによってクーデター派へ転向していた。四隻の戦艦は兵装システムを起動して標的を選択した。ラムルはガウ将軍のオフィスに狙いを定め、ほかの反逆者たちはガウ将軍の旗艦であるジェントル・スター号をはじめとする宇宙船に狙いを定めた。

すべてが計画どおりに進めば、ラムルとその共謀者たちは、ガウ将軍の応援に駆けつける可能性がもっとも高い宇宙船を無力化するはずだが、それは問題ではなかった。なぜなら、ラムルがガウ将軍のオフィスに穴をあけて、そこにいる全員（そのときはあたしも含まれていた）を冷たい真空のなかへ吸いだすはずだからだ。数分後、イルのスタッフが前足から機器を蹴り飛ばされる直前に確認メッセージを送信し、ラムルはミサイルを発射して、第二射の準備をはじめた。

ラムルはさぞかし愕然としたことだろう。ほぼ同時に、ファー号の舷側にジェントル・スター号から発射された三基のミサイルが命中したのだ。ジェントル・スター号とほかの六隻の信頼ある宇宙船は、ガウ将軍からの指示で警戒態勢にはいり、兵装システムを起動しようとする宇宙船を残らず見張っていた。ジェントル・スター号は、ファー号がミサイル用バッテリを起動したのを発見し、ひそかにそこに標的を定めて防衛準備をととのえていたのだ。

ガウ将軍は敵のミサイルが飛来するまでは行動を起こすことを禁じていたが、ファー号が発射した瞬間に、みずからも反撃に転じ、その後、アリス族の戦艦ヴト＝ロイ号から発射された二基のミサイルを相手に対ミサイル防衛を開始した。

ジェントル・スター号は第一のミサイルを破壊し、第二のミサイルによって軽微な損傷を受けた。反撃を予想していなかったファー号は、ジェントル・スター号のミサイルによって大きな損傷を受け、エンジンが破裂したことでさらに大きな損傷を受けて、船体の半分を破壊され、イアルト・ラムルとそのブリッジのクルーを含む数百名の乗組員が命を落とした。ファー号から発射された六基のミサイルのうちの五基は、宇宙ステーションの防衛網によって無力化された。六基目はステーションに命中し、ガウ将軍のオフィスのとなりの区画に穴をあけた。宇宙ステーションの気密ドアシステムが、数分で損傷部分を密閉した。四十四名が命を落とした。

これだけのことが二分とたたないうちに起きたのは、戦闘がきわめて至近距離で起きたからだ。娯楽番組で見る宇宙での戦闘とはちがい、現実の宇宙船どうしの戦いは膨大な距離をへだてておこなわれる。しかし、今回の戦闘では、すべての宇宙船がステーションをめぐる軌道上に集まっていた。なかには、わずか数キロメートルの距離で戦いをくりひろげた船もあった。それはまさにナイフによる戦いの宇宙船版だった。

というか、あたしはそう教わった。あたしはほかの人たちが教えてくれた戦闘を見逃してしまった。なぜかというと、そのときあたしはガウ将軍の顧問室からヒッコリーとディッコリーによって引きずりだされていたのだ。最後に見たとき、ガウ将軍はラーニン・イルをねじ伏せながら、ほかの顧問たちの動きを牽制していた。騒音がひどすぎてあたしの翻訳機はもはや機能しなくなっていたけど、ガウ将軍はほかの人たちにイルを生け捕りにしろと叫んでいたんじゃないかと思う。なにがいえるだろう。だれだって反逆者は好きじゃない。

これもあとで教わったことだけど、宇宙ステーションの外での戦闘が予想よりも長引いたために、ミサイルの第一射が飛来したすこしあとに、おかしなことが起きた。オービン族の一隻の戦艦が、どきっとするほどステーションに近いところに実体化して、すでに鳴り響いていた攻撃警報のほかに一連の接近警報を鳴り響かせた。それは異例の事態ではあったけど、ほんとうに全員の注目を集めたのは、それからおよそ三十秒後に出現したべつの宇宙船の群れだった。ステーションは数分かけてそれらの宇宙船の身元を特定した。

その瞬間、戦闘をくりひろげていたすべての種族が、もっと大きな心配ごとができたことに気づいた。

あたしがこういったできごとをすぐに知ることはなかった。ヒッコリーとディッコリーがあたしを引きずって顧問室からだいぶ離れたところにある会議室へ連れこみ、そこの安全を確保したとき、警報がいきなり止まった。

「ねえ、ついにあの訓練が役に立ったよ」あたしはヒッコリーにいった。暗殺騒ぎであふれだしたアドレナリンの影響ですっかりテンションがあがっていたため、あたしは部屋のなかをうろうろと歩きまわった。ヒッコリーはこれにはこたえず、危険はないかと通路の監視をつづけた。あたしはため息をつき、ヒッコリーがもう安全だから動いていいと合図するのを待った。

十分後、ヒッコリーがディッコリーにむかってカチカチと呼びかけて、ディッコリーがドアへむかった。ヒッコリーは通路に出て姿を消した。ほどなく、ヒッコリーがだれかと口論しているような声が聞こえてきた。もどってきたヒッコリーは、すごく真剣な顔をした六名の護衛とガウ将軍を従えていた。

「なにがあったの？」あたしはいった。「だいじょうぶ？」

「きみはコンスー族とどのような関係があるのだ？」ガウ将軍があたしの質問を無視してたずねた。

「コンスー族？　べつに。あたしのために彼らと連絡をとってくれるようオービン族に頼んだだけ。ロアノークを救うのに手を貸してもらえないかと思って。何日かまえのことよ。その後はオービン族からはなにも聞いてない」

「こたえは出たようだな」とガウ将軍。「コンスー族がここへ来た。そしてきみとの面会を要求している」

「コンスー族の宇宙船がここにいるの？」

「実際には、コンスー族はきみがオービン族の宇宙船に乗りこむことを要求している。まるでわけがわからないが、それは気にしなくていい。オービン族の宇宙船のあとからコンスー族の船団がやってきたのだ」

「船団。何隻いるの？」

「これまでにか？　およそ六百だな」

「え？」あたしはいった。アドレナリンがふたたびあふれだした。

「船の到着はまだつづいている。気を悪くしないでほしいのだが、ゾーイ、きみがなにかコンスー族を怒らせることをしたのなら、彼らがわれわれではなくきみに怒りをぶつけることを祈りたいものだ」

あたしはヒッコリーをふりむいた。信じられなかった。

「あなたは支援を要求したといっていたではないか」ヒッコリーがいった。

24

あたしはオービン族のべつの宇宙船の貯蔵デッキにはいった。

「するとおまえが、ひとつの種族がその命令に従うという人間なのか」そこであたしを待っていたコンスー族がいった。たぶん、オービン族の宇宙船のなかで、彼の体がおさまるのはそこしかなかったんだろう。

あたしは思わず笑みを浮かべた。

「われを笑うのか」コンスー族から完璧な英語で、かろやかに、おだやかに話しかけられるのは、大きくて獰猛な昆虫みたいな外見を考えると妙な感じだった。

「ごめんなさい」あたしはいった。「それをいわれたのがきょう二度目だったから」

「ふむ」コンスー族が体をひろげると、あたしは悲鳴をあげて逆方向へ走りだしたくなった。ひろがった体の内側から人間とよく似た腕と手があたしを差し招いた。「こちらへ来ておまえをよく見せてみろ」

あたしは一歩踏みだしたけど、つぎの一歩を踏みだすのはすごくたいへんだった。

「おまえがわれに頼んだのだぞ、人間」

あたしは勇気を奮い起こしてコンスー族に近づいた。そいつは小さいほうの二本の腕であたしにふれたりつついたりしながら、巨大な二本の剣腕――戦闘時に敵の首をはねるために使う――を、あたしの両側、頭のすぐ上の高さでさまよわせた。あたしは逆上しないよう必死にこらえた。

「そうか、ふむ」コンスー族の声は、なんだかがっかりしているみたいだった。「特別なところはなにもないのではないか？　肉体面では。おまえの精神面になにか特別なところがあるのか？」

「ないよ。あたしはあたし」

「だれだって自分は自分だ」コンスー族がもとどおり体を折りたたんだので、あたしはすごくほっとした。「それは自明の理だ。おまえのどこが特別なために、数千ものオービン族がわれと会うために命を捨てたのか。それをたずねているのだ」

また気分が悪くなってきた。「あなたをあたしのところへ連れてくるために、数千人ものオービン族が死んだというの？」

「ああ、そうだ。おまえのペットたちは、みずからの船でわれの船を取り囲み、乗り移ってこようとした。船はそいつらをひとり残らず殺した。そいつらがあまりにもしつこかったので、われもとうとう興味をひかれた。ひとりを船に乗せてやると、そいつは、おまえを手助けするようコンスー族を説得しろとおまえに要求されたといった。われはみずから見てみたくなった。いったいどのような生物が、気楽にそれほどの要求をして、オービン族にその実現のためにみずからを犠牲にさせることができるのかと」

コンスー族はもういちど、ふしぎそうにあたしを見た。「うろたえているようだな」

「死んだオービン族のことを考えていたの」

「彼らはおまえに頼まれたことをしただけだ」コンスー族はうんざりしたようにいった。

「そんなに大勢殺さなくてもよかったのに」

「おまえのペットはそんなに大勢を生け贄として差しだす必要はなかった。それでも彼らはそうした。おまえは愚か者らしいので、われが説明してやろう。おまえのペットたちは、その思考力が許す範囲で、理知的にこれを実行したのだ。コンスー族はオービン族のために話をしてやることはない。われらは遠い昔に彼らの質問にこたえ、それ以上この件について話すことに興味をもてなくなった」

「でも、あなたはオービン族と話をした」

「われは死にかけているのだ。われは」――ここでコンスー族はトラクターが丘をころがり落ちるような物音をたてた――「死の旅路に出ている。生涯においてみずからの価値を証明し、先へ進む準備ができた者だけが許される旅路。その旅に出ているコンスー族は好きなように行動できるのだ。接触を禁じられている生物と話をしたり、しかるべく頼まれれば最後の恩恵をさずけたり。おまえのペットたちは何十年ものあいだコンスー族をひそかに調査してきたから——われらはこれに気づいていたが、なにもしなかった——死の旅路のルートも、旅路に出ている者が乗りこむ儀式船のことも知っていた。おまえのペットたちはこれがわれと話をする唯一の方法だと知っている。そして、われやほかのコンスー族の興味をひいて話を聞いてもらうためになにが必要かを知っている。オービン族に要求を突きつけたときに、おまえはこのことを知っているべきだった」

「知らなかった」あたしはいった。

「ではおまえは愚か者だ、人間。もしもわれにオービン族に同情する傾向があったら、きっと同情するだろう。なにしろ、オービン族はむだな労力を払ってわれを旅路から引っぱりだしたのだからな——代償についてあまりにも無知な者のかわりに。しかし、われはオービン族には同情しない。彼らは少なくとも代償を知っていて、進んでそれを支払った。さあ。われにおまえを助けるよう要求するがいい。さもなければ、われはこのまま立ち去り、おまえのペットたちの死はほんとうにむだになる」

「あたしのコロニーを救うために助けが必要なの」といって、あたしはむりやり意識を集中した。「友だちと家族がそこにいて、攻撃の脅威にさらされている。小さなコロニーだからみずからを守ることができないの。コロニー連合はあたしたちを助けてくれない。オービン族はあたしたちを助けることを許されていない。コンスー族にはあたしたちを助けられるテクノロジーがある。あたしはあなたたちの助けをもとめているの」

「いま〝もとめる〟といったな。おまえのペットは〝要求〟といっていた」

「オービン族に手助けを要求したのは、それが可能だと知っていたから。あなたたちには助けをもとめているの」

「おまえのコロニーやおまえがどうなろうと知ったことではない」

「あなたはついさっき、死の旅路の一環として恩恵をあたえられるといった。これをそれにすればいいのよ」

「われの恩恵はオービン族にあたえてしまったかもしれぬ。おまえと話したことで」

あたしは目をぱちくりさせた。「あたしと話しただけで、どうしてオービン族への恩恵になるの？　あなたがあたしを助けることを考えもしないとしたら。その場合、オービン族の犠牲と労力をむだにしたのはあなたということになる」

「それを選ぶのはわれだ。オービン族は犠牲を払いながらも返答は〝ノー〟かもしれないと理解していた。これもまた、オービン族が理解しているのにおまえが理解していないことだ」

「あたしがたくさんのことを理解していないのは知ってる。それはわかってるの。ごめんなさい。それでも、あたしには家族と友だちのために助けが必要なの」

「どれだけの家族と友だちだ？」

「あたしのコロニーに住んでいるのは二千五百人」

「同じくらいの数のオービン族が、おまえをここへ連れてくるために死んだ」

「そんなことになるとは知らなかった。あたしはそんなことは頼まなかった」

「そうか？」コンスー族がその巨体をゆらして身を寄せてきた。あたしは引き下がらなかった。「われは信じないぞ、人間。おまえが愚かで無知だというのはあきらかだ。それでも、おまえがオービン族にわれらのもとをおとずれるよう頼んだとき、自分がいったいなにを頼んでいるのか理解していなかったとは思えない。おまえがオービン族に手助けを要求したのは、それが可能だと知っていたからだ。だから、あえて代償のことはたずねなかった。しかしおまえは代償が高いことを知っていたはずだ」

どう返事をすればいいのかわからなかった。

コンスー族は身を引いて、おもしろい虫でも観察するようにあたしを見ていた。「おまえのオービン族に対する気まぐれで冷淡な態度はじつに興味深い。おまえがまったくオービン族を気にかけていないのに、オービン族がおまえの気まぐれのために進んでみずからを犠牲にするということも」

後悔するとわかりきっていたけど、いわずにはいられなかった。「笑っちゃうね。オービン族はあたしをいらつかせるのがほんとにうまかった。コンスー族はあたしをあたえて意識をあたえなかった種族の一員にそんなことをいわれるなんて。気まぐれとか冷淡とかいえた義理じゃないでしょ」

「ああ。そうだったな。オービン族から聞いた。おまえはオービン族が意識で遊ぶための機械をつくった人間のこどもなのだと」

「彼らは意識で遊んでるんじゃない。意識をもっているの」

「無惨なことだ。意識は悲劇だ。そのせいで種族は完璧さから遠ざかり、個性などというものにむだな労力を払うことになってしまう。われらコンスー族の人生は、わが種族を自我という圧力から解放することについやされている。個を超越することで種族を進歩させるのだ。おまえたち劣等種族を手助けしているのも、いずれはおまえたちがみずからを解放できるかもしれないと考えているからだ」

あたしは頬の内側をちょっとかんだ。コンスー族はときどき人類のコロニーへやってきては、惑星上にあるものを残らず一掃し、コロニー防衛軍がやってきて戦いをしかけてくるのを待つ。端《はた》から見ているかぎり、コンスー族はそれをゲームと考えているとしか思えない。あたしたちのためにやっているなんていう台詞は、ひかえめにいっても、道理に反している。

とはいえ、あたしがここへ来たのは助けをもとめるためであって、道徳について議論するためじゃない。すでにいちど餌に食いついてしまった。二度とそんなことをしてはいけない。

コンスー族はあたしの内心の葛藤には気づきもせずに話をつづけた。「おまえたち人間がオービン族にしたことは、彼らの潜在能力を愚弄する行為だった。われらはオービン族を至高の存在に、意識をもたぬ種族に、最初の一歩から種族としての宿命を追求することができる唯一の種族に仕立ててあげた。オービン族はわれらが熱望する存在となるはずだった。彼らが意識を熱望するのは、空を飛べる生物が泥のなかでころげまわるのを熱望するようなものだ。おまえの父親はオービン族に恩恵をあたえるどころか、意識という足かせをつけてしまったのだ」

あたしはしばらくその場にたたずんで、このコンスー族が、遠い昔にオービン族が全種族の半数を生け贄として差しだしても教えてもらえなかったことを、軽いおしゃべりみたいにして気楽に語っていることにおどろいていた。コンスー族はあたしの返事を辛抱強く待っていた。

「オービン族はそうは思わない」あたしはいった。「あたしもそうは思わない」

「もちろんおまえの意見はちがうだろう。意識を愛しているからこそ、オービン族はおまえのためにバカげたことをする。しかも、彼らはおまえの父親がしたことに対して敬意を払うと決めている――おまえはなにも関与していないにもかかわらず。そうした盲信と敬意はおまえにとって都合がいい。おまえはそれを利用してオービン族を意のままにしている。おまえがオービン族の意識を重んじるのは、それが彼らになにかをあたえているからではない。そうしておけばおまえがオービン族を利用できるからだ」

「そんなのちがう」

「ほほう」コンスー族の声にあざけるような響きがまじった。そいつはまた体の位置を動かした。「いいだろう、人間。おまえはわれわれに手助けをもとめた。応じてやってもかまわない。われはおまえに恩恵をあたえられる。コンスー族も拒否しないはずだ。しかし、この恩恵はただではない。それなりの代償がある」

「代償って？」

「まずは楽しませてもらいたい。それからこの掘り出し物を提供しよう。おまえのもとには数百名のオービン族がいるはずだ。そのなかからおまえの好きなやりかたで百名を選びだせ。われはコンスー族に百名の同胞を送るよう依頼する——囚人や不敬者など、道をはずれて贖罪をもとめている者たちだ。そして両者を命懸けで戦わせる。

最終的に、どちらかが勝利をおさめる。勝者がおまえなら、われはおまえの手助けをしよう。勝者がわれならば、手助けはなしだ。ぞんぶんに楽しんだら、われはふたたび死の旅路をたどるだろう。これよりコンスー族に連絡をする。おまえたちの時間で八時間後に、この楽しみをはじめるとしよう。それだけの時間があれば、おまえのほうもペットたちの準備をととのえられるはずだ」

「オービン族のなかから百名の志願者を見つけるのは造作もないことだ」ドックがあたしにいった。あたしたちはガウ将軍が貸してくれた会議室にいた。「志願者は一時間以内にそろえる」ヒッコリーとディッコリーはドアの外でじゃまがはいらないよう見張っていた。

「オービン族がどうやってコンスー族をあたしのところへ連れてきたか、どうして話してくれなかったの？」あたしはたずねた。「ここに来たコンスー族は、彼を連れてくるために数千人ものオービン族が命を落としたといってた。なぜそういうことが起こると警告してくれなかったの？」

「オービン族がコンスー族の注意をひくためにどのような手段をとるか、わたしは知らなかった。わたしは、みずからの賛成意見を添えて、あなたの要求を送り届けただけだ。わたしは決定をくだす場にいなかったのだ」

「でも、こういうことが起こる可能性があるのは知っていたでしょ」

「わたしは評議会の一員として、われわれがコンスー族の観察をつづけてきたことを知っているし、ふたたび彼らと話をするための計画があることも知っている。これがそうした計画のひとつだということは知っていた」

「なぜあたしに話してくれなかったの？」

「コンスー族と話をしようとすれば高い代償を支払うことになるとは伝えた。これがその代償だ。あの時点では、あなたはそれほど高い代償だとは思っていなかった」

「数千人ものオービン族の死を意味するとは知らなかったのよ。コンスー族が興味をそそられて攻撃をやめるまで、オービン族がつぎつぎとコンスー族の火線に飛びこみつづけるなんて。もしも知っていたら、なにかほかの手段をとるよう頼んだはず」

「あなたの要求の内容と、そのためにあたえられた時間を考えると、ほかに手段はなかった」ドックはあたしに近づいてきて、なにか重要なものを見せようとするみたいに両手をひろげた。「どうかわかってほしい、ゾーイ。われわれはずっと以前から、死の旅路の途上にあるコンスー族に請願をおこなう方法を検討してきた。われわれ自身のために。そのおかげもあって、われわれはあなたの要求をかなえることができた。あらゆる準備はすでにととのっていたのだ」

「でも、あたしの命令で彼らは死んだのよ」

「コンスー族が彼らの死を要求したのはあなたのあやまちではない。任務に参加したオービン族は、コンスー族の注意をひくためになにが要求されるかを知っていた。みな以前からこの任務にかかわっていたのだ。あなたの要求はタイミングと任務の目的を変えた。しかし、彼らはみずから進んで参加したのであり、その理由もちゃんと理解していた。選んだのは彼ら自身だ」

「彼らがそうしたのは、自分がなにを頼んでいるかあたしが考えもしなかったからよ」

「彼らはあなたがわれわれの助けをもとめたから行動した。あなたのためにつとめを果たせることを名誉とみなしていただろう。これからあなたのために戦う者たちが、それを名誉とみなすように」

あたしは自分の両手を見つめた。ドックと目を合わせるのが恥ずかしかった。「死の旅路の途上にあるコンスー族に請願をおこなう計画が最初からあったといったよね。あなたたちはなにを頼むつもりだったの？」

「理解の助けになるものを。なぜコンスー族が意識をわれわれにあたえようとしなかったのか。なぜ彼らが意識を取りあげることでわれわれを罰しようと考えたのか」

あたしは顔をあげた。「そのこたえなら知ってるよ」そして、コンスー族から教わった、彼らがオービン族に意識をあたえなかった理由について話をした。「それがあなたたちのさがしているこたえかどうかはわからない。でも、あのコンスー族はそういっていた」

ドックは返事をしなかった。よく見てみると、体がふるえていた。

「ちょっと」あたしは椅子から立ちあがった。「動揺させるつもりじゃなかったのに」

「動揺しているわけではない。わたしは幸せなのだ。あなたはわれわれが種族の誕生時から問いかけつづけてきた質問のこたえをくれた。コンスー族がわれわれにはけっしてあたえてくれなかったはずのこたえを。それを手に入れるためなら大勢の同胞たちが命を投げだすはずだったこたえを」

「実際に大勢が命を投げだしたじゃない」

「ちがう。彼らはあなたを助けるために命を投げだしたのだ。その犠牲に対する見返りなど期待していなかった。彼らはあなたが要求したからそうしただけだ。あなたにはわれわれにお返しをする義務などなかった。それなのに、あなたはわれわれにこたえをくれた」

「どういたしまして」あたしはばつが悪くなった。「たいしたことじゃないよ。あのコンスー族が話してくれたから。あたしはただ、あなたたちにも伝えるべきだと思って」

「考えてみてほしい、ゾーイ。あなたがわれわれに伝えるべきだと思ったこの情報は、ほかの者ならわれわれをあやつるための材料とみなすはずのものだ。売りつけることもできるし、出し惜しみすることもできる。あなたはそれを無償であたえてくれた」

「あなたに支援を要求して数千人のオービン族を死に追いやったあとだけどね」あたしは椅子に腰をおろした。「あたしをヒーローあつかいしないで、ドック。いまはそういう気分じゃないから」

「申し訳ない、ゾーイ。しかし、たとえヒーローではないとしても、あなたは悪党ではない。あなたはわれわれの友人だ」

「ありがとう、ドック。すこし気分がよくなった」

ドックはうなずいた。「さて、あなたのもとめる百名の志願者を見つけにいかなければ。そして、評議会であなたがくれたこたえを披露するとしよう。心配しないでくれ、ゾーイ。

われわれはあなたを失望させたりはしない」

「急だったからこれでせいいっぱいだった」ガウ将軍は宇宙ステーションの広大な貨物ベイにむかってさっと腕をふった。「ステーションのこの部分は最近になって建造されたばかりだ。実際にはまだ貨物は入れていない。きみの目的にかなうと思うが」

あたしはその広大な空間を見つめた。「充分だと思います。ありがとう、将軍」

「たいしたことじゃない。きみがつい最近どれだけの手助けをしてくれたかを思えば」

「コンスー族の侵攻のことであたしを責めないでくれてありがとう」

「むしろ、あれはメリットのほうが大きかった。おかげで宇宙ステーション周辺の戦闘が本格化するまえに終わった。反逆者たちはわれわれがあの船団を応援に呼んだとかんちがいしたんだ。わたしがその誤解を解くまえに、彼らは降伏したよ。きみのおかげで反乱を未然に阻止することができたのだ」

「どういたしまして」

「ありがとう。もちろん、コンスー族には立ち去ってもらいたい。だが、コンスー族の船団がここへ来ているのは、ここに滞在中の彼らの来客にわれわれがなにかバカなことをしないよう見張るためだと思っている。船はどれも戦闘用ドローンで、操縦者も乗っていないが、コンスー族のテクノロジーの産物だからな。あれが攻撃をしかけてきたら、われわれではたちうちできまい。従って、当面は強制された平和がつづくことになる。わたしにとって損ではなく得になるのだから、文句をいう筋合いではないのだ」

「ナーブロス・エサーと彼の計画について新しい情報はあるんですか？」あたしはたずねた。もうコンスー族のことを考える気分ではなくなっていた。

「ある。ラーニンが反逆罪で処刑されるのを避けようとしてすっかり協力的になっている。最高の動機づけだな。彼の話によれば、エサーは少人数の部隊でロアノークを奪おうと計画している。わたしが四百隻の戦艦でもできなかったことを、彼なら百名の兵士だけでやり遂げられるとしめしたいようだ。いや、残念ながら〝奪う〟ということばはまちがっているな。エサーはコロニーとその住民をすべて叩きつぶすつもりでいる」

「あなたの計画もそうでしたよね」

ガウ将軍はひょいと頭を動かした。たぶんうなずいたんだろう。「きみはそろそろわかってくれていると思いたいが、わたしはなるべく植民者を殺さないようにしている。エサーはその選択肢を提示することはない」

あたしはその情報を頭のなかでさらっと流した。「エサーはいつ攻撃をしかけるんでしょう？」

「もうじきだと思う。ラーニンは、エサーはまだ部隊を集結させていないと考えているが、今回の暗殺失敗で、計画は早まることはあっても遅れることはあるまい」

「やれやれですね」

「まだ時間はある。希望を捨てるのは早すぎるぞ、ゾーイ」

「捨ててません。ただ、考えなくちゃいけないことが多すぎて」

「志願者は集まったのかね？」

「集まりました」あたしはそういいながら顔をこわばらせた。

「どうした？」

「志願者のひとりが」あたしは口をつぐみ、もういちどいいなおした。「志願者のひとりがディッコリーという名のオービン族でした。あたしの友人でありボディガードでもあるんです。その志願を聞いたとき、あたしはやめてといいました。志願を取りさげろと要求しました。でもことわられました」

「その者の志願は大きな影響をあたえたかもしれないな。ほかのオービン族が進みでるのをうながしたはずだ」

あたしはうなずいた。「でも、ディッコリーはいまでもあたしの友人です。あたしの家族です。なにもちがいはないかもしれませんが、そうなんです」

「もちろんちがいはある。きみがここにいるのは、愛する人びとが傷つくのをふせごうとしているからだろう」

「あたしは、知っている人たちのために知らない人たちに犠牲をもとめているんです」

「だからこそ、志願をもとめているのだろう。だが、わたしの見たところ、彼らが志願している理由はきみだよ」

あたしはうなずいて貨物べイを見渡し、やがてはじまる戦いに思いをはせた。

「ひとつ提案したいことがある」コンスー族があたしにいった。

あたしたちは貨物べイのフロアから十メートルの高さにある制御室ですわっていた。フロアにはふたつのグループに分かれた生物たちがいた。第一のグループは、あたしのために戦うことを志願した百名のオービン族。第二のグループは、名誉を取りもどすためにオービン族と戦うことを強いられた百名のコンスー族の犯罪者たち。オービン族のとなりにいると、コンスー族はおそろしく大きく見えた。競技は肉弾戦に修正を加えたものになった。オービン族はコンバットナイフの使用を許されるが、剣腕を持つコンスー族は素手で戦うことになる。体にカミソリのように鋭い二本の腕がついている状態を〝素手〟といえればの話だが。

オービン族が勝てるかどうか、すごく不安になってきた。

「提案だ」コンスー族がくりかえした。

あたしはちらりとコンスー族へ目をやった。制御室をほとんど占領しかけている。あたしがあがってきたときにはもうここにいたので、どうやってドアをとおり抜けたのかはわからない。ほかに部屋にいるのは、ヒッコリーとドックと、競技の公式の裁定役をつとめることになっているガウ将軍だった。

ディッコリーはフロアのほうにいた。戦いの準備をととのえている。

「聞くつもりはあるのかね?」コンスー族がたずねた。

「もうじきはじまるんだよ」

「競技に関することだ。そもそも競技などしなくともおまえが望みのものを手に入れる方法があるのだが」

あたしは目を閉じた。「話して」

「われはコンスー族のテクノロジーのかけらをあたえることで、おまえがコロニーを守るのを手助けするつもりだ。エネルギーフィールドを生成して飛翔体から運動量を奪うマシンだ。誘導《サバー》フィールドと呼ばれている。銃弾は空中から落下し、ミサイルは標的に命中するまえに推進力を失う。おまえが賢ければ、コロニーはそれを利用して襲撃者を打ち負かすことができるだろう。われがおまえにあたえることを許され、用意しているのはそういうものだ」

「その見返りになにがほしいの?」

「簡単な実演だ」コンスー族は体をひろげて、フロアにいるオービン族を指さした。「おまえから要求があっただけで、数千人のオービン族が、われの注意をひくという目的のためだけにみずからを犠牲にした。われはおまえのもつ力に興味がある。それを見てみたい。この百名のオービン族にいまここでみずから命を絶つよう命じろ。そうしたら、おまえがコロニーを救うのに必要としているものをあたえよう」

「そんなことはできない」

「可能かどうかという問題ではない」コンスー族は巨体を乗りだして、ドックに話しかけた。「この人間がもとめたら、ここにいるオービン族はみずから命を絶つか？」

「疑いの余地はない」ドックがこたえた。

「ためらうこともなく」

「そうだ」

コンスー族はあたしに顔をもどした。「では、おまえは命じればそれでいい」

「いやよ」あたしはいった。

「バカなことをいうな、人間。われはおまえに支援をすると約束した。ここにいるオービン族は、おまえのペットたちが、ためらうことも不平をいうこともなく、おまえのためによろこんで犠牲になると断言した。おまえは差し迫った攻撃から家族と友人を救うことができるのだ。しかも、おまえは以前に同じことをやっている。われと話をするために数千人のオービン族を犠牲にしてもなんとも思わなかった。こんどの決断もむずかしいものではないはずだ」

コンスー族はもういちどフロアのほうへ腕をふった。「正直にいってみろ、人間。おまえのペットたちを見て、それからコンスー族を見てみろ。この戦いが終わったとき、生き残っているのはおまえのペットたちだと思うか？　おまえは友人や家族の身の安全をそいつらに託すようなリスクをおかしたいのか？

われわれはべつの選択肢を提示している。リスクはなにもない。おまえはなにも犠牲にすることなく、ただ同意すればいい。おまえのペットたちは異議をとなえない。おまえのためによろこんで命を絶つ。おまえがそうしろというだけで。それを要求するだけで。もしも気がとがめるというのなら、命を絶つまえに意識を切るよう彼らに命じてもよい。そうすれば彼らは恐怖を感じることはない。ただ行動する。おまえのために。おまえが彼らにとってそれだけの存在であるために」

あたしはコンスー族がいったことを考えてみた。

そしてドックに顔をむけた。「あなたは、あのオービン族たちがまちがいなくそうすると思っているのね」

「まちがいない」ドックはこたえた。「彼らがあそこにいるのは、あなたの望みに従って戦うためだ。死ぬかもしれないということは承知している。すでにその可能性を受け入れているのだ――ちょうど、このコンスー族を連れてくるために犠牲になったオービン族が、自分になにがもとめられているかを承知していたように」

「あなたはどうなの」あたしはヒッコリーにいった。「あなたの友人でありパートナーであるディッコリーが下にいるのよ。少なくとも十年間、あなたはディッコリーとともにすごしてきた。あなたはどう思うの？」

ヒッコリーの体のふるえはほんのかすかで、ほんとうにそれを見たのかどうか自信がなくなるほどだった。「ディッコリーはあなたが望むとおりにする。すでにわかっているはずだ」そういって、ヒッコリーは顔をそむけた。

あたしはガウ将軍に目をむけた。

「わたしにはなんの助言もできない」ガウ将軍はいった。「だが、きみの選択にはおおいに興味がある」

あたしは目を閉じて家族のことを考えた。ジョンとジェーンのこと。新世界へいっしょに旅してきたサヴィトリのこと。グレッチェンとマグディと、あのふたりが分かちあう未来のことを考えた。エンゾとその家族と、彼らから奪われてしまったあらゆるもののことを考えた。ロアノークのことを、あたしの故郷のことを考えた。

そしてどうするべきかを知った。

あたしは目をあけた。

「こたえは明白だな」コンスー族がいった。

あたしはコンスー族に目をむけてうなずいた。「そのとおりよ。下へおりてみんなに話さないと」

あたしは制御室のドアへむかった。そのとき、ガウ将軍がそっとあたしの腕をつかんだ。

「自分がなにをしているかよく考えるんだ、ゾーイ。きみの選択は重要だぞ」

あたしは将軍を見あげた。「わかってます。決めるのはあたしです」

将軍はあたしの腕を放した。「なすべきことをしたまえ」

「ありがとう。そのつもりです」

制御室を出て、ころげ落ちないようにすごく気をつかいながら階段をくだった。なんとかおりきることができた。でも、きわどいところだった。

集まっているオービン族に近づいた。体をほぐしている者もいれば、ふたりで、あるいは数人のグループで静かに語りあっている者もいた。ディッコリーを見つけようとしたけどだめだった。オービン族の数が多すぎたし、ディッコリーはすぐに目につくようなところにはいなかった。

やがて、オービン族が近づいていくあたしに気づいた。彼らは静まりかえり、同じくらい静かに隊列をととのえた。

あたしは全員のまえに立ち、単なる百人のなかのひとりではない、個としてのオービン族に、順番に目をむけようとした。しゃべろうとして口をあけた。なにも出てこなかった。口がからからでことばにならなかった。口を閉じて、二度唾をのみこみ、あらためてしゃべりだした。

「みんなはあたしのことを知ってるよね。それだけは確信がもてる。あたしのほうが個人的に知っているのはひとりだけで、そのことは申し訳ないと思ってる。あなたたちのひとりひとりと知り合う機会があったらよかったんだけど。あなたたちが……あたしのせいで……」

あたしは口をつぐんだ。バカなことをいいかけていた。そんなことをしたかったわけじゃない。とにかくいまは。

「聞いて。あなたたちにいくつか話したいことがあるんだけど、筋のとおった話になるとは約束できない。でも、どうしても話しておく必要があるの。これが……」貨物ベイを身ぶりでしめす。「これがはじまるまえに」

オービン族は全員があたしを見つめていた。礼儀正しくなのか辛抱強くなのかはわからなかった。

「あなたたちは、なぜここにいるのか知っている。あなたたちがあそこにいるコンスー族と戦うのは、あたしがロアノークにいる家族と友人を守ろうとしているから。あなたたちはこういわれたはず。あなたたちがコンスー族を倒すことができたら、あたしは必要な支援を得ることができると。でも事情が変わったの」

あたしは制御室を指さした。

「あそこにいるコンスー族がいったの。あなたたちを戦わせることもなく、負けるリスクをおかすこともなしに、あたしがロアノークを救うために必要としているものをあたえると。あたしがしなければいけないのは、コンスー族にむけるはずだったそのナイフを自分にむけなさいとあなたたちに命じること。あたしがしなければいけないのは、あなたたちに自殺しなさいと命じること。だれもがあなたたちは命令に従うといってる。あたしがあなたたちにとって特別な存在だから。

みんなのいうとおり。あたしもそれについては確信がある。あたしがあなたたちに自殺しなさいといったら、あなたたちは自殺する。あたしがあなたたちのゾーイだから。あなたたちがヒッコリーとディッコリーの記録であたしをずっと見てきたから。あたしがあなたたちのまえに立って、そうしてくれと頼んでいるから。あなたたちがそうしてくれるのはわかってる。あたしのために」

集中するためにしばらく口をつぐんだ。

それから、長いあいだ避けてきたものに直面した。

あたし自身の過去に。

もういちど顔をあげて、オービン族をまっすぐに見つめた。

「五歳のとき、あたしは宇宙ステーションで暮らしていた。コヴェルというやつ。とうさんといっしょだった。ある日、とうさんが数日の出張でステーションを離れていたときに、そこが攻撃を受けたの。はじめはララエィ族によって。彼らは攻撃をしたあと、乗りこんできて、ステーションで暮らしていたすべての人びとを集めると、殺しはじめた。おぼえているわ……」

ふたたび目を閉じる。

「妻たちから引き離れた夫たちがホールで射殺されて、その音がみんなに聞こえていたこと。両親がこどもだけは助けてくれとララエィ族に懇願していたこと。かあさんの友だちであたしの世話をしていた女性が連れ去られたとき、あたしだけ見知らぬ人の背後へ押しこまれたことを。その女性は自分の娘も押しやったんだけど、娘のほうが母親にすがりついてしまったために、ふたりまとめて連れ去られた。ララエィ族がもっと長くそこにとどまっていたら、やがてはあたしを見つけて殺していたはず」

あたしは目をあけた。

「そのとき、オービン族が宇宙ステーションを襲撃して、さらなる戦いを予想していなかったララエィ族からそれを横取りした。オービン族はステーション内のララエィ族を一掃したあと、残っていた人間たちを公共エリアへ集めた。世話をしてくれる人がだれもいないまま、そこに立っていたことをおぼえてる。とうさんは出かけていた。友だちとそのおかあさんは亡くなった。あたしはひとりぼっちだった。

その宇宙ステーションは科学ステーションだったから、オービン族は資料をざっと調べて、あたしのとうさんの研究を見つけた。意識に関する研究。オービン族はとうさんを自分たちのために働かせたいと考えた。そこで公共エリアへもどってきて、とうさんの名前を呼んだ。でもとうさんはステーションにいなかった。オービン族がもういちど名前を呼んで、あたしが返事をした。あたしは娘で、とうさんはもうじき帰ってくると。

オービン族は仲間どうしで話し合ってから、あたしにいっしょに来なさいといった。あたしはほかの人間たちと離れたくなかったから、行かないとこたえた。そうしたら、オービン族のひとりがこういったの。〝きみはわれわれといっしょに来なければならない。きみは選ばれたのだ。きみの身は安全だ〟

そこで、あたしはステーションになにが起きたかを思いだした。まだ五歳の女の子でも、頭の隅ではコヴェルにいるほかの人びとがどうなるか気づいていたんだと思う。そこにいるオービン族は、あたしの身は安全だといっていた。あたしが選ばれたから。あたしはオービン族の手を握り、連れ去られながら、ふりむいて残された人間たちを見た。それっきりだった。二度とその人たちと会うことはなかった。

でも、あたしは生きのびた。あたし自身のおかげじゃない。あたしはただの幼い女の子だった。問題はあたしがどういう存在だったかということ。あなたたちに意識をあたえられる男の娘だったということ。あれが最初だった。あたしがだれかということよりも、あたしがどういう存在かということのほうが重要だったのは。でも最後じゃなかった」

あたしは制御室を見あげて、そこにいる人びとがこの話を聞いているのかどうかたしかめようとしながら、みんなはなにを考えているんだろうと思った。ヒッコリーはなにを考えているんだろう。それにガウ将軍は。あたしはオービン族に顔をもどした。

「あたしがどういう存在かということは、いまでもあたしがだれかということよりも重要なの。いまこの瞬間も。あたしがこういう存在だから、数千人ものオービン族がたったひとりのコンスー族をあたしに会わせるために命を落とした。あたしがこういう存在だから、もしもあたしがあなたたちにナイフを自分の体に突き刺せと命じたら、あなたたちはそのとおりにする。あたしがこういう存在だから。あたしがあなたたちにとってずっとこういう存在だったから」

あたしは首を横にふって床を見おろした。

「いままでずっと、あたしは自分がどういう存在かということが重視される状況を受け入れてきた。折り合いをつけるしかないと。適応するしかないと。コントロールできると思ったこともあるけど、大きな代償を払っただけだった。戦ったことさえあった。でも、自分がどんな存在かということを捨て去れるとはいちども思わなかった。だってちゃんとおぼえていたから。それがあたしになにをあたえてくれたかを。それがあたしをどんなふうに救ったかを。放棄するなんて考えもしなかった」

あたしは制御室を指さした。

「あの制御室にいるコンスー族は、あたしにあなたたち全員を殺させようとしている。あたしにそれができるところを見てみたいから。彼があたしにそんなことをさせたがっているのは、あたしに思い知らせたいからでもある――いざとなれば、あたしはあなたたちを犠牲にして望みのものを手に入れるんだと。いざとなれば、あなたたちのことなんかどうでもよくなるんだと。あなたたちはあたしが利用できる物であり、目的のための手段であり、べつのなにかを手に入れるための道具であると。彼があたしにあなたたちを殺させたがっているのは、あたしが気にかけていないという事実をあたしの目のまえに突きつけるため。たしかに、彼は正しい」

あたしはならんだオービン族の顔を見つめた。

「あたしは、ひとりをのぞいてあなたたちのことを知らない。ここでなにがあろうと、あなたたちがどんなふうだったかは数日で忘れてしまう。そのいっぽうで、あたしが愛してたいせつに思っている人たちのことは、目を閉じたらすぐに思いだせる。その顔をはっきりと思い浮かべられる。あたしといっしょにここにいるみたいに。なぜならそのとおりだから。彼らはあたしの胸のなかにいる。あなたたちの胸のなかにもたいせつに思っている人がいるように。

あのコンスー族がいうとおり、あたしのために犠牲になってとあなたたちに頼むのは簡単なことだと思う。そうすることであなたたちはあたしの家族や友人を救えるんだといえばいい。彼のいうとおり、あなたたちはためらうことなくそうするはず。よろこんでそうするはず。なぜなら、それであたしが幸せになるから――あたしがどういう存在かということがあなたたちには重要だから。彼は知っているの。このことを知っていれば、あたしがあなたたちに頼むときに罪の意識が軽くなるということを。

これについてもあのコンスー族は正しい。彼のあたしに関する判断は正しい。それは認める。ほんとうにごめんなさい」

あたしはまた口をつぐみ、気をしっかりもつためにちょっと間を置いた。そして顔をぬぐった。

ここからがほんとうにきついところ。

「あのコンスー族は正しいよ。でも、いまのあたしについて、彼はひとつ重要なことを見落としている。あたしは自分がこういう存在であることにうんざりしてる。選ばれた者であることにうんざりしてる。あたしがだれかの娘だからとか、あたしの要求には従うと決まっているとかいった理由で、あなたたちに自分を犠牲にしてほしくない。あたしはあなたたちにそんなことは望んでいない。そして、あなたたちにあたしのために死んでほしくない。

だから忘れて。なにもかも忘れて。あなたたちをあたしに対する義務から解放してあげる。あたしに対するあらゆる義務から。志願してくれたことには感謝するけど、あたしのために戦う必要はないの。あたしはそもそも頼むべきじゃなかった。

あなたたちはもうたくさんのことをしてくれた。あたしをここへ連れてきて、ガウ将軍にメッセージを届けさせてくれた。将軍はロアノークを攻撃する計画について教えてくれた。あたしたちがコロニーを守るにはそれだけで充分なはず。あなたたちにこれ以上のことは頼まない。死ぬかもしれないのにこのコンスー族たちと戦ってなんて頼めるわけがない。あなたたちには生きてほしい。

あたしはもう特別な存在じゃない。これから先、あたしはただのだれか。そのだれかというのはゾーイ。ただのゾーイ。あなたたちに対してなんの権利もない。あなたたちになにかをもとめたり要求したりすることもない。あなたたちには自分でものごとを決められるようになってほしい。だれかに決めてもらうんじゃなくて。特にあたしにじゃなくて。

あたしがいたいのはこれでぜんぶよ」

オービン族はあたしのまえで無言でたたずんでいて、そのまま一分ほどたつと、なぜ反応があることを期待していたのかよくわからなくなってきた。一瞬、彼らがあたしのことばを理解しているんだろうかというおそろしい不安がわきあがった。ヒッコリーとディッコリーがあたしの言語を話すから、オービン族はみんな話せるんだと思いこんでいた。なんて傲慢な思いこみだろう。

あやふやにうなずいてくるりとむきを変え、制御室へもどりはじめた。あのコンスー族になんていえばいいのかさっぱりわからなかった。

そのとき、歌声が聞こえた。

オービン族の隊列の中心あたりで、だれかが歌っていた。〈デリーの朝〉の最初のフレーズ。あたしがいつも歌っているところだから、声を聞き分けるのも造作はなかった。ディッコリーだ。

ふりかえってオービン族に顔をむけたとたん、べつの声がメロディに合わせてハモりはじめ、それがどんどんひろがって、ほどなく百人のオービン族全員が歌っていた。いままでに聞いたどんなバージョンともぜんぜんちがう、とても崇高な歌声。あたしはその場にたたずんで歌声に身をひたし、それがあたしのまわりを流れ、あたしのなかをとおり抜けていくにまかせることしかできなかった。

ことばではあらわしようがない瞬間というものがある。だからこれ以上の説明はやめておこう。

でも、感動したということはいえる。そのオービン族たちが〈デリーの朝〉を知ったのはほんの数週間まえのはず。彼らが歌を知っているだけじゃなく、よどみなく歌うことができるというのは、おどろき以外のなにものでもなかった。

つぎのフーテナニーには、みんな連れていってあげないと。

歌が終わったとき、あたしは両手で顔をおおってオービン族に「ありがとう」ということしかできなかった。すると、ディッコリーが隊列から進みでてあたしのまえに立った。

「やあ」あたしはいった。

「ゾーイ・ブーティン＝ペリー。わたしはディッコリーだ」

知ってるよといいかけたけど、ディッコリーはそのまま話しつづけた。

「わたしはあなたをこどものときから知っている。あなたが成長して学習して人生を体験するのをずっと見守り、あなたをとおしてわたし自身も人生を体験するすべを学んだ。わたしは、あなたがどのような存在であるかをずっと知っていた。正直いって、わたしにとって重要なのはあなたがだれかということだった。いつでもそうだった。

わたしはあなたに申し出よう、ゾーイ・ブーティン＝ペリー、あなたの家族とロアノークのために戦うことを。これはあなたから頼まれたり要求されたりしたからではなく、あなたのことを気づかっているからだ。いままでずっとそうだったように。あなたがわたしの手助けを受け入れてくれたら光栄だ」

ディッコリーはおじぎをした。オービン族としてはじつに興味深い行為だった。

なんて皮肉なんだろう。ディッコリーがはじめてこんなにたくさんしゃべってくれたのに、あたしは返すことばをなにひとつ思いつかなかった。

だからこういった。「ありがとう、ディッコリー。申し出を受け入れるよ」

ディッコリーはもういちどおじぎをして隊列へもどった。

べつのオービン族が進みでてあたしのまえに立った。「わたしはストライク。あなたとは会ったことはない。ヒッコリーとディッコリーがすべてのオービン族と分かちあったものをとおして、あなたが成長するのを見守ってきた。わたしもあなたがどのような存在であるかをずっと知っていた。しかし、わたしがあなたから学んだことは、あなた自身が教えてくれたことだ。あなたと会えて光栄だ。あなたのために、あなたの家族のために、ロアノークのために戦えるのは光栄だ。わたしはあなたに手助けを申し出よう、ゾーイ・ブーティン＝ペリー、見返りはもとめず、無条件で」ストライクはおじぎをした。

「ありがとう、ストライク。申し出を受け入れるよ」そういってから、あたしは衝動的にオービン族を抱きしめた。ストライクはびっくりしてキーッと声をあげた。あたしたちが体を離し、ストライクがもういちどおじぎをして隊列にもどったとたん、べつのオービン族が進みでてきた。

そしてまたひとり。またひとり。

それぞれのあいさつと支援の申し出を聞いて、それぞれを受け入れるには、長い時間がかかった。でも、正直いって、そんなにすばらしいひとときはそれまでなかった。すべてが終わったとき、あたしはあらためて百人のオービン族のまえに立った――こんどは、みんなが友人だった。あたしはおじぎをして、彼らの幸運を祈り、またあとで会いましょうと告げた。

それから制御室へ引き返した。ガウ将軍が階段の下であたしを待っていた。

「わたしのスタッフに加わるつもりはないかね、ゾーイ」ガウ将軍はいった。

あたしは声をあげて笑った。「あたしは家に帰りたいだけです。でもありがとう」

「では、またいずれ。わたしはこの競技の裁定役をつとめることになっている。そこのところで、えこひいきはしない。だが、心のなかではオービン族を応援しているということは知っておいてくれ。自分でもそんなことになるとは思ってもみなかったよ」

「感謝します」そういって、あたしは階段をのぼった。

ヒッコリーがドアのところであたしを出迎えた。「あなたはわたしの期待どおりのことをしてくれた。わたしはみずから志願しなかったことを後悔している」

「あたしはほっとしてるよ」あたしはヒッコリーを抱きしめた。ドックがあたしにおじぎをした。あたしもおじぎを返した。そしてコンスー族に近づいた。

「こたえはわかったよね」あたしはいった。

「ああ」コンスー族がこたえた。「おどろかされたよ、人間」

「それはどうも。あたしの名前はゾーイよ。ゾーイ・ブーティン＝ペリー」

「たしかに」あたしのなまいきな態度をおもしろがっているような声だった。「われはその名前をおぼえておこう。そして同胞たちにもおぼえさせるとしよう。だが、おまえのオービン族がこの競技で勝利をおさめなかったら、われらはそれほど長くおまえの名前をおぼえておく必要はなさそうだ」

「あなたはきっと長くおぼえていることになる。なぜって、下にいるあたしの友人たちがこれからあなたたちを叩きのめすから」

そして彼らはやってのけた。

圧勝だった。

25

そしてあたしは家に帰った。コンスー族の贈り物をたずさえて。

ジョンとジェーンが出迎えに来ていた。あたしはオービン族のシャトルからとびおりて、全速力でママに駆け寄り、ついでにパパも引きずりこんで、三人で地面に人の山をつくりあげた。それから、あたしはふたりに新しいおもちゃを見せた。サパーフィールド発生器。ナーブロス・エサーとその仲間たちが襲撃してきたときに、あたしたちが戦術的優位を確保できるようにと、コンスー族があたしたちのために用意してくれたもの。ジェーンはすぐに装置をいじくりはじめた。あれは彼女の得意分野。

ヒッコリーとディッコリーとあたしは、ジョンとジェーンにこれをどうやって手に入れたか教える必要はないという結論に達していた。ふたりが知っていることが少なければ少ないほど、コロニー連合はふたりを反逆罪で告発しにくくなる。もっとも、そんなことにはならないかもしれなかった。ロアノーク評議会は、ジョンとジェーンがあたしをどこへ送りだして、だれと会わせるつもりでいるかを知ると、ただちにふたりを解任し、グレッチェンのおとうさんのマンフレッドをリーダーに昇格させていた。それでも、あたしのパパがなにをしたかをコロニー連合に通報するまえに、評議会は十日間だけあたしからの連絡を待ってくれた。あたしはぎりぎりで期限に間に合い、評議会はあたしが持ち帰ったものを見て、あたしの両親をコロニー連合の慈悲深い司法当局に引き渡そうという気をなくしているみたいだった。あたしはそれに文句をつけるつもりはない。

ママとパパにサパーフィールド発生器の説明をしたあと、あたしは散歩に出かけて、自宅のポーチで本を読んでいるグレッチェンを見つけた。

「帰ったよ」あたしはいった。

「あら」グレッチェンはさりげなくページをめくった。「どこかへ出かけてたの？」

あたしはにやりとした。グレッチェンはあたしに本を投げつけて、もういちどこんなことをしたらあんたを絞め殺してやる、防御訓練ではいつだってわたしのほうが強かったんだから、といった。まあ、それは事実だ。グレッチェンのほうが強かった。それから、あたしたちはしっかりと抱きあって、いままでの埋め合わせをし、マグディのところへ行ってステレオでわいわいと彼を悩ませた。

十日後、ロアノークは、ナーブロス・エサーとその同胞であるおよそ百名のアリス族兵士の襲撃を受けた。エサーとその兵士たちはぞろぞろとクロアタンに行進してきて、リーダーとの面会を要求した。相手をしたのは行政補佐官のサヴィトリだった。彼女はエサーにむかって、宇宙船へもどって侵略などなかったふりをしなさいと伝えた。エサーが兵士に命じてサヴィトリを撃ち、そのとたん、サパーフィールドで兵器がどれほど徹底的に無効化されるかがあきらかになった。ジェーンがフィールドを発生させていたので、銃弾は動きを止めてしまったが、もっと速度の遅い飛翔体はだいじょうぶだった。そのため、アリス族のライフルは使い物にならなかったけど、ジェーンの火炎放射器は使えた。パパの狩猟用の弓も。ヒッコリーとディッコリーのナイフも。マンフレッド・トルヒーヨの貨物運搬車も。そのほかいろいろも。

すべてが終わったとき、ナーブロス・エサーは、ともに着陸した兵士たちがひとりも残っておらず、しかも、彼が軌道上に待機させていた戦艦がもはやそこにないことを知って仰天した。公正を期すためにいえば、サパーフィールドが宇宙空間にまで影響をおよぼしたわけじゃない。匿名を希望する後援者からのささやかな支援があったのだ。なにはともあれ、コンクラーベのリーダーになろうというナーブロス・エサーのもくろみは、とても悲しく見苦しい結末を迎えた。

あたしはどこにいたかって？　もちろん、グレッチェンとマグディとそのほかの若者たちといっしょに安全な防空シェルターにもぐりこんでいた。過去一カ月にいろいろなことがあったのに、あるいは、まさにそのせいかもしれないけど、刺激的なできごとはしばらくあたしに必要ないという決定が上層部でくだされたのだ。あたしはその決定に異議をとなえたりはしなかった。正直いって、ロアノークで友だちとすごす日々にもどって、学校とかつぎのフーテナニーのための練習のこと以外はなにも心配したくなかった。それくらいがあたしのペースに合っていた。

ところが、そこへガウ将軍がやってきた。

将軍はナーブロス・エサーの身柄を確保するためにやってきて、実際に確保できたので大満足だった。でも、将軍があらわれた理由はほかにふたつあった。

ひとつ目は、コンクラーベの加盟種族は二度とこのコロニーを攻撃してはならないという命令を出したことを、ロアノークの住民に伝えるためだった。将軍はさらに、この宙域にいる非コンクラーベ種族にも、この小さな惑星にちょっかいをだそうとしたら彼が個人的にとても失望するだろうと伝えていた。〝個人的な失望〟でどのていどの報復が認められるのかについて語られることはなかった。そのほうがかえって効果的だった。

ロアノークの人びとはこの件で頭を悩ませていた。事実上、これでロアノークは二度と攻撃を受けることはない。とはいえ、ガウ将軍の宣言は、コロニー連合がロアノークのために、最近だけではなくこれまでずっと、ほとんどなにもしてくれなかったという事実を痛感させた。一般的な感情として、コロニー連合にはたくさんの説明責任があるので、それらにこたえてもらえるまでは、ロアノークがコロニー連合の命令にあまり注意を払わなかったとしてもやむをえないだろうとされていた。たとえば、マンフレッド・トルヒーヨのもとには、あたしの両親を逮捕して反逆の罪で拘留すべしという命令が届いていた。そのトルヒーヨは、命令を受け取ったあとで、ジョンやジェーンをうまく見つけられなくなったようだった。彼らが頻繁に話し合っていたことを考えると、じつに巧みないいのがれだった。

けれども、これがガウ将軍があらわれたもうひとつの理由につながっていた。「将軍はきみのママとわたしに避難所を提供している」パパがあたしにいった。「将軍はきみのママとわたしがいずれ反逆罪で告発されると思っていて――いくつかの点で可能性は高い――きみが同じように告発される可能性がまったくないわけでもないと考えている」

「まあ、あたしはたしかに反逆罪をおかしたから。コンクラーベのリーダーと付き合ったりとかいろいろ」

パパは無視した。「問題は、たとえここの人びとが大急ぎでわたしたちを引き渡すことがないとしても、コロニー連合が本気でわたしたちをとらえに来るのは時間の問題だということだ。わたしたちのためにコロニーの人びとをこれ以上のトラブルに巻きこむわけにはいかない。わたしたちは出ていくしかないんだよ、ゾーイ」

「いつ?」

「あしただ。いまガウ将軍の宇宙船がここに来ているが、コロニー連合はいつまでもそれを無視することはできないからね」

「じゃあ、あたしたちはコンクラーベ市民になるのね」

「それはないと思う。しばらくは彼らのところにやっかいになるだろう。だが、きみが幸せになれるかもしれない、べつのところへ移住する計画があるんだ」

「それはどこ？」

「地球と呼ばれる小さな世界のことを聞いたことはあるかい？」

あたしはパパともうすこし話してから、グレッチェンのところへ出かけ、なんとかあいさつをしたところで泣き崩れた。グレッチェンはあたしをしっかり抱きしめて、だいじょうぶだよといってくれた。

「いつかこうなると思ってた」グレッチェンはいった。「あれだけのことをしておきながら、帰ってきてなにもなかったふりをするのはむりだよね」

「試してみるだけの価値はあると思ったんだけど」

「それはあんたがバカだからよ」グレッチェンがいって、あたしは笑った。「あんたはバカだけど、わたしの姉妹みたいなもの。愛してるよ、ゾーイ」

あたしたちはもうすこし抱きあっていた。それから、グレッチェンはあたしの家に来て、あわただしい出発にそなえてうちの家族が荷物をまとめるのを手伝ってくれた。

小さなコロニーなので、噂はすぐにひろまった。あたしの友だちや両親の友だちが、ひとりで、あるいは二、三人で連れだって姿をあらわした。あたしたちは抱きあい、笑ったり泣いたりして、別れのことばをかわし、きれいにさよならしようとした。太陽が沈みかけたころ、マグディがやってきたので、あたしとグレッチェンとの三人でグジーノ家の農場まで出かけた。あたしは膝をついてエンゾの墓石に口づけし、最後にもういちどだけさよならをいった――たとえ、いまでも心のなかに彼がいるとしても。あたしたちは歩いて家にもどり、マグディがお別れをいってから、あばらが折れそうなほどの力をこめてあたしを抱きしめた。そのあと、マグディはいままでいちどもしていないことをした。あたしの頬にキスしたのだ。

「さよなら、ゾーイ」マグディがいった。

「さよなら、マグディ。あたしのかわりにグレッチェンをよろしくね」

「努力するよ。けど、あいつのことは知ってるだろ」

あたしはにっこり笑った。マグディはグレッチェンのそばに寄り、抱きしめてキスしてから去っていった。

こうして、あたしはグレッチェンとふたりきりになり、夜がふけるまで荷造りしたりおしゃべりしたり笑いころげたりした。ママとパパはじきにベッドにはいったけど、グレッチェンとあたしがそのまま翌朝までずっと起きていても気にしていないみたいだった。

何人かの友だちが、荷物とあたしたちをコンクラーベのシャトルまではこぶために、メノナイトの馬車でやってきた。あたしたちの短い旅は、はじめは笑い声にあふれていたけど、シャトルに近づくにつれて静かになった。それは悲しい沈黙じゃなかった。必要なことをせんぶ語り尽くしたあとにおとずれる沈黙だった。

友だちがあたしたちの荷物をシャトルへ積みこんでくれた。かさばりすぎて持っていけないものがたくさんあったので、それはみんなにあげてしまっていた。集まった友だちは、順番にあたしを抱きしめてお別れをいってから、ひとりまたひとりと去っていき、最後にふたたびグレッチェンとあたしが残った。

「いっしょに来たくない？」あたしはいった。

グレッチェンは声をあげて笑った。「だれかがマグディの面倒を見ないと。パパも。ロアノークも」

「あなたはいつでも、てきぱきしていたものね」

「で、あんたはいつでも、あんただった」

「ひとりくらいそうじゃないと。それに、ほかの人ならどこかでくじけてたはず」

グレッチェンはあたしをもういちど抱きしめた。そしてうしろへさがった。「さよならはいわないよ。あんたはわたしの心にいる。それならどこへも行かないんだから」

「わかった。さよならはなしね。愛してるよ、グレッチェン」

「わたしも愛してる」そういうと、グレッチェンはきびすを返して歩きだした。いちどもふりかえらなかったけど、途中で足を止めてババールを抱きしめた。ババールはグレッチェンをよだれまみれにした。

そのあと、ババールがあたしのところへやってきたので、あたしは彼を連れてシャトルの客室へ乗りこんだ。じきに、ほかのみんなも乗りこんできた。ジョン。ジェーン。サヴィトリ。ヒッコリー。ディッコリー。

あたしの家族。

シャトルの窓からロアノークを、あたしの世界を、あたしの家を見渡した。あたしたちの家を。でも、そこはもう家じゃない。あたしはロアノークとそこで暮らす人びとに思いをはせた。愛した人もいれば、なくしてしまった人もいる。そのすべてを取りこんで、あたしの一部にしようとした。あたしの人生の一部に。あたしの物語の一部に。そうやっておぼえておけば、いつでもここですごした日々について語ることができる。曲がりくねっているけれど真実の物語を。それを聞く人は、あたしがそのときこの世界で感じたことを、そのまま感じることができるだろう。

すわって、目をこらして、すべてを記憶にとどめた。

もう充分だと確信できたところで、窓にキスして日よけをおろした。

シャトルのエンジンが点火した。

「さあ出発だ」パパがいった。

あたしはにっこり笑って目を閉じて、発進までのカウントダウンをはじめた。

五。四。三。二。一。
ゼロ。

感謝のことば

『最後の星戦　老人と宇宙《そら》3』のあとがきで、わたしは〈老人と宇宙《そら》〉の世界からしばらく遠ざかり、とりわけジョン・ペリーとジェーン・セーガンには休息をあたえて、「その後は幸せに暮らしました」にさせてあげたいと書いた。となれば、こう質問したくなるのは当然だろう――『ゾーイの物語』はいったいここでなにをしているのか？

理由はたくさんあるが、ふたつの大きな理由は読者の反応とかかわりがある。ひとつ目は、こんな調子のメールをたくさんもらったことだ。「いやあ、『最後の星戦』は最高だったよ。ぜひつづきを書いてくれ。ゾーイの話がいいな。あと、子馬を出してくれ」まあ、子馬についてはどうしようもなかったが（申し訳ない）、考えれば考えるほど、わたし自身もゾーイについてもっと知りたくなってきた。ゾーイは『遠すぎた星』と『最後の星戦』で重要な脇役を演じていて、その身辺にはたくさんのできごとが起きているので、彼女の物語を書いておもしろくできるだけの材料はそろっているように思えた。それが正解だったかどうかを決めるのはみなさんだが、わたしはいまとても幸せだ。

もうひとつの読者の反応は、『最後の星戦』にまつわるふたつの批判とかかわりがある。あの本では、〝狼男〟と呼ばれるロアノークの先住知的種族がプロット上で重要な役割を果たし、その後は舞台から退場してしまう。わたしは彼らの退場について充分に説明したつもりだったが、かなりの数の読者が、その説明に満足しなかったか、それを完全に見逃したかしたらしく、わたしはたくさんの質問メールを受け取ることになった。「あの狼男たちはどこへ行ったんだ？」これはわたしを悩ませた。読者に文句をいわれたからではなく、狼男の退場について自分で思っていたほどちゃんと説明できていなかったことがあきらかになったからだ。

それに加えて、宇宙へ飛びたったゾーイが、〝誘導《サパー》フィールド〟という、ロアノークの防衛者たちが襲撃者たちを打ち負かすのにぴったりな装置を持って帰ってくるというのは、怠慢な作家によるあまりにもご都合主義的な展開なのではないかという（まったく正当な）批判も寄せられた。そう、たしかに。この問題についてはあなたたち読者以上によくわかっていた。作者であるわたしは裏話をすべて知っているが、それをあの本に詰めこんだら三万語におよぶ脱線が生じることになる。そこで、ちょっとごまかしを入れて、見つからずにすむことを祈った。おや、びっくり！　わたしの読者には頭のいい人がそろっているらしい。

こうしたふたつの読者の不満に対して『ゾーイの物語』を執筆することは、わたしにとってニ度目のチャンスであり、その過程において、〈老人と宇宙《そら》〉の世界で起こるできごとを内部的により首尾一貫したわかりやすいものに仕上げる役に立った。われわれはこれによってなにを学んだか？　読者からの意見は、肯定的なもの（「もっと書いて！」）であれ否定的なもの（「ここを直せ！」）であれ耳をかたむけるべきなのだ。

読者からの質問にこたえたかったので、そして執筆がおもしろいものになると思ったので、わたしは『ゾーイの物語』を『最後の星戦』と時間的に並行するかたちにして、まったくべつの視点から描くことにした。もちろん、こうしたうまいからくりを思いついたのはわたしが最初ではない（ここで、発想の源となってくれたオースン・スコット・カードの『エンダーズ・シャドウ』と、トム・ストッパードの『ローゼンクランツとギルデンスターンは死んだ』に敬意を表しておきたい）が、愚かなことに、わたしはそれが簡単な仕事だと思ってしまった。

実際、編集者のパトリック・ニールスン・ヘイデンにこんなことをいったのをおぼえている。「プロットもキャラクターもできているんだよ。そんなにむずかしいことはないだろう？」パトリックはやるべきことをやらなかった。わたしの両肩を強くつかんでマラカスみたいにゆさぶり、「おいおい、正気なのか？」というべきだったのだ。なぜなら、ここにちょっとした秘密がある。時間的に並行する長篇を書いて、まえの本のストーリーをだらだらと語り直すだけのものにしないというのはとてもむずかしい。わたしが作家としてこれまでにやってきたなかでいちばんの難行だ。だから、くそっ、編集者としてのパトリックのつとめはわたしが楽に仕事をできるようにすることなのに。というわけで、本書の執筆で何カ月ものあいだへま曲折《フレイリヤー》がつづいたことについては（そう〝へま曲折《フレイリヤー》〟だ。〝へま《フェイリヤー》〟＋〝曲折《フレイリング》〟＝〝へま曲折《フレイリヤー》〟。辞書で調べてみたまえ）、彼にもいくらか責任があると思う。だから、うん。責任はパトリックにある。なにもかも。さあ、これで気分がよくなった。

（注釈：前述の段落は完全な嘘っぱちだ。本書の執筆時におけるパトリックの忍耐と理解と助言は計り知れないほど貴重だった。だが、彼にはいわないでほしい。しーっ。これはわたしとあなただけの秘密だ）

もうひとつ、『ゾーイの物語』でほんとうにむずかしかったのは、それを十代の少女の視点から書くということだった。わたし自身は十代の少女だったことはないし、そんな生物は自分が十代の少年だったころにはとても理解できていたとはいえない（わたしの高校時代の女性の同級生にとっては耳新しいことではないだろう）。

わたしは実際の十代の少女に近い文体をつかもうとして、あまりにも長いあいだ苦闘をつづけることになり、この件については男性の友人からはあまりいい助言が得られなかった。「じゃあ、十代の少女たちといっしょにすごせばいいだろ」というのは、ある男性の友人の台詞《せりふ》の、神に誓ってことばどおりの引用だが、彼は、三十八歳のまちがってもブラッド・ピットとはいえない男が女子高生のまわりをうろつくことが、社会的および法律的にどのような意味をもつかという点についてはまったく気づいていないようだ。

そこで、より賢明で、接近禁止命令を出される可能性がより低いと思われる手段をとることにした。書き進めた部分を信頼できる女性陣に見せたのだ——全員が、本人の言によれば、過去のいずれかの時点で十代の少女だったらしい。これらの女性たち——カレン・マイズナー、リーガン・エイヴリー、メアリ・ロビネット・コワル、そしてとりわけ、わたしの妻であるクリスティン・ブラウザ・スコルジー——は、ゾーイにふさわしい声を見つけるうえでおおいに役立ってくれたし、わたしがキャラクター造形でみずからの想像上の賢さにとらわれすぎているときには、同じくらい容赦ない批判者となってくれた。ゾーイのキャラクターが成功している部分については、彼女たちのおかげといっていい。そうでない部分については、わたしの責任だ。

編集者のパトリック・ニールスン・ヘイデンについてはすでに言及したが、トー・ブックスには本書のために働いてくれた人がほかにもいるので、ここで彼らの仕事ぶりに正式な感謝の意を表しておきたい。すばらしい表紙を描いてくれたジョン・ハリス。世界最高のアートディレクターであるアイリーン・ギャロ。わたしのたくさんのミスをひろい集めなければならなかった原稿整理のナンシー・ウィーセンフェルド。トーの広報担当者であるドット・リン。加えて、いつものように、エージェントのイーサン・エレンバーグとトム・ドーアティ。

友人たち！　給料を払ってもいないのに、彼らはわたしのそばにいて、わたしが完全に爆発しそうになっているときにはそれを阻止する手助けをしてくれた。特に感謝したいのはつぎの友人たちだ。アン・KG・マーフィー、ビル・シェーファー、ヤンニ・カズニア、ジャスティン・ラーバレスティアは、インスタントメッセージでたくさんおしゃべりをしてくれた。必要以上にたくさんだったかもしれないが、まあいいとしよう。デヴン・デサイは定期的に電話をくれて、わたしが壁にぶつかりつづけるのを止める手助けをしてくれた。スコット・ウエスターフェルド、ドセール・ヤング、ケヴィン・シュタンプフル、シャラ・ゾール、ダニエル・マインツ、マイカル・バーンズ、ウィル・ウィートン、トバイアス・バッケル、ジェイ・レイク、エリザベス・ベア、サラ・モネット、ニック・セーガン、チャーリー・ストロス、テリーサ・ニールスン・ヘイデン、リズ・ゴリンスキー、カール・シュローダー、コリイ・ドクトロウ、ジョー・ヒル、わたしの姉のヘザー・ドーン。それ以外の、名前をど忘れしている大勢の友人たち――名前のリストを書きだしていると、わたしはいつも一時的な記憶喪失にかかるのだ。

さらに、わたしのブログ Whatever の読者たちにも特別の感謝を送りたい。本書の執筆で今年はかなり頻繁に更新が途絶えたのにがまんしてくれた。幸い、わたしがキーボードに猿みたいに頭を打ちつけているときでも、彼らは勝手に楽しんでくれていた。By the Way と Ficlets の読者たちとの別れはなごり惜しい。

本書に登場するいくつかの名前は、知り合いから借用している。わたしは名前を思いつくのがとてもへたくそなのだ。というわけで、以下にあげる友人たちにも敬意を表しておきたい。グレッチェン・シェーファー、マグディ・タワドロス、ジョセフ・リビッキー、ジェフ・ヘントーズ、そして、これでわたしの二冊の本で殺されるという特別な栄誉を得たジョセフ・ローン。はやらせようと思っているわけじゃないよ、ジョセフ。いやほんとに。

『ゾーイの物語』を書きたかったもうひとつの理由は、わたしにアシーナという娘がいるからだ。わたしはゾーイを、娘が親近感をもてるキャラクターにしたかった。本書を執筆していたころ、娘は九歳で、本書に登場するゾーイよりはだいぶ若かったため、このキャラクターが彼女をもとにしているというのは正しくない。とはいえ、アシーナの性質の多くは、そのユーモアのセンスや、世界における自分の存在のとらえかたを含めて、ゾーイのなかにはっきりとあらわれている。というわけで、わたしからの感謝と愛をアシーナに捧げる——本書だけでなく、わたしの人生全般における発想の源となってくれていることに対して。これはアシーナの本だ。

訳者あとがき

シリーズの第三作『最後の星戦　老人と宇宙《そら》3』が星雲賞を受賞するなど、日本でもすっかり人気が定着した〈老人と宇宙《そら》〉シリーズ。本書は二〇〇八年に本国で発表された第四作で、その翌年にはまたしてもヒューゴー賞候補となりました。

七十五歳の老人が宇宙軍に入隊するというイロモノSF的設定から、エイリアン入り乱れる冒険SF的展開をへて、鎖国状態だった地球の解放（主人公の名前はペリー）を描く本格SFとしてみごとな着地を決めたこのシリーズ。前作が総決算だったとしたら、この第四作はいったいなに？　と思われるのは当然です。

その前作『最後の星戦』では、読者にひとつ大きな不満が残りました。終盤に単身宇宙へとびだしたゾーイがなにをしていたのか、ほとんど明かされなかったからです。それなのに、コロニーへもどってきたゾーイは、〝飛翔体の運動エネルギーを吸収して兵器を無力化するマシン〟という、じつに都合のよいアイテムをどこからともなく持ち帰ってきます。いささか納得のいかない読者がいたとしてもむりはないでしょう。

そこで作者は、『最後の星戦』をゾーイの視点から書き直し、読者には見えなかった裏の事情をあきらかにすることにしました。そうして生まれたのが本書というわけです。単に視点を変えて前作のストーリーをなぞるというより、別の場所にいるゾーイの活躍ぶりをていねいに描いているので、印象としてはまったくべつの話になりました。少女の初恋もあり、ファースト・コンタクトもあり、エイリアンとの戦いもありと、単体で読んでも充分に楽しめる作品に仕上がっています。もちろん、シリーズの読者にとっては、さまざまな疑問のこたえが明かされることもあり、絶対に見逃せません。特にクライマックスの急展開にはたまげました。スコルジー作品でまさかあんな感動が待っていようとは……。

世界に翻弄されるのではなく、みずからの意志で歩む人生をもとめるゾーイの旅はこれで一段落し、同時に、造物主との邂逅《かいこう》を願うオービン族の長い長い旅も終わりを告げます。最初の三部作で、主人公のジョンとジェーンの物語はきれいにケリがつきました。シリーズを補完する最後のピースが「ゾーイの物語」であり、実にシンプルですが、本書の題名はこれ以外ありえなかったのです。

作者のスコルジーは、本書以降、長篇の新作がありません。二〇〇九年には、神を宇宙船のエンジンにするというトンデモ設定のファンタジイ中篇 *The Gods Engines* を刊行して、またもやヒューゴー賞の候補になりましたが、以前から予告されていた長篇 *The High Castle* のほうは無期延期になっています。人気シリーズの作者の宿命として、つぎになにを書くべきか悩んでいるようなところがありました。
しかし、そこはつねに読者の予想の斜め上をいくスコルジー。二〇一〇年四月、またもやブログにて仰天の新作が発表されました。H・ビーム・パイパー『リトル・ファジー』（創元SF文庫）のリメイク版、***Fuzzy Nation*** です。映画やドラマでは（『ギャラクティカ』のような）リメイクものがよくあるのに、小説でべつの作家が書いたというのは見当たらないので、ぜひやってみたかったとか。刊行予定は二〇一一年ですので、それまではオリジナル版を読んで予習をしておくとしましょう。

最後に、蛇足に近い補足をふたつ。オービン族のヒッコリーとディッコリーの元ネタは童謡の『マザーグース』。今回ドックが加わって、一節そろい踏みとなりました。エンゾが十五歳のときに書いたという詩の題名「わが赴くは星の群」は、アルフレッド・ベスターの『虎よ、虎よ！』の別題です。

二〇一〇年九月

訳者略歴　1961年生，神奈川大学卒，英米文学翻訳家　訳書『ターミナル・エクスペリメント』『フラッシュフォワード』ソウヤー，『キリンヤガ』レズニック（以上早川書房刊）他多数

HM=Hayakawa Mystery
SF=Science Fiction
JA=Japanese Author
NV=Novel
NF=Nonfiction
FT=Fantasy

ゾーイの物語《ものがたり》
老人《ろうじん》と宇宙《そら》４

〈SF1777〉

二〇一〇年九月二十日　印刷
二〇一〇年九月二十五日　発行
（定価はカバーに表示してあります）

著者　ジョン・スコルジー
訳者　内《うち》田《だ》昌《まさ》之《ゆき》
発行者　早川浩
発行所　株式会社 早川書房
郵便番号　一〇一 - 〇〇四六
東京都千代田区神田多町二ノ二
電話　〇三 - 三二五二 - 三一一一（大代表）
振替　〇〇一六〇 - 三 - 四七七九九
http://www.hayakawa-online.co.jp

乱丁・落丁本は小社制作部宛お送り下さい。
送料小社負担にてお取りかえいたします。

印刷・信毎書籍印刷株式会社　製本・株式会社川島製本所
Printed and bound in Japan
ISBN978-4-15-011777-1 C0197

＊本書は活字が大きく読みやすい〈トールサイズ〉です

TOKYO
HAYAKAWA
BOOKS